SOMBRAS ETERNAS

GLEN COOK
SOMBRAS ETERNAS

A SEGUNDA CRÔNICA DA COMPANHIA NEGRA

Tradução de
Domingos Demasi

EDITORA RECORD
RIO DE JANEIRO • SÃO PAULO
2013

CIP-BRASIL. CATALOGAÇÃO NA FONTE
SINDICATO NACIONAL DOS EDITORES DE LIVROS, RJ

Cook, Glen, 1944-
C787s   Sombras eternas / Glen Cook; tradução de Domingos Demasi Filho. –
1. ed. – Rio de Janeiro: Record, 2013.

Tradução de: Shadows Linger
Sequência de: A companhia negra
ISBN 978-85-01-40271-4

1. Romance americano. I. Demasi Filho, Domingos. II. Título.

13-00590   CDD: 813
CDU: 21.111(73)-3

TÍTULO ORIGINAL EM INGLÊS:
Shadows Linger

Copyright © 1984 by Glen Cook

Texto revisado segundo o novo Acordo Ortográfico da Língua Portuguesa.

Todos os direitos reservados. Proibida a reprodução, no todo ou em parte, através de quaisquer meios. Os direitos morais do autor foram assegurados.

Editoração eletrônica: Ilustrarte Design e Produção Editorial

Direitos exclusivos de publicação em língua portuguesa somente para o Brasil
adquiridos pela
EDITORA RECORD LTDA.
Rua Argentina, 171 – Rio de Janeiro, RJ – 20921-380 – Tel.: 2585-2000,
que se reserva a propriedade literária desta tradução.

Impresso no Brasil

ISBN 978-85-01-40271-4

Seja um leitor preferencial Record.
Cadastre-se e receba informações sobre nossos lançamentos e nossas promoções.

Atendimento e venda direta ao leitor:
mdireto@record.com.br ou (21) 2585-2002.

Para David G. Hartwell, sem o qual não haveria nem Espada, nem Império do Medo, nem Pescadores de Estrelas.

Capítulo Um

ZIMBRO

Todos os homens nascem condenados, assim diz o sábio. Todos mamam no seio da Morte.

Todos se curvam diante desse Monarca Silencioso. Esse Senhor das Sombras ergue um dedo. Uma pluma flutua até a terra. Não há razão em Sua canção. O bom vai jovem. O mau prospera. Ele é o rei dos Senhores do Caos. Seu bafo imobiliza todas as almas.

Encontramos uma cidade dedicada à Sua devoção, muito tempo atrás, mas agora tão antiga que perdeu aquela devoção. A majestade sombria de Sua divindade havia se desgastado, esquecida por todos, menos aqueles sob Sua sombra. Mas Zimbro enfrentava um temor mais imediato, um espectro do passado que vazava para o presente, instalado num monte que contemplava a cidade do alto. E, por causa disso, a Companhia Negra foi até lá, àquela estranha cidade muito além das fronteiras do império da Dama... Mas esse não é o início. No início, estávamos muito longe. Apenas dois velhos amigos e um punhado de homens que depois encontraríamos estavam cara a cara com a sombra.

Capítulo Dois

TALHA: À BEIRA DA ESTRADA

As cabeças das crianças surgiram subitamente do meio das ervas como marmotas. Observaram os soldados que se aproximavam. O menino sussurrou: "Devem ser mil." A coluna se estendia cada vez mais e mais para trás. A poeira levantada flutuava acima, até a face de uma colina distante. O rangido e o estrépito de armaduras ficavam cada vez mais altos.

O dia estava quente. As crianças suavam. Seus pensamentos estavam dirigidos a um riacho próximo e a um mergulho numa piscina natural que haviam encontrado lá. Mas haviam sido posicionadas para vigiar a estrada. Boatos diziam que a Dama pretendia destruir o renascente movimento rebelde na província de Talha.

E lá vinham os soldados dela. Mais perto agora. Homens sombrios, de aparência calejada. Veteranos. Sem dúvida velhos o bastante para ter ajudado a criar o desastre que caíra sobre os rebeldes seis anos antes, liquidando, entre um quarto de milhão de homens, o pai das crianças.

— São eles! — arfou o menino. Medo e espanto preenchiam sua voz. Uma admiração relutante a margeava. — É a Companhia Negra.

A menina não era conhecedora do inimigo.

— Como você sabe?

O menino indicou a barba de um homem sobre um grande ruão. Ele tinha cabelo grisalho. Sua postura dizia que estava acostumado a comandar.

— Aquele ali é o que chamam de Capitão. O negro pequeno ao lado dele deve ser o mago chamado de Caolho. Vê o chapéu dele? É assim que dá pra reconhecer. Os que estão atrás deles devem ser Elmo e o Tenente.

— Há algum Tomado entre eles? — A menina se levantou mais, para ver melhor. — Onde estão os outros famosos? — Ela era a mais nova. O menino, com 10 anos, já se considerava um soldado da Rosa Branca.

Ele puxou a irmã para baixo.

— Idiota! Quer que eles vejam você?

— E daí, se me virem?

O menino desdenhou. Ela acreditara em seu tio Claro quando ele dissera que o inimigo não machucaria as crianças. O menino detestava o seu tio. Ele não tinha fibra.

Ninguém comprometido com a Rosa Branca tinha fibra. Eles apenas fingiam que lutavam contra a Dama. A atitude mais ousada que tomavam era emboscar o eventual mensageiro. O inimigo pelo menos tinha coragem.

Os dois haviam visto o que lhe mandaram ver. Ele tocou no punho da menina.

— Vamos.

Eles se apressaram por entre as ervas, em direção à ribanceira coberta de mato do riacho.

Uma sombra surgiu em seu caminho. Olharam para cima e empalideceram. Três cavaleiros fitavam abaixo na direção deles. O menino ficou boquiaberto. Ninguém teria conseguido se movimentar tão sorrateiramente sem ser ouvido.

— Duende!

O homenzinho do meio, com cara de sapo, sorriu.

— A seu dispor, amiguinho.

O menino ficou aterrorizado, mas sua mente permaneceu funcionando. Ele gritou:

— Fuja!

Se um deles conseguisse fugir...

Duende fez um gesto circular. Um pálido fogo cor-de-rosa enlaçou seus dedos. Fez um movimento como se lançasse algo. O menino caiu, lutando contra amarras invisíveis, igual a uma mosca apanhada numa teia de aranha. Sua irmã choramingou a uns 4 metros adiante.

— Apanhem eles — disse Duende aos companheiros. — Eles devem contar uma história interessante.

Capítulo Três

ZIMBRO: O LÍRIO DE FERRO

O Lírio de Ferro fica na Vereda Floral, no coração de Coturno, a pior favela de Zimbro, onde o gosto de morte flutua em cada língua e os homens dão menos valor à vida do que a uma hora de afeto ou a uma refeição decente. Sua frente pende contra seu vizinho da direita, buscando apoio como um de seus clientes embriagados. Os fundos se inclinam na direção oposta. As laterais de madeira exposta exibem leprosos pedaços de cinzenta podridão. As janelas são entabuadas com restos e as fendas tapadas com trapos. O telhado ostenta buracos através dos quais o vento uiva e ferroa quando sopra das Montanhas Geladas. Lá, mesmo num dia de verão, as geleiras cintilam como distantes veios de prata.

Ventos marinhos tampouco são melhores. Trazem uma fria umidade que corrói os ossos e envia massas de gelo galopando pelo porto.

Os braços com denso mato das Geladas alcançam o mar, flanqueando o Rio do Ancoradouro, formando mãos em conchas que sustentam a cidade e o porto. A cidade se estende pelo rio, rastejando pelas elevações de ambos os lados.

A riqueza se ergue em Zimbro, arrastando-se acima e para longe do rio. O povo de Coturno, quando levanta a vista da própria miséria, enxerga os lares dos ricos, narizes empinados, olhando-se através do vale.

Mais alto ainda, coroando os cumes, estão dois castelos. No cume sul, ergue-se Telhadura, bastião hereditário dos Duques de Zimbro. Telhadura se encontra num escandaloso mau estado. A maioria das estruturas de Zimbro também está assim.

Abaixo de Telhadura, fica o centro religioso de Zimbro, o Reservado, embaixo do qual ficam as Catacumbas. Nelas descansa meia centena de gerações, esperando o Dia da Transposição, vigiadas pelos Custódios da Morte.

No cume norte, ergue-se uma fortaleza incompleta chamada simplesmente de castelo negro. Sua arquitetura é estrangeira. Monstros grotescos olham maldosos de suas ameias. Serpentes se contorcem em congeladas agonias nas paredes. Não há encaixes em seu material semelhante a obsidiana. E o lugar está crescendo.

As pessoas de Zimbro ignoram a existência do castelo, seu crescimento. Não querem saber o que está acontecendo lá em cima. Raramente têm tempo para uma pausa em sua luta pela sobrevivência para erguer os olhos tão alto.

Capítulo Quatro

EMBOSCADA EM TALHA

Tirei um sete, botei na sequência, descartei um três e encarei um ás solitário. À minha esquerda, Agiota murmurou:

— É isso aí. Ele está por uma carta.

Olhei-o com curiosidade.

— Por que diz isso?

Ele tirou uma carta, xingou, descartou.

— O seu rosto fica igual ao de um cadáver quando você está para ganhar, Chagas. Até mesmo seus olhos.

Manso tirou uma carta, xingou, descartou um cinco.

— Ele tem razão, Chagas. Você fica tão ilegível que se torna legível. Vamos, Otto.

Otto olhou para sua mão, depois para o monte, como se pudesse conjurar uma vitória das mandíbulas da derrota. Tirou uma carta.

— Merda.

Descartou o que havia tirado, um rei. Mostrei-lhes meu ás e recolhi os lucros.

Manso olhou acima do meu ombro enquanto Otto recolhia as cartas. Seus olhos estavam duros e frios.

— O que foi? — perguntei.

— Nosso anfitrião está reunindo coragem. Procurando um meio de sair e alertá-los.

Virei-me. Os outros fizeram o mesmo. Um por um, o taverneiro e seus clientes baixaram a vista e se encolheram. Todos menos o homem alto, moreno, sentado sozinho nas sombras perto da lareira. Ele piscou e ergueu uma caneca, como uma saudação. Fechei a cara. Sua resposta foi um sorriso.

Otto deu as cartas.

— Cento e noventa e três — anunciei.

Manso franziu a testa.

— Porra, Chagas — xingou ele, sem emoção.

Eu estava contando as mãos. Elas eram tiques perfeitos dos relógios de nossas vidas como irmãos da Companhia Negra. Eu havia jogado mais de 10 mil mãos desde a batalha em Talismã. Só os deuses sabem quantas vezes joguei antes de começar a manter um registro.

— Vocês acham que eles já souberam de nós? — perguntou Agiota. Estava nervoso. A espera faz isso.

— Não vejo como.

Manso arrumou sua mão de cartas com cuidado exagerado. Era entregar o ouro. Ele tinha algo quente. Reexaminei a minha. Vinte e um. Provavelmente iria me queimar, mas a melhor maneira de detê-lo... Eu baixei.

— Vinte e um.

Otto chiou.

— Seu filho da puta.

Ele baixou uma mão boa de cartas baixas. Mas ela somava vinte e dois por causa de um rei. Manso tinha três noves, um ás e um três. Sorrindo, varri novamente os lucros.

— Se ganhar essa, vamos revistar suas mangas — resmungou Agiota.

Recolhi as cartas e comecei a embaralhar.

As dobradiças da porta dos fundos rangeram. Todos gelaram e olharam para a porta da cozinha. Homens se movimentaram por trás dela.

— Friso! Onde diabos você está?

O taverneiro olhou para Manso, agoniado. Manso deu a deixa. O taverneiro gritou:

— Aqui, Claro.

Manso sussurrou:

— Continuem jogando. — Comecei a distribuir as cartas.

Um homem de uns 40 anos saiu da cozinha. Vários outros o seguiram. Todos vestiam verde rajado. Tinham arcos presos às costas. Claro disse:

— Eles devem ter pegado as crianças. Não sei como, mas... — Ele viu algo nos olhos de Friso. — O que foi?

Nós tínhamos intimidado Friso bastante. Ele não nos denunciou.

Encarando minhas cartas, saquei meu dardejador de mola. Meus companheiros fizeram o mesmo. Agiota descartou a carta que havia tirado, um dois. Ele normalmente fica com as cartas baixas. A jogada traiu seu nervosismo.

Manso pegou o descarte e sequenciou ás-dois-três. Descartou um oito.

Um dos companheiros de Claro lamuriou:

— Eu falei para não mandarmos as crianças. — Aquilo soou como um sopro de vida numa velha discussão.

— Não preciso de nenhum "eu falei" — grunhiu Claro. — Friso, espalhei a notícia de uma reunião. Temos de distribuir o equipamento.

— Não temos certeza de nada, Claro — disse outro homem de verde.

— Sabe como são as crianças.

— Você está se enganando. Os sabujos da Dama estão no nosso rastro.

O lamuriador falou:

— Eu disse a você que não deveríamos ter atacado aqueles... — Calouse, percebendo, tarde demais, que havia estranhos presentes e que todos os habituais estavam lívidos.

Claro pegou sua espada.

Eles eram nove, contando com Friso e alguns clientes que se envolveram. Manso virou a mesa de cartas. Desengatamos as linguetas de nossos dardejadores. Quatro dardos envenenados estalaram através do salão. Sacamos as espadas.

Durou apenas alguns segundos.

— Todos estão bem? — perguntou Manso.

— Tenho um arranhão — avisou Otto. Dei uma olhada. Nada com que se preocupar.

— Volte para trás do bar, amigo — disse Manso para Friso, a quem havia poupado. — O resto de vocês, arrume este lugar. Agiota, fique de olho neles. Se ao menos pensarem em sair da linha, mate-os.

— E o que faço com os corpos?

— Jogue no poço.

Endireitei a mesa, sentei-me, desdobrei uma folha de papel. Esboçada nela estava a cadeia de comando dos insurgentes em Talha. Rasurei "Claro". Ele estava em um nível mediano.

— Friso — chamei. — Venha cá.

O taverneiro se aproximou com a mesma ânsia de um cachorro por uma surra.

— Fique calmo. Você vai sair desta. Se cooperar. Diga-me quem eram aqueles homens.

Ele pigarreou e hesitou. Previsivelmente.

— Apenas os nomes — pedi. Ele olhou para o papel, franzindo a testa. Não sabia ler. — Friso? O fundo do poço é um lugar apertado para nadar, e tem uma porção de cadáveres.

Ele engoliu em seco, vasculhou o salão. Olhei para o homem junto à lareira. Ele não se mexera durante o combate. Mesmo agora, olhava com aparente indiferença.

Friso deu os nomes.

Alguns estavam na minha lista e outros não. Os que não estavam, deduzi que eram lanceiros. Talha era guardada com segurança.

O último cadáver foi levado. Dei a Friso uma pequena moeda de ouro. Ele esbugalhou os olhos. Seus clientes o encaravam com olhos nada amistosos. Sorri.

— Pelos serviços prestados.

Friso ficou pálido, encarando a moeda. Era o beijo da morte. Seus clientes pensariam que ele ajudara a preparar a emboscada.

— Entendi — sussurrei. — Quer sair desta com vida?

Ele me olhou com medo e ódio.

— Quem diabos são vocês? — exigiu saber com um áspero sussurro.

— A Companhia Negra, Friso. A Companhia Negra.

Não sei como ele lidou com aquilo, mas ficou ainda mais branco.

Capítulo Cinco

ZIMBRO: BARRACO CASTANHO

O dia estava frio e cinzento, silencioso, nebuloso e sombrio. As conversas no Lírio de Ferro consistiam em rudes monossílabos proferidos diante de uma fraca fogueira.

Então veio a garoa, fechando firmemente as cortinas do mundo. Formas pardas e cinzentas se curvavam sem ânimo ao longo da rua imunda, enlameada. Era um dia arrancado já maduro do ventre do desespero. No interior do Lírio, Barraco Castanho desviou os olhos de sua tarefa de esfregar as canecas. Mantê-las sem poeira, era como ele chamava aquilo. Ninguém usava sua louça fajuta porque ninguém comprava seu desprezível vinho azedo. Ninguém se permitia aquilo.

O Lírio se localizava no lado sul da Vereda Floral. O balcão de Marrom ficava defronte à porta, a 6 metros de profundidade nas sombras do salão. Um rebanho de mesinhas, cada qual com sua ninhada de banquinhos instáveis, submetia a um perigoso labirinto o freguês que chegasse da luz do sol lá de fora. Uma meia dúzia de colunas toscamente talhadas formava uma série de obstáculos adicionais. As vigas do teto eram baixas demais para um homem alto. As tábuas do chão eram rachadas, empenadas e rangentes, e qualquer coisa derramada escorria pelas frestas.

As paredes eram decoradas com bugigangas antigas e curiosidades deixadas por clientes que não fariam o menor sentido para quem entrasse lá hoje. Barraco Castanho era preguiçoso demais para limpá-las ou tirá-las de lá.

O salão formava um L em volta da extremidade de seu balcão e seguia para a lareira, perto da qual eram encontradas as melhores mesas. Mais além da lareira, nas sombras mais profundas, a 1 metro da porta da cozinha, ficava a base da escada que levava aos andares com quartos.

Do interior daquele labirinto escuro, surgiu um homenzinho sorrateiro. Carregava uma braçada de pedaços de madeira.

— Barraco? Posso?

— Diabos. Por que não, Asa? Todos sairemos ganhando. — O fogo tinha minguado para um monte de pó cinzento.

Asa foi a passos rápidos até a lareira. O grupo que estava ali se afastou aborrecido. Asa se instalou ao lado da mãe de Barraco. A velha Junho era cega. Não tinha como saber quem era. Ele pousou seu feixe adiante e passou a agitar as brasas.

— Nenhuma novidade hoje nas docas? — perguntou Barraco.

Asa negou com a cabeça.

— Não chegou nada. Não saiu nada. Eles tiveram apenas cinco serviços. Descarregar carroças. O pessoal brigou por causa delas.

Barraco balançou a cabeça. Asa não era de briga. Também não era chegado a um trabalho honesto.

— Querida, um trago para Asa. — Barraco gesticulou enquanto falava. Sua servente apanhou a jarra maltratada e a levou até o fogo.

Barraco não gostava do homenzinho. Era furtivo, um ladrão, um mentiroso, um vagabundo, o tipo que venderia a irmã por duas moedas de cobre. Era um lamuriento, um queixoso e um covarde. Mas se tornara um projeto para Barraco, que também poderia se acostumar a receber um pouco de caridade. Asa era um dos sem-teto que Barraco deixava dormir no chão do bar, desde que trouxessem lenha para a lareira. Deixar os sem-teto usarem o chão não colocava dinheiro na caixa de moedas, mas garantia um pouco de calor para os ossos artríticos de Junho.

Conseguir lenha de graça no inverno em Zimbro era mais difícil do que conseguir trabalho. Barraco se divertia com a determinação de Asa em evitar um emprego honesto.

O crepitar do fogo liquidou a tranquilidade. Barraco deixou de lado seu trapo imundo. Foi para trás da mãe, as mãos próximas ao calor. Suas unhas começaram a doer. Não havia se dado conta de como estava com frio.

Ia ser um longo e frio inverno.

— Asa, você tem uma fonte regular de lenha? — Barraco não tinha condições de comprar combustível. Atualmente, lenha para fogueira era trazida de barcaça até o Ancoradouro do distante rio acima. Era cara. Em sua juventude...

— Não.

Asa encarou as chamas. O odor de pinho se espalhou pelo Lírio. Barraco se preocupava com a chaminé. Outro inverno com lascas de pinho, e ele não havia mandado limpá-la. Um incêndio na chaminé poderia destruí-lo.

As coisas teriam de mudar em breve. Ele estava no limite, com dívidas até o pescoço. Estava desesperado.

— Barraco.

Olhou para as mesas, para seu único cliente que realmente pagava.

— Corvo?

— Encha novamente, por favor.

Barraco procurou Lindinha. Ela havia desaparecido. Ele xingou baixinho. Não adiantava gritar. A garota era surda, precisava de sinais para se comunicar. Uma vantagem, pensara, quando Corvo sugerira que ele a contratasse. Segredos incontáveis eram sussurrados no Lírio. Ele pensara que talvez viessem mais sussurradores, se pudessem falar sem medo de ser ouvidos.

Barraco fez que sim e pegou a caneca de Corvo. Não gostava dele, em parte porque Corvo sempre se dava bem no jogo de Asa. Ele não possuía meios visíveis de sustento, mas sempre tinha dinheiro. Outro motivo era por ser alguém mais jovem, mais forte e mais saudável do que a média dos clientes do Lírio. Era uma anomalia. O Lírio ficava no final da colina abaixo de Coturno, perto do cais. Atraía todos os bêbados, as putas gastas, os viciados em drogas, os vagabundos e a escória humana que redemoinhava aquela última poça estagnada antes de a escuridão se abater sobre eles. Barraco às vezes agonizava, temendo que seu precioso Lírio não passasse de uma estação final.

Corvo não pertencia àquilo. Poderia arcar com coisa melhor. Barraco queria ter coragem de expulsar o homem. Corvo fazia a pele dele se arrepiar, sentado à sua mesa de canto, os olhos mortos martelando pregos de ferro de desconfiança em qualquer um que entrasse na taverna, limpando toda hora as unhas com uma faca afiada como uma navalha, pronunciando algumas palavras frias sem modulação sempre que alguém insinuava a ideia de levar Lindinha para cima... Aquilo intrigava Barraco. Embora não houvesse qualquer ligação óbvia, Corvo protegia a garota como se ela fosse sua filha virgem. Para que diabos, afinal de contas, servia uma puta de taverna?

Barraco tremeu, afastando aquilo da mente. Precisava de Corvo. Precisava de cada cliente pagador que pudesse conseguir. Estava sobrevivendo de rezas.

Ele levou o vinho. Corvo depositou três moedas em sua mão. Uma delas era uma leva de prata.

— Senhor?

— Traga lenha decente para cá, Barraco. Se eu quisesse congelar, ficaria lá fora.

— Sim, senhor. — Barraco foi até a porta, deu uma olhada na rua. O depósito de madeira de Pronto ficava a um quarteirão.

O chuvisco se tornara uma chuva gelada. A travessa imunda estava criando uma crosta.

— Vai nevar antes de escurecer — informou ele a ninguém em particular.

— Entre ou saia — rosnou Corvo. — Não desperdice o pouco de calor aqui dentro.

Barraco deslizou para fora. Esperava chegar ao depósito de Pronto antes de o frio começar a doer.

Formas assomaram da queda de gelo. Uma delas era um gigante. Ambas andavam curvadas para a frente, trapos em volta do pescoço para evitar que o gelo escorregasse até as costas.

Barraco correu de volta para o Lírio.

— Vou sair pelos fundos. — Fez com sinais: — Lindinha, vou sair. Você não me viu desde esta manhã.

— Krage? — sinalizou a garota.

— Krage — admitiu Barraco. Disparou para a cozinha, arrancou o casaco maltrapilho do gancho e se enfiou nele. Mexeu duas vezes no trinco da porta antes de conseguir abri-lo.

Um sorriso maldoso no qual faltavam três dentes o saudou quando ele se inclinou para o frio. Um bafo fétido atacou suas narinas. Um dedo sujo espetou seu peito.

— Vai a algum lugar, Barraco?

— Oi, Ruivo. Estou indo ao Pronto, atrás de lenha.

— Não, não vai. — O dedo pressionou. Barraco recuou até entrar no salão.

Suando, perguntou:

— Uma caneca de vinho?

— É muito amável da sua parte, Barraco. Que sejam três.

— Três? — A voz de Barraco guinchou.

— Não me diga que não sabia que Krage está vindo?

— Eu não sabia — mentiu Barraco.

O sorriso sem dentes de Ruivo indicava que ele sabia da mentira de Barraco.

Capítulo Seis

CONFUSÃO EM TALHA

Você tenta o melhor que pode, mas algo sempre sai errado. É a vida. Se você é esperto, planeja-se para isso.

De alguma forma, alguém escapou da taverna de Friso, junto com os cerca de 25 rebeldes que caíram na nossa teia, quando, na realidade, Claro aparentemente nos tinha feito um grande favor ao convocar a hierarquia local para uma reunião. Vendo em retrospectiva, é difícil estabelecer a culpa. Todos fizemos os nossos trabalhos. Mas há limites para o quanto você consegue ficar alerta sob prolongada tensão. O homem que desapareceu provavelmente passou horas planejando sua fuga. Só notamos sua ausência após muito tempo.

Manso foi quem notou. Ele jogou suas cartas, ao final de uma mão, e disse:

— Está faltando um corpo, pessoal. Um daqueles criadores de porcos. O homenzinho que *parecia* um porco.

Eu podia ver a mesa com o canto do olho. Grunhi:

— Você tem razão. Porra. Eu devia ter contado as cabeças após cada viagem ao poço.

A mesa ficava atrás de Agiota. Ele não se virou. Esperou uma mão, depois foi ao balcão de Friso e comprou uma jarra de cerveja. Enquanto sua movimentação distraía os locais, fiz rápidos sinais com os dedos, na linguagem de sinais dos surdos.

— Melhor nos prepararmos para um ataque. Eles sabem quem somos. Falei demais.

Os rebeldes queriam muito ferrar a gente. A Companhia Negra tem conquistado uma vasta fama de ser uma bem-sucedida exterminadora da pestilência rebelde, onde quer que apareça. Embora não sejamos tão malvados quanto somos considerados, a notícia de nossa chegada causa terror aonde quer que a gente vá. Os rebeldes geralmente se escondem, abandonando suas operações, onde aparecemos.

Mas aqui estávamos nós quatro, separados de nossos companheiros, evidentemente alheios ao fato de que corríamos perigo. Eles tentariam. A pergunta era com que intensidade.

Tínhamos cartas nas mangas. Nunca jogamos honestamente, se podemos evitar. A filosofia da Companhia é maximizar a eficácia e minimizar os riscos.

O homem alto e moreno se levantou, deixou sua sombra e se aproximou silenciosamente da escada que levava aos quartos. Manso vociferou:

— Olho nele, Otto. — Otto correu atrás dele, parecendo frágil no rastro do homem. Os locais observaram, admirados.

Agiota usou sinais para perguntar:

— E agora?

— Esperamos — disse Manso em voz alta e acrescentou, com sinais: — Façamos o que nos mandaram até aqui fazer.

— Não é muito divertido ser isca viva — sinalizou de volta Agiota. Ele observava nervosamente a escada. — Vamos arrumar uma boa mão pro Otto — sugeriu.

Olhei para Manso. Ele concordou.

— Por que não? Dê-lhe mais ou menos 17. — A primeira coisa que Otto fazia sempre que tinha menos de vinte era baixar. Era uma boa porcentagem de aposta.

Rapidamente avaliei as cartas em minha cabeça e sorri. Eu poderia lhe dar 17 e ter cartas baixas de sobra para dar a cada um de nós uma mão que a deixaria na pior.

— Me dê as cartas.

Arrumei rapidamente o baralho, montando as mãos.

— Pronto.

Ninguém tinha uma carta maior do que cinco. A mão de Otto, porém, tinha cartas maiores do que as dos outros.

Manso sorriu.

— É.

Otto não voltou.

Agiota disse:

— Vou dar uma checada lá em cima.

— Tá legal — concordou Manso. E foi pegar uma cerveja. Observei os locais. Eles estavam tendo ideias. Olhei para um deles e balancei a cabeça.

Agiota e Otto voltaram um minuto depois, precedidos pelo homem moreno, que retornou à sua sombra. Agiota e Otto pareciam aliviados. Sentaram-se para jogar.

Otto perguntou:

— Quem deu?

— Manso — falei. — É sua vez.

Ele baixou.

— Dezessete.

— He, he, he! — reagi. — Ganhei de você. Quinze.

E Agiota disse:

— Ganhei dos dois. Quatorze.

E Manso:

— Quatorze. Vocês estão magoando Otto.

Ele ficou simplesmente sentado ali, estarrecido, por vários segundos. Então entendeu.

— Seus sacanas! Vocês armaram isso! Não pensem que vou pagar...

— Calma. Brincadeira, rapaz — disse Manso. — Brincadeira. Era mesmo a sua vez de dar.

As cartas continuaram circulando e a escuridão baixou. Não apareceram outros insurgentes. Os locais ficavam cada vez mais intranquilos. Alguns se preocupavam com suas famílias por ser tão tarde. Como qualquer um, a maioria dos talhenses estava interessada apenas na própria vida. Não ligavam se a Rosa Branca ou a Dama predominasse.

A minoria dos simpatizantes aos rebeldes se preocupava quando o ataque pudesse acontecer. Estavam com medo de ser apanhados no fogo cruzado.

Fingíamos ignorar a situação.

Manso sinalizou:

— Quais são perigosos?

Trocamos ideias e selecionamos três homens que poderiam causar problema. Manso mandou Otto amarrá-los às suas cadeiras.

Ocorreu aos locais que sabíamos o que esperar, que estávamos preparados. Não aguardando, mas preparados.

Os atacantes esperaram até a meia-noite. Eram mais cautelosos do que os rebeldes com os quais normalmente nos defrontávamos. Talvez a nossa reputação fosse grande *demais*.

Eles irromperam num movimento rápido. Descarregamos nossos dardejadores e começamos a agitar espadas, recuando para um canto distante da lareira. O homem alto observava com indiferença.

Havia muitos rebeldes. Muito mais do que esperávamos. Eles continuavam entrando ruidosamente, se apertando, entrando nos caminhos uns dos outros, subindo sobre os cadáveres de seus companheiros.

— Isso que é cilada — arfei. — Deve haver uma centena deles.

— É — concordou Manso. — Não parece nada legal. — Chutou a virilha de um homem e o cortou quando se curvou.

O local estava tomado de parede a parede de insurgentes e, pelo barulho, havia mais uma porrada deles lá fora. Alguém não queria que a gente escapasse.

Bem, esse era o plano.

Minhas narinas se dilataram. Havia um odor no ar, apenas um leve toque destoante, sutil, sob o fedor de medo e suor.

— Protejam-se — gritei, e puxei um chumaço de lã úmida da minha bolsa do cinto. O fedor era maior do que o de um gambá esmagado. Meus companheiros fizeram o mesmo.

Em algum lugar, um homem berrou. Depois outro. Vozes se ergueram em um coro infernal. Nossos inimigos ondearam, perplexos, em pânico. Rostos se contorciam em agonia. Homens desabavam, debatendo-se amontoados, arranhando o nariz e a garganta. Tive o cuidado de manter a lã úmida sobre o rosto.

O homem magro e alto saiu das sombras. Calmamente, começou a despachar os guerrilheiros com uma lâmina prateada com 35 centímetros. Poupou os clientes que não havíamos amarrado nas cadeiras.

Deu um suspiro.

— Agora é seguro respirar.

— Vigie a porta — instruiu-me Manso. Ele sabia que eu tinha aversão àquele tipo de massacre. — Otto, fique com a cozinha. Eu e Agiota ajudaremos Calado.

Os rebeldes do lado de fora tentaram nos acertar disparando flechas pelo vão da porta. Não tiveram sorte. Então tentaram colocar fogo no lugar. Friso teve um acesso de raiva. Calado, um dos três feiticeiros da Companhia que fora enviado a Talha semanas antes, usou seus poderes para abater o fogo. Furiosos, os rebeldes se prepararam para um cerco.

— Devem ter trazido cada homem da província — comentei.

Manso deu de ombros. Ele e Agiota estavam empilhando corpos, formando barricadas.

— Eles devem ter montado um acampamento como base aqui perto.

Nossa inteligência sobre os guerrilheiros de Talha era extensa. A Dama se preparou bem antes de nos enviar. Mas não disseram para esperarmos aquela força disponível tão de repente.

A despeito de nosso sucesso, eu estava temeroso. Havia uma enorme multidão lá fora, e parecia que a cada hora chegava mais gente. Calado, como um ás na manga, não tinha muito mais valor.

— Você enviou sua ave? — perguntei, imaginando que aquele fora o motivo para sua ida ao andar de cima. Ele confirmou com a cabeça. Aquilo proporcionou algum alívio. Mas não muito.

O teor mudou. Eles ficaram em silêncio lá fora. Mais flechas sibilaram pelo vão da porta. Ela fora arrancada das dobradiças durante a primeira investida. Os corpos amontoados não iriam retardar os rebeldes por muito mais tempo.

— Eles virão — comentei para Manso.

— Certo. — Ele se juntou a Otto na cozinha. Agiota foi comigo. Calado, parecendo mau e mortal, ficou parado no centro do salão.

Um urro se ergueu lá fora.

— Aí vêm eles.

Detivemos a investida principal com a ajuda de Calado, mas outros começaram a martelar as persianas. Então Manso e Otto tiveram de abandonar a cozinha. Manso matou um atacante entusiasmado e girou o suficiente para gritar:

— Onde diabos estão eles, Calado?

Calado deu de ombros. Ele parecia quase indiferente à proximidade da morte. Lançou um feitiço num homem que tomava impulso pela janela.

Trombetas zurraram na noite.

— Rá! — berrei. — Eles estão vindo! — O último portão da armadilha tinha se fechado.

Uma pergunta permanecia. A Companhia chegaria antes que nossos atacantes acabassem conosco?

Mais janelas cederam. Calado não podia estar em todos os lugares.

— Para a escada — berrou Manso. — Recuem para a escada.

Corremos para lá. Calado conjurou uma neblina nociva. Não era a coisa mortal que ele usara antes. Não podia fazer aquilo novamente, agora. Não tinha tempo para preparar.

A escada era fácil de defender. Dois homens, com Calado atrás deles, poderiam mantê-la para sempre.

Os rebeldes perceberam isso. Começaram a colocar fogo. Dessa vez, Calado não conseguiria extinguir todas as chamas.

Capítulo Sete

ZIMBRO: KRAGE

A porta da frente se abriu. Dois homens se empurraram para dentro do Lírio, bateram os pés e sacudiram o gelo de cima deles. Barraco correu para ajudá-los. O maior afastou-o. O menor atravessou a sala, chutou Asa para longe do fogo, agachou-se com as mãos estendidas. Os clientes de Barraco encararam as chamas, sem nada dizer nem ouvir.

Exceto Corvo, Barraco notou. Corvo parecia interessado e nem um pouco perturbado.

Barraco suava. Krage finalmente se virou.

— Você não passou por lá ontem, Barraco. Senti sua falta.

— Não pude, Krage. Eu não tinha nada para levar para você. Olhe na minha caixa de moedas. Você sabe que vou lhe pagar. Sempre pago. Só preciso de um pouco mais de tempo.

— Você atrasou na semana passada, Barraco. Fui paciente. Sei que está tendo problemas. Mas também atrasou na semana retrasada. E na semana anterior a ela. Você está estragando minha imagem. Eu sei que fala sério quando diz que vai me pagar. Mas o que as pessoas vão pensar? Hein? Talvez comecem a pensar que tudo bem se elas atrasarem também. Talvez comecem a pensar que simplesmente não precisam pagar.

— Krage, eu não posso. Olhe na minha caixa. Assim que os negócios melhorarem...

Krage gesticulou. Ruivo foi para atrás do balcão.

— Os negócios andam ruins em todo lugar, Barraco. Eu também tenho problemas. Tenho despesas. Não posso satisfazer as minhas se você não satisfaz as suas. — Caminhou em volta do salão, examinando a mobília. Barraco podia ler sua mente. Ele queria o Lírio. Queria Barraco num buraco tão fundo que teria de lhe entregar o lugar.

Ruivo entregou a caixa de Barraco para Krage. Krage fez uma careta.

— Os negócios estão mesmo ruins.

Gesticulou. O homem grande, Conte, segurou por trás os cotovelos de Barraco. Barraco quase desmaiou. Krage sorriu maldosamente.

— Reviste-o, Ruivo. Veja se está escondendo alguma coisa.

Ele esvaziou a caixa de moedas.

— Para pagar as dívidas, Barraco.

Ruivo encontrou a leva de prata que Corvo tinha dado para Barraco. Krage balançou a cabeça.

— Barraco, Barraco, você mentiu para mim.

Conte juntou os cotovelos dele, pressionando-os dolorosamente.

— Isso não é meu — protestou Barraco. — Isso pertence a Corvo. Ele queria que eu comprasse lenha. Era por isso que eu estava indo para o depósito de Pronto.

Krage olhou-o. Barraco sabia que Krage sabia que ele estava dizendo a verdade. Ele não tinha coragem de mentir.

Barraco estava apavorado. Krage podia espancá-lo até ele entregar o Lírio para pagar por sua vida.

E depois? Ele ficaria sem um gersh e na rua, com uma velha para cuidar.

A mãe de Barraco xingou Krage. Todos a ignoraram, incluindo Barraco. Ela era inofensiva. Lindinha permaneceu na porta da cozinha, imóvel, um dos punhos cerrado diante da boca, os olhos em súplica. Ela observava mais Corvo do que Krage e Barraco.

— O que você quer que eu quebre, Krage? — perguntou Ruivo. Barraco se encolheu. Ruivo adorava seu trabalho. — Você não deveria esconder as coisas da gente, Barraco. Não deveria mentir para Krage. — Desferiu um violento soco. Barraco arquejou, tentou se curvar. Conte o manteve parado. Ruivo o atingiu novamente.

Uma voz fria e suave disse:

— Ele falou a verdade. Eu o mandei comprar lenha.

Krage e Ruivo trocaram de lugar. Conte não relaxou seu aperto.

— Quem é você? — indagou Krage.

— Corvo. Deixe-o em paz.

Krage trocou olhares com Ruivo. Ruivo disse:

— Acho que você não deve falar desse modo com o Sr. Krage.

Corvo ergueu o olhar. Os ombros de Ruivo se tensionaram defensivamente. Então, ciente de sua plateia, avançou e desferiu um golpe com a mão aberta.

Corvo parou a mão dele no ar, torceu-a. Ruivo caiu de joelhos, trincando os dentes, numa lamúria. Corvo disse:

— Isso foi burrice.

Surpreso, Krage reagiu:

— Você é tão inteligente quanto seus atos, rapaz. Largue-o enquanto está inteiro.

Corvo sorriu pela primeira vez pelo que Barraco se lembrava.

— *Aquilo* não foi inteligente. — Seguiu-se um audível *pop*. Ruivo berrou.

— Conte! — gritou Krage.

Conte jogou Barraco para o lado. Ele tinha duas vezes o tamanho de Ruivo, era rápido, forte como uma montanha, e quase tão esperto. Ninguém sobrevivia a Conte.

Uma maldosa adaga de 20 centímetros surgiu na mão de Corvo. Conte parou tão repentinamente que seus pés se enroscaram. Caiu para a frente, batendo na beirada da mesa de Corvo.

— Ah, merda! — gemeu Barraco. Alguém iria ser morto. Krage não ia deixar por menos. Seria ruim para os negócios.

Mas, quando Conte se levantou, Krage disse:

— Conte, ajude Ruivo. — Seu tom era conciliador.

Obedientemente, Conte se virou para Ruivo, que havia se arrastado para longe, a fim de cuidar do pulso.

— Talvez tenha havido um pequeno mal-entendido aqui — observou Krage. — Serei claro, Barraco. Você tem uma semana para me pagar. Tudo.

— Mas...

— Nada de mas, Barraco. Estamos combinados. Mate alguém. Assalte alguém. Venda esta espelunca. Mas consiga o dinheiro. — O "se não" não precisou ser dito.

Eu ficarei bem, Barraco prometeu a si mesmo. Ele não me machucará. Sou um cliente bom demais.

Como diabos faria aquilo? Não poderia vender o lugar. Não com o inverno chegando. A velha não sobreviveria na rua.

O ar gelado soprou para o interior do Lírio quando Krage parou na porta. Olhou fixamente para Corvo, que não se importou em retribuir o olhar.

— Um pouco de vinho aqui, Barraco — pediu Corvo. — Parece que derramei o meu.

Barraco se apressou, a despeito da dor. Ele não conseguia deixar de agir servilmente.

— Obrigado, Corvo, mas não devia ter interferido. Ele vai matar você por causa disso.

Corvo deu de ombros.

— Vá ao vendedor de lenha, antes que mais alguém tente pegar o meu dinheiro.

Barraco olhou para a porta. Não queria sair. Eles poderiam estar esperando. Mas então olhou novamente para Corvo. O sujeito estava limpando as unhas com aquela faca cruel.

— Já estou indo.

Agora nevava. As ruas estavam traiçoeiras. Apenas uma fina máscara branca cobria a lama.

Barraco não podia deixar de imaginar por que Corvo havia interferido. Para proteger seu dinheiro? Razoável... Só que homens razoáveis ficavam quietos perto de Krage. Ele era capaz de cortar sua garganta se você o olhasse de maneira errada.

Corvo era novo por aqui. Talvez não soubesse a respeito de Krage.

Ele iria aprender pelo modo mais difícil. Sua vida não valeria mais nem dois gershs.

Corvo parecia abastado. Não carregaria consigo toda sua fortuna, carregaria? Talvez mantivesse parte escondida em seu quarto. Talvez o suficiente para pagar Krage. Talvez ele pudesse armar para cima de Corvo. Krage apreciaria isso.

— Quero ver seu dinheiro — exigiu Pronto, quando ele pediu a lenha. Barraco mostrou a leva de prata de Corvo. — Rá! Quem morreu desta vez?

Barraco enrubesceu. Uma prostituta velha tinha morrido no Lírio no inverno passado. Barraco havia pilhado seus pertences antes de chamar os Custódios. Sua mãe ficou aquecida durante o resto da estação. Toda a Coturno sabia disso, porque ele cometera o erro de contar para Asa.

Por hábito, os Custódios ficavam com os objetos pessoais dos recém-mortos. Isso e as doações mantinham eles e as Catacumbas.

— Ninguém morreu. Um hóspede me mandou.

— Rá! O dia em que você tiver um hóspede que possa se dar ao luxo da generosidade... — Pronto deu de ombros. — Mas e daí? A moeda é boa. Não me interessa sua procedência. Pegue um pouco de lenha. Vá por ali.

Barraco cambaleou de volta para o Lírio, o rosto queimando, as costelas doendo. Pronto não se importara em esconder o desprezo.

De volta, com a fogueira aproveitando o bom carvalho, Barraco serviu duas canecas de vinho e sentou-se diante de Corvo.

— Por conta da casa.

Corvo o encarou momentaneamente, deu um gole, manobrou a caneca até um ponto exato do tampo da mesa.

— O que deseja?

— Quero lhe agradecer novamente.

— Não tem que me agradecer.

— Alertá-lo, então. Você não levou Krage suficientemente a sério.

Pronto entrou ruidosamente com uma braçada de lenha, resmungando porque não conseguira tirar sua carroça do lugar. Ele teria de fazer várias viagens de ida e volta.

— Vá embora, Barraco. — E, quando Barraco se levantou, o rosto quente, Corvo bradou: — Espere. Você acha que me deve? Então algum dia lhe pedirei um favor. Você o fará. Certo?

— Claro, Corvo. Qualquer coisa. É só dizer.

— Vá se sentar junto ao fogo, Barraco.

Barraco se espremeu entre Asa e sua mãe, acompanhando o aborrecido silêncio deles. Aquele Corvo era realmente de causar arrepios.

O homem em questão estava envolvido numa animada troca de sinais com a garçonete surda.

Capítulo Oito

TALHA: VISÃO DE PERTO

Deixei a ponta da minha lâmina cair no chão da taverna. Afundei, exausto, tossindo fracamente na fumaça. Pendi para o lado, procurando, débil, apoio em uma mesa virada. A reação estava se estabelecendo. Eu tivera a certeza de que dessa vez era o fim. Se eles mesmos não tivessem sido forçados a apagar os incêndios...

Elmo atravessou a sala e me envolveu com um braço.

— Está ferido, Chagas? Quer que eu procure Caolho?

— Não estou ferido. Apenas esgotado. Faz muito tempo desde que me senti tão assustado, Elmo. Pensei que eu já era.

Ele endireitou uma cadeira com um dos pés e me sentou nela. Elmo era meu amigo mais próximo, um enrijecido, velho casca-grossa raramente dado ao mau humor. Sangue fresco avermelhava sua manga esquerda. Tentei ficar de pé.

— Sente-se — ordenou. — Algiba pode cuidar disso.

Algiba era meu substituto, um garoto de 23 anos. A Companhia está envelhecendo — pelo menos no seu núcleo, meus contemporâneos. Elmo já passou dos 50. O Capitão e o Tenente estão montados nesse cinco-zero. Eu não voltarei a ver os 40.

— Pegamos todos?

— O bastante. — Elmo endireitou outra cadeira. — Caolho, Duende e Calado foram atrás dos que fugiram. — Sua voz soava vazia. — Metade dos rebeldes na província, no primeiro tiro.

— Estamos ficando velhos demais para isso. — Os homens começaram a trazer os prisioneiros para dentro, separando-os com base em quem poderia saber algo útil. — Devíamos deixar essas coisas para os garotos.

— Eles não conseguiriam lidar com isso. — Elmo encarou o nada, no passado distante e longínquo.

— Alguma coisa errada?

Ele meneou a cabeça e, então, se contradisse:

— O que estamos fazendo, Chagas? Isso não tem fim?

Esperei. Não continuou. Ele não era de falar muito. Principalmente a respeito de seus sentimentos. Cutuquei-o.

— Como assim?

— Simplesmente continua e continua. Caçar rebeldes. O abastecimento não tem fim. Mesmo antes, quando trabalhávamos para o Síndico em Berílio. Caçávamos dissidentes. E, antes de Berílio... Trinta e seis anos da mesma coisa. E eu nunca tive certeza se estava agindo certo. Principalmente agora.

Elmo era assim mesmo, precisava manter suas reservas em estado latente por oito anos antes de expô-las.

— Não estamos em posição de mudar nada. A Dama não seria nada gentil conosco se de repente começássemos a dizer que só faríamos isso e isso, e nada daquilo.

Não tinha sido ruim estar a serviço da Dama. Embora pegássemos as missões mais difíceis, nunca tivemos de fazer o serviço sujo. Os regulares cuidavam disso. Mudanças em ataques, às vezes. Massacres ocasionais. Mas tudo na linha do serviço. Necessidade militar. Nunca nos envolvemos em atrocidades. O Capitão não permitiria isso.

— Não se trata de moralidade, Chagas. O que é moral na guerra? Força superior. Não. Estou apenas cansado.

— Não é mais uma aventura, né?

— Deixou de ser muito tempo atrás. Tornou-se um trabalho. Algo que faço porque não sei fazer outra coisa.

— Algo que você faz muito bem. — Aquilo não ajudou, mas não consegui pensar em coisa melhor para dizer.

O Capitão entrou, um urso de passo bamboleante que inspecionou os destroços com olhar frio. Aproximou-se.

— Quantos conseguimos, Chagas?

— Não temos o total ainda. Creio que foi a maior parte da estrutura de comando deles.

Ele fez que sim.

— Está ferido?

— Apenas esgotado. Física e emocionalmente. Faz muito tempo desde que fiquei tão assustado.

Ele endireitou uma mesa, arrastou uma cadeira, apanhou um estojo com mapas. O Tenente se juntou a ele. Posteriormente, Manso trouxe Friso. De algum modo, o taverneiro tinha sobrevivido.

— Nosso amigo tem alguns nomes para você, Chagas.

Abri meu papel e anotei os que Friso citou.

Os comandantes da companhia começaram a recrutar prisioneiros para o trabalho de cavar sepulturas. Em vão, fiquei imaginando se eles se davam conta de que preparavam o próprio lugar de descanso. Nenhum soldado rebelde é perdoado, a não ser que possamos alistá-lo sem possibilidade de escapar à causa da Dama. Alistamos Friso. Oferecemos a ele uma história para explicar sua sobrevivência e eliminamos todos que poderiam negá-la. Manso, num rasgo de generosidade, tinha retirado os corpos do poço dele.

Calado voltou, com Duende e Caolho, os dois feiticeiros menores discutindo fervorosamente. Como sempre. Não me recordo qual era a disputa. Não tinha importância. A peleja era tudo e era assim havia décadas.

O Capitão lhes dirigiu um olhar carrancudo e perguntou ao Tenente:

— Coração ou Tomo?

Coração e Tomo são as únicas cidades importantes em Talha. Em Coração, há um rei aliado da Dama. Ela o coroou dois anos atrás, após Sussurro matar seu antecessor. Ele não é popular entre os talhenses. Minha opinião, nunca pedida, é de que ela deveria depô-lo antes que ele cause mais danos.

Duende acendeu uma fogueira. As horas da manhã tinham um frio cortante. Ele se ajoelhou diante dela, tostando os dedos.

Caolho remexeu atrás do balcão de Friso, encontrou uma jarra de cerveja miraculosamente intacta. Esvaziou-a de uma só vez, limpou o rosto, observou o aposento, piscou para mim.

— Lá vamos nós — murmurei.

O Capitão ergueu a vista.

— Hein?

— Caolho e Duende.

— Ah. — Ele voltou ao trabalho e não ergueu mais a vista.

Um rosto se formou nas chamas diante do pequeno Duende cara de sapo. Ele não o viu. Seus olhos estavam fechados. Olhei para Caolho. O olho dele também estava cerrado, e seu rosto era uma ameixa, rugas sobre rugas, sombreadas pela aba de seu chapéu mole. O rosto nas chamas adquiriu detalhes.

— Ei! — Assustei-me por um momento.

Olhando na minha direção, ele parecia ser o da Dama. Bem, o rosto que a Dama usava na única vez em que a vi realmente. Foi durante a batalha de Talismã. Ela me visitou para perscrutar minha mente a respeito de suspeitas sobre uma conspiração entre os Dez Que Foram Tomados... Uma sensação de medo. Tenho vivido com isso durante anos. Se algum dia ela voltar a me interrogar, a Companhia Negra ficará sem seu mais antigo médico e Analista. Eu agora possuo conhecimentos pelos quais ela exterminaria reinados.

O rosto no fogo botou para fora uma língua igual à de uma salamandra. Duende chiou. Levantou-se de um salto, segurando o nariz empolado

Caolho estava secando outra cerveja, de volta à sua vítima. Duende fechou a cara, esfregou o nariz, sentou-se novamente. Caolho se virou o suficiente para colocá-lo no canto de sua visão. Esperou até Duende começar a balançar a cabeça.

Isto vem durando uma eternidade. Ambos estavam na Companhia antes de eu entrar, Caolho pelo menos um século. Ele é *velho*, mas é tão esperto quanto homens da minha idade.

Talvez mais. Ultimamente, tenho sentido mais e mais o fardo do tempo, discorrendo com demasiada frequência sobre tudo aquilo que perdi. Posso rir de camponeses e de caipiras da cidade acorrentados a vida toda a um pequeno pedaço da terra enquanto perambulo pela sua superfície e vejo suas maravilhas, mas, quando eu parar, não haverá qualquer criança para levar adiante meu nome, nem uma família para me prantear, exceto os meus companheiros. Ninguém para lembrar, ninguém para erguer uma lápide sobre meu frio pedaço de chão. Embora eu tenha presenciado grandes acontecimentos, não deixarei qualquer obra, a não ser estes Anais.

Que presunção. Redigir meu próprio epitáfio disfarçado de história da Companhia.

Estou desenvolvendo um tom mórbido. Preciso controlar isso.

Caolho colocou as mãos em conchas, as palmas viradas sobre o tampo do balcão, murmurou, abriu-as. Revelou-se uma horrível aranha do tamanho de um punho, usando uma cauda peluda de esquilo. Ninguém pode dizer que Caolho não tem senso de humor. Ela correu para o chão, passou por mim, sorriu com o rosto negro de Caolho sem tapa-olho, então disparou na direção de Duende

A essência da feitiçaria, mesmo para seus praticantes não fraudulentos, é confundir. Daí essa aranha com rabo peludo de esquilo.

Duende não estava cochilando. Estava distraído. Quando a aranha se aproximou, ele girou e agitou um pedaço de lenha. A aranha desviou. Duende martelou o chão. À toa. Seu alvo disparou em volta, com uma risadinha que tinha a voz de Caolho.

O rosto se formou nas chamas. Sua língua se arremessou para fora. Os fundilhos da calça de Duende começaram a queimar.

— Minha nossa — exclamei.

— O que foi? — perguntou o Capitão, sem erguer o olhar. Ele e o Tenente tinham adotado posições diferentes quanto a se Coração ou Tomo seriam a melhor base de operações.

De algum modo, a notícia vazou. Homens entraram correndo para a mais recente rodada da rixa. Observei:

— Acho que Caolho vai vencer uma.

— É mesmo? — Por um momento, o velho urso grisalho ficou interessado. Havia anos que Caolho não superava Duende.

A boca de sapo de Duende se abriu num uivo alarmado, furioso. Bateu nos fundilhos com as mãos, dançando.

— Sua pequena víbora! — berrou. — Vou estrangular você! Vou arrancar seu coração e comê-lo! Vou... Vou...

Espantoso. Absolutamente espantoso. Duende nunca se zanga. Ele se vinga. Então Caolho bota novamente sua mente distorcida para trabalhar. Se Duende fica calmo, Caolho acha que está perdendo.

— Coloquem um fim nisso antes que perca o controle — disse o Capitão.

Elmo e eu ficamos entre os antagonistas. Aquela coisa era perturbadora. As ameaças de Duende eram sérias. Caolho o pegara de mau humor; a primeira vez, que eu presenciava.

— Calma — falei para Caolho.

Ele parou. Caolho também farejou problema.

Vários homens reclamaram. Apostas altas foram feitas. Normalmente ninguém apostaria um cobre em Caolho. Duende sair por cima é uma certeza, mas, dessa vez, ele parecia fragilizado.

Duende não queria desistir. Também não queria jogar pelas regras habituais. Apanhou uma espada caída no chão e partiu para cima de Caolho.

Não pude deixar de sorrir. A espada era imensa e estava quebrada, e Duende era tão pequeno, mas tão feroz, que parecia uma caricatura. Uma caricatura sedenta por sangue. Elmo não conseguiria lidar com ele. Gesticulei pedindo ajuda. Alguém pensando rápido jogou água nas costas de Duende. Ele se virou, xingou e deu início a um encanto mortal.

Encrenca, é claro. Uma dúzia de homens saltou para cima dele. Alguém jogou outro balde com água. Isso esfriou os ânimos de Duende. Ao lhe tirarmos a espada, ele parecia envergonhado. Desafiador, mas envergonhado.

Eu o conduzi de volta ao fogo e me instalei a seu lado.

— Qual é o problema? O que aconteceu? — Olhei para o Capitão com o rabo do olho. Caolho estava diante dele, pálido por estar levando uma bronca violenta.

— Não sei, Chagas. — Duende relaxou os ombros, encarou o fogo. — De repente, tudo ficou demais. Aquela emboscada ontem à noite. A mesma coisa de sempre. Sempre há outra província, sempre mais rebeldes. Eles se reproduzem como larvas de moscas em cocô de vaca. Estou ficando cada vez mais velho, e não fiz nada para tornar o mundo melhor. Aliás, se você olhar para trás, todos nós o tornamos pior. — Balançou a cabeça. — Isso não está certo. Não é isso que quero dizer. Mas não sei dizer de maneira melhor.

— Talvez seja uma epidemia.

— O quê?

— Nada. Estava pensando alto.

Elmo. Eu. Duende. Uma porção dos homens reavaliando seu caráter ultimamente. Havia algo errado na Companhia Negra. Eu tinha minhas suspeitas, mas não estava disposto a analisá-las. Era deprimente demais.

— Estamos precisando de um desafio — sugeri. — Não nos esforçamos de verdade desde Talismã.

O que era uma meia verdade. Uma operação que nos obrigasse a nos dedicar totalmente a permanecer vivos poderia ser uma prescrição para os sintomas, mas não era o remédio para as causas. Como médico, eu não tinha predileção por tratar apenas os sintomas. Eles poderiam tornar a suceder indefinidamente. A própria doença tinha de ser atacada.

— Nós precisamos — disse Duende numa voz tão suave que quase sumiu no crepitar das chamas — é de uma causa na qual possamos acreditar.

— Sim — concordei. — Isso também.

Do lado de fora, vieram os gritos surpresos, ultrajados, de prisioneiros que descobriam que encheriam as sepulturas que tinham cavado.

Capítulo Nove

ZIMBRO: A MORTE COMPENSA

Barraco ficava cada vez mais apavorado com o passar dos dias. Precisava conseguir algum dinheiro. Krage estava espalhando a notícia. Ele seria usado como exemplo.

Conhecia a tática. Krage queria amedrontá-lo para ele ceder o Lírio. O lugar não era grande coisa, mas Barraco tinha a certeza absoluta de que valia mais do que ele devia. Krage o revenderia por várias vezes seu investimento. Ou o transformaria em quartos para putas. E Barraco Castanho e sua mãe ficariam na rua, com a risada mortal do inverno ressoando em seus ouvidos.

Mate alguém, dissera Krage. Assalte alguém. Barraco refletiu sobre ambas as possibilidades. Ele faria qualquer coisa para manter o Lírio e proteger sua mãe.

Se ao menos conseguisse clientes de verdade! Ele nada tinha além de trapaceiros de uma noite só e parasitas. Precisava de clientes que residissem na cidade. Mas não conseguiria isso sem dar uma ajeitada no lugar. E não poderia fazer isso sem dinheiro.

Asa cruzou a porta. Pálido e amedrontado, foi rapidamente até o balcão.

— Conseguiu algum fornecimento de lenha? — perguntou Barraco.

O homenzinho negou com a cabeça, deslizou dois gershs pelo balcão.

— Me dê um trago.

Barraco jogou as moedas em sua caixa. Não devia questionar a procedência do dinheiro — ele não tinha memória. Serviu uma caneca até a borda. Asa avançou sobre ela ansiosamente.

— Nada disso — disse Barraco. — Me explique.

— Sem essa, Barraco. Eu lhe paguei.

— Sim. Eu lhe darei depois que me disser por que está tão agitado.

— Cadê o tal do Corvo?

— Lá em cima. Dormindo. — Corvo estivera fora a noite toda.

Asa tremeu mais um pouco.

— Me dê isso, Barraco.

— Fale.

— Está bem. Krage e Ruivo me agarraram. Queriam saber sobre Corvo.

Então Barraco ficou sabendo como Asa conseguira a grana. Havia tentado vender Corvo.

— Conte mais.

— Queriam apenas saber sobre ele.

— O que queriam saber?

— Se ele costuma sair.

— Por quê?

Asa embromou. Barraco afastou a caneca.

— Tá legal. Eles tinham dois homens vigiando Corvo. Os dois desapareceram. Ninguém sabe de nada. Krage está furioso. — Barraco deixou que Asa pegasse o vinho. Ele o tomou com um único gole.

Barraco olhou de relance na direção da escada e tremeu. Talvez tivesse subestimado Corvo.

— O que Krage disse de mim?

— Outra caneca viria a calhar, Barraco.

— Eu lhe darei outra caneca. Na sua cabeça.

— Não preciso de você, Barraco. Fiz um contato. Posso dormir na casa de Krage sempre que quiser.

Barraco grunhiu, fez uma careta.

— Você venceu. — Serviu a caneca de vinho.

— Ele vai acabar com o seu negócio, Barraco. Custe o que custar. Ele decidiu que você está envolvido com Corvo. — Deu uma risadinha maldosa. — Só que ele não consegue imaginar onde você conseguiu colhões para lutar contra ele.

— Mas não estou envolvido. Não tenho nada a ver com o Corvo, Asa. Você sabe disso.

Asa desfrutou seu momento.

— Tentei dizer isso para Krage, Barraco. Ele não quis ouvir.

— Tome seu vinho e dê o fora, Asa.

— Barraco? — A lamúria de sempre encheu a voz de Asa.

— Você me ouviu. Fora. Volte para seus novos amigos. Veja por quanto tempo eles podem ser úteis para você.

— Barraco!...

— Eles jogarão você de volta na rua, Asa. Comigo e com mamãe. Fora, seu sanguessuga.

Asa tomou seu vinho e saiu, os ombros firmes contra o pescoço. Havia provado a verdade das palavras de Barraco. Sua associação com Krage seria frágil e breve.

Barraco tentou alertar Corvo. Ele o ignorou. Barraco poliu canecas, observou Corvo conversar com Lindinha no profundo silêncio da linguagem de sinais e se esforçou para imaginar um meio de conseguir uma transa na parte alta da cidade. Normalmente passava aquelas primeiras horas olhando Lindinha e tentando pensar em um meio de conseguir acesso a ela, mas ultimamente o puro terror das ruas havia abolido seu atrevimento usual.

Um grito como o de um porco com a garganta cortada veio lá de cima.

— Mamãe!

Barraco subiu a escada de dois em dois degraus.

Sua mãe estava na porta do enorme quarto com beliches, ofegante.

— Mãe? O que foi?

— Tem um homem morto aí dentro.

O coração de Barraco palpitou. Entrou no quarto. Um velho estava deitado no leito de baixo do beliche à direita, depois da porta.

Houvera apenas quatro clientes para o quarto dos beliches naquela noite. Seis gershs por cabeça. O aposento tinha 2 metros de largura e 4 de comprimento, com 24 plataformas empilhadas a 2 de altura. Quando o quarto estava cheio, Barraco cobrava dois gershs para se dormir apoiado numa corda estendida no meio.

Barraco tocou no velho. Sua pele estava fria. Havia horas que tinha morrido.

— Quem era ele? — perguntou a velha Junho.

— Não sei. — Barraco examinou as roupas em farrapos. Encontrou quatro gershs e um anel de ferro.

— Droga! — Ele não podia ficar com aquilo. Os Custódios desconfiariam se não encontrassem nada. — Estamos com azar. É o nosso quarto cadáver este ano.

— São os clientes, meu filho. Eles já estão com um pé nas Catacumbas.

Barraco cuspiu.

— É melhor eu chamar os Custódios.

Uma voz disse:

— Ele esperou esse tempo todo, deixe-o esperar um pouco mais.

Barraco se virou. Corvo e Lindinha estavam parados atrás de sua mãe.

— O quê?

— Talvez ele seja a resposta aos seus problemas — disse Corvo.

E imediatamente Lindinha começou a fazer sinais tão depressa que Barraco não conseguiu captar nem um entre vinte. Evidentemente, estava dizendo a Corvo para ele não fazer alguma coisa. Corvo a ignorou.

A velha Junho vociferou:

— Barraco! — Sua voz estava pesada de repreensão.

— Não se preocupe, mãe. Eu cuido disso. Continue seu serviço.

Junho era cega, mas, quando a saúde permitia, esvaziava os urinóis e fazia o que se poderia chamar de trabalho de criada — principalmente tirar o pó das camas, entre os grupos de hóspedes, para matar pulgas e piolhos. Quando a saúde a confinava à cama, Barraco trazia seu primo Wally, um vagabundo como Asa, mas com mulher e filhos. Barraco aproveitava a ajuda dele mais por pena da esposa do primo.

Ele foi para o andar de baixo. Corvo seguiu-o, ainda discutindo com Lindinha. Momentaneamente, Barraco ficou imaginando se Corvo estava trepando com ela. Seria um desperdício de excelente carne feminina se ninguém estivesse.

De que modo um morto com quatro gershs poderia livrá-lo de Krage? Resposta: não poderia. Não legitimamente.

Corvo se instalou no seu banquinho habitual. Espalhou um punhado de cobres.

— Vinho. Sirva-se também uma caneca.

Barraco recolheu as moedas, depositou-as na caixa. O conteúdo dela era lastimável. Não estava conseguindo pagar as despesas. Estava perdido. Sua dívida com Krage poderia ser miraculosamente paga e ainda assim estaria perdido.

Depositou uma caneca diante de Corvo, sentou-se num banquinho. Sentia-se mais velho do que realmente era e infinitamente exausto.

— Diga-me.

— O velho. Quem era ele? Estava com quem?

Barraco deu de ombros.

— Apenas alguém que queria fugir do frio. Coturno está cheio deles.

— Isso mesmo.

Barraco tremeu diante do tom de Corvo.

— Está propondo o que estou pensando?

— O quê?

— Sei lá. Para que serve um cadáver? Isto é, até mesmo os Custódios se limitam a enfiá-los nas Catacumbas.

— Suponha que haja um comprador.

— Venho supondo isso.

— E?

— O que eu teria de fazer?

Sua voz mal alcançava o outro lado da mesa. Ele não conseguia imaginar um crime mais revoltante. Até mesmo o mais baixo dos mortos da cidade era honrado acima dos vivos. Um cadáver era sagrado. O Reservado era o epicentro de Zimbro.

— Muito pouco. Tarde da noite, leve o corpo para a porta dos fundos. Consegue fazer isso?

Ele fez que sim fracamente.

— Ótimo. Termine seu vinho.

Barraco o entornou num gole. Serviu-se outra caneca. E passou a polir diligentemente sua louça. Era um pesadelo. Logo passaria.

O cadáver parecia quase sem peso, mas Barraco teve dificuldade em descer a escada. Ele tinha bebido muito. Atravessou o sombreado salão, pisando com exagerada cautela. As pessoas aglomeradas junto à lareira pareciam demoníacas no vermelho-escuro das últimas brasas.

Um dos pés do velho derrubou uma panela quando Barraco entrou na cozinha. Ele congelou. Nada aconteceu. As batidas de seu coração diminuíram gradualmente. Ele continuou lembrando a si mesmo que fazia aquilo para que sua mãe não tivesse que congelar nas ruas, durante o inverno.

Golpeou a porta com o joelho. Ela girou imediatamente. Uma sombra cochichou:

— Depressa. — E agarrou os pés do velho, ajudando Barraco a colocá-lo numa carroça.

Ofegante, aterrorizado, Barraco grasniu:

— E agora?

— Vá dormir. Você receberá sua parte pela manhã.

O suspiro aliviado de Barraco quase se transforma em lágrimas.

— Quanto? — arfou.

— Um terço.

— Apenas um terço?

— Eu estou correndo todos os riscos. Você já está seguro.

— Está bem. Quanto seria?

— O mercado varia. — Corvo se virou. Barraco fechou a porta, apoiou-se nela com os olhos fechados. O que tinha feito?

Alimentou o fogo e foi para a cama. Deitou-se ouvindo os roncos de sua mãe. Teria ela desconfiado? Talvez não. Os Custódios geralmente esperavam a noite. Diria à mãe que ela dormira durante todo o processo.

Não conseguiu dormir. Quem sabia sobre a morte? Se a notícia se espalhasse, as pessoas se perguntariam. Começariam a suspeitar o insuspeitável.

E se Corvo fosse apanhado? Os Inquisidores o fariam falar? Touro era capaz de fazer uma pedra confessar.

Ele observou a mãe durante toda a manhã seguinte. Ela nada falou, a não ser monossílabos, mas era o seu costume.

Corvo apareceu logo após o meio-dia.

— Chá e uma tigela de mingau, Barraco. — Quando pagou, não depositou cobres diante dele.

Os olhos de Barraco se arregalaram. Dez levas de prata estavam diante dele. Dez? Por um velho morto? E aquilo era apenas um terço? E Corvo já fizera aquilo antes? Ele devia ser rico. As palmas de Barraco ficaram úmidas. Sua mente se agitou atrás de crimes em potencial.

— Barraco? — disse Corvo baixinho ao entregar o chá e o mingau. — Nem mesmo pense nisso.

— O quê?

— Não pense no que está pensando. *Você* acabaria na carroça.

Da porta da cozinha, Lindinha olhou zangada para eles. Por um momento, Corvo pareceu constrangido.

Barraco foi furtivamente à estalagem onde Krage recebia as pessoas. De fora, o lugar era tão dilapidado quanto o Lírio. Timidamente, ele procurou por Conte, tentando ignorar Asa. Conte não o atormentaria para se divertir.

— Conte, preciso falar com Krage.

Conte abriu os grandes olhos bovinos castanhos.

— Por quê?

— Eu lhe trouxe algum dinheiro. Para pagar a dívida.

Pesadamente, Conte se colocou de pé.

— Está bem. Espere aqui. — Saiu.

Asa se aproximou silenciosamente.

— Onde conseguiu o dinheiro, Barraco?

— Onde consegue o seu, Asa?

Asa não respondeu.

— Não é educado perguntar. Cuide da sua vida ou fique longe de mim.

— Barraco, pensei que fôssemos amigos.

— Tentei esse amizade, Asa. Até mesmo dei um lugar para você dormir. E você não perdeu tempo em se juntar a Krage...

Uma sombra atravessou o rosto de Asa.

— Sinto muito, Barraco. Você me conhece. Não penso tão depressa. Faço coisas idiotas.

Barraco bufou. Então Asa havia chegado à inevitável conclusão: Krage se livraria dele assim que desse um jeito em Corvo.

Barraco ficou tentado a trair Corvo. O sujeito devia ter uma fortuna escondida. Mas tinha medo de milhares de coisas, e seu hóspede era o primeiro da lista.

Asa disse:

— Consegui um meio de obter lenha do Reservado. — Seu rosto se iluminou numa súplica patética. — A maior parte é pinho, mas é madeira.

— Do Reservado?

— Não é ilegal, Barraco. Mantém limpo o Reservado.

Barraco franziu justificadamente a testa.

— Barraco, é menos errado do que revistar alguém que...

Barraco controlou a raiva. Precisava de aliados dentro do campo inimigo.

— Lenha pode ser igual a dinheiro, Asa. Sem procedência.

Asa sorriu de modo bajulador.

— Obrigado, Barraco.

Conte chamou:

— Barraco.

Barraco tremia ao atravessar o cômodo. Os homens de Krage sorriram. Aquilo não ia dar certo. Krage não ouviria. Seria dinheiro jogado fora.

— Conte falou que você tinha algo para me dar para pagar a dívida — disse Krage.

— Aham.

O aposento de Krage poderia ter sido arrancado por inteiro de uma das mansões do alto do paredão do vale. Barraco ficou impressionado.

— Pare de bancar o idiota e vamos logo com isso. É melhor não vir me dar um punhado de cobres, nem implorar uma prorrogação. Já escolheu uma porta quentinha? Seus pagamentos são uma piada, Barraco.

— Não são uma piada, Sr. Krage. Palavra. Posso pagar mais da metade.

As sobrancelhas de Krage se ergueram.

— Interessante. — Barraco colocou nove levas de prata diante dele. — Muito interessante. — Ele encarou Barraco com um olhar penetrante.

Barraco gaguejou.

— Isso é mais do que a metade, contando os juros. Espero que, talvez, vendo o quanto isso me coloca adiantado...

— Calado. — Barraco ficou em silêncio. — Você acha que vou esquecer o que aconteceu?

— Não foi culpa minha, Sr. Krage. Eu não falei para ele... O senhor não sabe como Corvo é.

— Cale-se. — Krage olhou para as moedas. — Talvez alguma coisa possa ser feita. Eu sei que você não pediu nada para ele. Você não tem colhões para isso.

Barraco olhou para o chão, incapaz de negar sua covardia.

— Está bem, Barraco. Você é um cliente regular. Voltou a ficar em dia. — Olhou o dinheiro. — Está, ao que parece, adiantado três semanas.

— Obrigado, Sr. Krage. Mesmo. Não sabe o quanto isso significa...

— Cale-se. Eu sei exatamente o que isso significa. Vá embora. Comece a juntar o próximo pagamento. Esse foi seu último adiamento.

— Sim, senhor. — Barraco se retirou.

Conte abriu a porta.

— Barraco! Pode ser que eu queira alguma coisa em determinada ocasião. Um favor em troca de um favor. Entendeu?

— Sim, senhor.

— Muito bem. Vá.

Barraco foi embora, uma sensação de depressão substituindo a de alívio. Krage faria com que ele o ajudasse a pegar Corvo. Quase chorou enquanto caminhava em direção à sua casa. A situação nunca melhorava. Estava sempre encrencado.

Capítulo Dez

TALHA: REVIRAVOLTA

Tomo era como todas as cidades que recentemente havíamos ocupado com guarnições. Pequena, suja, monótona. Era de se perguntar por que a Dama se preocupava com ela. Que utilidade tinham essas províncias remotas? Ela insistia para que se subjugassem simplesmente para inflar seu ego? Nada havia ali que valesse a pena possuir, a não ser o poder sobre os nativos.

Até mesmo eles viam sua terra com certo desdém.

A presença da Companhia Negra esgotou os recursos da área. Ao fim de uma semana, o Capitão começou a falar em transferir uma companhia para Coração e aquartelar unidades menores nos povoados. Nossas patrulhas raramente encontravam rebeldes, mesmo quando os feiticeiros ajudavam na caça. O confronto na taverna de Friso quase eliminara a infestação.

Os espiões da Dama nos disseram que os poucos rebeldes comprometidos que sobreviveram tinham fugido para Tambor, um reino ainda mais desolador a nordeste. Supus que Tambor seria a nossa próxima missão.

Certo dia, eu escrevia estes Anais quando decidi que precisava de uma estimativa dos quilômetros que havíamos percorrido em nosso avanço em direção leste. Fiquei horrorizado ao descobrir a verdade. Tomo ficava mais de 3 mil quilômetros a leste de Talismã! Muito além dos limites do império tal como havia existido seis anos antes. As grandes conquistas da Tomada chamada Sussurro estabeleceram um arco fronteiriço bem deste lado do Vale do Medo. Percorri a linha de cidades-Estados que formavam aquela fronteira esquecida. Geada, Ade, Baque, Celeiros e Ferrugem, onde os rebeldes haviam desafiado a Dama, com sucesso, durante anos. Todas elas cidades enormes, formidáveis, e as últimas assim que havíamos visto. Ainda tremo ao me lembrar do Vale do Medo.

Nós o atravessamos sob a proteção de Sussurro e Pluma, duas Tomadas, as aprendizes negras da Dama, ambas feiticeiras em ordens de magnitude acima de nossos três insignificantes magos. Ainda assim, e viajando com exércitos regulares inteiros de soldados da Dama, sofremos ali. É uma terra hostil, cruel, onde não se aplicam quaisquer das regras normais. Pedras falam e baleias voam. Corais nascem no deserto. Árvores andam. E os habitantes são os mais estranhos de todos... Mas não está aqui nem ali. É apenas um pesadelo do passado. Um pesadelo que ainda me assombra, quando os gritos de Puma e Veloz ecoam pelos corredores do tempo e, novamente, nada posso fazer para salvá-los.

— Qual é o problema? — perguntou Elmo, puxando o mapa de baixo dos meus dedos, inclinando a cabeça de lado. — Parece que viu um fantasma.

— Apenas lembrando do Vale do Medo.

— Ah. Sim. Bem, anime-se. Tome uma cerveja. — Deu um tapa nas minhas costas. — Ei! Cabeça! Por onde tem andando? — Seguiu em frente, atrás do principal embromador da Companhia.

Caolho chegou pouco depois, assustando-me.

— Como está Duende? — perguntou baixinho. Não houvera contato entre eles desde a taverna de Friso. Ele olhou o mapa. — Colinas Vazias? Nome interessante.

— Também chamada de Colinas Ocas. Ele está bem. Por que não vai falar com ele?

— Por que diabos faria isso? Foi ele quem agiu como babaca. Não aguenta uma piadinha...

— Suas piadas são um pouco pesadas, Caolho...

— É. Talvez. Sabe de uma coisa? Você vem comigo.

— Preciso preparar minha leitura.

Uma noite por mês o Capitão espera que eu exorte os soldados com uma leitura dos meus Anais. Desse modo, saberemos de onde viemos e

49

recordaremos nossos ancestrais na unidade. Antigamente, isso significava muito. A Companhia Negra. A última das Companhias Livres de Khatovar. Todos irmãos. Unidos. Grande espírito. Nós contra o mundo, e deixem o mundo observar. Mas o que se manifestara no comportamento de Duende, na suave depressão de Elmo e de outros estava afetando todo mundo. As peças começavam a se desgrudar.

Eu tinha que escolher uma boa leitura. De uma época em que a Companhia estava encurralada e sobreviveu apenas por se ater às suas virtudes tradicionais. Houvera muitos momentos assim em quatrocentos anos. Queria um deles registrado por um dos mais inspirados Analistas, um com o fogo de um pregador da Rosa Branca falando para recrutas em potencial. Talvez eu precisasse de uma série, algo que pudesse ler várias noites seguidas.

— Merda — exclamou Caolho. — Você conhece esses livros de cor. Vive com o nariz enfiado neles. De qualquer modo, poderia inventar tudo e ninguém notaria a diferença.

— Provavelmente. E ninguém se importaria se o fizesse. As coisas estão ficando desagradáveis, velho. Tudo bem. Vamos ver Duende.

Talvez os Anais precisassem de uma releitura diferente. Talvez eu estivesse tratando sintomas. Para mim, os Anais possuem certa qualidade mística. Talvez eu conseguisse identificar a doença mergulhando neles, caçando algo nas entrelinhas.

Duende e Calado estavam jogando cavaca sem as mãos. Direi o seguinte sobre os nossos três magos: eles não são lá grande coisa, mas mantêm seus talentos afiados. Duende estava na frente em pontos. E de bom humor. Chegou a cumprimentar Caolho com um aceno da cabeça.

Pronto. Estava acabado. A rolha podia ser colocada na garrafa. Caolho precisava apenas dizer a coisa certa.

Para meu espanto, ele até mesmo pediu desculpas. Com sinais, Calado sugeriu que fôssemos embora e deixássemos os dois concluírem suas pazes em particular. Cada qual tinha uma superabundância de orgulho.

Eu e Calado fomos para fora. Como costumávamos fazer, quando ninguém podia interceptar nossos sinais, discutimos sobre os velhos tempos. Ele também estava inteirado do segredo pelo qual a Dama destruiria nações.

Meia dúzia de outros desconfiaram, em certa ocasião, e depois esqueceram. Nós sabíamos, e nunca esqueceríamos. Aqueles outros, se questionados, deixariam a Dama com sérias dúvidas. Nós dois, jamais. Nós *conhecíamos* a identidade da inimiga mais poderosa da Dama — e por seis anos nada fizemos para avisá-la do fato de que aquela adversária existia como mais do que uma fantasia rebelde.

Os rebeldes tendem a mostrar um traço de superstição. Eles adoram profetas, profecias e grandiosas, dramáticas previsões de vitórias futuras. Foi a busca de uma profecia que os levou a uma armadilha em Talismã, quase provocando sua extinção. Recuperaram o equilíbrio posteriormente ao se convencerem de que eram vítimas de falsos profetas e falsas profecias, levadas até eles por vilões mais trapaceiros que eles próprios. Convencidos disso, puderam prosseguir e acreditar em coisas mais impossíveis.

O engraçado era que mentiam para si mesmos com a verdade. Eu era, talvez, a única pessoa fora do círculo interno da Dama a saber que eles foram guiados para as mandíbulas da morte. Só que o inimigo que os havia guiado não foi a Dama, como acreditaram. Esse inimigo era uma maldade ainda maior, o Dominador, na ocasião o marido da Dama, a quem ela havia traído e deixado enterrado, embora vivo, numa sepultura na Grande Floresta ao norte de uma cidade distante chamada Remo. Dessa sepultura, ele havia alcançado o lado de fora, sutilmente, e retorcera as mentes de homens nos altos círculos rebeldes, curvando-os à sua vontade, esperando usá-los para derrubar a Dama e realizar sua própria ressurreição. Fracassou, embora tivesse contado com a ajuda de vários dos Tomados originais em sua trama.

Se ele sabe da minha existência, devo estar num lugar alto de sua lista. Continua deitado lá, imóvel, tramando, talvez me odiando, pois ajudei a trair os Tomados que o ajudavam... Medonho, isso. A Dama já era um remédio suficientemente ruim. O Dominador, porém, formava um corpo do qual a maldade dela não passava de uma sombra. Ou assim reza a lenda. Às vezes fico imaginando, se isso for verdade, por que ela caminha sobre a terra e ele permanece impaciente na sepultura.

Pesquisei bastante desde que descobri o poder da coisa no norte, sondando histórias pouco conhecidas. Amedrontando-me a cada ocasião. A Dominação, a era em que o Dominador governava de fato, fedia como uma era de inferno na terra. Parecia um milagre que a Rosa Branca o tivesse derrubado. Uma pena ela não ter conseguido destruí-lo. E a todos os seus subordinados, inclusive a Dama. O mundo não estaria no apuro em que se encontra hoje.

Fico imaginando quando a lua de mel vai acabar. A Dama não tem sido assim tão terrível. Quando ela vai relaxar e liberar a escuridão que há em seu interior, revivendo o terror do passado?

Também me pergunto sobre as vilanias atribuídas à Dominação. A história, inevitavelmente, é registrada pelos vencedores, interessados em si mesmos.

Veio um grito dos aposentos de Duende. Calado e eu nos entreolhamos por um momento, então corremos para dentro.

Honestamente, esperava que a vida de um deles estivesse se esvaindo em sangue no chão. Não esperava encontrar Duende tendo um acesso enquanto Caolho lutava desesperadamente para evitar que ele se ferisse.

— Alguém fez contato — arfou Caolho. — Ajudem-me. É forte.

Engoli em seco. Contato. Não tínhamos uma comunicação direta desde as desesperadamente rápidas campanhas, anos atrás, quando os rebeldes se aproximavam de Talismã. Desde então, a Dama e Tomados tinham se contentado em se comunicar através de mensageiros.

O acesso durou apenas segundos. Era o normal. Então Duende relaxou, choramingando. Demoraria vários minutos até ele se recuperar o suficiente para transmitir a mensagem. Nós três olhamos um para o outro com rostos inexpressivos de jogadores de cartas, temerosos por dentro. Eu disse:

— Alguém deve avisar ao Capitão.

— Sim — concordou Caolho. Mas não fez menção de sair. Nem Calado.

— Está bem. Eu vou. — Fui. Encontrei o Capitão fazendo o que fazia de melhor. Tinha os pés sobre a mesa de trabalho e roncava. Acordei-o e lhe contei.

Ele suspirou.

— Procure o Tenente. — Foi até seu estojo de mapas. Fiz algumas perguntas, que ignorou, entendi os sinais e saí.

Estaria ele esperando algo semelhante? Haveria uma crise na área? Como poderia Talismã ter sabido primeiro?

Bobagem me preocupar antes de ouvir o que Duende tinha a dizer.

O Tenente não pareceu mais surpreso do que o Capitão.

— Está acontecendo alguma coisa? — perguntei.

— Talvez. Chegou uma carta por mensageiro, antes de você e Manso partirem para Talha. Dizia que talvez fôssemos convocados para oeste. Pode ser isso.

— Oeste? É mesmo?

— É. — Colocou um denso sarcasmo na palavra!

Idiotice. Se escolhermos Talismã como ponto habitual de demarcação entre leste e oeste, Talha ficará a mais de 3 mil quilômetros de distância. Três meses de viagem sob perfeitas condições. A região no meio era tudo menos perfeita. Em alguns lugares, simplesmente não havia estradas. Achava que seis meses seria otimismo demais.

Porém novamente eu me preocupava antes do fato. Tinha de esperar e ver.

Sucedeu que era algo que nem mesmo o Capitão e o Tenente haviam antecipado.

Esperamos, tremendo, enquanto Duende se recuperava. O Capitão estava com o estojo de mapas aberto, rabiscando a tentativa de uma rota para Geada. Grunhiu porque todas as rotas em direção a oeste tinham de passar pelo Vale do Medo. Duende pigarreou.

A tensão aumentou. Ele não ergueu a vista. A notícia devia ser desagradável. Duende guinchou:

— Fomos reconvocados. Foi a Dama. Ela parecia perturbada. A primeira parte vai para Geada. Um dos Tomados nos encontrará lá. Ele nos levará à Terra dos Túmulos.

Os outros franziram a testa, trocaram olhares intrigados. Eu murmurei:

— Merda. Puta merda.

— O que foi, Chagas? — quis saber o Capitão.

Eles não sabiam. Não ligavam para assuntos históricos.

— É onde o Dominador está enterrado. Onde todos eram enterrados, no passado. Fica na floresta ao norte de Remo. — Estivemos em Remo há sete anos. Não era uma cidade amistosa.

— Remo! — berrou o Capitão. — Remo! São 4 mil quilômetros!

— Acrescente mais uns 200 até a Terra dos Túmulos.

Ele encarou os mapas.

— Genial. Simplesmente genial. Isso significa não apenas o Vale do Medo, mas também as Colinas Vazias e a Planície dos Ventos. Simplesmente fuderosamente genial. Suponho que devamos estar lá na semana que vem, não?

Duende balançou a cabeça.

— Ela não pareceu afobada, Capitão. Apenas chateada e querendo que a gente parta imediatamente.

— Ela lhe deu alguns porquês ou para quês?

Duende sorriu. A Dama alguma vez fez isso? Diabos, não.

— Sem mais nem menos — murmurou o Capitão. — Assim, de repente. Ordem para marchar por meio mundo. Adorei. — Mandou o Tenente começar os preparativos para a partida.

Era uma notícia ruim, maluca, insanamente determinada, mas não tão ruim quanto ele deu a entender. O Capitão estava se preparando desde que recebera a carta pelo mensageiro. Não era tão difícil se mandar dali. O problema era que ninguém queria fazer isso.

O oeste era mais agradável do que qualquer coisa que tínhamos conhecido fora daqui, mas não tão agradável que alguém quisesse caminhar até lá.

Certamente, ela poderia ter chamado uma unidade mais próxima.

Éramos vítimas de nossa própria competência. Ela sempre nos quer onde o andamento das coisas ameaça se tornar perigoso. Ela sabe que faremos o melhor serviço.

Maldição, duas vezes maldição.

Capítulo Onze

ZIMBRO: SERVIÇO NOTURNO

B arraco dera a Krage apenas nove das dez levas. Com a moeda que guardou comprou lenha, vinho e cerveja para reabastecer seu estoque. Então outros credores se inteiraram de sua prosperidade. Uma leve mudança para melhor nos negócios não lhe fez bem. Honrou seu pagamento seguinte a Krage pegando emprestado com um agiota chamado Gilbert.

Descobriu-se desejando que alguém morresse. Outras dez levas o deixariam extremamente distante de ser afetado pelo inverno.

Foi um inverno bem difícil, aquele. Nada se mexia no porto. Não havia trabalho em Coturno. O único bocadinho de sorte de Barraco era Asa. Asa trazia lenha sempre que se livrava de Krage, num patético esforço para comprar um amigo.

Asa chegou com um punhado. Em particular, disse:

— É melhor tomar cuidado, Barraco. Krage soube que você pegou emprestado com Gilbert. — Barraco ficou cinzento. — Ele arranjou um comprador pro Lírio. Já estão arrebanhando as garotas.

Barraco balançou a cabeça. Naquela época do ano, os putanheiros recrutavam mulheres desesperadas. Quando o verão trazia os marinheiros, elas já dominavam seu ofício.

— Filho da puta. Me fez pensar que estava me dando uma folga. Eu deveria ter adivinhado. Desse modo, ele consegue o meu dinheiro *e* o meu negócio. Filho da puta.

— Bem, eu avisei a você.

— Sim. Obrigado, Asa.

A data de vencimento seguinte chegou como uma força avassaladora. Gilbert lhe recusou outro empréstimo. Credores menores assediavam o Lírio. Krage os colocava no caminho de Barraco.

Ele levou uma bebida de cortesia para Corvo.

— Posso me sentar?

Um vestígio de sorriso cruzou os lábios de Corvo.

— A casa é sua. — E: — Você não tem sido amigável ultimamente, Barraco.

— Ando nervoso — mentiu Barraco. Corvo irritava sua consciência. — Preocupado com as minhas dívidas.

Corvo enxergou além da desculpa.

— E achou que talvez eu pudesse ajudar?

Barraco quase gemeu.

— Sim.

Corvo riu baixinho. Barraco achou que havia detectado uma nota de triunfo.

— Está bem, Barraco. Esta noite?

Barraco imaginou sua mãe sendo levada pelos Custódios. Engoliu a autoaversão.

— Sim.

— Está bem. Mas, desta vez, você será um ajudante, e não um sócio. — afirmou Corvo. Barraco engoliu em seco e concordou. — Ponha a velha na cama, depois volte para baixo. Entendeu?

— Sim — sussurrou Barraco.

— Ótimo. Agora vá embora. Você me irrita.

— Sim, senhor. — Barraco se retirou. Durante o resto do dia, não conseguiu olhar ninguém nos olhos.

Um vento penetrante uivava pelo Vale do Ancoradouro, mosqueado com flocos de neve. Barraco se aconchegava miseravelmente, o assento da carroça como uma barra de gelo embaixo dele. O tempo estava piorando.

— Por que esta noite? — resmungou.

— É a melhor hora. — Os dentes de Corvo batiam. — É improvável que sejamos vistos. — Virou na Viela das Velas, da qual partiam inúmeros becos estreitos. — Aqui é um excelente território de caça. Nesse clima, eles rastejam de volta para os becos e morrem como moscas.

Barraco tremeu. Era velho demais para aquilo. Mas esse era o motivo de estar ali. Para que não tivesse de enfrentar esse clima todas as noites.

Corvo parou a carroça.

— Cheque aquela passagem.

Os pés de Barraco começaram a doer no instante em que apoiou seu peso neles. Ótimo. Pelo menos sentia alguma coisa. Eles não estavam congelados.

Havia pouca luz no beco. Examinou mais pelos sentidos do que pela vista. Encontrou um monte de trapos debaixo de uma saliência, mas ele se mexeu e resmungou. Barraco saiu correndo.

Chegou à carroça quando Corvo jogava algo na traseira. Barraco desviou a vista. O menino não devia ter mais de 12 anos. Corvo escondeu o corpo com palha.

— O primeiro. Em noites como esta, devemos encontrar uma porção.

Barraco sufocou um protesto e voltou para seu assento. Pensou na mãe. Ela não sobreviveria numa noite como aquela.

No beco seguinte, ele encontrou seu primeiro cadáver. O velho tinha levado um tombo e congelou porque não conseguira se levantar. Com dor na alma, Barraco arrastou o corpo para a carroça.

— Vai ser uma noite boa — comentou Corvo. — Sem competição. Os Custódios não saem com um tempo assim. — E, baixinho: — Espero que a gente consiga se fartar.

Mais tarde, após terem seguido para o porto e cada um ter encontrado outro corpo, Barraco perguntou:

— Por que *você* faz isso?

— Eu também preciso de dinheiro. Tenho um longo caminho a viajar. Desse modo, consigo bastante, depressa, e sem muito risco.

Barraco achava que os riscos eram maiores do que Corvo admitia. Eles poderiam ser feitos em pedaços.

— Você não é de Zimbro, é?

— Sou do sul. Um marinheiro naufragado.

Barraco não acreditou. O sotaque de Corvo não estava de acordo com aquilo, por mais suave que fosse. Porém não teria coragem de chamar o homem de mentiroso e exigir a verdade.

A conversa continuou aos trancos e barrancos. Barraco não descobriu mais nada sobre o passado ou os motivos do outro.

— Vá por ali — instruiu-lhe Corvo. — Eu vou checar por aqui. Última parada, Barraco. Para mim, já chega.

Barraco concordou com a cabeça. Ele queria dar a noite por encerrada. Para seu desgosto, começara a ver os moradores de rua como objetos, e os odiou por morrerem em lugares tão terrivelmente inconvenientes.

Ouviu um chamado baixinho e se virou rapidamente. Corvo tinha conseguido um. Era o bastante. Correu para a carroça.

Corvo estava no assento, esperando. Barraco subiu, aconchegou-se, virou o rosto para longe do vento. Corvo chutou as mulas para se movimentarem.

A carroça estava a meio caminho através da ponte sobre o Ancoradouro quando Barraco ouviu um gemido.

— O quê? — Um dos corpos estava se mexendo. — Ah. Ah, merda, Corvo...

— Ele vai morrer de qualquer forma...

Barraco voltou a se aconchegar, olhou para os prédios na margem norte. Queria discutir, lutar, fazer qualquer coisa para renegar sua participação naquela atrocidade.

Olhou para cima, uma hora depois, e não reconheceu nada. Algumas casas grandes ladeavam a estrada, amplamente espaçadas, as janelas escuras.

— Onde estamos?

— Estamos quase chegando. Mais meia hora, a não ser que a estrada esteja muito cheia de gelo.

Barraco imaginou a carroça deslizando até uma vala. E depois? Abandonar tudo e torcer para o plano não ser descoberto? O medo substituiu a repugnância.

Então ele se deu conta de onde estavam. Não havia nada ali em cima, a não ser aquele amaldiçoado castelo negro.

— Corvo...

— O que foi?

— Você está indo para o castelo negro.

— E aonde você acha que estávamos indo?

— Mora gente lá?

— Mora. Qual é o seu problema?

Corvo era um forasteiro. Não era capaz de entender o modo como o castelo negro afetava Zimbro. As pessoas que chegavam perto demais desapareciam. Zimbro preferia fingir que o lugar não existia.

Barraco gaguejou seus temores. Corvo deu de ombros.

— Isso mostra sua ignorância.

Barraco viu a forma escura do castelo em meio à neve. Ela caía mais fraca na elevação, no entanto o vento estava mais violento. Resignado, ele murmurou:

— Vamos logo com isso.

A forma se transformou em ameias, pináculos, torres. Não se via luz em lugar algum. Corvo parou diante de um portão alto, avançou a pé. Bateu numa pesada aldraba. Barraco se aconchegou, torcendo para que não houvesse resposta.

O portão se abriu imediatamente. Corvo escalou de volta para o assento da carroça.

— Vamos, mulas.

— Você não vai entrar, vai?

— Por que não?

— Ei. De jeito nenhum. Não.

— Cale-se, Barraco. Se quer seu dinheiro, ajude a descarregar.

Barraco conteve um choramingo. Não negociara aquilo.

Corvo atravessou o portão, virou à direita, parou debaixo de um grande arco. Uma única lanterna lutava contra a escuridão que envolvia a passagem. Corvo desceu. Barraco fez o mesmo, os nervos berrando. Arrastaram os corpos para fora da carroça e os jogaram sobre as placas de pedra ali perto. Então Corvo disse:

— Volte para a carroça. Mantenha a boca fechada.

Um corpo se mexeu. Barraco grunhiu. Corvo beliscou selvagemente sua perna.

— Cale a boca.

Uma forma sombria apareceu. Era alta, magra, vestida com folgadas pantalonas pretas e uma camisa com capuz. A coisa examinou brevemente cada corpo, parecendo satisfeita. Encarou Corvo. Barraco vislumbrou um rosto composto de ângulos pronunciados e sombras, lustroso, azeitonado, frio, com um par de olhos suavemente luminosos.

— Trinta. Trinta. Quarenta. Trinta. Setenta — disse a coisa.

Corvo contestou:

— Trinta. Trinta. Cinquenta. Trinta. Cem.

— Quarenta. Oitenta.

— Quarenta e nove. Noventa.

— Quarenta. Noventa.

— Feito.

Estavam barganhando! Corvo não estava interessado em discutir sobre os idosos. O ser alto não queria aumentar a oferta pelos jovens. O moribundo, porém, era negociável.

Barraco observou o ser alto contar as moedas ao pé dos cadáveres. Era uma maldita de uma fortuna! Duzentas e vinte peças de prata! Com aquilo, ele poderia demolir o Lírio e construir uma taverna nova. Poderia também se mandar de Coturno.

Corvo despejou as moedas no bolso do casaco. Deu cinco para Barraco.

— Só isso?

— Não paga uma boa noite de trabalho?

Pagava um bom mês de trabalho, e algo mais. Porém receber apenas cinco de...

— Da última vez, fomos sócios — explicou Corvo, saltando para o assento do condutor. — Talvez voltemos a ser. Mas esta noite você foi um assalariado. Entendeu? — Havia um toque de aspereza em sua voz. Barraco fez que sim, assaltado por novos temores.

Corvo fez a volta com a carroça. Barraco sentiu um calafrio repentino. Aquela arcada era quente como o inferno. Tremeu, sentindo a fome da coisa que os observava.

Uma parede escura, de pedra vitrificada e sem emendas passou ao lado.

— Meu Deus!

Ele podia enxergar o interior da parede. Viu ossos, fragmentos de ossos, corpos, pedaços de corpos, tudo suspenso como se flutuasse na noite. Quando Corvo virou na direção do portão, ele viu um rosto que os encarava.

— Que tipo de lugar é este?

— Não sei, Barraco. Não quero saber. Tudo que me importa é que pagam um bom dinheiro. E preciso dele. Tenho um longo caminho a percorrer.

Capítulo Doze

A TERRA DOS TÚMULOS

O Tomado chamado Manco encontrou a Companhia em Geada. Passamos 146 dias em marcha. Foram dias longos e difíceis, tormentosos; homens e animais avançando mais por hábito do que por vontade. Uma tropa em boa forma, como a nossa, é capaz de cobrir 80, ou mesmo 160 quilômetros num dia, fazendo um esforço dos diabos, mas não dia após dia, semana após semana, mês após mês, por estradas incrivelmente ruins. Um comandante inteligente não força a barra numa marcha longa. Os dias se somam, cada qual deixando seu resíduo de fadiga, até homens começarem a desabar, se o ritmo é desesperado demais.

Levando em conta os territórios que atravessamos, fizemos um tempo bom pra cacete. Entre Tomo e Geada existem montanhas nas quais tivemos sorte de fazer 8 quilômetros por dia, desertos pelos quais precisamos perambular à procura de água, rios que levamos dias para atravessar, usando balsas improvisadas. Tivemos sorte de alcançar Geada tendo perdido apenas dois homens.

O Capitão resplandecia com a aura da realização — até ser convocado pelo governador militar.

Ao retornar, reuniu os oficiais e suboficiais superiores.

— Más notícias — disse-nos. — A Dama está enviando o Manco para nos conduzir através do Vale do Medo. Nós e a caravana que escoltaremos.

Nossa reação foi de aborrecimento. O clima entre a Companhia e o Manco não era bom. Elmo perguntou:

— Partiremos muito em breve, senhor?

Precisávamos de descanso. Nenhum fora prometido, é claro, e a Dama e os Tomados pareciam alheios às fragilidades humanas, mas, mesmo assim...

— Não foi especificada a ocasião. Mas não se acomodem. Ele não está aqui hoje, porém pode aparecer amanhã...

Claro. Com os tapetes mágicos que Tomados usam, eles podem levar apenas alguns dias para surgir em qualquer lugar. Eu murmurei:

— Vamos torcer para que outros assuntos o mantenham longe por algum tempo.

Não queria encontrá-lo novamente. Com frequência, no passado, tínhamos cometido algumas injustiças contra ele. Antes de Talismã, trabalhamos intimamente ligados a um Tomado chamado Apanhador de Almas. Apanhador nos usou em várias tramas para desacreditar o Manco, tanto por causa de uma velha inimizade, quanto porque Apanhador estava trabalhando secretamente em favor do Dominador. A Dama foi enganada. Ela quase destruiu o Manco, mas, em vez disso, o reabilitou e o trouxe de volta para a batalha final.

Muito, muito tempo atrás, quando a Dominação estava nascendo, séculos antes da fundação do império da Dama, o Dominador subjugou seus maiores rivais e os forçou a lhe servir. Desse modo, reuniu dez vilões, que logo ficaram conhecidos como os Dez Que Foram Tomados. Quando a Rosa Branca sublevou o mundo contra a perversidade do Dominador, os Dez foram enterrados com ele. Ela não conseguiu destruir completamente nenhum deles.

Séculos de paz minaram a disposição do mundo para se proteger. Um mago curioso tentou entrar em contato com a Dama. Ela o manipulou, conseguindo se libertar. Os Dez se ergueram com ela. No espaço de uma geração, a Dama e eles forjaram um novo império sombrio. No espaço de duas, estavam em combate com os rebeldes, cujos profetas coincidiram em afirmar que a Rosa Branca reencarnaria para conduzi-los a uma vitória final.

Por algum tempo, parecia que iriam vencer. Nossos exércitos ruíram. Províncias caíram. Tomados lutaram e destruíram uns aos outros. Nove dos Dez pereceram. A Dama conseguiu Tomar três chefes rebeldes para repor parte de suas perdas: Pluma, Jornada e Sussurro — provavelmente a melhor general desde Rosa Branca. Ela nos fez passar maus bocados antes de ser Tomada.

Os profetas rebeldes estavam certos em suas profecias, exceto a respeito da última batalha. Eles esperavam que uma Rosa Branca reencarnada os liderasse. Isso não aconteceu. Eles não a encontraram a tempo.

Ela estava viva, na ocasião. Mas vivia do nosso lado da linha de batalha, sem saber quem era. Eu descobri sua identidade. É esse conhecimento que torna minha vida inútil, se eu for interrogado.

— Chagas! — vociferou o Capitão. — Acorde! — Todos olharam para mim, imaginando como eu conseguia sonhar acordado depois do que ele havia dito.

— O que foi?

— Você não me ouviu?

— Não, senhor.

Ele forçou seu melhor olhar furioso de urso.

— Então escute. Prepare-se para viajar de tapete quando os Tomados chegarem. Vinte e cinco quilos de equipamento é o seu limite.

Tapete? Tomados? Que diabos? Olhei em volta. Alguns dos homens sorriam. Outros se compadeciam de mim. Voar de tapete?

— Para quê?

Pacientemente, o Capitão explicou:

— A Dama quer que dez homens sejam enviados para ajudar Sussurro e Pluma na Terra dos Túmulos. Fazendo o quê, eu não sei. Você é um dos que ela escolheu.

Um nervosismo de medo.

— Por que eu? — Foi duro no passado, quando fui seu animal de estimação.

— Talvez ela ainda o ame. Após todos esses anos.

— Capitão...

— Porque ela disse, Chagas.

— Acho que é uma boa explicação. Certamente não se pode argumentar contra isso. Quem mais?

— Se tivesse prestado atenção, saberia essas coisas. Preocupe-se com isso depois. Agora temos outro peixe para fritar.

Sussurro veio para Geada antes do Manco. Descobri-me jogando um pacote a bordo do tapete voador dela. Vinte e cinco quilos. O resto eu deixara com Caolho e Calado.

O tapete era chamado de tapete apenas por cortesia, por uma questão de tradição. Na verdade, trata-se de um pedaço de tecido grosso esticado sobre uma armação de madeira com uns 30 centímetros de altura quando se encontrava no solo. Meus colegas passageiros eram Elmo, que comandaria nosso grupo, e Cabeça. Cabeça é um sacana preguiçoso, mas maneja bem uma lâmina.

Nosso equipamento, e outros 500 quilos pertencentes a soldados que nos seguiriam depois, estava no centro do tapete. Tremendo, Elmo e Cabeça se amarraram em seus lugares, nos dois cantos traseiros do tapete. Meu lugar era na frente, à esquerda. Sussurro sentou-se à direita. Estávamos pesadamente agasalhados, quase imobilizados. Voaríamos depressa e alto, segundo Sussurro. A temperatura lá em cima era muito baixa.

Eu tremia tanto quanto Elmo e Cabeça, embora já tivesse estado a bordo de tapetes antes. Adorava a vista e temia a antecipação de uma queda que poderia acontecer durante o voo. Também temia o Vale da Morte, onde coisas estranhas, cadentes, atravessam o espaço acima.

Sussurro perguntou:

— Todos vocês usaram a latrina? Será um longo voo.

Ela não mencionou o fato de defecarmos nas calças de medo, que é o que fazem alguns homens lá em cima. A voz dela era suave e melodiosa, como a daquelas mulheres que povoam seu último sonho antes de acordar. Sua aparência desmentia a voz. Cada pedaço seu fazia lembrar a veterana de guerra que era. Olhou-me, evidentemente recordando nosso encontro anterior na Floresta da Nuvem.

Corvo e eu havíamos ficado à espera onde se supunha que ela fosse se encontrar com o Manco e conduzi-lo ao lado rebelde. A emboscada foi bem-sucedida. Corvo pegou o Manco. Eu capturei Sussurro. Apanhador de Almas e a Dama vieram e se encerrou o assunto. Sussurro se tornou a primeira nova Tomada desde a Dominação.

Ela pestanejou.

O tecido atingiu em cheio meu traseiro. Subimos depressa.

Atravessar o Vale do Medo era mais rápido pelo ar, mas, ainda assim, angustiante. Baleias do vento atravessavam nosso caminho. Voávamos rapidamente em volta delas. Eram lentas demais para manter a nossa velocidade. Coisas turquesas parecidas com arraias se erguiam das costas delas, agitavam-se desajeitadamente, pegavam correntes ascendentes, elevavam-se acima de nós, depois nos ultrapassavam mergulhando como águias em ataque, desafiando nossa presença em seu espaço aéreo. Não conseguíamos superá-las em velocidade, mas subíamos mais do que elas com facilidade. Contudo, não conseguíamos subir mais do que as baleias do vento. Era tão alto que o ar se tornava rarefeito para seres humanos. As baleias conseguiam subir 1,5 quilômetro a mais, tornando-se trampolins para as arraias.

Havia outras coisas voadoras, menores e menos perigosas, mas decididamente detestáveis. Mesmo assim, atravessamos. Quando uma arraia atacou, Sussurro a derrotou com sua habilidade mágica.

Para isso, ela teve de abandonar o controle do tapete. Caímos, sem controle, até a arraia ser expulsa. Passei por tudo isso sem perder meu desjejum, mas por pouco. Não perguntei a Elmo e Cabeça, imaginando que eles não quisessem manchar sua dignidade.

Sussurro não atacava primeiro. Essa era a primeira regra para se sobreviver ao Vale do Medo. Não atacar primeiro. Se fizesse isso, conseguiria mais do que um duelo. Cada monstro ali iria atrás de você.

Atravessamos sem danos, como tapetes costumam fazer, e prosseguimos velozmente, o dia inteiro, penetrando a noite. Viramos para o norte. O ar se tornou mais frio. A manhã nos encontrou sobre Forsberg, onde a Companhia, em seu início, havia servido à Dama. Elmo e eu olhamos boquiabertos pela lateral.

Assim que apontei, gritei:

— Ali está Avença.

Tínhamos nos apoderado dela brevemente. Então Elmo apontou na outra direção. Ali estava Remo, onde tínhamos feito algumas brincadeiras bem sangrentas com os rebeldes e ganhado a inimizade do Manco. Sussurro voava tão baixo que podíamos distinguir os rostos nas ruas. Remo em nada parecia mais amistosa do que oito anos atrás.

Fomos adiante, passamos acima das copas das árvores da Grande Floresta, selvas antigas e virgens pelas quais a Rosa Branca havia conduzido suas campanhas contra o Dominador. Sussurro diminuiu a velocidade por volta do meio-dia. Pairamos sobre uma grande extensão que fora outrora terra desmatada. Uma série de montículos no meio denunciava trabalho humano, embora agora os túmulos mal fossem reconhecíveis.

Sussurro pousou na rua de uma cidade que estava quase toda em ruínas. Deduzi que devia ser a cidade ocupada pela Guarda Eterna, cuja tarefa é evitar profanações na Terra dos Túmulos. Eles foram eficientes até serem traídos pela apatia reinante em outros lugares.

Os Ressuscitadores levaram 370 anos para abrir a Terra dos Túmulos, e, mesmo assim, não conseguiram o que queriam. A Dama retornou, com os Tomados, mas o Dominador continuou acorrentado.

A Dama eliminou pela raiz o movimento Ressuscitador. Que recompensa, hein?

Um punhado de homens deixou um prédio ainda em bom estado. Escutei a conversa deles com Sussurro, e entendi algumas palavras.

— Lembra do seu forsbergano? — perguntei a Elmo, enquanto tentava me livrar da dureza em meus músculos.

— Vai voltar. Quer dar uma olhada em Cabeça? Ele não parece bem.

Também não parecia mal. Apenas apavorado. Demorou algum tempo para convencê-lo de que estávamos de volta ao chão.

Os locais, descendentes dos Guardas que haviam vigiado a Terra dos Túmulos durante séculos, mostraram os nossos aposentos. A cidade estava sendo restaurada. Éramos os precursores de uma horda de sangue novo.

Duende e dois de nossos melhores soldados vieram no voo seguinte de Sussurro, três dias depois. Disseram que a Companhia havia deixado Geada. Perguntei se parecia que o Manco ainda guardava algum rancor.

— Não que eu pudesse ver — respondeu Duende. — Mas isso não significa nada.

Não, não significava.

Os últimos quatro homens chegaram três dias depois. Sussurro se mudou para os nossos alojamentos. Formamos uma espécie de grupo de guarda-costas e também força policial. Além de protegê-la, devíamos ajudar garantindo que pessoas não autorizadas não chegassem perto da Terra dos Túmulos.

A Tomada chamada Pluma apareceu, trazendo o próprio guarda-costas. Especialistas determinados a investigar a Terra dos Túmulos vieram com um batalhão de operários contratados em Remo. Os operários limparam o lixo e o mato, até chegar à própria Terra dos Túmulos. Entrar ali sem a proteção apropriada significava uma morte lenta e dolorosa. Os feitiços protetores deixados pela Rosa Branca não haviam enfraquecido com a ressurreição da Dama, que acrescentara os seus. Acho que ela tem pavor que o Dominador escape.

O Tomado Jornada chegou, trazendo seus próprios soldados. Montou postos avançados na Grande Floresta. Tomados se revezavam na realização de patrulhas aéreas. Nós, os subordinados, vigiávamos uns aos outros tão de perto quanto observávamos o resto do mundo.

Algo grande estava sendo preparado. Ninguém dizia, mas era óbvio. A Dama sem dúvida previa uma tentativa de fuga.

Passava meu tempo livre revisando os registros da Guarda, principalmente do período em que Bomanz viveu aqui. Ele passou quarenta anos na cidade guarnição, disfarçado de escavador de antiguidades, antes de tentar entrar em contato com a Dama e, involuntariamente, libertá-la. Ele me interessava. Mas havia pouco a extrair, e esse pouco era tendencioso.

Outrora eu tivera seus papéis pessoais, tendo topado com eles pouco antes da Tomada de Sussurro. Mas os entreguei ao nosso então mentor Apanhador de Almas para serem transportados para a Torre. Apanhador de Almas os manteve por seus próprios motivos, e eles caíram novamente em minhas mãos durante a batalha em Talismã, quando a Dama e eu perseguíamos o Tomado renegado. Não mencionei os papéis a ninguém, a não ser a um amigo, Corvo, que desertou para proteger uma criança que ele acreditava ser a reencarnação da Rosa Branca. Quando tive a chance de resgatar os papéis no lugar onde os tinha escondido, eles haviam desaparecido. Acho que Corvo os levou consigo.

Frequentemente me pergunto que fim ele levou. Sua intenção declarada era fugir para bem longe, onde ninguém conseguisse encontrá-lo novamente. Ele não ligava para política. Queria apenas proteger uma criança que amava. Era capaz de fazer qualquer coisa para proteger Lindinha. Acho que pensava que os papéis, algum dia, podiam se tornar um tipo de seguro.

No quartel-general da Guarda, há uma dúzia de paisagens pintadas por antigos membros da guarnição. A maior parte retrata a Terra dos Túmulos. Era magnífica em sua época.

Consistia em um Grande Túmulo central situado num eixo norte-sul, guardando o Dominador e sua Dama. Circundando o Grande Túmulo havia uma estrela de terra que se erguia acima da planície, contornada por um profundo fosso cheio de água. Nas pontas dessa estrela, ficavam os túmulos menos importantes contendo cinco dos Dez Que Foram Tomados. Um círculo que se erguia acima da estrela se ligava aos pontos internos, e lá, em cada um, ficava outro túmulo com outro Tomado. Cada sepultura era cercada por encantos e feitiços. Dentro do anel interior, em volta do Grande Túmulo, havia filas e filas de defesas adicionais. A última era um dragão enrolado em torno do Grande Túmulo, o rabo em sua boca. Uma antiga pintura feita por uma testemunha ocular mostra o dragão cuspindo fogo sobre a zona rural na noite da ressurreição da Dama. Bomanz está caminhando para o fogo.

Ele foi apanhado entre os Ressuscitadores e a Dama, e todos o estavam manipulando. Seu acidente foi um evento premeditado por eles.

Os registros dizem que sua mulher sobreviveu. Ela disse que ele foi à Terra dos Túmulos para deter o que estava acontecendo. Na época, ninguém acreditou nela. Dizia que ele carregava o verdadeiro nome da Dama e queria levá-lo até ela, antes que ela conseguisse se libertar.

Calado, Caolho e Duende lhe dirão que o maior medo de qualquer feiticeiro é que o conhecimento de seu verdadeiro nome caia nas mãos de um estranho. A mulher de Bomanz afirmava que o da Dama estava codificado num dos papéis que seu marido possuía. Papéis que sumiram naquela noite. Papéis que recuperei décadas depois. Os que Corvo pegou podem conter a única alavanca capaz de mover o império.

De volta à Terra dos Túmulos durante sua juventude. Construções impressionantes. As faces marcadas pelo tempo eram revestidas de pedra calcária. O fosso era largo e azul. O terreno que a cercava era como um parque... Mas o temor ao Dominador diminuiu e, com isso, a verba. Uma pintura posterior, contemporânea de Bomanz, mostra os arredores cheios de mato, o calcário caído em muitos lugares, e o fosso tornando-se um brejo. Atualmente, não se consegue dizer onde ficava o fosso. O calcário desapareceu debaixo do mato. As elevações e os túmulos não passam de montículos. Aquela parte do Grande Túmulo, onde os restos do Dominador permanecem em bom estado, apesar disso, também está coberta de mato. Alguns dos talismãs que fixam os encantos para manter seus amigos a distância ainda existem, mas o tempo devorou suas feições.

Os limites da Terra dos Túmulos estão agora marcados por estacas ostentando bandeiras vermelhas, colocadas lá quando a Dama anunciou que estava enviando estrangeiros para investigar. Os Guardas, que sempre viveram na área, não precisam de marcações para alertá-los.

Desfrutei meu mês e meio ali. Satisfiz minhas curiosidades e achei Pluma e Sussurro espantosamente acessíveis. Isso não fora verdade com os antigos Tomados. O comandante da Guarda, chamado de Monitor, também alardeava o passado de seu comando, que se confundia com o da Companhia. Trocamos mentiras e casos diante de mais de quatro litros de cerveja.

Durante a quinta semana alguém descobriu alguma coisa. Nós, os peões, não fomos informados. Mas os Tomados ficaram empolgados. Sussurro começou a aumentar os efetivos da Companhia. Os reforços contavam cruciantes fábulas sobre o Vale do Medo e as Colinas Vazias. A Companhia agora estava em Lordes, a apenas 800 quilômetros de distância.

Ao final da sexta semana, Sussurro reuniu todos nós e anunciou outra movimentação.

— A Dama quer que eu leve alguns de vocês para oeste. Uma força de 25. Elmo, você ficará no comando. Pluma e eu, alguns peritos e vários especialistas em línguas nos juntaremos a você. Sim, Chagas. Você está na lista. Ela não negaria isso ao seu historiador amador favorito, não é mesmo?

Uma pontada de medo. Eu não queria que ela se interessasse novamente.

— Aonde vamos? — perguntou Elmo. Profissional até a medula, o filho da puta. Nem uma só queixa.

— A uma cidade chamada Zimbro. Para além dos limites ocidentais do império. Está, de alguma forma, ligada à Terra dos Túmulos. Também fica muito para o norte. Esperem muito frio e se preparem para isso.

Zimbro? Nunca ouvi falar. Ninguém conhecia. Nem mesmo o Monitor. Vasculhei seus mapas até encontrar um deles que mostrasse a costa ocidental. Zimbro ficava *mesmo* muito para o norte, perto de onde o gelo persistia o ano inteiro. Era uma cidade grande. Fiquei imaginando como ela podia existir ali, num lugar que ficava congelado o tempo todo. Perguntei a Sussurro. Ela parecia conhecer algo sobre o lugar. Disse que Zimbro se beneficiava de uma corrente oceânica que levava água quente ao norte. Contou que a cidade é muito estranha — de acordo com Pluma, que já tinha estado lá de fato.

Em seguida, abordei Pluma, apenas algumas horas antes de nossa partida. Ela não conseguiu me dizer muito mais, exceto que Zimbro é o domínio de um tal duque Zimerlan, que havia apelado à Dama, um ano atrás (pouco antes de o mensageiro com a carta do Capitão ter saído de Talismã), para que ela o ajudasse a solucionar um problema local. Que alguém tivesse se aproximado da Dama, quando o desejo do mundo era mantê-la longe, servia de argumento de que estávamos vivendo tempos interessantes. Fiquei imaginando qual seria a ligação com a Terra dos Túmulos.

O ponto negativo era que Zimbro ficava muito longe. Mas fiquei contente por poder estar lá quando o Capitão soubesse que deveria seguir para Zimbro, após descansar em Remo.

Talvez eu ouvisse seu uivo indignado, mesmo daquela distância. Eu sabia que ele não ficaria feliz.

Capítulo Treze

ZIMBRO: O RESERVADO

Barraco dormiu mal por semanas. Sonhava com paredes de vidro preto e um homem que não estava morto. Por duas vezes, Corvo o convidou para uma caçada noturna. Por duas vezes ele recusou. Corvo não pressionou, embora ambos soubessem que Barraco aceitaria rapidamente caso ele insistisse.

Barraco rezava para que Corvo ficasse rico e desaparecesse. Ele continuava sendo uma irritação constante à consciência.

Droga, por que Krage não vai atrás dele?

Barraco não conseguia entender por que Corvo continuava imperturbado por Krage. O homem não era idiota nem estúpido. A alternativa, a de que não tinha medo, não fazia sentido. Não para Barraco Castanho.

Asa seguia na folha de pagamento de Krage, mas visitava Barraco regularmente, levando lenha. Às vezes, em uma carroça.

— O que você quer? — perguntou Barraco certo dia.

— Tento ganhar crédito — admitiu Asa. — O pessoal de Krage não gosta muito de mim.

— Quase ninguém gosta, Asa.

— Eles podem tentar algo desagradável...

— Quer um lugar para se esconder quando forem pra cima de você, hein? O que está fazendo para Krage? Por que ele se importa com você?

Asa vacilou e pigarreou. Barraco forçou. Ali estava um homem com quem podia bancar o valentão.

— Eu observo Corvo, Barraco. Informo o que ele faz.

Barraco bufou. Krage estava usando Asa porque ele era dispensável. Dois de seus homens já haviam desaparecido. Barraco achava que sabia onde estavam.

Um medo repentino. E se Asa tivesse informado sobre as aventuras noturnas de Corvo? E se ele tivesse visto Barraco...

Impossível. Asa não teria conseguido manter silêncio. Ele passava a vida procurando conseguir uma vantagem.

— Você anda gastando muito ultimamente, Asa. Onde consegue o dinheiro?

Asa ficou pálido. Olhou em volta, gorgolejou algumas vezes.

— A madeira, Barraco. Vendo a madeira.

— Você é um mentiroso, Asa. Onde está conseguindo?

— Barraco, não se faz uma pergunta como essa.

— Talvez não. Mas preciso desesperadamente de dinheiro. Devo a Krage. Eu já havia lhe pagado quase tudo. Então ele passou a comprar as pequenas dívidas que eu tinha com outras pessoas. Aquele maldito Gilbert! Preciso ficar novamente em dia para não ter que pedir emprestado novamente.

O castelo negro. Duzentas e vinte peças de prata. Como ficara tentado em atacar Corvo. E Corvo simplesmente sorrira ao vento, sabendo exatamente o que ele estava pensando.

— Onde está conseguindo esse dinheiro, Asa?

— Onde você conseguiu o dinheiro para pagar Krage? Hein? As pessoas andam imaginando, Barraco. Não se consegue tanto dinheiro assim da noite para o dia. Não você. Conte para mim que eu conto para você.

Barraco recuou. Asa ficou radiante com o triunfo.

— Sua pequena víbora. Dê o fora, antes que eu perca a paciência.

Asa se foi. Olhou para trás uma vez, o rosto enrugado, pensativamente. Droga, pensou Barraco. Fiz com que ele desconfiasse. Enfiou seu trapo numa caneca grudenta.

— O que foi isso?

Barraco girou. Corvo tinha se aproximado do balcão. Seu olhar indicava que não aceitaria desculpas esfarrapadas. Barraco lhe revelou o principal.

— Quer dizer que Krage não desistiu?

— Você não o conhece, ou não perguntaria. É você ou ele, Corvo.

— Então tem de ser ele, não é?

Barraco engoliu em seco.

— Uma sugestão, Barraco. Siga seu amigo quando ele for apanhar lenha.

Corvo voltou ao seu lugar. Falou animadamente com Lindinha usando sinais, que ocultou da vista de Barraco. A posição dos ombros da garota revelava que era contrária ao que quer que ele estivesse propondo. Dez minutos depois, deixou o Lírio. Todas as tardes, ele saía por algumas horas. Barraco desconfiava que estava testando os espiões de Krage.

Lindinha se apoiou no batente da porta, observando a rua. Barraco a observava, o olhar indo de cima a baixo do corpo dela. É de Corvo, pensou. Eles são próximos. Não ouso.

Ela, porém, era uma coisa linda de se ver, alta, pernas esbeltas, pronta para um homem... Ele era um idiota. Não precisava ser apanhado também naquela armadilha. Já tinha problemas suficientes.

— Acho que hoje será um ótimo dia para isso — disse Corvo, quando Barraco entregou seu café da manhã.

— Hein? Bom para quê?

— Para subir a colina e observar o amigo Asa.

— Ah. Não. Não posso. Não tenho ninguém para deixar tomando conta do lugar. — De volta ao balcão, Lindinha se curvou para apanhar algo do chão. Os olhos de Barraco se arregalaram e o coração disparou. Ele tinha de fazer alguma coisa. Visitar uma puta ou algo do gênero. Ou se machucaria. Mas não podia pagar por isso. — Lindinha não conseguiria cuidar de tudo sozinha.

— Seu primo Wally já substituiu você antes.

Pego desprevenido, Barraco não conseguiu arrumar rapidamente uma desculpa. E Lindinha estava fazendo com que se distraísse. Ela precisava vestir alguma coisa que escondesse melhor a forma de seu traseiro.

— Hã... Ele não conseguiria trabalhar com Lindinha. Não conhece a linguagem de sinais.

O rosto de Corvo nublou levemente.

— Dê o dia de folga para ela. Chame aquela garota, Lisa, que você usou quando Lindinha ficou doente.

Lisa, pensou Barraco. Outra gostosa.

— Só uso Lisa quando estou aqui para ficar de olho nela. — Uma gostosa sem compromissos. — Ela me roubará como se eu fosse mais cego do que minha mãe...

— Barraco!

— Hein?

— Chame Wally e Lisa para cá; depois vá ficar de olho em Asa. Eu cuidarei para que eles não carreguem a prata da família.

— Mas...

Corvo bateu a mão aberta no tampo da mesa.

— Eu disse vá!

O dia estava claro, luminoso e quente para o inverno. Barraco pegou o rastro de Asa do lado de fora do estabelecimento de Krage.

Asa alugou uma carroça. Barraco ficou pasmo. No inverno, os encarregados dos estábulos exigiam imensos depósitos. Animais de carga abatidos e comidos não tinham procedência. Ele achava um milagre alguém ter confiado uma parelha a Asa.

Asa foi direto para o Reservado. Barraco o seguiu de perto, mantendo a cabeça baixa, confiante que Asa não suspeitaria dele ainda que olhasse para trás. As ruas estavam apinhadas.

Asa deixou a carroça num bosque público do outro lado de uma alameda que seguia ao longo do muro que cercava o Reservado. Era um dos muitos bosques semelhantes em que os habitantes de Zimbro se reuniam para os Rituais de Primavera e Outono em Honra aos Mortos. A carroça não podia ser vista da alameda.

Barraco se acocorou na sombra do arbusto e observou Asa precipitar-se para o muro do Reservado. Alguém devia limpar aquele mato, pensou Barraco. Fazia o muro parecer malcuidado. Por falar nisso, o muro precisava de reparos. Barraco atravessou e descobriu um buraco através do qual um homem conseguiria passar, se andasse como um pato. Ele o cruzou. Asa estava atravessando um prado a céu aberto, correndo colina acima em direção a um renque de pinheiros.

A face interna do muro também estava coberta de mato. Havia vários feixes de lenha no meio do mato. Asa fora mais diligente do que ele havia desconfiado. Andar com os homens da quadrilha de Krage o havia mudado. Certamente eles o deixavam com medo.

Asa entrou nos pinheiros. Esbaforido, Barraco continuava atrás dele. Mais adiante, Asa parecia uma vaca avançando pela vegetação rasteira.

O Reservado inteiro era malcuidado. Na adolescência de Barraco, aquilo era como um parque, um perfeito local de descanso para aqueles que já haviam partido. Agora, tinha o surrado que caracterizava o resto de Zimbro.

Barraco foi sorrateiramente em direção a uma barulheira de martelo. O que Asa estava fazendo para produzir tanto ruído?

Ele estava cortando lenha de uma árvore caída, acumulando os pedaços em montes ordenados. Barraco também não conseguia imaginar o homenzinho sendo metódico. Que diferença fazia o terror.

Uma hora depois, Barraco estava para desistir. Estava com frio, fome e cansado. Perdera a metade de um dia. Asa não estava fazendo nada de extraordinário. Mas perseverou. Precisava recuperar o tempo investido. E um impaciente Corvo esperava seu relatório.

Asa trabalhava arduamente. Quando não estava cortando lenha, carregava os montes para a carroça. Barraco estava impressionado.

Continuou observando, e disse a si mesmo que era um idiota. Aquilo não ia dar em nada.

Então Asa se tornou furtivo. Recolheu suas ferramentas e as escondeu, olhando cautelosamente em volta. Era isso, pensou Barraco.

Asa subiu a colina. Barraco bufou atrás dele. Seus músculos endurecidos reclamavam a cada passo. Asa caminhou por mais de 1,5 quilômetro através de sombras cada vez mais profundas. Barraco quase o perdeu de vista. Um tinir o levou de volta a seu rastro.

O homenzinho usava pederneira e aço. Estava agachado diante de um estoque de tochas envoltas num oleado, que havia tirado de um esconderijo. Acendeu um tição e se apressou por entre uma moita. Um momento depois, escalou umas pedras mais adiante e desapareceu. Barraco esperou um minuto, então foi atrás. Deslizou em volta da pedra onde tinha visto Asa pela última vez. Mais à frente havia uma fenda na terra, grande o bastante para permitir a entrada de um homem.

— Meu Deus — sussurrou Barraco. — Asa descobriu um meio de entrar nas Catacumbas. Está saqueando os mortos.

— Voltei imediatamente — arfou Barraco. Corvo se divertia com sua aflição. — Eu sabia que Asa era sujo, mas nunca sonhei que pudesse cometer sacrilégio.

Corvo sorriu.

— Não sente asco?

— Não. Por que *você* sente? Ele não roubou nenhum corpo.

Barraco esteve a um fio de cabelo de agredi-lo. Ele *era* pior do que Asa.

— Ele está conseguindo muito com isso?

— Não tanto quanto você. Os Custódios apanham todos os presentes funerários, exceto as urnas de transposição.

Cada cadáver nas Catacumbas era acompanhado por uma pequena urna lacrada, geralmente presa com uma corrente ao pescoço do corpo. Os Custódios não tocam nas poucas moedas que há dentro. Quando chega o Dia da Transposição, os Barqueiros exigem pagamento para permitir a entrada no Paraíso.

— Todas aquelas almas encalhadas — murmurou Barraco. Ele contou essa história.

Corvo parecia perplexo.

— Como pode alguém com um grama de cérebro acreditar nesse papo furado? Os mortos estão mortos. Fique calado, Barraco. Responda apenas às perguntas. Quantos corpos há nas Catacumbas?

— Sei lá! São levados para lá desde... Diabos, faz mil anos. Talvez haja milhões...

— Devem estar empilhados como lenha.

Barraco pensou a respeito. As Catacumbas eram vastas, mas mil anos de cadáveres de uma cidade como Zimbro dariam uma puta pilha. Olhou para Corvo. Maldito seja.

— É uma jogada de Asa. Não vamos tentar.

— Por que não?

— É perigoso demais.

— Seu amigo não tem sofrido.

— Ele se conforma com pouco. Se ficar ganancioso, será morto. Há Guardiões lá embaixo. Monstros.

— Descreva-os.

— Não posso.

— Não pode ou não quer?

— Não posso. Tudo o que lhe dizem é que estão lá.

— Entendo. — Corvo se levantou. — Isso precisa ser investigado. Não comente nada. Principalmente com Asa.

— Ah, não. — Em pânico, Asa faria alguma burrice.

A notícia ganhou as ruas. Krage enviara dois de seus melhores homens atrás de Corvo. Eles tinham desaparecido. Três outros haviam sumido desde então. O próprio Krage fora ferido por um agressor desconhecido. Ele sobrevivera apenas por causa da imensa força de Conte. Não se esperava que Conte sobrevivesse.

Barraco estava apavorado. Krage não era razoável ou racional. Ele pediu que Corvo se mudasse. Corvo olhou-o com desprezo.

— Olhe, não quero que ele mate você aqui — disse Barraco.

— É ruim para os negócios?

— Para a minha saúde, talvez. Ele agora *tem* que matar você. Caso contrário, as pessoas deixarão de ter medo dele.

— Ele não aprende, não é? Uma maldita cidade de idiotas.

Asa surgiu apressado na porta.

— Barraco, preciso falar com você. — Estava amedrontado. — Krage acha que o entreguei a Corvo. Ele está atrás de mim. Você tem que me esconder, Barraco.

— Diabos! — A armadilha estava se fechando. Dois deles aqui. Krage o mataria, com certeza, e jogaria sua mãe na rua.

— Barraco, eu lhe forneci lenha o inverno inteiro. Mantive Krage longe de você.

— Ah, claro. Então devo ser morto também?

— Você me deve uma, Barraco. Eu nunca disse a ninguém que você sai à noite com Corvo. Talvez Krage queira saber disso, hein?

Barraco agarrou as mãos de Asa e o puxou para a frente, contra o balcão. Como se numa deixa, Corvo foi para trás do homenzinho. Barraco vislumbrou uma faca. Corvo cutucou as costas de Asa e sussurrou:

— Vamos para o meu quarto.

Asa ficou pálido. Barraco forçou um sorriso.

— É. — Ele soltou Asa, pegou uma garrafa de barro de baixo do balcão. — Eu quero conversar com você, Asa. — Apanhou três canecas.

Barraco subiu por último, intensamente ciente do olhar cego da mãe encarando. O quanto ela havia ouvido? O quanto havia adivinhado? Ultimamente, ela andava fria. A vergonha dele se instalara entre os dois. Ele não mais se sentia merecedor do seu respeito.

Repreendeu a consciência. Fiz isso por ela!

Nos andares superiores, o quarto de Corvo era o único em que ainda havia porta. Corvo a segurou para Asa e Barraco.

— Sente-se — ordenou a Asa, indicando seu catre. Asa sentou-se. Parecia amedrontado o bastante para se molhar.

O quarto de Corvo era tão espartano quanto suas roupas. Não denunciava qualquer vestígio de riqueza.

— Eu invisto o dinheiro, Barraco — declarou Corvo, exibindo um sorriso zombeteiro. — Em transporte de mercadorias. Sirva o vinho. — Começou a limpar as unhas com uma faca.

Asa entornou seu vinho antes que Barraco terminasse de servir o resto.

— Encha o dele novamente — disse Corvo. Deu um gole no próprio vinho. — Barraco, por que andou me dando aquele mijo azedo de gato se tinha isto?

— Não sirvo isto sem que me peçam. É mais caro.

— É dele que vou tomar, de agora em diante. — Corvo fez contato visual com Asa, bateu na própria bochecha com a lâmina da faca.

Não, Corvo não precisava viver frugalmente. O negócio de cadáveres era lucrativo. Ele investia? Em transporte de mercadorias? Estranho o modo como disse aquilo. Aonde o dinheiro ia podia ser tão interessante quanto de onde vinha.

— Você ameaçou meu amigo — afirmou Corvo. — Ah. Desculpe-me, Barraco. Me expressei mal. Sócio, não amigo. Sócios não têm que gostar um do outro. Homenzinho, você tem algo a dizer em sua defesa?

Barraco tremeu. Maldito Corvo. Ele disse aquilo para que Asa espalhasse por todos os cantos. O sacana estava assumindo o controle da sua vida. Roendo-a do mesmo modo que um rato destrói lentamente um pedaço de queijo.

— Palavra, Sr. Corvo. Não falei sério. Eu estava apavorado. Krage acha que lhe dei dicas. Preciso me esconder, e Barraco está com medo de me acolher. Eu apenas estava tentando fazer com que ele...

— Cale-se. Barraco, pensei que ele fosse seu amigo.

— Eu apenas lhe fiz alguns favores. Sentia pena dele.

— Você o protegeu do clima, mas não dos inimigos. Você é realmente um maravilhoso medroso, Barraco. Talvez eu tenha cometido um erro. Eu ia torná-lo um sócio pleno. E, possivelmente, até mesmo passar todo o negócio para você. Pensei que estivesse fazendo um favor a você. Mas é um covardão. Sem peito para negar isso. — Virou-se. — Fale, homenzinho. Conte-me sobre Krage. Conte-me sobre o Reservado.

Asa ficou branco. Só abriu a boca depois que Corvo ameaçou chamar os Custódios.

Os joelhos de Barraco se chocavam ruidosamente. O cabo de sua faca de açougueiro estava molhado de suor e escorregadio. Podia não ter usado a lâmina, mas Asa estava apavorado demais para entender. Ele apenas guinchou para sua parelha e começou a rodar. Corvo os seguiu em sua própria carroça. Barraco olhou através do vale. O castelo negro pairava no horizonte setentrional, lançando sombras medonhas sobre Zimbro.

Por que estava ali? De onde tinha vindo? Rejeitou as perguntas. Era melhor ignorá-las.

Como tinha se metido naquilo? Temia o pior. Corvo não se sensibilizava.

Deixaram as carroças no bosque e entraram no Reservado. Corvo examinou a lenha guardada de Asa.

— Leve esses montes para as carroças. Por enquanto, coloque-os ao lado.

— Não pode tomar minha lenha — protestou Asa.

— Cale-se. — Corvo empurrou um feixe através do muro. — Você primeiro, Barraco. Homenzinho, se fugir, vou caçar você.

Tinham transportado uma dúzia de feixes quando Asa cochichou:

— Barraco, um dos capangas de Krage está nos observando. — Ele estava à beira do pânico.

Corvo não ficou descontente com a notícia.

— Vocês dois, vão pegar lenha no mato.

Asa protestou. Corvo o encarou. Asa seguiu colina acima.

— Como ele sabe? — lamentou-se para Barraco. — Ele nunca me seguiu. Tenho certeza disso.

Barraco deu de ombros.

— Talvez seja um feiticeiro. Ele sempre sabe o que estou pensando.

Corvo havia sumido quando eles voltaram. Barraco olhou em volta e, nervosamente, decidiu:

— Vamos pegar mais lenha.

Na viagem seguinte, Corvo estava esperando.

— Levem esses feixes para a carroça de Asa.

— Uma lição essencial — comentou Barraco, apontando para a carroça. Escorria sangue pelas tábuas do piso, vertendo de baixo de um monte de madeira. — Vê que tipo de homem ele é?

— Agora, colina acima — ordenou Corvo quando eles voltaram. — Mostre o caminho, Asa. Junte suas ferramentas e tochas para começar.

A desconfiança perturbava Barraco enquanto observava Corvo construir uma maca. Mas não. Nem mesmo Corvo seria tão baixo. Seria?

Pararam e olharam para baixo em direção à boca escura do submundo.

— Você primeiro, Asa — mandou Corvo. Com relutância, Asa desceu. — Você agora, Barraco.

— Tenha piedade, Corvo.

— Mexa-se.

Barraco se mexeu. Corvo desceu atrás dele.

As Catacumbas tinham um cheiro de carne, porém mais fraco do que Barraco havia imaginado. Uma corrente de ar agitou a tocha de Asa.

— Parem — disse Corvo. Pegou o tição, examinou a abertura pela qual haviam entrado, balançou a cabeça e devolveu a tocha. — Em frente.

A caverna se alargava e se juntava a outra ainda maior. Asa parou a meio caminho da travessia. Barraco também. Ele estava cercado por ossos.

Ossos no chão da caverna, ossos em prateleiras nas paredes, esqueletos pendendo de ganchos. Ossos soltos em pilhas desordenadas, tudo misturado. Esqueletos dormindo no meio da confusão. Ossos ainda com trapos de vestes funerárias. Caveiras olhando de estacas de madeira na parede mais distante, olhos vazios sinistros à luz de tochas. Uma urna de transposição compartilhava cada estaca.

Havia também corpos mumificados, embora apenas uns poucos. Somente os ricos exigiam mumificação. Aqui eles nada significavam. Estavam amontoados junto ao resto.

Asa explicou:

— Este é um lugar muito velho. Os Custódios não vêm mais aqui, a não ser, talvez, para se livrarem de ossos soltos. A caverna inteira foi se enchendo até em cima, como se eles simplesmente tivessem afastado os ossos do caminho.

— Vamos olhar — disse Corvo.

Asa tinha razão. A caverna se estreitava e seu teto baixava. A passagem estava obstruída por ossos. Barraco notou a ausência de caveiras e urnas.

Corvo deu uma risadinha.

— Seus Custódios não são tão apaixonados pelos mortos quanto você pensava, Barraco.

— As câmaras que você vê durante os Rituais de Primavera e Outono não são assim — admitiu Barraco.

— Não creio que alguém ainda se importe com as antigas — comentou Asa.

— Vamos voltar — sugeriu Corvo. Enquanto caminhavam, observou:
— Todos acabamos aqui. Rico ou pobre, fraco ou forte. — Chutou uma múmia. — Mas os ricos ficam em melhor forma. Asa, o que tem pelo outro caminho?

— Só avancei ali cerca de 100 metros. Mais do mesmo. — Ele tentava abrir uma urna de transposição.

Corvo grunhiu, pegou uma urna, abriu-a, despejou várias moedas em sua mão. Estendeu-as para perto da tocha.

— Hum. Como explica a idade delas, Asa?

— Dinheiro não tem procedência — disse Barraco.

Asa afirmou com a cabeça.

— E eu finjo que encontrei um tesouro enterrado.

— Entendo. Vá em frente.

Pouco depois, Asa disse:

— Foi só até aqui que cheguei.

— Continue.

Prosseguiram até Corvo reagir à opressão da caverna.

— Chega. Vamos voltar à superfície. — Uma vez lá em cima, disse: — Peguem as ferramentas. Droga. Eu esperava coisa melhor.

Em pouco tempo, estavam de volta com uma pá e cordas.

— Barraco, cave um buraco bem ali. Asa, segure a ponta da corda. Quando eu gritar, comece a puxar. — Corvo desceu até as Catacumbas.

Asa ficou parado, como instruído. Barraco cavou. Após algum tempo, Asa perguntou:

— Barraco, o que ele está fazendo?

— Você não sabe? Pensei que soubesse tudo o que ele fazia.

— Eu apenas disse isso para Krage. Não conseguia acompanhá-lo a noite toda.

Barraco sorriu, jogando outra pá cheia de terra. Ele conseguia adivinhar como Asa funcionava. Dormindo em algum lugar a maior parte do tempo. O serviço de espionagem interferia com o recolhimento de lenha e o roubo a sepulturas.

Barraco estava aliviado. Asa não sabia o que ele e Corvo tinham feito. Mas não demoraria a saber.

Olhou dentro de si mesmo e descobriu um pouco de autoaversão. Droga! Ele já estava acostumado com aqueles crimes. Corvo estava transformando-o em sua própria imagem.

Corvo gritou. Asa puxou. E gritou também:

— Barraco, me dê uma mão. Sozinho, não consigo.

Resignado, Barraco se juntou a ele. A presa era exatamente o que ele esperava, uma múmia deslizando para fora das trevas como algum cidadão das profundezas do passado. Desviou o olhar.

— Segure os pés dele, Asa.

Asa teve ânsias de vômito.

— Meu Deus, Barraco. Meu Deus. O que está fazendo?

— Fique calado e faça o que eu digo. É a melhor maneira. Segure os pés dele.

Levaram o corpo para a moita perto do buraco de Barraco. Uma urna de transposição rolou para fora de uma trouxa amarrada a seu peito. A trouxa continha mais duas dúzias de urnas. Certo. O buraco servia para enterrar urnas vazias. Por que Corvo não encheu os bolsos lá embaixo?

— Vamos dar o fora daqui, Barraco — choramingou Asa.

— Volte para sua corda.

As urnas levavam tempo para esvaziar. E Corvo tinha dois homens lá em cima com pouco a fazer, além de pensar. Certo. Elas serviam para ocupar o tempo. E também eram um incentivo, é claro. Duas dúzias de urnas com cada cadáver significariam um montante e tanto.

— Barraco...

— Você vai fugir para onde, Asa? — O dia estava claro e anormalmente quente para a estação, mas ainda era inverno. Não havia como sair de Zimbro. — Ele encontraria você. Volte para sua corda. Você agora está metido nisto, goste ou não. — Barraco voltou a cavar.

Corvo enviou mais seis múmias para cima. Cada qual trazia sua trouxa de urnas. Então ele voltou. Estudou o rosto pálido de Asa e a resignação de Barraco.

— Sua vez, Barraco.

Barraco engoliu em seco, abriu a boca, tragou seu protesto e seguiu covardemente em direção ao buraco. Deixou-se ficar lá, à beira de uma rebelião.

— Mexa-se, Barraco. Não temos a eternidade.

Barraco Castanho desceu entre os mortos.

Parecia que estava nas Catacumbas havia séculos, escolhendo entorpecidamente cadáveres, colhendo urnas, arrastando seu horrível butim até a corda. Sua mente entrara em outra realidade. Aquilo era um sonho, um pesadelo. De início ele não entendeu quando Corvo o chamou para subir.

Ele escalou em meio à escuridão que se formava.

— É o bastante? Podemos ir agora?

— Não — respondeu Corvo. — Temos 16. Calculo que podemos colocar trinta na carroça.

— Ah. Está bem.

— Você puxa para cima — disse Corvo. — Asa e eu vamos descer.

Barraco puxou. Sob a luz prateada da lua, os rostos mortos pareciam acusadores. Ele engolia a repugnância e colocava cada um junto aos demais, e depois esvaziava as urnas.

Ficou tentado a pegar o dinheiro e fugir. Permaneceu mais por causa da ganância do que por medo de Corvo. Dessa vez, era um sócio. Trinta cadáveres por trinta levas significavam novecentas levas para dividir. Mesmo se lhe coubesse a parte menor, ele ficaria mais rico do que jamais havia imaginado.

O que foi aquilo? Não foi a ordem de Corvo para ele içar. Pareceu alguém gritando... Ele quase fugiu. Momentaneamente ficou fora de órbita. O berro de Corvo fez com que voltasse a si. O frio e calmo desdém do homem havia sumido.

Barraco puxou. Esse era pesado. Grunhiu, puxou com força... Corvo veio para cima, escalando. Suas roupas estavam rasgadas. Um talho sangrando marcava uma das faces. Sua faca estava vermelha. Girou, agarrou a corda.

— Puxe! — gritou. — Puxe, porra!

Asa subiu pouco depois, amarrado à corda.

— O que aconteceu? Meu Deus, o que aconteceu?

Asa estava esbaforido e surpreso.

— Alguma coisa pulou em cima da gente. Feriu ele antes que eu conseguisse matá-lo.

— Um Guardião. Eu avisei. Pegue outra tocha. Vamos ver qual é o estado dele.

Corvo continuou sentado ali, ofegando, aturdido. Barraco apanhou a tocha, iluminou o local.

Os ferimentos de Asa não eram tão ruins quanto receara. Havia muito sangue e o homem estava em estado de choque, mas não estava morrendo.

— Precisamos dar o fora daqui, Corvo. Antes que os Custódios venham.

Corvo recuperou a calma.

— Não. Havia apenas um. E eu o matei. Já estamos metidos nisto. Vamos fazer direito.

— Como Asa está?

— Não sei. Vamos trabalhar.

— Corvo, estou exausto.

— Você vai ficar muito mais até terminarmos. Venha. Vamos limpar aquela bagunça.

Levaram os corpos para a carroça, depois as ferramentas, e então transportaram Asa. Enquanto passavam a maca pelo muro, Barraco perguntou:

— O que vamos fazer com ele?

Corvo olhou-o como se ele fosse idiota.

— O que acha, Barraco?

— Mas...

— Isso não importa muito agora, não é?

— Acho que não. — Mas importava. Asa não era grande coisa, mas Barraco o conhecia. Não era um amigo, mas tinham ajudado um ao outro. — Não, você não pode fazer isso, Corvo. Ele pode ficar bem. Se eu tivesse certeza de que ele não ia ficar, sim. Tudo bem. Sem corpo, sem perguntas. Mas não posso matá-lo.

— Bem. Um pouco de lealdade, afinal de contas. Como vai mantê-lo calado? Ele é do tipo que faz gargantas serem cortadas com sua língua solta.

— Eu cuido dele.

— Como quiser, sócio. O pescoço é seu...

A noite já estava avançada quando alcançaram o castelo negro. Corvo foi na frente. Barraco o seguiu de perto. Percorreram a mesma passagem de antes. O procedimento foi o mesmo. Após disporem os corpos, uma criatura alta, magra, os inspecionou. "Dez. Dez. Trinta. Dez. Dez", e assim por diante.

Corvo protestou vigorosamente. A única oferta acima de dez foi para os homens que os tinham seguido até o Reservado e por Asa, que permaneceu em sua carroça.

O ser alto encarou Corvo.

— Estes estão mortos há muito tempo. Têm pouco valor. Se não está satisfeito, leve-os de volta.

— Está bem. Está bem. Pague.

O ser contou moedas. Corvo embolsou seis de cada dez. Entregou o resto para Barraco. Ao fazer isso, falou para o ser alto:

— Este homem é meu sócio. Pode ser que venha sozinho.

A figura alta inclinou a cabeça, tirou algo de dentro da roupa e entregou para Barraco. Era um pingente de prata na forma de serpentes entrelaçadas.

— Use isso, se vier sozinho — disse Corvo. — É seu salvo-conduto.

Sob seu olhar frio, Barraco enfiou o pingente no bolso cheio de prata.

Fez as contas. Sua parte foi de 112 levas. Ele teria levado meia década para juntar aquilo honestamente. Estava rico! Porra, estava rico! Podia fazer o que quisesse. Nada mais de dívidas. Nada mais de Krage matando-o lentamente. Nada mais de mingau nas refeições. Transformaria o Lírio em algo decente. Talvez encontrasse um lugar onde sua mãe pudesse ser cuidada de maneira apropriada. Mulheres. Todas as mulheres que ele conseguisse aguentar.

Ao virar a carroça, avistou um pedaço de muro alto que não estava ali na última visita. Um rosto olhou dali. Era o rosto do homem que ele e Corvo haviam trazido vivo. Seus olhos se fixaram em Barraco.

Capítulo Quatorze

ZIMBRO: TELHADURA

Sussurro nos conduziu a um castelo em ruínas chamado Telhadura. Ele contemplava boa parte de Zimbro do alto, e, em particular, o Reservado. Por uma semana, não tivemos contato com nossos anfitriões. Não tínhamos uma língua em comum. Então fomos agraciados com a presença do assassino chamado Touro, que falava as línguas das Cidades Preciosas.

Touro era uma espécie de impositor da religião local, que de modo algum eu conseguia entender. Numa primeira impressão, parece um culto da morte. Observando-se melhor, verifica-se que os mortos ou a morte não são cultuados, mas respeitados, com cadáveres fanaticamente preservados para um renascimento milenar. Todo o caráter de Zimbro é moldado por isso, exceto Coturno, onde a vida tem muitas preocupações mais vitais do que o bem-estar dos mortos.

Instantaneamente Touro me desagradou. Ele me pareceu um sádico propenso à violência, um policial que solucionaria seus casos com um porrete. Ele sobreviveria quando a Dama anexasse Zimbro. Seus governadores militares precisavam de gente de sua laia.

Eu esperava que a anexação ocorresse dias após a chegada do Capitão. Tínhamos preparado tudo para antes de ele chegar. Uma palavra vinda de Talismã bastaria. Não vi qualquer indicação de que o pessoal do Duque pudesse impedir isso.

Tão logo Pluma e Sussurro tiveram todo o nosso pessoal presente, incluindo tradutores, Touro, o próprio Duque e um homem chamado Hargadon, que era o superior dos Custódios da Morte — o que significava que ele era o responsável pelas Catacumbas onde eram guardados os cadáveres —, eles nos levaram para o frio cruel do topo da muralha norte de Telhadura. O Duque estendeu o braço.

— Aquela fortaleza ali é o motivo pelo qual pedi ajuda.

Olhei para ela e tremi. Havia algo de arrepiante naquele lugar.

— Nós o chamamos de castelo negro — explicou. — Está ali há séculos. — E então nos contou algo quase inacreditável. — Começou com uma pedrinha preta ao lado de um morto. O homem que os encontrou tentou apanhar a pedra e morreu. E a pedra começou a crescer. Tem crescido desde então. Nossos ancestrais fizeram experiências com aquilo. Atacaram aquela coisa. Nada a afetou. Quem a tocava, morria. Para o bem de sua própria sanidade, decidiram ignorá-la.

Protegi a vista e olhei para o castelo. Nada incomum para Telhadura, exceto que era negro e me causava arrepios.

O Duque continuou:

— Durante séculos, ele mal cresceu. Somente há algumas gerações deixou de parecer uma pedra. — Fez um ar espantado. — Dizem que há coisas vivas lá dentro.

Sorri. O que ele esperava? Uma fortaleza existe para proteger alguma coisa, seja construída ou nascida.

Hargadon prosseguiu com a narrativa. Ele já estava havia muito em seu serviço. Desenvolvera um pomposo estilo oficial.

— Durante os últimos anos, ele teve um crescimento incrivelmente rápido. O Gabinete Custódio ficou preocupado quando ouvimos boatos... Vindos de Coturno, certamente indignos de confiança... Dizendo que as criaturas que lá viviam estavam comprando cadáveres. A exatidão desses boatos permanece uma fonte de calorosas discussões dentro do Gabinete. Entretanto, ninguém pode negar que, atualmente, não temos tido muitos corpos provenientes de Coturno. As patrulhas de nossas ruas recolhem menos do que recolhiam dez anos atrás. A escassez atual é pior. Os pobres que vivem nas ruas são mais numerosos. Muitos mais deveriam estar morrendo pela exposição ao tempo.

Um amor, esse Hargadon. Parecia um fabricante queixando-se da diminuição de sua margem de lucro.

Ele prosseguiu:

— Há uma hipótese de que, em pouco tempo, o castelo passará a ter mais do que uma necessidade de comprar cadáveres... Se é isso que fazem. Não estou convencido. — Analisa substancialmente, também, ambos os lados de uma questão. Esse é o meu garoto. — Seus ocupantes podem se tornar suficientemente numerosos para tomarem o que quiserem.

— Se você acha que as pessoas estão vendendo corpos, por que não as prende e faz com que confessem? — perguntou Elmo.

Hora de o policial oferecer seu pedaço. Touro alegou:

— Não podemos prendê-los. — Seu tom era de "mas se me deixarem fazer do meu jeito...". — Está acontecendo em Coturno, sabe. Ali é outro mundo. Você não descobre muita coisa se for um forasteiro.

Sussurro e Pluma se mantinham um pouco afastadas, examinando o castelo negro. Seus rostos estavam sombrios.

O Duque queria que resolvêssemos o problema para ele. Em essência, queria parar de se preocupar com aquela fortaleza. Disse que podíamos fazer o que fosse preciso para eliminar sua preocupação. Só que teríamos de fazer à sua maneira. Por exemplo, ele queria que permanecêssemos em Telhadura enquanto *seus* homens e os de Hargadon agissem como nossos olhos, ouvidos e mãos. Temia a repercussão que nossa presença poderia causar, se fosse conhecida.

Alguns poucos fugitivos rebeldes tinham vindo a Zimbro, após sua derrota em Talismã. A Dama era conhecida aqui, embora pouco estimada. O Duque temia que os refugiados criassem problemas se ele fosse suspeito de colaboração.

De certo modo, ele era o chefe supremo ideal. Tudo o que ele queria do seu povo era que o deixasse em paz. E estava disposto a conceder o mesmo favor.

Portanto, por algum tempo, ficamos na nossa — até Sussurro se irritar com a qualidade da informação que nos era fornecida.

Era filtrada. Higienizada, era inútil. Ela encurralou o Duque e *informou* que os homens dela iam sair com os dele.

Na verdade, ele debateu por alguns minutos. A batalha foi árdua. Ela ameaçou ir embora, deixando-o ao sabor da maré. Puro blefe. Ela e Pluma estavam intensamente interessadas no castelo negro. Nenhuma força armada conseguiria tirá-las de Zimbro.

O Duque cedeu, então ela se virou para os Custódios. Touro estava teimosamente ciumento de suas demandas. Não sei como ela conseguiu convencê-lo. Aquilo nunca agradou a ele.

Tornei-me seu colega em excursões investigativas, principalmente porque aprendi a língua rapidamente. Ninguém de posição inferior prestava qualquer atenção em mim.

Nele, sim. Ele era um terror ambulante. As pessoas atravessavam a rua para evitá-lo. Acho que ele tinha uma péssima reputação.

Então veio a notícia de que milagrosamente removeram os obstáculos que o Duque e os Custódios haviam despejado em nosso caminho.

— Você soube? — perguntou Elmo. — Alguém invadia as preciosas Catacumbas deles. Touro está fumegando. O chefe dele está tendo uma diarreia hemorrágica.

Tentei digerir aquilo, mas não consegui.

— Mais detalhes, por favor. — Elmo tinha tendência a resumir.

— Durante o inverno, eles fazem vista grossa e deixam que os pobres entrem às escondidas no Reservado. Para pegar lenha para fogueira. Alguém que entrou resolveu pegar mais do que isso. Encontraram um acesso às Catacumbas. Três ou quatro homens.

— Ainda não estou entendendo, Elmo. — Ele gosta de ser adulado.

— Está bem. Está bem. Eles entraram e roubaram todas as urnas de transposição em que conseguiram colocar as mãos. Eles as levaram para fora, esvaziaram-nas e as enterraram num buraco. Também surrupiaram uma porção de múmias velhas. Nunca ouvi tantos gemidos e reclamações. É melhor você cancelar seu plano de entrar nas Catacumbas.

Eu havia mencionado um desejo de verificar o que ocorria lá embaixo. A coisa toda era tão estranha que eu queria olhar mais de perto. De preferência, sem acompanhante.

— Você acha que eles ficaram chateados, não?

— Chateados não é nem a metade. Touro só fala palavrão. Eu detestaria ser um desses sujeitos e acabar apanhado por ele.

— É mesmo? É melhor eu dar uma checada nisso.

Na ocasião, Touro estava em Telhadura, coordenando seu trabalho com o da incompetente polícia secreta do Duque.

Aqueles sujeitos eram uma piada. Eram praticamente celebridades, e nenhum deles tinha peito de descer até Coturno, onde aconteciam coisas realmente interessantes.

Há um Coturno em cada cidade, embora o nome mude. É uma favela tão barra pesada que a polícia só ousa entrar à força. Lá, a lei é, no máximo, casual, na maior parte aplicada por autoproclamados magistrados apoiados por capangas que eles mesmos recrutam. É uma justiça muito subjetiva a que eles distribuem, geralmente rápida, selvagem, implacável e comandada pela corrupção.

Procurei Touro e disse:

— Até esse assunto mais recente ser esclarecido, ficarei grudado em você como se fosse sua sombra. — Ele fechou a cara. Suas pesadas bochechas enrubesceram. — Ordens — menti, fingindo um tom de desculpa.

— É? Está bem. Venha.

— Aonde vai?

— A Coturno. Uma coisa assim só poder ter saído de Coturno. Vou rastrear a origem. — Apesar de todos os outros defeitos, ele tinha coragem. Nada o intimidava.

Eu queria visitar Coturno. Ele talvez fosse o melhor guia disponível. Soube que ia lá frequentemente, sem interferências. Sua fama era horrível a esse ponto. Uma boa sombra para acompanhar.

— Agora? — perguntei.

— Agora.

Ele me conduziu para fora, para o interior do frio e colina abaixo. Sem estar montado em um cavalo. Uma de suas pequenas presunções. Ele nunca cavalgou. Estabeleceu um passo rápido, como um homem que estava acostumado a fazer as coisas a pé.

— O que vamos procurar? — perguntei.

— Moedas velhas. A câmara que violaram tem vários séculos. Se alguém gastou muito dinheiro antigo nos últimos dois dias, talvez tenhamos o nosso homem.

Franzi a testa.

— Não sei qual é o padrão de gastos por aqui. Em lugares onde estive, porém, pode acontecer de pessoas economizarem durante eras para sustentar uma família enorme, então surgir uma ovelha negra e gastar tudo de uma vez. Algumas moedas velhas podem não significar nada.

— Estamos procurando por uma enchente, não por algumas. Por um homem que gaste muito. Houve três ou quatro homens envolvidos. Há uma boa chance de um deles ser um idiota. — Touro tinha uma boa compreensão do lado estúpido da natureza humana. Talvez por que ele mesmo estivesse muito próximo disso. Pois é. — Vamos fazer o nosso rastreamento com todo o cuidado — disse-me, como se esperasse que eu fosse agredir as pessoas furiosamente. Seus valores eram os únicos que ele conseguia imaginar. — O homem que queremos vai correr quando me ouvir fazendo perguntas.

— Vamos persegui-lo?

— Apenas o suficiente para que ele se mantenha em movimento. Talvez nos conduza a algum lugar. Conheço vários chefões lá que poderiam ter planejado isso. Se foi algum deles, quero seus colhões numa bandeja.

Falava de um modo febril, como um cruzado. Teria ele alguma mágoa contra os chefões do crime da favela? Perguntei-lhe.

— Sim. Eu sou de Coturno. Um garoto durão que deu sorte e se juntou aos Custódios. Meu pai não teve sorte. Tentou reagir a uma quadrilha que vendia proteção. Ele pagou, e não o protegeram de outro bando que fazia a mesma extorsão. Disse que não ia gastar um bom dinheiro em uma coisa que não estava recebendo. Cortaram a garganta dele. Eu fui um dos Custódios que o recolheram. Ficaram em volta, rindo e soltando piadas. Os responsáveis.

— Nunca acertou as contas com eles? — perguntei, certo da resposta.

— Sim. Levei-os também para as Catacumbas. — Olhou para o castelo negro, meio obscurecido pela neblina que flutuava através da encosta mais distante. — Se eu tivesse acreditado nos boatos sobre aquele lugar, talvez tivesse... Não, não teria...

Eu também não teria. Touro era uma espécie de fanático. Nunca infringia as regras da profissão que o havia tirado de Coturno, a não ser que, ao fazer isso, pudesse avançar em sua causa.

— Acho melhor começarmos da beira do cais — disse-me. — Subindo a colina. Taverna por taverna, prostíbulo por prostíbulo. Talvez insinuemos que há uma recompensa flutuando por aí. — Chocou um punho contra o outro, um homem reprimindo a ira. Havia muito dela contida nele. Algum dia, explodiria de uma só vez.

Havíamos começado cedo. Vi mais tavernas, bordéis e enfumaçados antros de jogatina do que normalmente teria visto numa dezena de anos. E, em cada um, a presença de Touro levava a um silêncio repentino e aterrorizado e à promessa de obediente cooperação.

Mas tudo o que conseguimos foram promessas. Não encontramos qualquer vestígio de dinheiro velho, exceto algumas moedas que haviam estado ali tempo demais para fazerem parte do saque que procurávamos.

Touro não ficou desencorajado.

— Alguma coisa deve surgir — disse ele. — São tempos difíceis. Precisamos ser pacientes. — Ele pareceu pensativo. — Talvez devêssemos colocar alguns dos seus rapazes aqui. Eles não são conhecidos, e parecem durões o bastante para o serviço.

— E são.

Sorri, juntando mentalmente um grupo que incluía Elmo, Duende, Agiota, Cabeça e alguns outros. Seria ótimo se Corvo ainda estivesse com a Companhia e pudesse ir com eles. Em seis meses, estariam mandando em Coturno. O que me deu a ideia de falar com Sussurro.

Se quiséssemos saber o que estava acontecendo, devíamos assumir o controle de Coturno. Poderíamos trazer Caolho. O pequeno feiticeiro era um mafioso nato. Pelo menos se parecia com um. Eu não tinha visto nenhum outro rosto negro desde que havíamos atravessado o Mar das Tormentas.

— Tem alguma ideia? — perguntou Touro, prestes a entrar num lugar chamado Lírio de Ferro. — Parece que está saindo uma fumacinha do seu cérebro.

— Talvez. É sobre algo parecido. Para o caso de as coisas ficarem mais complicadas do que esperamos.

O Lírio de Ferro se parecia com qualquer outro lugar em que já havíamos estado, só que em maior escala. O sujeito que o dirigia se encolheu.

Ele não sabia de nada, não tinha ouvido nada e prometeu gritar por Touro se alguém gastasse um único gersh cunhado antes da ascensão do Duque atual. Só papo furado. Fiquei contente em dar o fora dali. Receava que o lugar desabasse sobre mim antes que ele acabasse de puxar o saco de Touro.

— Tive uma ideia — disse Touro. — Agiotas.

Demorei um segundo para captar e perceber de onde surgira a ideia. O sujeito na taverna choramingando por causa de sua dívida.

— Bem-pensado. — Um homem nas garras de um agiota faria qualquer coisa para se livrar.

— Este é o território de Krage. É um dos mais sórdidos. Vamos visitá-lo.

Não havia medo naquele homem. Sua confiança no poder de seu cargo era tão forte que ousava entrar, sem pestanejar, num antro de assassinos. Eu disfarcei bem, mas estava apavorado. O vilão tinha seu próprio exército, que estava nervoso.

Em pouco tempo descobrimos o motivo. Nosso homem havia topado com alguém dois dias antes. Estava deitado de costas, mumificado em bandagens.

Touro deu uma risadinha.

— Os clientes estão ficando folgados, Krage? Ou um dos seus rapazes tentou se promover?

Krage nos olhou com rosto petrificado.

— Posso ajudá-lo em algo, Inquisidor?

— Provavelmente não. Você mentiria para mim ainda que a verdade salvasse sua alma, seu sanguessuga.

— Elogios não o levarão a lugar algum. O que deseja, seu parasita?

Cara durão, esse Krage. Cunhado no mesmo molde de Touro, mas que descambou para uma profissão menos honrada socialmente. Não havia muito o que escolher entre eles, pensei. Sacerdote e agiota. E era isso o que Krage estava dizendo.

— Espertinho. Estou procurando alguém.

— Não brinca.

— Ele tem uma porção de dinheiro antigo. Cunhagem do período cajiano.

— E acha que eu o conheço?

Touro deu de ombros.

— Talvez ele deva a alguém.

— Aqui, Touro, o dinheiro não tem procedência.

Touro me disse:

— Um provérbio de Coturno. — Encarou Krage. — Esse dinheiro tem. Digamos que esse dinheiro seja superior. É coisa grande, Krage. Não é tipo "vamos olhar em volta e fazer um teatro". Tampouco um simples "pegar e correr". Seguimos uma rota. Quem estiver acobertando o caso vai se ver com este cara aqui. Lembre-se de que Touro disse isso.

Por um segundo, ele causou uma impressão. A mensagem foi transmitida. Então Krage voltou a nos encarar.

— Você está farejando o poste errado, Inquisidor.

— Estou apenas lhe dizendo, para que fique informado.

— O que esse cara fez?

— Atacou alguém que não devia ter sido atacado.

As sobrancelhas de Krage se ergueram. Ele pareceu intrigado. Não conseguiu pensar em alguém que se encaixasse nessa descrição.

— Quem?

— Hum-hum. Apenas não deixe seus rapazes receberem dinheiro velho sem que você verifique a origem e me informe. Ouviu?

— Já fez seu discurso, Inquisidor?

— Já.

— Então não é melhor se mandar?

E nos mandamos. Eu não conhecia as regras do jogo, portanto não sabia como os locais marcariam os pontos daquela conversa. Avaliei que era impossível de se saber o resultado de antemão.

Do lado de fora, perguntei:

— Ele teria nos dito se tivesse sido pago com uma moeda antiga?

— Não. Não até, pelo menos, dar uma olhada nela. Mas ele não viu nenhum dinheiro antigo.

Fiquei imaginando por que ele achava aquilo. Não perguntei. Aquele era o seu povo.

— Talvez ele saiba de alguma coisa. Achei ter visto algumas vezes um brilho em seus olhos.

— Talvez sim. Talvez não. Deixemos que rumine um pouco sobre isso.

— Talvez se tivesse dito a ele por que...

— Não! Isso não pode vazar. Nem mesmo um boato. Se as pessoas pensarem que não conseguimos proteger seus mortos, ou a elas depois que baterem as botas, as portas do inferno se abrirão. — Fez um gesto descendente com a mão. — Zimbro gosta disso. De esmagar. — Continuamos caminhando. Ele murmurou: — As portas do inferno se abrirão. — E após metade de um quarteirão: — É por isso que precisamos pegar esses caras. Não tanto para castigá-los. Para trancá-los.

— Entendo.

Seguimos de volta pelo caminho por onde tínhamos vindo, planejando retomar as visitas às tavernas para ver um agiota chamado Gilbert, quando chegássemos a seu território.

— Ei?

Touro parou.

— O que foi?

Balancei a cabeça.

— Nada. Pensei ter visto um fantasma. O sujeito ali na rua... Caminha igual a uma pessoa que conheço.

— Talvez seja ele.

— Não. Muito tempo atrás e muito distante. Faz um bom tempo que deve estar morto. Foi porque eu estava pensando nele ainda há pouco.

— Acho que temos tempo para mais meia dúzia de visitas. Vamos subir a colina. Não quero estar por aqui depois que escurecer.

Olhei para ele, uma sobrancelha erguida.

— Porra, cara, aqui é perigoso quando o sol se põe. — Deu uma risadinha e me lançou um dos seus raros sorrisos. Era um dos verdadeiros.

Por um momento, então, gostei dele.

Capítulo Quinze

ZIMBRO: MORTE DE UM MAFIOSO

Barraco tinha demoradas, violentas discussões com sua mãe. Ela nunca o acusava diretamente, mas deixava poucas dúvidas de que suspeitava que praticava crimes terríveis.

Ele e Corvo se revezavam cuidando de Asa.

Então chegou o momento de enfrentar Krage. Ele não queria ir. Temia que Krage pudesse tê-lo confundido com Corvo e Asa. Mas, se não fosse, Krage viria atrás dele. E Krage procurava gente para machucar... Tremendo, Barraco caminhou penosamente pela rua congelada. A neve caía em flocos gordos e preguiçosos.

Um dos homens de Krage o conduziu à sua presença. Não havia sinal de Conte, mas a notícia era que o grandalhão estava se recuperando. Era burro demais para morrer, pensou Barraco.

— Ah, Barraco — exclamou Krage das profundezas de uma enorme poltrona. — Como está?

— Gelado. E você, como vai? — Krage o preocupava quando era afável.

— Estou bem. — Krage beliscou suas bandagens. — Foi por pouco. Tive sorte. Veio fazer seu pagamento?

— Quanto lhe devo, no total? Você andou comprando minhas dívidas, então perdi a conta.

— Pode pagar tudo? — Os olhos de Krage se estreitaram.

— Não sei. Tenho dez levas.

Krage suspirou dramaticamente.

— Você tem o suficiente. Não acreditava que fosse conseguir, Barraco. Bem, a gente ganha umas e perde outras. São oito e mais alguns trocados.

Barraco contou nove moedas. Krage deu-lhe o troco.

— Você teve um golpe de sorte neste inverno, Barraco.

— Tive mesmo.

— Tem visto Asa? — A voz de Krage ficou tensa.

— Faz três dias que não o vejo. Por quê?

— Nada importante. Estamos quites, Barraco. Mas chegou a hora de eu cobrar aquele favor. Corvo. Eu o quero.

— Krage, não quero lhe dizer como fazer seus negócios, mas esse é um homem que seria melhor deixar em paz. Ele é maluco. É ruim e malvado. Ele o mataria tão depressa quanto diria oi. Não quero ser desrespeitoso, mas ele age como se você fosse uma grande piada.

— Ele é que será a piada, Barraco. — Krage se arrastou para fora da poltrona, retraindo-se. Tocou o ferimento. — Ele é que será a piada.

— Talvez, na próxima vez, ele não *deixe* você escapar, Krage.

O medo atravessou as feições de Krage.

— Barraco, é ele ou eu. Se não o matar, meus negócios vão para o espaço.

— E para onde vão, se ele matar você?

Novamente aquela pontada de medo.

— Não tenho escolha. Esteja pronto quando eu precisar de você, Barraco. Será muito em breve.

Barraco agitou a cabeça e se retirou. Ele deveria sair de Coturno, pensou. Tinha dinheiro para isso. Mas aonde iria? Krage conseguiria encontrálo em qualquer lugar de Zimbro. E, afinal de contas, fugir não o atraía. O Lírio era seu lar. Tinha de consertar aquilo. Um ou o outro morreria e, de qualquer modo, ele sairia de uma situação difícil.

Ele agora estava no meio. Odiava Krage. Krage o havia humilhado durante anos, mantendo-o devedor, roubando comida de sua boca ao cobrar juros ridículos. Por outro lado, Corvo podia ligá-lo ao castelo negro e aos crimes no Reservado.

Os Custódios estavam caçando, procurando alguém que estivesse gastando muito dinheiro antigo. Pouca coisa tinha sido dita publicamente, mas o fato de Touro estar no caso dizia a Barraco o quanto estavam encarando seriamente o incidente lá no alto da colina. Ele quase teve um troço quando Touro entrou no Lírio.

O que havia acontecido com o dinheiro da transposição? Barraco não vira nada dele. Supunha que ainda estava com Corvo. Ele e Corvo agora eram sócios...

— O que Krage disse? — perguntou Corvo quando Barraco chegou ao Lírio.

— Quer que eu o ajude a matar você.

— Foi o que pensei. Barraco, chegou a hora. Preciso mandar Krage colina acima. Para que lado está pendendo, sócio? Para o dele ou para o meu?

— Eu... Hã...

— A longo prazo, é melhor você se livrar de Krage. Ele ainda vai arranjar um meio de tomar o Lírio.

Verdade, refletiu Barraco.

— Está bem. O que vamos fazer?

— Amanhã, vá contar para ele que você acha que eu andava vendendo corpos. Que acha que Asa era meu sócio, e que matei Asa. Asa era seu amigo e você está chateado. Será tudo próximo o bastante da realidade para confundi-lo... O que foi?

Sempre uma armadilha. Corvo tinha razão. Krage acreditaria na história. Mas Barraco havia esperado um papel menos direto. Se Corvo estragasse tudo, Barraco Castanho seria encontrado numa sarjeta com a garganta cortada.

— Nada.

— Está bem. Na noite depois de amanhã à noite, vou sair. Você corre para contar para Krage. Deixarei os homens dele me localizarem. Krage vai querer estar presente na matança. Eu o emboscarei.

— Você já fez isso antes, não?

— Ele virá de qualquer maneira. Ele é burro.

Barraco engoliu em seco.

— Esse não é um plano que faz muito bem para meus nervos.

— Seus nervos não são problema meu, Barraco. São seu. *Você* os perdeu. Só você pode controlá-los novamente.

Krage engoliu a história de Barraco. Ficou em êxtase porque Corvo era um vilão e tanto.

— Se eu não o quisesse para mim mesmo, chamaria os Custódios. Você fez muito bem, Barraco. Eu devia ter desconfiado de Asa. Ele nunca trouxe uma notícia que valesse a pena ouvir.

Barraco gemeu.

— Quem compraria cadáveres, Krage?

Krage sorriu.

— Não preocupe sua cabeça feia. Me avise na próxima vez que ele for dar uma de suas saídas. Prepararemos uma pequena surpresa.

Na noite seguinte, Barraco foi informá-lo, de acordo com o plano. E sofreu toda a decepção que esperava da vida. Krage insistiu para que ele se juntasse à caçada.

— Do que vai adiantar eu ir, Krage? Nem mesmo estou armado. E ele é osso duro de roer. Não vai pegá-lo sem luta.

— Não espero isso. Você irá junto, para o caso...

— Que caso?

— Para o caso disto ser uma armadilha e eu querer botar rapidamente as mãos em você.

Barraco tremeu e gemeu.

— Eu tenho agido corretamente com você. Eu não agi corretamente com você sempre?

— Você sempre faz o que um covarde faria. É por isso que não confio em você. Qualquer um é capaz de lhe meter medo. E você apareceu com todo aquele dinheiro. Me ocorreu que você poderia estar nessa jogada com Corvo.

Barraco gelou. Krage vestiu o casaco.

— Vamos, Barraco. Fique junto de mim. Se tentar se afastar, eu o mato.

Barraco começou a tremer. Estava morto. Tudo que suportara para se ver livre de Krage... Não era justo. Simplesmente não era justo. Nada nunca dava certo para ele. Foi cambaleando pela rua, imaginando o que poderia fazer e sabendo que não havia escapatória. Lágrimas congelavam em sua face.

Não tinha saída. Se ele fugisse, Krage seria alertado. Se não fugisse, Krage o mataria quando Corvo fizesse sua emboscada. O que sua mãe iria fazer?

Ele tinha de *fazer* alguma coisa. Tinha de ter peito, tomar uma decisão, *agir*. Não podia se entregar ao destino e esperar pela sorte. Isso significava as Catacumbas ou o castelo negro antes do amanhecer.

Havia mentido para Krage. Possuía uma faca de açougueiro dentro da manga esquerda. Ele a colocara ali por pura bravata. Krage não o tinha revistado. O velho Barraco armado? Rá! Nem pensar. Ele poderia se machucar.

O velho Barraco, às vezes, saía armado, mas nunca divulgava o fato. A faca fazia maravilhas para sua confiança. Ele podia dizer a si mesmo que a usaria, e acreditava o bastante na mentira para ir em frente, mas, em qualquer encrenca, ele deixaria o destino seguir seu curso.

Seu destino estava selado... A não ser que fugisse e ninguém o interceptasse.

Mas como?

Os homens de Krage se divertiam com seu terror. Havia seis deles... Depois sete... E oito, quando aqueles que localizaram Corvo se apresentaram. Poderia ele esperar vencer aquelas desvantagens? O próprio Corvo não teria a menor chance.

Você é um homem morto, sussurrava uma vozinha, sem parar. *Homem morto. Homem morto.*

— Ele está trabalhando na Viela das Velas — informou uma sombra. — Anda o tempo todo pelas pequenas passagens estreitas.

Krage perguntou a Barraco:

— Acha que ele encontrará alguma coisa neste final de inverno? Os mais fracos já morreram todos.

Barraco deu de ombros.

— Sei lá. — Esfregou o braço esquerdo na lateral do corpo. A presença da faca ajudava, mas não muito.

Seu terror chegou ao pico e começou a recuar. A mente gelou e atingiu uma dormência impassível. Medo em estado jacente. Ele tentava encontrar a saída invisível.

Novamente, alguém assomou para fora da escuridão e informou que estavam a 100 metros da carroça de Corvo. Ele havia entrado num beco dez minutos atrás. E não tinha saído.

— Ele viu você? — grunhiu Krage.

— Acho que não. Mas nunca se sabe.

Krage olhou para Barraco.

— Barraco, ele abandonaria sua parelha e a carroça?

— Como vou saber? — guinchou Barraco. — Talvez tenha encontrado alguma coisa.

— Vamos dar uma olhada. — Seguiram para o beco, um dos incontáveis corredores que iam dar na Viela das Velas. Krage olhou fixamente para a escuridão, a cabeça ligeiramente inclinada. — Silencioso como nas Catacumbas. Dê uma olhada, Luke.

— Patrão?

— Calma, Luke. O velho Barraco vai estar logo atrás de você. Não é, Barraco?

— Krage...

— Mexa-se.

Barraco bamboleou à frente. Luke avançou cautelosamente, uma faca maldosa sondando as trevas. Barraco tentou falar com ele.

— Cala a boca — vociferou o sujeito. — Você não tem uma arma?

— Não — mentiu Barraco. Ele olhou para trás. Estavam sozinhos.

Chegaram ao fim do beco sem saída. Nada de Corvo.

— Maldito seja — exclamou Luke. — Como ele saiu?

— Não sei. Vamos descobrir. — Essa poderia ser sua chance.

— Vamos lá — disse Luke. — Ele subiu por esta calha.

As entranhas de Barraco deram um nó. Sua garganta apertou.

— Vamos tentar. Talvez a gente possa segui-lo.

— É. — Luke começou a subir.

Barraco nem pensou. A faca de açougueiro se materializou em sua mão. Sua mão se atirou à frente. Luke arqueou para trás e caiu. Barraco pulou em cima dele, enfiou a palma em sua boca, e a manteve ali pelo minuto que ele levou para morrer. Barraco recuou, incapaz de acreditar que tinha feito aquilo.

— O que está havendo aí atrás? — gritou Krage.

— Não consigo encontrar nada — berrou Barraco. Arrastou Luke até uma parede, escondeu-o debaixo de lixo e neve e correu para a calha.

A aproximação de Krage funcionou como um maravilhoso incentivo. Barraco bufou, se esforçou, distendeu um músculo, chegou ao telhado, que consistia em uma borda com meio metro de largura disposta num ângulo não muito pronunciado, então 4 metros a 45 graus, acima dos quais o telhado era plano. Barraco se apoiou na ardósia inclinada, ofegando, ainda incapaz de acreditar que havia matado um homem. Ouviu vozes lá embaixo, começou a se mover lateralmente.

Alguém rosnou.

— Eles sumiram, Krage. Nada de Corvo. E também nada de Luke e Barraco.

— O sacana. Sabia que estava aprontando para mim.

— Por que então Luke foi com ele?

— Diabos, sei lá. Não fique aí parado. Olhe em volta. De algum modo, eles saíram daqui.

— Ei. Aqui. Alguém subiu por essa calha. Talvez tenham ido atrás de Corvo.

— Suba pela maldita coisa. Descubra. Luke! Barraco!

— Aqui — chamou uma voz. Barraco gelou. Que diabos? Corvo? Tinha de ser Corvo.

Ele avançou aos poucos, tentando se enganar para acreditar que não havia 12 metros de nada abaixo de seus calcanhares. Chegou a uma esquina com uma saliência por onde conseguiu escalar até o telhado plano.

— Por aqui. Acho que nós o encurralamos.

— Saiam daí, seus sacanas! — vociferou Krage.

Mantendo-se imóvel sobre o piche gelado, Barraco observou duas sombras surgirem na borda e começarem a seguir na direção da voz. Um raspar de metal e um palavrão entregaram o destino de um terceiro escalador.

— Torci o tornozelo, Krage — queixou-se o homem.

— Venham — grunhiu Krage. — Vamos encontrar outra maneira de subir.

Fuja enquanto tem chance, pensou Barraco. *Vá para casa e se esconda até tudo isso acabar*. Mas não conseguiu. Deslizou para a borda e foi sorrateiramente atrás dos homens de Krage.

Alguém gritou, pelejou por apoio e mergulhou na escuridão entre os prédios. Krage gritou. Ninguém respondeu.

Barraco atravessou para o telhado vizinho. Era plano e plantado com chaminés.

— Corvo? — chamou baixinho. — Sou eu. Barraco. — Tocou na faca em sua manga, ainda incapaz de acreditar que a tinha usado.

Uma forma se materializou. Barraco se instalou sentado com os braços em volta dos joelhos.

— E agora? — perguntou.

— O que está fazendo aqui?

— Krage me arrastou. Eu deveria ser o primeiro a morrer se fosse uma armadilha. — Contou a Corvo o que tinha feito.

— Porra! Você tem peito, afinal de contas.

— Ele me encurralou num canto. E agora?

— As probabilidades melhoraram. Deixe-me pensar a respeito.

Krage gritou na Viela das Velas. Corvo gritou de volta.

— Aqui! Estamos bem atrás dele. — Disse para Barraco: — Não sei por quanto tempo conseguirei enganá-lo. Eu ia pegar um de cada vez. Não sabia que ele iria trazer um exército.

— Meus nervos estão esgotados — queixou-se Barraco. Altura era outra das milhares de coisas que o aterrorizavam.

— Aguente firme. É um longo caminho. — Corvo gritou: — Mate-o, por que não faz isso? — Foi em frente. — Venha, Barraco.

Barraco não conseguia acompanhá-lo. Não era tão ágil quanto Corvo. Uma forma assomou na escuridão. Ele chiou.

— É você, Barraco? — Era um dos homens de Krage. As batidas do coração de Barraco duplicaram.

— Sim. Você viu Corvo?

— Não. Onde Luke está?

— Droga, ele estava indo na sua direção. Como não o viu? Olhe aqui. — Barraco indicou alterações na neve.

— Escute, cara, eu não o vi. Não fale comigo como se fosse Krage. Dou um chute no seu traseiro que ele vai parar entre as orelhas.

— Tá legal. Tá legal. Acalme-se. Estou com medo e quero acabar logo com isso. Luke caiu. Ali atrás. Escorregou no gelo ou coisa assim. Tome cuidado.

— Eu ouvi. Mas parecia Milt. Seria capaz de jurar que era Milt. Isto é burrice. Ele pode nos pegar aqui em cima. Devíamos voltar e tentar outra coisa.

— Aham. Eu o quero agora. Não quero ele indo atrás de mim amanhã. — Barraco estava admirado. Com que facilidade vinham as mentiras! Silenciosamente, xingou o homem porque ele não virava as costas. — Você tem uma faca sobrando ou coisa parecida?

— Você? Usar uma faca? Sem essa. Fique comigo, Barraco. Vou proteger você.

— Claro. Olhe, o rastro segue por ali. Vamos acabar com isso.

O homem se virou para examinar o rastro de Corvo. Barraco puxou a faca e o atingiu com força. O homem soltou um grito, contorcendo-se. A faca quebrou. Barraco quase foi jogado para fora do telhado. Sua vítima teve esse destino. Pessoas berraram perguntas. Krage e seus homens pareciam estar agora nos telhados.

Quando Barraco parou de tremer, começou a andar novamente, tentando se lembrar da disposição dos locais da vizinhança. Queria descer e ir para casa. Corvo poderia terminar essa insanidade.

Barraco topou com Krage no telhado seguinte.

— Krage! — gemeu. — Meu Deus! Deixe-me sair daqui! Ele vai matar todos nós!

— Eu vou matar você, Barraco. Era uma armadilha, não era?

— Krage, não! — O que ele podia fazer? Não estava mais com a faca de açougueiro. Fingir. Choramingar e fingir. — Krage, você precisa me tirar daqui. Ele já pegou Luke, Milt e mais alguém. Ele teria me pegado quando matou Luke, só que ele caiu e escapei... Só para ser apanhado novamente quando estava falando bem ali com um dos seus homens. Os dois lutaram e um deles caiu da borda. Não sei qual, mas aposto que não foi Corvo. Precisamos descer daqui, porque não sabemos com quem vamos topar. Precisamos ter cuidado. Eu poderia ter dado um jeito nele, nessa última vez, mas não tinha uma arma, e nós não podíamos saber se não era um dos nossos homens que estava vindo. Corvo não tem esse problema. Qualquer um que encontrar, ele sabe que é inimigo, portanto não precisa ser tão cuidadoso...

— Cale-se, Barraco.

Krage estava engolindo a história. Barraco falava um pouco mais alto, na esperança de que Corvo ouvisse, viesse e acabasse com aquilo.

Houve um grito do outro lado dos telhados.

— Foi Teskus — grunhiu Krage. — São quatro. Certo?

Barraco balouçou a cabeça.

— É o que sabemos. Talvez só estejamos você e eu agora. Krage, precisamos dar o fora daqui antes que ele nos encontre.

— Talvez haja alguma verdade no que você diz, Barraco. Talvez. Não devíamos ter subido aqui. Vamos.

Barraco o seguiu, continuando a falar.

— Foi ideia de Luke. Ele achava que iria marcar pontos com você. Sabe, nós o vimos no topo daquela calha, e ele não nos viu, então Luke disse, por que não vamos atrás dele e o pegamos, e o velho Krage...

— Cale-se, Barraco. Pelo amor de Deus. Sua voz me dá enjoo.

— Sim, senhor, Sr. Krage. Mas não consigo. Estou tão apavorado...

— Se não se calar, farei com que se cale para sempre. Não terá mais que se preocupar com Corvo.

Barraco parou de falar. Tinha forçado até onde ousava.

Krage parou um pouco depois.

— Vamos preparar uma emboscada perto da carroça dele. Ele voltará para ela, não?

— Espero que sim, Sr. Krage. Mas de que vai adiantar? Quero dizer, eu não tenho arma, e não saberia como usar uma, se tivesse.

— Cale-se. Tem razão. Você não é muito bom, Barraco. Mas acho que vai se sair muito bem como isca. Você chama a atenção dele. Conversa com ele. Eu o atinjo por trás.

— Krage...

— Cale-se. — Krage deslizou pela lateral do prédio, pendurou-se no parapeito, enquanto procurava um apoio sólido para o pé. Barraco se inclinou adiante. Três andares até o chão.

Ele chutou os dedos de Krage. Krage xingou, tentou agarrar outro apoio, falhou, caiu, gritou, chocou-se com um baque surdo no chão. Barraco observou sua forma vaga se contorcer, ficar imóvel.

— Fiz novamente. — Começou a tremer. — Não posso ficar aqui. Seus homens podem me encontrar. — Pulou por cima do parapeito e, como um macaco, desceu pelo lado do prédio, com mais medo de ser apanhado do que de cair.

Krage ainda respirava. Aliás, estava consciente, mas paralisado.

— Você tinha razão, Krage. Era uma armadilha. Você não devia ter forçado a minha barra. Me fez ter mais ódio do que medo de você.

Olhou em volta. Não era tão tarde quanto tinha imaginado. A caçada pelo telhado não havia demorado muito. Onde estava Corvo, afinal?

Alguém tinha que limpar aquilo. Ele agarrou Krage, arrastou-o na direção da carroça de Corvo. Krage gritou. Por um momento, Barraco receou que alguém viesse investigar. Ninguém veio. Coturno era assim.

Krage berrou quando Barraco o puxou para a carroça.

— Está confortável, Krage?

Em seguida, recolheu Luke, depois foi atrás dos outros corpos. Encontrou mais três. Nenhum era de Corvo. Ele murmurou:

— Se ele não aparecer em meia hora, vou levar os corpos como se fossem minha propriedade, e ele que se dane. — Depois: — O que deu em você, Barraco Castanho? Deixou isso subir à sua cabeça? Tudo bem, teve coragem. E daí? Isso não o torna nenhum Corvo.

Vinha vindo alguém. Barraco pegou uma adaga da qual havia se apossado, escondeu-se numa sombra.

Corvo jogou um corpo na carroça.

— Que diabos...?

— Eu os recolhi — explicou Barraco.

— Quem são?

— Krage e seus homens.

— Eu pensei que ele tivesse fugido. Achei que teria de fazer tudo de novo. O que aconteceu?

Barraco explicou. Corvo balançou a cabeça, descrente.

— Você, Barraco?

— Acho que só podem assustar a gente até certo ponto.

— Verdade. Mas nunca pensei que você fosse sacar isso. Barraco, você me assombra. Também me decepciona, um pouco. Eu queria Krage para mim.

— É ele quem está fazendo barulho. Quebrou as costas, ou coisa assim. Mate-o, se quiser.

— Ele vale mais vivo.

Barraco fez que sim com a cabeça. Pobre Krage.

— Cadê o resto deles?

— Havia um no telhado. Acho que o outro fugiu.

— Droga. Isso significa que não acabou.

— Podemos pegá-lo mais tarde.

— Enquanto isso, ele vai lá, reúne os outros e vêm atrás de nós.

— Acha que arriscariam a vida para vingar Krage? De jeito nenhum. Devem estar brigando entre si. Tentando assumir o controle. Espere aqui. Vou pegar o outro.

— Apresse-se — pediu Barraco. A reação estava tomando conta dele. Ele havia sobrevivido. O velho Barraco estava voltando, arrastando consigo toda a sua histeria.

Ao descer do castelo, com as estrias cor-de-rosa e púrpuras da alvorada manchando os vazios entre as Montanhas Geladas, Barraco perguntou:

— Por que ele está gritando?

O ser alto tinha dado uma risada e pagara 120 levas por Krage. Seus gritos agudos ainda podiam ser ouvidos.

— Não sei. Não olhe para trás, Barraco. Faça o que tem que fazer e siga em frente. — E, um momento depois: — Ainda bem que tudo acabou.

— Acabou? Como assim?

— Esta foi minha última visita. — Corvo bateu no bolso. — Já tenho o suficiente.

— Eu também. Estou sem dívidas. Posso reabastecer o Lírio, instalar minha mãe em sua própria casa, e tenho o suficiente para enfrentar o próximo inverno, não importa se os negócios estiverem indo bem. Vou esquecer que esse castelo existe.

— Creio que não, Barraco. Se quer se livrar dele, é melhor vir comigo. Ele sempre estará chamando quando você quiser um dinheiro rápido.

— Não posso ir embora. Tenho que cuidar da minha mãe.

— Está bem. Mas eu o avisei. — Então Corvo perguntou: — E Asa? Ele vai ser um problema. Os Custódios vão continuar procurando até encontrar as pessoas que assaltaram as Catacumbas. Ele é o elo fraco.

— Eu posso cuidar de Asa.

— Espero que sim, Barraco. Espero que sim.

O desaparecimento de Krage foi o assunto de Coturno. Barraco desempenhou o papel de perplexo, alegando que nada sabia a despeito de boatos dizerem o contrário. Sua história convenceu. Ele era Barraco, o covarde. O único homem que pensava o contrário não o contradisse.

A parte difícil foi enfrentar sua mãe. A velha Junho nada disse, mas seu fitar cego era acusador. Ela o fazia se sentir mal, traidor, desonrado nos mais secretos recessos de sua mente. O abismo havia se tornado intransponível.

Capítulo Dezesseis

ZIMBRO: UMA SURPRESA DESAGRADÁVEL

Touro me procurou na vez seguinte que resolveu descer a colina. Talvez quisesse apenas companhia. Não tinha amigos ali.

— O que houve? — perguntei quando ele irrompeu no meu pequeno escritório/dispensário.

— Vista o casaco. Hora de Coturno novamente.

Sua ansiedade me animou por nenhum outro motivo além de eu estar entediado com Telhadura. Sentia pena dos meus colegas. Ainda não haviam tido a chance de sair. O lugar era uma escravidão.

Então fomos e, descendo a colina, passando pelo Reservado, perguntei:

— Por que essa animação toda?

— Não tem animação nenhuma — respondeu ele. — Provavelmente, nem mesmo tem algo a ver com nós dois. Lembra-se daquele adorável agiota?

— O cheio de bandagens?

— Esse. Krage. Ele sumiu. Ele e metade de seus homens. Parece que levou a pior contra o sujeito que enfrentou. E não foi visto desde então.

Franzi a testa. Não parecia nada de extraordinário. Mafiosos sempre desapareciam, depois apareciam novamente.

— Ali. — Touro apontou uma moita ao longo do muro do Reservado. — Foi por onde nossos homens entraram. — Indicou um renque de árvores no caminho. — Pararam as carroças ali. Temos uma testemunha que as viram. Cheias de madeira, disse ela. Venha, vou lhe mostrar. — Enfiou-se de quatro na moita. Eu o segui, reclamando, porque estava me molhando. O vento norte não fazia nada para melhorar a situação.

O interior do Reservado era mais degradado do que o exterior. Touro me mostrou várias dezenas de feixes de madeira encontrados na moita perto da abertura.

— Parece que andaram transportando um monte.

— Creio que precisaram de muitos pedaços para cobrir os corpos. Vamos cortar por aqui.

Indicou as árvores acima de nós, de volta na direção de Telhadura. O castelo se destacava contra faixas de nuvens, um monte de pedras cinzentas a um tremor de terra distante do desabamento.

Examinei os feixes. Os colegas de Touro os tinham arrastado e empilhado, o que pode não ter sido um trabalho inteligente de detetive. Pareceu-me que eles haviam sido cortados e empilhados durante um período de semanas. Algumas extremidades estavam mais desgastadas pelo tempo do que outras. Mencionei isso a Touro.

— Eu notei. Pelo que deduzi, alguém apanhava lenha regularmente. Encontraram as Catacumbas por acaso. Então ficaram gananciosos.

— Hum. — Estudei o monte de lenha. — Acha que a estavam vendendo?

— Não. Isso nós sabemos. Ninguém andou vendendo lenha do Reservado. Provavelmente uma família ou um grupo de vizinhos usando eles mesmos a lenha.

— Verificou os aluguéis de carroças?

— Você acha que as pessoas são burras? Alugar uma carroça para assaltar as Catacumbas?

Dei de ombros.

— Estamos contando que uma delas seja burra, não?

Ele admitiu que sim.

— Tem razão. Isso deve ser checado. Mas é difícil, quando eu sou o único que tem peito suficiente para fazer trabalho externo em Coturno. Espero que tenhamos sorte em outro lugar. Se for necessário, eu irei. Quando não tiver mais nada premente.

— Posso ver o lugar por onde entraram? — perguntei.

Ele queria dizer não. Em vez disso, respondeu:

— É uma caminhada e tanto. Perto de uma hora. Prefiro fuçar essa história de Krage enquanto está quente.

Dei de ombros.

— Outra hora, então.

Descemos para o território de Krage e começamos a passear por lá. Touro ainda tinha alguns contatos da época de sua juventude. Persuadidos de modo apropriado, com alguns gershs, eles falariam. Não tive permissão para participar. Passei o tempo tomando cerveja numa taverna onde, alternativamente, me adulavam pelo meu dinheiro e agiam como se eu estivesse com a peste. Quando me perguntavam, eu não negava que era um Inquisidor.

Touro se juntou a mim.

— Talvez não tenhamos nada, afinal de contas. Há todos os tipos de boatos. Um deles diz que os próprios homens de Krage o mataram. Outro diz que foi seu concorrente. Ele era um pouco agressivo com os vizinhos.

— Ele aceitou uma caneca de vinho por conta da casa, algo que eu não o vira fazer antes. Atribuí isso à preocupação. — Há um ângulo que podemos checar. Ele estava obcecado em se vingar de um forasteiro que o tinha feito de idiota em público. Alguns dizem que foi o forasteiro que o feriu na primeira vez. — Tirou uma lista e começou a percorrê-la. — Não creio que tenha muita coisa para nós. Na noite em que Krage desapareceu houve uma porção de gritos e estrondos. Não há uma única testemunha ocular, é claro. — Sorriu. — Uma testemunha auditiva disse que foi uma espécie de batalha. Isso me leva a pensar numa espécie de golpe.

— O que você tem aí?

— Uma lista de pessoas que talvez estivessem apanhando lenha no Reservado. Uma pode ter visto a outra. Achei que poderia descobrir algo interessante se comparasse suas histórias.

Fez um gesto pedindo mais vinho. Dessa vez pagou, e cobriu também a despesa da primeira caneca, embora a casa tivesse lhe abonado esse pagamento. Tive a impressão de que o povo de Zimbro estava acostumado a dar aos Custódios tudo o que queriam. Touro simplesmente tinha senso ético, pelo menos no que se referia ao povo de Zimbro. Não tornaria suas vidas mais difíceis do que já eram.

Não pude deixar de gostar dele num certo nível.

— Não vai fuçar então essa história de Krage?

— Ah, sim. Claro. Os corpos estão desaparecidos. Mas isso não é incomum. Provavelmente aparecerão no rio dentro de alguns dias, se estiverem mortos. Ou gritando atrás de sangue, se não estiverem. — Bateu com o dedo num nome da lista. — Este sujeito frequenta o mesmo lugar. Talvez eu fale com esse tal de Corvo enquanto estiver lá.

Senti o sangue drenar de meu rosto.

— Quem?

Ele me olhou de um modo estranho. Forcei-me a relaxar e parecer despreocupado. Suas sobrancelhas baixaram.

— Um sujeito chamado Corvo. O forasteiro que supostamente tinha uma rixa com Krage. Frequenta o mesmo lugar desse outro sujeito de minha lista de catadores de lenha. Talvez faça algumas perguntas a ele.

— Corvo. Nome incomum. O que sabe sobre ele?

— Apenas que é de fora e deve ser barra pesada. Anda por aí há uns dois anos. O típico errante. Anda com a turma da Cratera.

A turma da Cratera eram os refugiados rebeldes que tinham se instalado em Zimbro.

— Me faz um favor? É um tiro no escuro, mas esse sujeito pode ser o fantasma sobre o qual eu estava falando dia desses. Deixe de lado seus hábitos. Finja que nunca ouviu esse nome. Mas me traga uma descrição física. E descubra se tem alguém com ele.

Touro franziu a testa. Não gostou daquilo.

— É importante?

— Não sei. Pode ser.

— Está bem.

— Mantenha a coisa toda só para você, se puder.

— Esse sujeito significa alguma coisa para você, não?

— Se é o sujeito que conheci, que eu pensava que estava morto, sim. Ele e eu temos uns assuntos a tratar.

Ele sorriu.

— Pessoais?

Fiz que sim. Eu agora tateava o caminho. Aquilo era delicado. Se fosse o meu Corvo, eu tinha de ser cuidadoso. Não ousaria deixar que fosse apanhado nas espirais de nossa operação. Ele sabia muito bem. Podia fazer com que metade dos oficiais e suboficiais da Companhia fossem colocados sob inquérito. E fossem mortos.

Decidi que Touro reagiria melhor se eu mantivesse mistério em torno daquilo, com a insinuação de que Corvo era um velho inimigo. Alguém por quem eu faria tudo para atacar no escuro, mas alguém sem importância em outros aspectos.

— Entendi — disse ele. Olhou-me de certa maneira distinta, como se tivesse ficado feliz em descobrir que, afinal de contas, eu não era diferente.

Droga, não sou. Mas, na maioria das vezes, gosto de fingir que sou. Avisei a ele:

— Vou voltar para Telhadura. Preciso falar com alguns colegas.

— Sabe achar o caminho de volta?

— Sei. Me avise se descobrir qualquer coisa.

— Avisarei.

Nos separamos. Subi a colina o mais depressa que pernas com 40 anos conseguiriam me levar.

Levei Elmo e Duende até onde não poderiam nos ouvir.

— Talvez tenhamos um problema, amigos.

— De que tipo? — quis saber Duende. Estava ansioso para me ouvir falar desde o momento em que o convoquei. Creio que pareci um pouco preocupado.

— Há um sujeito chamado Corvo agindo em Coturno. Dias desses, quando estava lá com Touro, achei que tinha visto alguém que, à distância, parecia com o nosso Corvo, mas na ocasião não fiz muito caso.

Rapidamente, eles ficaram tão nervosos quanto eu.

— Tem certeza de que é ele? — perguntou Elmo.

— Não. Ainda não. Dei a porra do fora de lá no minuto em que ouvi o nome Corvo. Que Touro pense que é um velho inimigo no qual pretendo enfiar uma faca. Ele vai fazer a investigação por mim, enquanto trata dos próprios assuntos. Conseguir uma descrição. Ver se Lindinha está com ele. Provavelmente tudo não deve passar de imaginação, mas queria que soubessem. Por via das dúvidas...

— E se for ele? — perguntou Elmo. — O que faremos?

— Não sei. Poderia ser um grande problema. Se Sussurro tiver algum motivo para se interessar... por ele andar com refugiados rebeldes... Bem, vocês sabem.

Duende refletiu:

— Parece que Calado disse que Corvo ia para tão longe que ninguém jamais voltaria a vê-lo.

— Talvez ele tenha achado mesmo que fugiu para longe. Isto aqui é quase perto do fim do mundo.

O que, em parte, era o motivo para eu estar tão nervoso. Aquele era o tipo de lugar no qual eu podia imaginar Corvo se estabelecendo. O mais longe possível que podia ficar da Dama sem ter que aprender a caminhar sobre a água.

— Me parece — disse Elmo — que devemos ter certeza antes de entrarmos em pânico. Então decidir o que fazer. Essa pode ser a hora de colocarmos nosso pessoal em Coturno.

— Era nisso que estava pensando. Já tenho um plano para apresentar a Sussurro, a respeito de outra coisa. Vamos dizer a ela que vamos fazer isso e mandar o pessoal ficar de olho em Corvo.

— Quem? — perguntou Elmo. — Corvo reconheceria qualquer um que o conheça.

— Na verdade, não. Use o pessoal que se juntou à Companhia em Talismã. Envie Agiota, só para ter certeza. Provavelmente ele não se lembrará dos rapazes novos. Há muitos deles. Se quer alguém confiável para controlar a coisa e lhes dar um apoio, use Duende. Posicione-o onde ele possa ficar longe da vista, mas mantendo as mãos nas rédeas.

— O que acha, Duende? — perguntou ele.

Duende sorriu nervosamente.

— De qualquer modo, isso me dá alguma coisa para fazer. Estou quase pirando aqui. Essas pessoas são esquisitas.

Elmo deu uma risadinha.

— Sente falta do Caolho?

— Quase.

— Muito bem — falei. — Vocês precisarão de um guia. Terá de ser eu. Não quero que Touro enfie o nariz ainda mais fundo nisso. Mas eles acham que sou um dos homens dele aqui embaixo. Vocês terão de me seguir à distância. E tentar não parecer o que são. Não tornem as coisas mais difíceis para vocês mesmos.

Elmo se alongou.

— Vou chamar Cabeça e Agiota agora. Você os leva lá embaixo e lhes mostra um lugar. Um deles pode voltar para pegar os outros. Vá em frente e combine tudo com Duende. — Saiu.

E assim foi. Duende e seis soldados alugaram aposentos não muito longe do quartel-general do agiota Krage. Lá em cima da colina eu fingia que era tudo pela causa.

Esperei.

Capítulo Dezessete

ZIMBRO: PLANOS DE VIAGEM

Barraco flagrou Asa tentando escapulir.

— Que diabos é isso?

— Preciso sair, Barraco. Vou enlouquecer aqui dentro.

— É mesmo? Quer saber de uma coisa, Asa? Os Inquisidores estão à sua procura. O Touro em pessoa esteve aqui, há dias, e perguntou por você, pelo nome. — Barraco estava exagerando ligeiramente os fatos. O interesse de Touro não fora tão intenso. Mas tivera algo a ver com as Catacumbas. Touro e seu ajudante estiveram em Coturno quase que diariamente, perguntando, perguntando, perguntando. Ele não precisava que Asa ficasse cara a cara com Touro. Asa entraria em pânico ou desabaria num interrogatório. Em todo o caso, Barraco Castanho se veria em apuros com uma puta rapidez. — Asa, se eles pegam você, estamos todos mortos.

— Por quê?

— Você andou gastando aquelas moedas velhas. Eles estão procurando alguém com uma porção de dinheiro velho.

— Maldito Corvo!

— O quê?

— Ele me deu o dinheiro da transposição. Como minha parte. Estou rico. E agora você me diz que não posso gastar meu dinheiro sem ser apanhado.

— Provavelmente ele achou que você iria se mancar até as coisas esfriarem. Até lá, ele já teria sumido.

— Sumido?

— Ele vai embora assim que o porto abrir.

— Aonde vai?

— Para algum lugar do sul. Não falou sobre isso.

— E o que faço? Continuo me ferrando na vida? Porra, Barraco, isso não é justo.

— Veja pelo lado positivo, Asa. Ninguém mais quer matar você.

— E daí? Agora Touro está atrás de mim. Talvez eu devesse ter feito um acordo com Krage. Touro não faz acordos. Não é justo! Toda minha vida...

Barraco não escutou. Ele vivia cantando a mesma canção.

— O que posso fazer, Barraco?

— Não sei. Continuar escondido, acho. — Teve o vislumbre de uma ideia. — Que tal sair de Zimbro por algum tempo?

— É. Talvez tenha razão. Em outro lugar, poderia gastar aquele dinheiro numa boa, não?

— Não sei. Nunca viajei.

— Traga Corvo aqui em cima quando ele aparecer.

— Asa...

— Ora, Barraco, sem essa. Não vai fazer mal perguntar. O máximo que ele pode fazer é dizer não.

— Como quiser, Asa. Lamento ver você ir embora.

— Claro que lamenta, Barraco. Claro que lamenta.

Quando Barraco se abaixou para passar pela porta, Asa chamou:

— Espere um segundo.

— Sim?

— Hum... Isso é meio difícil. Eu nunca lhe agradeci.

— Me agradecer pelo quê?

— Você salvou minha vida. Me trouxe de volta, não foi?

Barraco deu de ombros e fez que sim.

— Não foi nada, Asa.

— Claro que foi, Barraco. E vou me lembrar disso. Eu lhe devo uma das grandes.

Barraco foi para o andar de baixo, antes que ficasse ainda mais constrangido. Ele descobriu que Corvo tinha voltado. O homem estava num dos seus animados diálogos com Lindinha. Discutindo novamente. Eles só podiam ser amantes. Maldição. Esperou até Corvo notar que estava observando.

— Asa quer falar com você. Acho que quer ir junto quando você partir.

Corvo deu uma risadinha.

— Isso solucionaria o seu problema, não?

Barraco não negou que se sentiria mais à vontade com Asa fora de Zimbro.

— O que acha?

— Na verdade, não é má ideia. Asa não é grande coisa, mas preciso de homens. Gosto um pouco dele. E, com Asa fora daqui, isso ajudaria a cobrir meu rastro.

— Leve-o, com minha bênção.

Corvo começou a subir a escada. Barraco pediu:

— Espere. — Não sabia como abordar aquilo, porque não sabia se era importante. Mas era melhor contar a Corvo. — Touro tem andado muito por Coturno ultimamente. Ele e um ajudante.

— E daí?

— Talvez ele esteja mais perto do que pensamos. Por um lado, ele esteve aqui à procura de Asa. Por outro, ele perguntou por você.

O rosto de Corvo ficou inexpressivo.

— Por mim? Como assim?

— Discretamente. Lembra-se de Sal, a esposa do meu primo Wally? O irmão dela é casado com uma das primas de Touro. De qualquer modo, Touro ainda conhece gente aqui embaixo, de antes de ter entrado para os Custódios. Ele os ajuda, de vez em quando, e alguns deles lhe dizem coisas que ele quer saber...

— Entendi. Vá direto ao ponto.

— Touro perguntou por você. Quem é você, de onde veio, quem são seus amigos... Coisas desse tipo.

— Por quê?

Barraco apenas deu de ombros.

— Está bem. Obrigado. Vou dar uma checada.

Capítulo Dezoito

ZIMBRO: SOPRANDO FUMAÇA

Duende estava parado do outro lado da rua, encostado num prédio, olhando intensamente. Franzi a testa, com raiva. Que diabos ele estava fazendo na rua? Touro poderia reconhecê-lo e se dar conta de que estávamos armando alguma coisa.

Obviamente, ele queria me dizer algo.

Touro estava para entrar em outra das incontáveis espeluncas. Eu disse para ele:

— Preciso ir ali no beco conversar com um homem sobre um cavalo.

— Certo.

Ele entrou. Escapuli para o beco e mijei. Duende foi me encontrar lá.

— Qual é o problema? — perguntei.

— O problema, Chagas, é que é ele. Corvo. O nosso Corvo. Não apenas ele, mas Lindinha. Ela é garçonete num lugar chamado Lírio de Ferro.

— Puta merda — murmurei.

— Corvo mora lá. Estão fingindo que não se conhecem tão bem assim. Mas Corvo cuida dela.

— Droga! Tinha que ser, não é? O que fazemos agora?

— Talvez nos prepararmos para nos ferrar. O sacana pode estar metido nessa jogada de venda de cadáveres. Tudo o que descobrimos aponta nessa direção.

— Como você descobriu o que Touro não conseguiu?

— Tenho recursos que Touro não tem.

Concordei. Ele tinha. Às vezes é conveniente ter um feiticeiro por perto. Às vezes não, se for uma daquelas putas de Telhadura.

— Se apresse — falei. — Ele vai ficar imaginando onde estou.

— Corvo tem sua própria carroça e parelha. Guarda do outro lado da cidade. Normalmente, só as retira tarde da noite. — Fiz que sim. Já havíamos determinado que os contrabandistas de corpos trabalhavam no turno da noite. — Mas... — disse ele. — Você vai adorar esse mas, Chagas. Há pouco tempo ele tirou a carroça uma vez durante o dia. Coincidentemente, no dia em que alguém assaltou as Catacumbas.

— Caramba!

— Dei uma olhada na tal carroça, Chagas. Havia sangue nela. Bastante fresco. Eu o datei por volta da ocasião em que aquele agiota e seus homens desapareceram.

— Caramba. Merda. Agora estamos metidos nisso. É melhor irmos embora. Vou ter de inventar uma história para Touro.

— Até mais.

— Tá.

Naquele momento, eu estava pronto para desistir. O desespero me dominava. Aquele maldito idiota do Corvo — eu sabia exatamente o que ele estava fazendo. Juntando um monte de dinheiro fácil, vendendo cadáveres e pilhando sepulturas. Sua consciência não o perturbaria. Na sua parte do mundo, tais coisas não importavam muito. E ele tinha um motivo: Lindinha.

Não consegui me livrar de Touro. Queria desesperadamente correr até Elmo, mas precisei andar de um lado a outro, fazendo perguntas.

Olhei acima para a elevação ao norte, na direção do castelo negro, e pensei nele como a fortaleza que Corvo havia construído.

Eu iria até o fundo, disse a mim mesmo. As provas ainda não eram conclusivas... Mas eram. Suficientes. Meus empregadores não eram de esperar sutilezas jurídicas ou provas absolutas.

Elmo também estava chocado.

— Poderíamos matá-lo. Então não haveria o risco de ele abrir a boca.

— Francamente, Elmo!

— Não falei sério. Mas você sabe que eu faria isso se as opções ficassem escassas.

— Sei. — Todos faríamos. Ou tentaríamos. Talvez Corvo não deixasse. Ele era o filho da puta mais durão que eu já havia conhecido.

— Se quer minha opinião, devíamos procurar por ele e simplesmente lhe dizer para dar o fora da porra de Zimbro.

Elmo me lançou um olhar desgostoso.

— Não tem prestado atenção? No momento, o único caminho para entrar ou sair foi o que tomamos. O porto está congelado. As passagens estão bloqueadas pela neve. Você acha que, se pedirmos, Sussurro faria um civil voar para nós?

— Civis. Duende disse que Lindinha ainda está com ele.

Elmo pareceu pensativo. Fiz menção de voltar a falar. Ele abanou a mão pedindo silêncio. Esperei. Finalmente, perguntou:

— O que ele faria se visse você? Se tem andado com a turma da Cratera?

Estalei a língua.

— Sim. Eu não tinha pensado nisso. Me deixe checar uma coisa...

Fui atrás de Touro.

— Você ou o Duque tem alguém dentro da turma da Cratera?

Ele pareceu intrigado.

— Talvez. Por quê?

— Vamos levar um papo com eles. Uma ideia. Talvez nos ajude a resolver nosso assunto aqui.

Ele me olhou por um longo tempo. Talvez fosse mais sagaz do que fingia ser.

— Está bem. Não que eles tenham descoberto muita coisa. O único motivo para não terem expulsado os nossos rapazes é porque não os incomodamos. Eles se reúnem e conversam sobre os velhos tempos. Não restou nenhum problema pendente.

— Vamos dar uma olhada, de qualquer maneira. Talvez sejam menos inocentes do que parecem.

— Me dê meia hora.

Fiz isso. Quando esse tempo passou, Touro e eu nos sentamos com dois policiais secretos. Nós nos revezamos fazendo perguntas, cada um a partir de seu próprio ponto de vista.

Nenhum dos dois conhecia Corvo, pelo menos não por esse nome. Foi um alívio. Mas havia alguma coisa ali, e Touro sentiu imediatamente. Ele se fixou nisso até ter algo mais concreto.

— Vou até a minha chefe — disse-lhe. — Ela vai querer saber disso. — Eu arranjara uma desculpa. Isso pareceu satisfazer Touro.

— Vou levar o assunto a Hargadon — disse ele. — Não me ocorreu que poderiam ser forasteiros. Políticos. Talvez tenha sido por isso que o dinheiro não apareceu. Talvez eles também estejam vendendo corpos.

— Rebeliões custam dinheiro — observei.

Entramos em ação na noite seguinte, por insistência de Sussurro, com objeções do Duque, mas apoiados pelos Custódios. O Duque continuava preferindo que não fôssemos vistos. Os Custódios não estavam nem aí para isso. Queriam apenas salvar sua reputação.

Elmo surgiu furtivamente em meio às sombras da noite.

— Prontos aí? — sussurrou.

Olhei para os quatro que estavam comigo.

— Prontos.

Cada homem da Companhia em Zimbro estava presente, junto à polícia secreta do Duque e uma dúzia de homens de Touro. Eu achava aquele emprego uma bobagem, mas, mesmo assim, fiquei surpreso ao descobrir quão poucos homens sua repartição empregava na realidade. Todos, menos um, estavam lá. Esse um estava realmente doente.

Elmo fez um som de vaca mugindo, repetindo-o três vezes.

Os antigos rebeldes estavam todos reunidos em sua confabulação de sempre. Dei uma risadinha, pensando na surpresa que teriam. Eles achavam que estavam a salvo da Dama por 2.500 quilômetros e sete anos de distância.

Demorou menos de um minuto. Ninguém ficou ferido. Eles simplesmente nos olharam com ar idiota, os braços pendendo frouxamente. Então um deles nos reconheceu e gemeu:

— A Companhia Negra em Zimbro.

Em seguida outro:

— Acabou-se. É o fim. Ela venceu mesmo.

Eles não pareceram ligar muito. Alguns, aliás, pareceram aliviados.

Agimos tão tranquilamente que os vizinhos mal perceberam o que aconteceu. A incursão mais discreta que eu já tinha visto. Levamos todos para Telhadura, e Sussurro e Pluma começaram a trabalhar.

Fiquei torcendo para que nenhum deles soubesse demais.

Eu tinha feito uma aposta arriscada, na esperança de que Corvo não lhes tivesse dito quem era Lindinha. Se tivesse, eu os teria entregado de bandeja em vez de desviar a atenção.

Não tive notícias de Sussurro, portanto deduzi que eu tinha ganhado.

Capítulo Dezenove

ZIMBRO: MEDO

C orvo bateu com um estrondo a porta do Lírio. Barraco ergueu a vista, assustado. Corvo se apoiou na ombreira da porta, ofegando. Parecia ter visto a morte de perto. Barraco largou seu trapo e acudiu, uma garrafa de barro na mão.

— O que aconteceu?

Corvo olhou por cima do ombro, para Lindinha, que estava servindo um dos raros clientes de Barraco que pagava. Ele balançou a cabeça, inspirou fundo várias vezes e estremeceu.

Ele estava apavorado. Por tudo que era sagrado, o homem estava amedrontado! Barraco ficou horrorizado. O que poderia tê-lo deixado naquele estado? Nem mesmo o castelo negro o tinha abalado daquele jeito.

— Corvo. Venha para cá e sente.

Segurou o braço de Corvo. O homem o seguiu docilmente. Barraco estabeleceu contato visual com Lindinha, fez sinal para ela apanhar duas canecas e mais uma garrafa de barro.

Lindinha deu uma olhada para Corvo e esqueceu seu cliente. Em poucos segundos estava lá, com as canecas e a garrafa, os dedos agitando-se para Corvo.

Corvo não viu.

— Corvo! — disse Barraco num forte sussurro. — Saia dessa, homem! O que diabos aconteceu?

Os olhos de Corvo focaram. Olhou para Barraco, para Lindinha, para o vinho. Virou a caneca de um só gole e baixou-a com um baque. Lindinha serviu novamente.

Seu cliente protestou por ter sido abandonado.

— Sirva-se sozinho — disse-lhe Barraco.

O homem sentiu-se ofendido.

— Então vá para o inferno — exclamou Barraco. — Corvo, fale. Nós estamos encrencados?

— Hã... Não. Nós não, Barraco. Eu. — Ele se sacudiu como um cachorro saindo da água e encarou Lindinha. Seus dedos começaram a falar.

Barraco captou a maior parte.

Corvo lhe disse para fazer a mala. Tinham de fugir novamente.

Lindinha quis saber por quê.

Porque eles nos descobriram, disse-lhe Corvo.

Quem?, perguntou Lindinha.

A Companhia. Eles estão aqui. Em Zimbro.

Lindinha não pareceu aflita. Negou a possibilidade.

A Companhia?, pensou Barraco. O que diabos era aquilo?

Eles estão aqui, insistiu Corvo. Fui à reunião. Cheguei atrasado. Por sorte. Cheguei quando já havia começado. Os homens do Duque. Os Custódios. E a Companhia. Vi Chagas, Elmo e Duende. Eu os ouvi chamando um ao outro pelo nome. Eu os ouvi mencionarem Sussurro e Pluma. A Companhia está em Zimbro, e há Tomados com ela. Temos que ir.

Barraco não fazia ideia de que diabos significava aquilo. Quem eram aquelas pessoas? Por que Corvo estava apavorado?

— Como vai fugir para algum lugar, Corvo? Não pode sair da Cidade. O porto continua congelado.

Corvo olhou-o como se ele fosse um herege.

— Acalme-se, Corvo. Use a cabeça. Não sei que diabos está acontecendo, mas uma coisa eu posso lhe dizer. Você está agindo mais como Barraco Castanho do que como Corvo. O velho Barraco é o cara que entra em pânico, lembra?

Corvo conseguiu dar um sorriso fraco.

— Tem razão. Sim. Corvo usa a cabeça. — Deu uma risadinha amargurada. — Obrigado, Barraco.

— O que aconteceu?

— Digamos apenas que o passado voltou. Um passado que eu não esperava ver novamente. Fale-me sobre esse ajudante com quem você disse que Touro tem andado ultimamente. Pelo que soube, Touro faz mais o estilo solitário.

Barraco descreveu o homem, embora não conseguisse se lembrar muito bem dele. Sua atenção se concentrara em Touro. Lindinha se posicionou de modo a poder ler os lábios dele. Formou uma palavra com os seus.

Corvo fez que sim.

— Chagas.

Barraco ficou arrepiado. O nome soou sinistro quando Corvo o traduziu.

— Ele é uma espécie de assassino de aluguel?

Corvo riu baixinho.

— Não. Na verdade é um médico. Razoavelmente competente também. Mas possui outros talentos. Tipo ser esperto o bastante para vir à minha procura sob a sombra de Touro. Quem prestaria atenção nele? Todos estariam preocupados demais com o maldito Inquisidor.

Lindinha fez uns sinais. Era muito rápida para ele, mas Barraco percebeu que ela estava repreendendo Corvo, dizendo-lhe que Chagas era seu amigo e não o estaria caçando. Foi coincidência seus caminhos terem se cruzado.

— Coincidência coisa nenhuma — retrucou Corvo, tanto por voz alta quanto por sinais. — Se não estão me caçando, por que então estão em Zimbro? Por que duas Tomadas estão aqui?

Novamente Lindinha respondeu rápido demais para Barraco captar tudo. Ela parecia estar argumentando que, se alguém chamado a Dama soubesse de Chagas ou de outro homem chamado Calado, Chagas não estaria aqui.

Corvo a encarou por uns bons 15 segundos, imóvel como pedra. Ele entornou outra caneca de vinho. Então falou:

— Você está certa. Absolutamente certa. Se estivessem procurando por mim, já teriam me pegado. E você. As próprias Tomadas já teriam caído sobre nós. Isso. Coincidência, afinal de contas. Mas, coincidência ou não, os principais capangas da Dama estão em Zimbro. E estão à procura de alguma coisa. O quê? Por quê?

Aquele era o velho Corvo. Frio, duro e concentrado.

Lindinha gesticulou: castelo negro.

O humor de Barraco sumiu. Corvo fitou a garota por vários segundos, depois olhou na direção do castelo negro. Então olhou novamente para Lindinha.

— Por quê?

Lindinha deu de ombros. Agitou as mãos. Não há nada mais em Zimbro que atraísse a Dama até aqui.

Corvo pensou por mais alguns minutos. Então se dirigiu a Barraco.

— Barraco, eu o tornei rico? Afastei o seu traseiro para bem longe de encrencas?

— Claro, Corvo.

— Então é a sua vez de me ajudar. Alguns inimigos meus muito poderosos estão em Zimbro. Trabalham com os Custódios e o Duque, e provavelmente estão aqui por causa do castelo negro. Se me encontrarem, vou ficar numa enrascada.

Barraco Castanho tinha a barriga cheia. Possuía um lugar quente para dormir. Sua mãe estava em segurança. Não tinha dívidas ou qualquer ameaça imediata pendendo sobre sua cabeça. O homem que estava à sua frente era o responsável por isso. E responsável também por lhe fornecer uma consciência agoniada, mas isso ele podia esquecer.

— Peça. Farei o que puder.

— Também estará se ajudando caso eles estejam procurando no castelo. Você, eu e Asa. Cometemos um erro assaltando as Catacumbas. Não importa. Quero que descubra o que puder sobre o que está acontecendo em Telhadura. Se precisar de dinheiro para suborno, me avise. Eu fornecerei.

Intrigado, Barraco perguntou:

— Tudo bem. Não pode me dizer um pouco mais?

— Não até eu saber um pouco mais. Lindinha, junte suas coisas. Temos que desaparecer.

Pela primeira vez, Barraco protestou:

— Ei! O que está fazendo? Como vou me virar neste lugar sem ela?

— Traga aquela garota, Lisa, para cá. Chame seu primo. Não me importa. Temos que desaparecer.

Barraco franziu a testa.

— Eles a querem muito mais do que querem a mim — explicou Corvo.

— Ela é apenas uma criança.

— Barraco.

— Sim, senhor. Como vou entrar em contato, senhor?

— Não vai. Eu entro em contato com você. Lindinha, vá. São Tomadas que estão lá em cima.

— O que são Tomadas? — indagou Barraco.

— Se você tem deuses, Barraco, reze para nunca descobrir. Reze bastante. — E, quando Lindinha voltou com seus parcos pertences, Corvo disse: — Acho que você deveria reconsiderar abandonar Zimbro comigo. Coisas vão começar a acontecer por aqui, e você não vai gostar delas.

— Preciso cuidar da minha mãe.

— De qualquer modo, pense sobre isso, Barraco. Eu sei do que estou falando. Eu já trabalhei para essas pessoas.

Capítulo Vinte

ZIMBRO: PAPO NA SOMBRA

Corvo desapareceu de nossas vistas. Até mesmo Duende não conseguiu encontrar vestígios. Pluma e Sussurro trabalharam em nossos prisioneiros até cada um deles ter sido drenado, e nada conseguiram sobre nosso velho amigo. Concluí que Corvo havia adotado outro nome ao lidar com eles.

Por que não tinha usado outro também em Coturno? Loucura? Orgulho? Pelo que me lembro, Corvo possuía muito disso.

Corvo não era seu nome verdadeiro mais do que Chagas é o meu. Mas esse foi o nome pelo qual o conhecemos durante o ano que serviu conosco. Nenhum de nós, a não ser talvez o Capitão, sabia seu verdadeiro nome. Certa ocasião ele tinha sido um homem importante em Opala. Isso eu sabia. Ele e o Manco tornaram inimigos implacáveis quando Manco usou sua mulher e os amantes dela para despojá-lo de seus direitos e títulos. Isso eu sabia. Mas não quem ele era antes de se tornar um soldado da Companhia Negra.

Receava contar ao Capitão o que havíamos descoberto. Ele gostava muito de Corvo. Os dois eram como irmãos. O Capitão, creio, ficou magoado quando Corvo desertou. Ele ficaria mais magoado ainda quando soubesse o que o amigo havia feito em Zimbro.

Sussurro nos convocou para anunciar o resultado dos interrogatórios. Ela disse, resumidamente:

— Não obtivemos exatamente um triunfo, cavaleiros. Todos, menos uns dois desses homens, eram amadores. Já em Talismã tínhamos acabado com a vontade deles de lutar. Mas descobrimos que o castelo negro *tem mesmo* comprado cadáveres. Seus habitantes compram até corpos vivos. Dois de nossos prisioneiros venderam para eles. Para levantar dinheiro para os rebeldes.

A ideia de negociar cadáveres era repulsiva, mas não especialmente perversa. Fiquei imaginando que uso o castelo negro teria para eles.

Sussurro continuou:

— Eles não foram responsáveis pelo assalto às Catacumbas. Portanto, não têm interesse para nós. Vamos entregá-los para os Custódios fazerem o que quiserem. Vocês agora vão voltar para a cidade e continuar a se aprofundar na questão.

— Como assim, senhora? — perguntou Elmo.

— Em algum lugar de Zimbro há alguém que está alimentando o castelo negro. Encontrem-no. A Dama o quer.

Corvo, pensei. Tinha de ser Corvo. Simplesmente tinha de ser. Sim, tínhamos de encontrar o filho da puta. E tirá-lo da cidade ou livrá-lo da morte.

Você tem que entender o que significa a Companhia. Para nós, é pai, mãe, família. Somos homens com nada mais que isso. Se Corvo fosse apanhado, mataria a família, figurativa e literalmente. A Dama dispersaria o que restasse do grupo após nos destroçar por não termos entregado Corvo antes.

— Ajudaria se soubéssemos com o que estamos lidando — me dirigi a Sussurro. — É difícil levar algo a sério quando ninguém lhe diz nada. Do que adianta? O castelo é terrivelmente bizarro, eu lhe garanto. Mas por que nos preocuparmos?

Sussurro parecia estar pensando a respeito. Por vários segundos, seus olhos ficaram vazios. Havia levado o assunto a uma autoridade superior. Estava em comunhão com a Dama. Ao retornar, ela disse:

— O castelo negro tem suas raízes na Terra dos Túmulos.

Isso chamou a nossa atenção. Eu grasnei:

— O quê?

— O castelo negro é a válvula de escape do Dominador. Quando ele atingir certo tamanho e certo conjunto de detalhes, as criaturas que vivem lá, que são criaturas dele, assim como seu coração e alma, vão conjurá-lo para fora do Grande Túmulo. Aqui.

Vários homens bufaram em descrédito. Parecia exagerado, apesar de todas as esquisitices e feitiçarias que temos visto.

Sussurro falou:

— Ele previu sua derrota pela Rosa Branca, mas não que seria traído pela Dama. Mesmo antes de a Dominação cair, ele começou a preparar seu retorno. Enviou para cá um fiel seguidor com a semente do castelo negro. Algo saiu errado. Ele jamais planejou passar tanto tempo esperando. Talvez não soubesse da preocupação de Zimbro com a preservação dos mortos. O que eles esperam? Um navio que os leve ao paraíso?

— É por aí — concordei. — Estudei isso, mas a questão toda continua uma grande confusão para mim. Continue. O Dominador vai aparecer para nós aqui?

— Não se conseguirmos detê-lo. Mas pode ser que tenhamos chegado tarde demais. Esse homem. Se não o pegarmos logo, *será* tarde demais. O portal está quase pronto para abrir.

Olhei para Elmo. Ele olhou para mim. Puxa vida, pensei. Se Corvo soubesse o que estava fazendo... Eu continuava sem conseguir ficar chateado. Ele fez aquilo por Lindinha. Não tinha como saber que estava fazendo o trabalho do Dominador. Ele tinha consciência o bastante para isso. Teria encontrado outra maneira... Que diabos ele ia fazer com tanto dinheiro?

Precisávamos encontrá-lo. Tudo se reduzia a isso. O que quer que fizéssemos de agora em diante, nosso principal objetivo, pelo bem da Companhia, tinha de ser alertá-lo.

Olhei para Elmo. Ele afirmou com a cabeça. Daquele momento em diante, lutaríamos pela sobrevivência do grupo.

Em algum lugar, de algum modo, Corvo deve ter farejado perigo. Duende procurou debaixo de cada pedra em Coturno, vigiou cada beco, praticamente morou no Lírio de Ferro e, ainda assim, encontrou uma porção de nada. O tempo avançou. Um clima mais quente ameaçava. E nós ficávamos cada vez mais em pânico.

Capítulo Vinte e Um

ZIMBRO

Corvo partiu assim que o canal externo abriu. Barraco foi dizer adeus — e só então descobriu a natureza do investimento marítimo de Corvo. Ele havia mandado construir e aparelhar um barco. Um barco completamente novo, o maior navio que Barraco já tinha visto. "Não admira que precisasse de uma fortuna", matutou. Quantos corpos foram necessários para construir aquilo?

Voltou aturdido para o Lírio. Serviu-se de um pouco de vinho e sentou-se encarando o nada. "Aquele Corvo era um homem de visão", cismou. "Mas ainda bem que ele se foi. E Asa também. Talvez as coisas voltem ao normal."

Barraco comprou uma cabana perto do Reservado. Instalou ali a mãe e três criadas. Foi um alívio se livrar de seu malvado olhar cego.

Todos os dias havia operários no Lírio de Ferro. Eles atrapalhavam os negócios, que, apesar disso, continuavam indo bem. O porto vivia movimentado. Havia trabalho para quem quisesse trabalhar.

Barraco era incapaz de lidar com sua prosperidade. Deixava-se levar por cada impulso que conhecera durante a pobreza. Comprava roupas finas que não ousava vestir. Ia a lugares frequentados apenas pelos ricos. E comprava a atenção de mulheres bonitas.

Mulheres custavam caro quando se fingia ser alguém da parte de cima da encosta.

Certo dia, Barraco foi à sua caixa secreta de dinheiro e a encontrou vazia. O dinheiro todo se fora? Para onde? A reforma do Lírio ainda não tinha terminado. Ele devia aos operários. Devia às pessoas que cuidavam de sua mãe. Droga! Estava de volta onde tinha começado?

Nada disso. Ele tinha seus lucros.

Correu para baixo, para sua caixa de dinheiro de negócios, abriu-a e respirou aliviado. Ele tinha pagado todos os seus gastos com a caixa lá de cima.

Algo, porém, estava errado. O dinheiro que havia na caixa não era nem de perto o bastante...

— Ei, Wally.

Seu primo olhou para ele, engoliu em seco, correu para a porta. Aturdido, Barraco correu para fora e viu Wally desaparecer num beco. Então caiu a ficha.

— Maldito seja! — berrou. — Maldito seja, ladrão escroto! — Voltou e tentou imaginar a situação em que se encontrava.

Uma hora depois, dispensou os operários. Deixou a nova moça, Lisa, tomando conta, e foi visitar os fornecedores.

Wally o havia ferrado bonito. Tinha comprado a crédito e embolsado o dinheiro do pagamento à vista. Barraco ia pagando as dívidas à medida que avançava, ficando cada vez mais alarmado enquanto suas reservas minguavam. Reduzido a pouco mais de uma moeda de cobre, voltou ao Lírio e começou um inventário.

Wally, pelo menos, não tinha vendido o que comprara a crédito. O Lírio estava bem abastecido.

Mas o que faria com sua mãe?

A casa estava paga. Isso era uma vantagem. Mas a velha precisava das criadas para sobreviver. E ele não podia pagar os salários. Porém não a queria de volta ao Lírio. Podia vender todas aquelas roupas. Gastara uma fortuna nelas e não conseguira usá-las. Pensou em umas coisas. Sim. Vendendo as roupas, ele poderia sustentar a mãe até o verão seguinte.

Nada mais de roupas. Nada mais de mulheres. Nada mais de reformas no Lírio... Talvez Wally não tivesse gastado tudo.

Achar Wally não foi difícil. Ele voltou para a família, após ficar escondido por dois dias. Achou que Barraco suportaria a perda. Não sabia que estava lidando com um novo Barraco.

Ele irrompeu no minúsculo apartamento de um cômodo do primo após abrir a porta com um chute.

— Wally!

Wally guinchou. Os filhos, a mulher e a mãe, todos gritaram perguntas. Barraco as ignorou.

— Wally, eu quero de volta! Até a última moeda, porra!

A esposa de Wally se meteu no caminho.

— Calma, Castanho. O que aconteceu?

— Wally! — Wally se agachou num canto. — Saia do meu caminho, Sal. Ele me roubou em torno de cem levas. — Barraco agarrou o primo e o arrastou porta a fora. — Eu quero de volta.

— Barraco...

Barraco o empurrou. Ele cambaleou para trás, tropeçou, rolou um lance de escada. Barraco foi atrás, empurrou-o mais um lance abaixo.

— Barraco, por favor...

— Cadê o dinheiro, Wally? Eu quero o dinheiro.

— Não tenho mais, Barraco. Eu gastei. Juro. As crianças precisavam de roupas. Nós tínhamos que comer. Não pude evitar, Barraco. Você tinha tanto... Você é da família, Barraco. Você tinha que ajudar.

Barraco o jogou na rua, chutou-o no saco, levantou-o, começou a lhe dar tapas.

— Cadê, Wally? Você não conseguiria gastar tanto. Diabos, suas crianças estão vestindo trapos. Eu lhe pagava o suficiente para você cuidar disso. Porque era da família. Eu quero o dinheiro que você roubou. — Furioso, Barraco conduziu o primo na direção do Lírio.

Wally choramingava e implorava, recusando-se a dizer a verdade. Barraco calculava que ele havia roubado mais de cinquenta levas, o suficiente para ter completado a reforma do Lírio. Não tinha sido um furto pequeno. Ele desferiu socos numa saraivada furiosa.

Arrastou Wally até os fundos do Lírio, longe de olhos curiosos.

— Agora você já me encheu, Wally.

— Barraco, por favor...

— Você me roubou e está mentindo. Eu poderia perdoar você se tivesse feito isso pela sua família. Mas não foi assim. Me diga. Ou devolva. — Socou Wally violentamente.

A dor em suas mãos por bater no homem esgotou sua raiva. Mas então Wally cedeu.

— Eu perdi no jogo. Eu sei que fui burro. Mas tinha tanta certeza de que ia ganhar. Eles me enganaram. Me fizeram pensar que ia ganhar muito, e aí me enganaram, e a única saída foi roubar. Eles teriam me matado. Peguei emprestado com Gilbert, depois de contar a ele o quanto você estava se saindo bem...

— Perdeu? Jogando? Pegou emprestado com Gilbert? — murmurou Barraco. Gilbert tinha se mudado para os territórios de Krage. Ele era mau como seu antecessor. — Como pôde ser tão idiota? — A raiva novamente o dominou. Pegou um pedaço de pau da pilha deixada para servir de lenha. Bateu em Wally com força. E bateu novamente. Seu primo caiu, parou de se defender dos golpes.

Barraco gelou, de repente friamente racional. Wally não estava se mexendo.

— Wally? Wally? Ei, Wally. Diga alguma coisa.

Wally não respondeu.

O estômago de Barraco deu um nó. Jogou o pau na pilha.

— Preciso levá-lo pra dentro, antes que as pessoas o carreguem embora. — Segurou o ombro do primo. — Vamos lá, Wally. Não vou mais bater em você.

Wally não se mexeu.

— Merda — murmurou Barraco. — Eu o matei.

Aquilo o arrasou. E agora? Não havia muita justiça em Coturno, mas a que havia era rápida e severa. Com certeza eles o enforcariam.

Virou-se, procurando uma testemunha. Não viu ninguém. Sua mente voou em cem direções. Havia uma saída. Sem corpo, não haveria prova de que fora cometido um assassinato. Mas ele nunca tinha ido sozinho lá em cima da colina.

Rapidamente, arrastou Wally para a pilha de restos de madeira e o cobriu. Precisava do amuleto para entrar no castelo negro. Onde estava? Correu para o Lírio, zuniu escada acima, encontrou o amuleto, examinou-o. Definitivamente, eram serpentes entrelaçadas. O trabalho de artesanato era espantosamente detalhado. Pequeninas gemas formavam os olhos das cobras. Elas cintilavam ameaçadoramente no sol da tarde.

Enfiou o amuleto no bolso.

— Barraco, contenha-se. Se entrar em pânico, está morto.

Quanto tempo levaria até Sal gritar atrás da lei? Alguns dias, certamente. Bastante tempo.

Corvo deixara sua carroça e a parelha. Ele não tinha pensado em pagar o dono do estábulo. O homem os teria vendido? Se fosse o caso, estava encrencado.

Limpou sua caixa de moedas e deixou o Lírio aos cuidados de Lisa.

O dono do estábulo não as tinha vendido, mas as mulas pareciam muito magras. Barraco o xingou.

— Eu deveria ter alimentado elas às minhas custas, senhor?

Barraco o xingou um pouco mais e pagou o que devia. E disse:

— Alimente-as. E que elas estejam arreadas e prontas às dez horas.

Barraco permaneceu em pânico a tarde toda. Alguém poderia encontrar Wally. Mas nenhum homem da lei chegou pisando forte. Assim que escureceu, escapuliu para o estábulo.

Passou a viagem alternando entre ficar apavorado e imaginar quanto pagariam por Wally. E quanto conseguiria pela carroça e pela parelha. Não as havia incluído em seus cálculos anteriores.

Deveria ajudar a família de Wally. Tinha de ajudar. Era o mais decente a fazer... Estava adquirindo muitos dependentes.

Então estava diante do portão negro. O castelo, com toda a sua monstruosa decoração, era terrível, mas não parecia ter crescido desde a última vez que estivera ali. Bateu como Corvo fizera, o coração na boca. Apertou o amuleto na mão esquerda.

Por que estavam demorando tanto? Bateu novamente. O portão se abriu de repente, assustando-o. Correu para a carroça e colocou as mulas em movimento.

Entrou exatamente como Corvo havia feito, ignorando tudo, concentrando-se em guiar. Parou no mesmo lugar, desceu, arrastou Wally para fora.

Não apareceu ninguém durante vários minutos. Ficou ainda mais nervoso, desejando ter tido a ideia de vir armado. Que garantia tinha de que não o atacariam? Aquele amuleto idiota?

Algo se mexeu. Ele engoliu em seco.

A criatura que saiu das sombras era baixa, larga e irradiava um ar de desprezo. Em momento algum olhou para ele. O exame que fez no cadáver foi detalhado. Estava bancando o difícil, como um oficial mesquinho com um indefeso civil momentaneamente em seu poder. Barraco sabia como lidar com aquilo. Teimosa paciência e recusa em se irritar. Permaneceu imóvel, esperando.

A criatura finalmente colocou 25 peças de prata perto dos pés de Wally.

Barraco sorriu sem graça, mas recolheu o dinheiro. Voltou para seu assento, manobrou a carroça, colocou a parelha alinhada com o portão. Só então registrou seu protesto.

— Aquele era um cadáver de primeira. Da próxima vez pague melhor, ou não haverá outro depois dele. Iaá! — Pelo portão ele saiu, surpreso com a própria temeridade.

Descendo a colina, cantou. Sentia-se ótimo. Exceto por uma passageira pontada de culpa por Wally — o sacana tinha merecido —, estava em paz com seu mundo. Estava livre e salvo, sem dívidas, e agora tinha dinheiro de reserva. Devolveu a parelha ao estábulo, acordou o dono, pagou quatro meses adiantados.

— Cuide bem de meus animais — advertiu.

Um representante do Magistrado do distrito apareceu no dia seguinte. Tinha perguntas sobre o desaparecimento de Wally. Sal informara sobre a briga.

Barraco a admitiu.

— Eu o enchi de porrada. Mas não sei o que aconteceu com ele. Simplesmente foi embora. Eu também teria fugido se houvesse alguém tão puto da vida assim comigo.

— E qual foi o motivo da briga?

Barraco interpretou o papel de um homem que não queria envolver ninguém em problemas. Finalmente, admitiu:

— Ele trabalhava para mim. Roubou dinheiro para pagar o que pegou emprestado para cobrir dívidas de jogo. Confirme com meus fornecedores. Eles lhe contarão que Wally comprava a crédito. Para mim, dizia que pagava à vista.

— Estamos falando de quanto dinheiro?

— Não sei exatamente — respondeu Barraco. — Mais de cinquenta levas. Todo o meu lucro do verão, e muito mais.

O interrogador assobiou.

— Não o culpo por ter ficado puto.

— Pois é. Eu não lhe teria negado dinheiro para ajudar a família. Ele tem toda uma tropa pra cuidar. Mas perder no jogo... Porra, fiquei uma fera. Peguei emprestado para endireitar este lugar. O pagamento é difícil. Agora talvez eu não sobreviva ao inverno porque aquele sacana não resistiu a uma jogatina. Eu seria capaz de quebrar o pescoço dele.

Foi uma boa interpretação. Barraco se saiu muito bem.

— Quer registrar uma queixa formal?

Fingiu relutância.

— Ele é da família. Meu primo.

— Eu quebraria as costas do meu pai se ele fizesse isso comigo.

— Sim. Está bem. Vou registrar. Mas não farei isso agora. Talvez ele consiga dar um jeito de sair dessa. Diabos, talvez ele ainda tenha algum dinheiro para me devolver. Pode ter mentido ao dizer que tinha perdido tudo. Ele já mentiu sobre muitas coisas. — Barraco balançou a cabeça. — Ele tem trabalhado aqui de tempos em tempos desde que meu pai dirigia este lugar. Nunca imaginei que pudesse fazer uma coisa dessas.

— Sabe como é. Você se afunda em dívidas, os abutres começam a se aproximar, e você faz qualquer coisa para salvar a pele. Não se preocupa com o dia de amanhã. Nós vemos isso o tempo todo.

Barraco fez que sim. Sabia como era.

Após o ajudante do Magistrado ter ido embora, Barraco avisou para Lisa:

— Vou sair. — Ele queria uma última folga antes de voltar à terrível ocupação de gerenciar o Lírio.

Pagou a mulher mais habilidosa e bonita que pôde encontrar. Custou caro, mas valeu cada moeda. Voltou ao Lírio desejando poder viver daquela maneira o tempo todo. À noite, sonhou com a mulher.

Lisa o acordou cedo.

— Tem um homem aqui que quer falar com você.

— Quem é?

— Ele não disse.

Xingando, Barraco rolou para fora da cama. Nada fez para esconder sua nudez. Mais de uma vez dera a entender a Lisa que ela deveria incluir em suas tarefas mais do que o trabalho como garçonete. Ela não estava cooperando. Ele tinha de arranjar um pretexto... Era melhor tomar cuidado. Estava ficando obcecado com sexo. Isso poderia dar a alguém um pretexto.

Desceu para o salão do bar. Lisa indicou um homem. Não era ninguém que Barraco conhecesse.

— Deseja falar comigo?

— Você tem um local reservado?

Uma situação difícil. O que será agora? Ele não devia a ninguém. Não tinha inimigos.

— Qual é o assunto?

— Vamos falar sobre seu primo. O que não desapareceu, como as pessoas pensam.

O estômago de Barraco deu um nó. Ele disfarçou a aflição.

— Não entendo.

— Suponha que alguém tenha visto o que aconteceu.

— Vamos para a cozinha.

O visitante de Barraco deu uma olhada para trás através da porta da cozinha.

— Achei que a mulher pudesse estar ouvindo. — Em seguida, fez para Barraco um relato preciso da morte de Wally.

— De onde tirou esse conto de fadas?

— Eu vi.

— Num castelo nas nuvens, talvez.

— Você é mais frio do que me disseram. O negócio é o seguinte, amigo. Eu tenho uma memória traiçoeira. Às vezes, esqueço. Depende de como sou tratado.

— Ah. Começo a ver a luz. Dinheiro para calar a boca.

— Isso aí.

Os pensamentos de Barraco dispararam como camundongos assustados. Não podia *se dar ao luxo* de pagar por isso. Tinha de encontrar outra saída. Mas não podia fazer nada no momento. Estava muito confuso. Precisava de tempo para se recompor.

— Quanto?

— Uma leva por semana compraria um caso de amnésia de primeira classe.

Barraco arregalou os olhos. Gaguejou. Sufocou seu protesto.

O chantagista fez um gesto que dizia "o que posso fazer?".

— Eu também tenho problemas. Tenho despesas. Uma leva por semana. Ou corra o risco.

O castelo negro bruxuleou nos pensamentos de Barraco. A astúcia o agarrou, o revirou, examinou as possibilidades. Assassinato não o incomodava mais.

Mas não agora. Não aqui.

— Como faço para pagar você?

O homem sorriu.

— Basta me dar uma leva.

Barraco levou sua caixa de dinheiro para a cozinha.

— Terá de aceitar moedas de cobre. Não tenho prata.

O sorriso do homem ficou mais largo. Ele ficou contente. Por quê?

O homem foi embora. Barraco disse:

— Lisa, tenho um serviço para você. Vale uma bonificação. Siga aquele homem. Descubra aonde vai. — Deu-lhe cinco gershs. — Mais cinco quando voltar, se valer a pena.

Lisa saiu rapidamente num rodopiar de saias.

— Ele zanzou bastante — informou Lisa. — Como se estivesse matando tempo. Depois desceu o Salão dos Veleiros. Para ver aquele agiota caolho.

— Gilbert?

— Sim. Gilbert.

— Obrigado — agradeceu atenciosamente Barraco. — Muito obrigado. Isso joga uma luz sobre o problema.

— Vale mais cinco gershs?

— Claro. Você é uma boa garota. — Fez uma oferta sugestiva, enquanto contava.

— Eu não preciso de tanto dinheiro assim, Sr. Barraco.

Ele foi para a cozinha e começou a preparar o jantar. Quer dizer então que Gilbert estava por trás do chantagista. Gilbert queria pressioná-lo financeiramente? Por quê?

O Lírio. O que mais? A reforma deixou o local muito mais atraente para os gananciosos.

Tudo bem. Suponha que Gilbert começou uma campanha para tomar o Lírio. Ele tinha de reagir. Mas, dessa vez, ninguém poderia ajudá-lo. Estava por conta própria.

Três dias depois, Barraco visitou um conhecido que operava na extremidade mais baixa de Coturno. Por uma gratificação, conseguiu um nome. Visitou o homem ao qual correspondia o nome e lhe deixou duas peças de prata.

De volta ao Lírio, pediu a Lisa que contasse a seus clientes favoritos que Gilbert estava tentando afastá-los dali espalhando mentiras e fazendo ameaças. Queria que o Magistrado desconfiasse das acusações que viriam a ser lançadas contra ele.

Na manhã do pagamento seguinte, Barraco disse a Lisa:

— Ficarei fora o dia todo. Se alguém vier me procurar, diga para voltar depois do jantar.

— O homem que eu segui?

— Especialmente ele.

A princípio Barraco apenas vagou, matando tempo. Seu nervosismo piorava conforme o dia avançava. Algo podia sair errado. Gilbert reagiria com violência... Mas ele não ousaria, ousaria? Isso mancharia sua reputação. Os boatos lançados por Barraco o tinham deixado na defensiva. Se fossem pressionadas, as pessoas fariam seus empréstimos em outro lugar.

Barraco conseguiu uma mulher. Ela custou caro, mas o fez esquecer. Por um tempo. Ele retornou ao Lírio com o pôr do sol.

— Ele veio? — perguntou a Lisa.

— E vai voltar também. Parecia chateado. Acho que ele não vai ser legal, Sr. Barraco.

— As coisas são assim mesmo. Vou lá fora, trabalhar na pilha de lenha.

Barraco olhou de relance para um freguês que nunca vira antes. O homem acenou com a cabeça e saiu pela porta da frente.

Barraco cortou lenha à luz de um lampião. De vez em quando, vasculhava as sombras, e nada via. Rezava para que as coisas não dessem errado.

O chantagista irrompeu pela porta dos fundos da cozinha.

— Está tentando me evitar, Barraco? Sabe o que acontece se me sacaneia?

— Evitar você? Como assim? Estou bem aqui.

— Mas não estava esta tarde. E aquela sua garota bancou a difícil comigo, tentando me despistar. Eu quase tive que bater nela antes que me dissesse onde você estava.

Muito criativo. Barraco ficou imaginando o quanto Lisa suspeitava.

— Poupe o teatro. Você quer seu dinheiro. Eu quero sua cara feia longe do meu estabelecimento. Vamos resolver isso logo.

O chantagista pareceu intrigado.

— Está bancando o valentão? Me disseram que você era o maior covarde de Coturno.

— Quem lhe disse? Está trabalhando para alguém? Esta não é uma jogada independente?

Os olhos do homem se estreitaram ao perceber a mancada.

Barraco pegou um punhado de moedas de cobre. Contou, contou, recontou, botou algumas moedas de lado.

— Estenda as mãos.

O chantagista estendeu as mãos em concha.

Barraco não esperava que fosse tão fácil. Largou as moedas e agarrou os pulsos do homem.

— Ei! Que diabos é isso?

Uma das mãos tapou a boca do homem. Um rosto apareceu acima de seu ombro, a boca esticada numa careta de esforço. O chantagista se ergueu na ponta dos pés, forçando o corpo para trás. Seus olhos se esbugalharam de medo e dor, então reviraram. Desabou para a frente.

— Muito bem. Perfeito. Fora daqui — disse Barraco.

Passadas apressadas sumiram rapidamente.

Barraco arrastou o corpo para a sombra, cobriu-o rapidamente com pedaços de madeira, depois se ajoelhou e começou a juntar as moedas. Só faltaram duas.

— O que está fazendo, Sr. Barraco?

Ele deu um salto.

— O que *você* está fazendo?

— Vim ver se estava bem.

— Estou ótimo. Nós tivemos uma discussão. Ele derrubou umas moedas da minha mão. Não consegui achar todas.

— Precisa de ajuda?

— Cuide do balcão, garota. Ou vão nos roubar na cara de pau.

— Ah. Claro. — Ela voltou para dentro.

Barraco desistiu poucos minutos depois. Voltaria a procurar no dia seguinte.

Ficou formigando à espera da hora de fechar. Lisa era curiosa demais. Ele temia que ela fosse procurar as moedas sumidas e encontrasse o corpo. Não queria o desaparecimento dela em sua consciência também.

Dois minutos após fechar, ele estava saindo pela porta dos fundos e indo buscar a carroça e a parelha.

O ser alto estava de volta ao serviço. Ele pagou a Barraco trinta peças de prata. Mas, enquanto ele manobrava para partir, a coisa perguntou:

— Por que vem tão raramente?

— Não sou tão habilidoso quanto meu sócio.

— Que fim levou? Sentimos falta dele.

— Está fora da cidade.

Barraco teria sido capaz de jurar que ouviu a coisa dar uma risadinha enquanto ele passava pelo portão.

Capítulo Vinte e Dois

ZIMBRO: MORRENDO DE MEDO

U m longo tempo havia se passado e nada acontecera. Os Tomados não estavam contentes. Nem Elmo. Ele me arrastou para seus aposentos.

— Aonde diabos Corvo foi, Chagas?

— Não sei — respondi. Como se ele fosse o único perturbado. Eu estava apavorado e ficando cada vez mais com o passar dos dias.

— Eu quero saber. Logo.

— Escuta, cara. Duende fez tudo, menos torturar pessoas, para descobrir o rastro dele. Simplesmente sumiu. De algum modo, soube de nós.

— Como? Pode me dizer como? Parece até que estamos aqui metade de nossas vidas. E ninguém lá embaixo percebeu. Por que com Corvo seria diferente?

— Porque estávamos à procura dele. Deve ter visto um de nós.

— Se viu, quero saber disso. Vá até lá e acenda uma fogueira debaixo do traseiro de Duende. Ouviu?

— Certo. Como quiser, chefe.

Embora ele comandasse a tropa avançada, minha graduação era tecnicamente superior à dele. Mas, no momento, não estava a fim de pressionar por prerrogativas. Havia tensão demais no ar.

Havia tensão por toda a Telhadura e eu não entendia a maior parte dela. Eu permanecia ao largo da investigação do castelo negro por parte dos Tomados. Apenas outro mensageiro, um moleque de recados que trazia informações da cidade. Não fazia a menor ideia do que eles haviam descoberto através do exame direto. Ou mesmo se estavam investigando o castelo diretamente. Podiam estar se mantendo na moita, temerosos de que pudessem alertar o Dominador de sua presença.

Um dos homens me localizou nos aposentos de Elmo.

— Sussurro quer falar com você, Chagas.

Dei um salto. Consciência pesada.

— O que ela quer? — Havia semanas que não a via.

— Você terá que ir lá para saber. Ela não disse. — Deu um sorriso zombeteiro, na esperança de ver um oficial em apuros. Ele achava que eu estava encrencado.

Eu também achava isso. Retardei o máximo que ousei, mas, por fim, tive de me apresentar. Sussurro me olhou fixamente quando entrei.

— Vocês não descobriram porra nenhuma lá embaixo. O que andaram fazendo? Embromando? Tirando férias? Vamos, diga alguma coisa.

— Eu...

— Você sabe que o castelo negro parou de crescer após nosso ataque contra a turma da Cratera? Não? Por que não? É você quem deveria descobrir essas coisas.

— Nenhum dos prisioneiros interrogados...

— Eu sei disso. Sei que nenhum deles sabia quem era o fornecedor principal de corpos. Mas esse fornecedor devia conhecê-los. Ele se mandou. Desde então só houve a entrega de dois corpos. O mais recente ontem à noite. Como não sabe disso? Por que colocou gente sua em Coturno? Eles parecem incapazes de se informar de qualquer coisa.

Ah, ela estava de mau humor. Eu disse:

— O prazo está acabando ou coisa assim? Pelo que me consta, não estaríamos com problemas se apenas uns poucos corpos tivessem sido entregues.

— Verdade. Por enquanto. Mas atingimos um ponto no qual um punhado talvez faça toda a diferença.

Mordi o lábio inferior, tentando parecer adequadamente punido, e esperei.

Ela me disse:

— A Dama está pressionando. Ela está *muito* nervosa. Quer que algo aconteça aqui.

Pois é. Como sempre, a merda rola colina abaixo. O curso normal seria eu sair dali e dar uma bronca em alguém abaixo de mim.

— Metade do problema é não sabermos o que está acontecendo. Se acha que sabe o que o castelo é, como ele cresce e assim por diante, por que não vai e o derruba? Ou o transforma em geleia de uva ou coisa parecida?

— Não é tão simples assim.

Nunca é. Tenho tendência a esquecer das ramificações políticas. Não tenho a mente política.

— Talvez assim que o resto da sua companhia chegar aqui. A cidade terá de ser controlada. O Duque e seus incompetentes não conseguiriam cuidar disso.

Fiquei ali, parecendo expectante. Às vezes, isso leva as pessoas a dizer mais do que planejavam.

— A cidade vai pegar fogo se não estiver bem controlada quando a verdade vier à tona. Por que você acha que os Custódios estão tão determinados a manter em segredo essa história das Catacumbas? Milhares de cidadãos têm familiares envolvidos nessa monstruosidade. São muitas as pessoas que vão ficar furiosas porque as almas de seus entes queridos foram perdidas.

— Entendo. — Entendia um pouco. Mas era preciso certa suspensão voluntária da razão.

— Vamos abordar isso de um ângulo diferente — disse-me. — Vou ficar encarregada das suas investigações. Reporte-se a mim diariamente. Eu decidirei o que você vai fazer e como. Entendeu?

— Sim, senhora. — Entendi até demais. Aquilo ia tornar muito mais difícil mantê-la longe de Corvo.

— A primeira coisa que fará será montar guarda no castelo. E, se isso não resultar em nada, mandarei Pluma para lá. Entendeu?

— Sim, senhora. — Novamente, até demais.

Fiquei imaginando se Sussurro suspeitava de que estávamos agindo com outra finalidade.

— Pode ir. Eu o espero de volta amanhã. Com alguma coisa a informar.

Voltei direto para Elmo, soltando fumaça. Ele deveria tê-la enfrentado e não eu. Só porque eu parecia ter me encarregado...

Estive com Elmo apenas tempo suficiente para lhe contar o que havia acontecido quando chegou um mensageiro de Touro. Ele queria me ver imediatamente.

Touro era outro problema. Eu me convencera de que ele era mais esperto do que fingia ser, e tinha quase certeza de que suspeitava que sabíamos bem mais do que admitíamos.

Entrei no seu cubículo na sede da polícia secreta.

— O que houve?

— Fiz um pequeno avanço na questão do assalto às Catacumbas. Resultado de puro trabalho teimoso de investigação.

— E então? — Senti que fui um pouco brusco, e ele ergueu uma sobrancelha. — Acabei de ter uma conversa com minha chefe — falei, o que foi quase como um pedido de desculpas. — O que você tem?

— Um nome.

Esperei. Como Elmo, Touro gostava de ser lisonjeado. Eu não estava a fim de fazer aquele jogo.

— Segui sua ideia sobre carroças alugadas. Cheguei ao nome Asa. Um colhedor de lenha chamado Asa esteve, provavelmente, trabalhando naquele buraco que lhe mostrei. Um homem chamado Asa gastou um bom número de moedas antigas, mas antes do assalto às Catacumbas. Um homem chamado Asa trabalhava para Krage antes de ele e seus homens desaparecerem. Aonde quer que eu vá, é Asa isso ou Asa aquilo.

— Há alguma coisa que o ligue ao castelo negro?

— Não. Não creio que ele seja um elemento importante em qualquer coisa. Mas deve saber de algo.

Pensei um pouco. Touro havia mencionado esse nome antes, referindo-se a um homem que frequentava o mesmo local que Corvo. Talvez houvesse uma ligação. Talvez eu devesse encontrar esse Asa antes de qualquer outro.

— Vou descer para Coturno — avisei. — Ordem direta de sua santidade. Vou mandar Duende buscar o sujeito.

Touro franziu a testa. Houvera um pouco de má vontade quando ele descobriu que tínhamos colocados homens em Coturno sem consultá-lo.

— Está bem. Mas chega de jogadas para cima de mim, certo? Seu pessoal e o meu não estão atrás da mesma coisa, mas isso não é motivo para um querer passar a perna no outro, concorda?

— Você tem razão. É que estamos acostumados a fazer coisas diferentes. Virei vê-lo quando voltar.

— Eu ficaria grato.

Olhou-me de um modo que dizia que não confiava mais em mim. Se é que alguma vez o tivesse feito. Deixei-o pensando que a Companhia e eu estávamos metidos naquilo. Com problemas por todos os lados. Fazendo malabarismo com muitas bolas no ar. Só que fazíamos isso usando facas com pontas envenenadas.

Desci rapidamente e procurei Duende, então lhe contei sobre a escalada de nossos problemas. Não ficou mais feliz do que Elmo ou eu.

Capítulo Vinte e Três

ZIMBRO: INTERROGATÓRIO

Barraco não tinha mais problemas com chantagistas. Alguém contou ao Magistrado que ele tinha matado Wally. O Magistrado não acreditou ou não ligou.

Então apareceu o parceiro de Touro. Barraco quase deixou cair uma valiosa peça de louça. Ele vinha se sentindo seguro. A única pessoa que sabia de alguma coisa estava muito longe. Conteve o nervosismo e a culpa e foi até a mesa do homem.

— Em que posso servi-lo, eminente senhor?

— Traga-me uma refeição e o seu melhor vinho, estalajadeiro.

Barraco ergueu uma sobrancelha.

— Senhor?

— Eu vou pagar. Ninguém em Coturno pode se dar ao luxo de oferecer refeições de graça.

— É verdade, senhor. É verdade.

Quando Barraco voltou com vinho, o Inquisidor observou:

— Você parece estar se saindo bem, estalajadeiro.

Barraco bufou.

— Vivemos no fio da navalha, eminente senhor. Um fio bem afiado. Uma semana ruim pode me destruir. Passei o inverno todo pegando dinheiro emprestado com um agiota para pagar outro. O verão, porém, foi bom. Consegui um sócio. Pude ajeitar algumas coisas. Isso deixou o lugar mais atraente. Provavelmente meu último suspiro antes de partir. — E fez sua cara mais triste.

O Inquisidor concordou.

— Deixe a garrafa. Deixe a Irmandade contribuir para sua prosperidade.

— Não peço lucro algum, respeitável senhor.

— Por que essa bobagem? Cobre de mim o mesmo que de qualquer um.

Mentalmente, Barraco aumentou a conta em vinte por cento acima do normal. Ficou contente em se livrar da garrafa. Corvo lhe deixara uma porção delas encalhada.

Quando Barraco trouxe a comida, o Inquisidor sugeriu:

— Pegue uma caneca e me acompanhe.

Os nervos de Barraco se esticaram tanto quanto a corda de um arco. Havia algo errado. Eles tinham sacado.

— Como quiser, eminente senhor. — Foi-se arrastando e apanhou sua caneca. Estava empoeirada. Ele não tinha bebido nada ultimamente, receoso de soltar a língua.

— Sente-se. E tire esse franzido da testa. Você não fez nada. Fez? Nem mesmo sei seu nome.

— Barraco, eminente senhor. Barraco Castanho. O Lírio de Ferro está na minha família há três gerações.

— Admirável. Um lugar com tradição. A tradição, hoje em dia, é algo que está acabando.

— É como diz, eminente senhor.

— Creio que nossa fama me precedeu. Por que não se acalma?

— Em que posso ajudá-lo, eminente senhor?

— Estou procurando um homem chamado Asa. Soube que era frequentador daqui.

— Sim, senhor, era — admitiu Barraco. — Eu o conheci muito bem. Um vagabundo preguiçoso. Detestava o trabalho honesto. E também nunca tinha dinheiro. Mesmo assim, era um amigo, a seu modo, e, de certa maneira, generoso. Eu o deixava dormir no chão do salão durante o inverno, porque, em minha privação, ele nunca deixou de trazer lenha para o fogo.

O Inquisidor fez que sim. Barraco decidiu contar a maior parte da verdade. Ele não poderia fazer mal a Asa, que estava fora do alcance dos Custódios.

— Você sabe onde ele conseguia lenha?

Barraco fingiu um grande constrangimento.

— Ele a recolhia no Reservado, eminente senhor. Eu fiquei em dúvida quanto a usá-la. Não era contra a lei. Mas, de qualquer modo, parecia censurável.

O Inquisidor sorriu e balançou a cabeça.

— Não houve falha de sua parte, Barraco Castanho. A Irmandade não desencoraja o recolhimento. Evita que o Reservado fique muito sujo.

— Então por que está procurando Asa?

— Soube que ele trabalhou para um homem chamado Krage.

— Mais ou menos. Por um tempo. Ele se achava o rei de Coturno quando Krage o contratou. Ele se pavoneou e alardeou isso. Mas não durou.

— Eu soube. É a ocasião do desentendimento deles que me intriga.

— Senhor?

— Krage e alguns de seus amigos desapareceram. O mesmo aconteceu com Asa, perto da mesma época. E todos sumiram logo após alguém entrar nas Catacumbas e saquear várias urnas de transposição.

Barraco tentou parecer adequadamente horrorizado.

— Krage e Asa fizeram isso?

— Possivelmente. Esse tal de Asa passou a gastar dinheiro antigo após começar a catar lenha no Reservado. Nossas investigações sugerem que foi bem mais comedido no começo. Achamos que ele surrupiava poucas urnas cada vez que juntava lenha. Krage pode ter descoberto e decidido saquear em grande escala. O desentendimento entre eles pode ter sido por causa disso. Supondo-se que Asa tivesse alguma consciência.

— Possivelmente, senhor. Creio que isso tem a ver com uma briga envolvendo um cliente meu. Um homem chamado Corvo. Krage queria matá-lo. Contratou Asa para espioná-lo. O próprio Asa me contou isso. Krage se convenceu de que ele não estava fazendo seu serviço direito. Era sempre assim. Aliás, ele nunca fazia nada muito bem. Mas isso não invalida sua teoria. Asa talvez estivesse mentindo. Provavelmente estava. Ele mentia muito.

— Qual era a relação entre Asa e Corvo?

— Não havia nenhuma.

— Onde está Corvo atualmente?

— Ele deixou Zimbro assim que o gelo se rompeu no porto.

O Inquisidor pareceu igualmente surpreso e contente.

— Que fim levou Krage?

— Ninguém sabe, eminente senhor. É um dos grandes mistérios de Coturno. Num dia estava ali; no outro, não estava mais. Houve toda a espécie de boatos.

— Poderia ter deixado Zimbro também?

— Talvez. Algumas pessoas acham isso. De qualquer modo, ele não disse nada a ninguém. As pessoas que trabalhavam para ele também não sabem de qualquer coisa.

— Ou dizem isso. Teria ele saqueado o suficiente das Catacumbas para valer a pena deixar Zimbro?

Barraco ficou intrigado com aquela pergunta. Parecia traiçoeira.

— Eu não... Eu não entendo o que está perguntando, senhor.

— Hum. Barraco, milhares de mortos foram violados. A maior parte dos corpos foi deixada lá quando os ricos eram muito generosos. Suspeitamos de que pode haver uma soma em ouro envolvida.

Barraco ficou pasmo. Ele não tinha visto nenhum ouro. O homem estava mentindo. Por quê? Jogando verde?

— Foi uma importante operação de pilhagem. Gostaríamos muito de fazer algumas perguntas a Asa.

— Posso imaginar. — Barraco mordeu o lábio. Pensou intensamente. — Senhor, não sei lhe dizer que fim levou Krage. Mas creio que Asa pegou um navio para o sul. — Começou uma elaborada explicação de como Asa fora procurá-lo após se desentender com Krage, implorando para ser escondido. Certo dia desapareceu, voltou depois seriamente machucado, escondeu-se lá em cima por uns tempos, depois sumiu de novo. Barraco afirmou tê-lo visto apenas à distância, no porto, no dia em que os primeiros navios partiram para o sul. — Não cheguei perto para conversar, mas parecia que estava indo a algum lugar. Tinha uma porção de trouxas com ele.

— Você se lembra qual era o navio?

— Senhor?

— O navio que ele pegou.

— Eu, realmente, não o vi a bordo de um navio, senhor. Apenas deduzi que havia embarcado. Pode ser que ainda esteja por aqui. Só acho que ele teria entrado em contato, se estivesse. Ele sempre me procurava quando estava com problemas. Acho que ele está encrencado agora, não?

— Talvez. A prova não é conclusiva. Mas estou moralmente convencido de que ele participou do saque. Você não viu Krage no porto, viu?

— Não, senhor. Estava apinhado. Todo mundo sempre vai lá para ver os primeiros navios partirem. É como um feriado.

O Inquisidor estava engolindo aquilo? Maldição. Ele tinha que engolir. Um Inquisidor não era alguém que você tirava do seu pé vendendo-o para o castelo negro.

O Inquisidor balançou a cabeça, abatido.

— Eu receava que você me contasse uma história como essa. Droga. Não me deixa escolha.

O coração de Barraco saltou para a garganta. Ideias malucas enxamearam sua cabeça. Golpear o Inquisidor, pegar a caixa de moedas e sair correndo.

— Detesto viajar, Barraco. Mas parece que Touro ou eu teremos de ir atrás dessas pessoas. Adivinhe para quem vai sobrar?

O alívio inundou Barraco.

— Ir atrás deles, eminente senhor? Mas a lei por lá não reconhece o direito da Irmandade a...

— Não será fácil, não é? Os bárbaros simplesmente não nos entendem. — Serviu-se de vinho, encarou-o durante um longo tempo. Finalmente, disse: — Obrigado, Barraco Castanho. Você foi muito útil.

Barraco esperou que fosse uma despedida. Levantou-se.

— Mais alguma coisa, eminente senhor?

— Deseje-me sorte.

— Claro, senhor. Esta noite mesmo rezarei pela sua missão.

O Inquisidor assentiu.

— Obrigado. — Voltou a encarar a caneca.

Ele deixou uma ótima gorjeta. Mas Barraco sentiu-se inquieto ao embolsá-la. Os Inquisidores tinham a reputação de serem obstinados. E se conseguissem pegar Asa?

Capítulo Vinte e Quatro

ZIMBRO: DANÇANDO COM AS SOMBRAS

A cho que fui bastante hábil — falei para Duende.

— Você devia ter visto o tal do Barraco — gargalhou Agiota.

— Uma galinha covarde suando como porco e mentindo como cachorro. Todo um quintal num homem só.

— Estaria ele mentindo mesmo? — matutei. — Ele não disse nada que entrasse em conflito com o que já sabemos.

— O que você descobriu? — perguntou Duende.

— Acho que estava mentindo — insistiu Agiota. — Talvez sem dizer tudo que sabia, mas estava mentindo. Ele está metido nisso, de alguma maneira.

— Continue frequentando o Lírio então. Fique de olho nele.

— O que você descobriu? — exigiu Duende.

Elmo entrou.

— Como foi?

— Ótimo — respondi. — Descobri o que aconteceu com Corvo.

— O quê? — indagaram Duende e ele.

— Ele deixou a cidade. De navio. No primeiro dia em que o porto abriu.

— Lindinha também? — quis saber Duende.

— Você a viu por aí? O que acha?

Agiota refletiu.

— Aposto que Asa foi com ele. O velho Barraco disse que ambos partiram no primeiro dia.

— Pode ser. Fiquei orgulhoso de mim mesmo ao pegá-lo com essa. Agora me parece que esse tal de Barraco é o nosso único ponto exterior incompleto. É o único que sabe o que aconteceu com eles. Sem Barraco, não haverá ninguém para dizer qualquer coisa a Touro ou aos Tomados.

Elmo franziu a testa. A sugestão fazia mais o seu gênero do que o meu. Ele achou que eu a tinha apresentado seriamente.

— Não sei. Parece simples demais. De qualquer modo, estamos começando a ser notados aqui embaixo, não?

Duende afirmou com a cabeça.

— Supostamente somos marinheiros que perdemos nosso navio, mas as pessoas estão comparando comentários e tentando descobrir quem somos. Se Barraco for morto, pode haver barulho suficiente para Touro começar a se perguntar. Se ele começar a se perguntar, mais cedo ou mais tarde a notícia chegará aos Tomados. Creio que devemos deixar medidas heroicas para circunstâncias heroicas.

Agiota concordou.

— Que Barraco tem algo a esconder, disso não tenho dúvidas. Chagas lhe falou do assalto às Catacumbas. Ele nem piscou. Qualquer outro teria feito a maior algazarra e espalhado a notícia como a peste.

— Cabeça ainda o está vigiando? — perguntei.

— Ele, Vigarista e Prurido estão se revezando. Barraco não irá a lugar algum sem que saibamos.

— Ótimo. Mantenham assim. Mas não se metam com ele. Só queremos mantê-lo longe de Touro e dos Tomados. — Recolhi-me então com meus pensamentos.

— O quê? — perguntou finalmente Elmo.

— Tive uma ideia enquanto falava com Barraco. Touro é o nosso risco principal, certo? E sabemos que ele se mantém firme como um buldogue assim que encontra um rastro. E ele está no rastro desse tal de Asa. Por que então não o convencemos a ir ao sul atrás desse Asa?

— Não sei não — murmurou Elmo. — Ele pode encontrá-lo.

— O que Touro quer fazer com ele? Interrogá-lo sobre um assalto às Catacumbas. Que cooperação vai conseguir em outro lugar? Não muita. Pelo que soube, as cidades costa abaixo pensam que Zimbro é uma piada de mau gosto. De qualquer modo, só queremos ganhar um pouco de tempo. E, se Touro encontrar Asa, creio que também encontrará Corvo. Ninguém vai conseguir trazer Corvo de volta. Não se ele acha que os Tomados estão atrás de Lindinha. Se eles se enfrentarem, ponho meu dinheiro em Corvo. Eliminamos a única fonte de informação. Temporária ou permanentemente. Está me entendendo? E se Touro matar Corvo, então Corvo não poderá falar.

— Como você vai convencer Touro a se meter nisso? — perguntou Elmo. — É babaquice, Chagas. Ele não vai sair correndo atrás de um suspeito menor.

— Sim, ele vai. Lembra-se de que quando chegamos aqui, ele precisou traduzir as coisas pra gente? Como acha que ele aprendeu a língua das Cidades Preciosas? Eu lhe perguntei. Ele passou três anos lá procurando um cara que não era mais importante do que Asa.

Duende falou:

— Essa bagunça está cada vez mais doida. Há tantos trapaceiros e tantas mentiras que nem consigo mais acompanhar isso. Não acho que podemos fazer coisa melhor do que proteger nossos traseiros até a chegada do Capitão.

Eu geralmente tinha a sensação de que estávamos tornando as coisas piores. Mas não conseguia ver uma saída a não ser continuar a segurar as pontas e torcer.

— A melhor saída — observou Elmo laconicamente — seria matar todo mundo que sabe de alguma coisa, depois todos cairíamos sobre nossas espadas.

— Parece um pouco radical — opinou Duende. — Mas, se você quiser ir primeiro, dou a maior força.

— Preciso me apresentar a Sussurro — falei. — Alguém tem alguma ideia brilhante do que posso dizer a ela?

Ninguém tinha. E fui, temendo o encontro. Tinha certeza de que a culpa se manifestava em meus olhos sempre que a encarava. Eu me ressentia de Elmo porque ele não tinha de aguentar os acessos de fúria diários dela.

Com Touro, tinha sido quase fácil demais. Ele estava fazendo a mala antes mesmo de eu acabar de jogar meu papo furado. Ele queria Asa demais.

Fiquei imaginando se ele sabia de algo que não sabíamos. Ou se apenas desenvolvera uma obsessão com o mistério da invasão das Catacumbas.

Sussurro era outro tipo de problema.

— Quero que você mande alguém com ele — disse ela.

Eu tinha de lhe dizer alguma coisa, então lhe contei a maior parte da verdade. Imaginava que as chances de alguém rastrear Asa e Corvo eram nulas. Mas... Ela também parecia muito interessada. Talvez soubesse mais do que aparentava. Ela era, afinal de contas, uma Tomada.

Elmo escolheu três homens, colocou Cabeça como encarregado, e lhe disse para enfiar uma faca em Touro se achasse que precisava.

O Capitão e a Companhia, me disseram, estavam nas Montanhas Geladas, a 160 quilômetros de Zimbro. Enfrentavam uma lenta travessia por passagens difíceis, mas comecei a antecipar sua chegada. Assim que o Velho aparecesse, eu e Elmo nos livraríamos do fardo.

— Depressa — murmurei, e voltei a emaranhar nossa teia de embustes.

Capítulo Vinte e Cinco

ZIMBRO: AMANTES

Barraco Castanho se apaixonou. Se apaixonou da pior maneira possível — por uma mulher muito mais jovem, que tinha gostos muito além das possibilidades dele. Enfiou-se no romance com toda a reserva de um touro no cio, desdenhando das consequências, esbanjando suas reservas de dinheiro como se viessem de uma caixa sem fundo. Suas caixas ficaram vazias. Duas semanas após conhecer Sue, ele fez um empréstimo com Gilbert, o agiota. Outro empréstimo seguiu-se a esse, depois outro. No espaço de um mês, estava com dívidas muito maiores do que as do último inverno.

E nem ligava. A mulher o fazia feliz, e era o que importava. Combinando-se com seus atributos negativos havia uma tendência a uma estupidez proposital e uma confiança inconsciente de que dinheiro nunca mais voltaria a ser um problema.

Sal, a mulher de Wally, visitou o Lírio certa manhã, com ar sombrio e ligeiramente envergonhada.

— Barraco — disse ela —, podemos conversar?

— O que houve?

— Você ia me ajudar com o aluguel e outras coisas.

— Certo. E qual é o problema?

— Bem, não quero parecer ingrata ou como se tivesse algum direito de esperar que você nos sustente, mas o nosso senhorio está nos ameaçando de despejo, pois faz duas semanas que o aluguel não é pago. Não conseguimos trabalho porque, no momento, ninguém está querendo serviços de costura.

— O aluguel não foi pago? Mas eu falei com ele outro dia...

Não tinha sido exatamente outro dia. Ele havia se esquecido. E da mãe também. Os salários dos seus empregados venceriam dentro de poucos dias. Sem falar no de Lisa.

— Puxa vida — disse ele. — Sinto muito. Esqueci. Vou cuidar disso.

— Barraco, você tem sido bom para nós. Não precisaria ser. Não gosto de ver você metido nesse tipo de confusão.

— Que tipo de confusão?

— Com aquela mulher. Ela está tentando destruir você.

Ele estava intrigado demais para ficar zangado.

— Sue? Por quê? Como?

— Desista dela. Vai doer menos se você acabar com isso. Todo mundo sabe o que ela está fazendo.

— O que ela está fazendo? — A voz de Barraco era queixosa.

— Esqueça. Já falei mais do que deveria. Se houver alguma coisa que a gente possa fazer por você, avise.

— Avisarei, avisarei — prometeu ele. Subiu a escada, foi até a caixa de moedas escondida e a encontrou vazia.

Não havia um único gersh na casa, em cima ou embaixo. O que estava acontecendo?

— Lisa. Cadê o dinheiro?

— Eu escondi.

— O quê?

— Eu escondi. Do jeito que anda agindo, vai acabar perdendo este lugar. Se tiver uma despesa legítima, me fale. Eu pago.

Barraco gaguejou e bufou.

— Quem diabos você pensa que é, garota?

— A garota que vai mantê-lo nos negócios, apesar de você mesmo. A garota que vai fazer você parar de bancar o completo idiota com aquela mulher do Gilbert.

— Do Gilbert?

— Sim. O que você acha que está acontecendo?

— Vá embora — esbravejou Barraco. — Você não trabalha mais aqui.

Lisa deu de ombros.

— Se é isso que você quer.

— Cadê o dinheiro?

— Sinto muito. Venha me ver quando voltar a ter bom senso.

Enraivecido, Barraco percorreu o salão. Seus clientes aplaudiram, incentivando-o. Ele ameaçou. Suplicou. Não adiantou nada. Lisa permanecia inflexível.

— É minha família — protestou ele.

— Você vai ter que provar que aquela mulher não é uma puta do Gilbert. Então eu darei o dinheiro a você e irei embora.

— É isso mesmo que vou fazer.

— E se eu estiver certa?

— Não está. Eu conheço ela.

— Você não conhece merda nenhuma. Está louco por ela. E se eu estiver certa?

Ele era incapaz de imaginar a possibilidade.

— Não ligo.

— Está bem. Se eu estiver certa, quero administrar as coisas aqui. Você vai deixar que eu nos livre da dívida.

Barraco fez que sim uma vez e saiu enfurecido. Não estava arriscando nada. Ela estava enganada.

Qual era o jogo dela? Estava agindo como sócia ou coisa parecida. Como sua mãe agira após seu pai morrer e antes de ela perder a vista. Ameaçá-lo como se ele não tivesse duas vezes mais experiência que ela em negócios e no mundo.

Ele perambulou por meia hora. Quando se livrou da melancolia, viu que estava perto do Salão dos Veleiros. Maldição. Ele estava ali; tinha que procurar Gilbert. Fazer um empréstimo para poder ver Sue naquela noite. A putinha da Lisa talvez pudesse esconder o dinheiro dele, mas não podia evitar que ele procurasse Gilbert.

Meio quarteirão depois, começou a sentir uma dor na consciência. Muita gente dependia dele. Não podia piorar ainda mais a situação financeira.

— Maldita mulher — murmurou. — Não devia falar comigo daquele jeito. Agora vai me fazer duvidar de todo mundo. — Apoiou-se numa parede e lutou contra a consciência. Às vezes era a luxúria que avançava, outras vezes era a necessidade de ser responsável. Ansiava por Sue... Ele não precisaria de dinheiro se ela realmente o amasse...

— O quê? — falou alto. Olhou novamente. Seus olhos não o haviam enganado. Era mesmo Sue entrando na casa de Gilbert.

Seu estômago afundou como uma pedra desabando.

— Não. Ela não... Tem de haver uma explicação.

Mas sua mente traidora começou a catalogar as pequenas esquisitices do relacionamento dos dois, martelando em particular a propensão que ela tinha para gastar. Uma raiva leve ferveu sobre o fogo de sua dor. Atravessou a rua, seguiu apressado para o beco que levava aos fundos da casa de Gilbert. O escritório do agiota ficava lá. Tinha uma janela que dava para o beco. Barraco não esperava que estivesse aberta. Esperava dar uma bisbilhotada.

A janela não estava aberta, mas ele podia ouvir. E os sons de um casal fazendo amor não eram de modo algum o que ele *queria* ouvir.

Pensou em se matar ali mesmo. Pensou em se matar na porta de Sue. Pensou numa dúzia de outros protestos dramáticos. E soube que nenhum deles comoveria qualquer um daqueles vilões.

Eles começaram a conversar. O papo logo liquidou o resto de suas dúvidas. Surgiu o nome Barraco Castanho.

— Ele está pronto — disse a mulher. — Já o levei o mais longe possível. Talvez mais um empréstimo antes que comece a se lembrar de sua família.

— Faça isso, então. Eu o quero na minha mão. Torne a colina íngreme, depois passe graxa. Ele se livrou de Krage.

Barraco tremeu de raiva.

— Quanto ele já está lhe devendo?

— Dezoito levas, e quase dez de juros.

— Posso fazer ele pegar mais cinco.

— Faça isso. Tenho um comprador ansioso.

Barraco foi embora. Perambulou durante horas por Coturno. Parecia assustador para as pessoas com quem cruzava nas ruas. Não há vingança tão terrível quanto a que um covarde planeja na escuridão de seu coração.

No fim daquela tarde, Barraco entrou no escritório de Gilbert, toda a emoção contida nas sombras que ele descobrira na noite em que estivera com os caçadores de Krage.

— Preciso de 15 levas, Gilbert. Com urgência.

Gilbert ficou surpreso. Seu único olho se arregalou.

— Quinze? Para que diabos quer isso?

— Consegui um ótimo negócio, mas preciso fechá-lo esta noite. Pagarei dois pontos a mais, se você quiser.

— Barraco, você já me deve muito. Estou preocupado se vai conseguir pagar.

— Se eu fechar esse negócio, poderei pagar tudo.

Gilbert o encarou.

— O que está havendo, Barraco?

— Havendo?

— Você está bastante seguro de si mesmo.

Barraco contou a mentira que mais doeu.

— Eu vou me casar, Gilbert. Vou fazer o pedido esta noite. Quero fechar esse negócio para poder tornar o Lírio um lugar decente para ela.

— Bem... — Gilbert respirou aliviado. — Ora, ora, ora. Barraco Castanho vai se casar. Interessante. Está bem, Barraco. Não é um bom negócio, mas vou arriscar. Quinze, você disse?

— Obrigado, Sr. Gilbert. Sou realmente grato...

— Tem certeza de que consegue me pagar?

— Eu lhe darei dez levas antes do final da semana. É garantido. E com Sue ajudando no Lírio não terei problema em conseguir o suficiente para cobrir o resto.

Gilbert conteve um leve sorriso.

— Então não se importará em dar uma garantia a mais, além de sua palavra?

— Senhor?

— Quero a penhora do Lírio de Ferro.

Barraco fingiu estar pensando bem. Finalmente:

— Está bem. Ela vale o risco.

Gilbert sorriu o sorriso de uma doninha faminta, mas conseguiu, ao mesmo tempo, parecer preocupado.

— Espere aqui. Vou fazer a nota promissória e pegar o dinheiro.

Barraco deu um sorriso cruel quando Gilbert saiu.

Capítulo Vinte e Seis

ZIMBRO: SEPARAÇÃO DOS AMANTES

Barraco parou sua carroça no beco atrás da casa de Sue, deu a volta, bateu na porta da frente. Era uma moradia de alta categoria para Coturno. Um homem vigiava a entrada pelo lado interno. Oito mulheres viviam ali, cada uma em seu apartamento. Cada uma no mesmo ramo de negócios de Sue. Cada uma exigindo uma substanciosa recompensa pelo seu tempo.

— Olá, Sr. Barraco — cumprimentou o guarda na porta. — Suba. Ela está esperando o senhor.

Barraco lhe deu uma gorjeta, coisa que nunca fizera antes. O homem se tornou obsequioso. Barraco o ignorou e subiu a escada.

Agora vinha a parte difícil. Bancar o amante que fazia vista grossa apesar de não ser mais cego. Mas ele a enganaria, do mesmo modo que ela o enganara.

Ela atendeu a porta, radiosamente bela. O coração de Barraco subiu para a garganta. Ele enfiou algo em sua mão.

— Isto é para você.

— Ah, Castanho, não precisava fazer isso. — Mas, se não tivesse feito, não teria passado da porta. — Que colar estranho. São serpentes?

— Prata de verdade — disse ele. — E rubis. Chamou minha atenção. É feio, mas o artesanato é extraordinário.

— Eu acho maravilhoso, Castanho. Quanto custou?

— Bastante — respondeu Barraco, sorrindo sarcasticamente. — Não conseguiria lhe dizer. Mais do que eu devo ter pagado por qualquer coisa.

Sue não insistiu.

— Venha cá, Castanho. — Ela devia ter recebido ordens de tratá-lo com cuidado. Normalmente ela o fazia sofrer antes de se entregar. Começou a se despir.

Barraco avançou. Ele a possuiu com violência, coisa que nunca fizera antes. Em seguida possuiu-a novamente. Quando acabou, ela perguntou:

— O que deu em você?

— Tenho uma grande surpresa para você. Uma grande surpresa. Sei que vai adorar. Pode dar uma escapulida, sem que ninguém perceba?

— Claro. Mas por quê?

— Essa é a surpresa. Vai fazer isso? Não vai se decepcionar, prometo.

— Não entendo...

— Apenas faça isso. Saia em segredo alguns minutos depois de eu sair. Me encontre no beco. Quero levá-la a um lugar e lhe mostrar uma coisa. Não deixe de usar o colar.

— O que você está aprontando? — Ela parecia estar se divertindo, e não desconfiada.

Ótimo, pensou Barraco. Ele acabou de se vestir.

— Nada de respostas agora, querida. Essa será a maior surpresa da sua vida. Não quero estragá-la. — Seguiu para a porta.

— Cinco minutos? — disse ela.

— Não me faça esperar. Viro uma fera quando tenho de esperar. E não esqueça o colar.

— Não esquecerei, querido.

Barraco esperou quase 15 minutos. Começou a ficar impaciente, mas tinha certeza de que a ganância faria com que Sue saísse. A isca foi lançada. Sue estava brincando com ele.

— Castanho? — Sua voz era suave e musical. O coração dele deu um nó. Como poderia fazer isso?

— Aqui, amor. — Ela foi até ele. Ele a envolveu em seus braços.

— Ora, vamos. Chega disso. Quero a minha surpresa. Mal posso esperar.

Barraco inspirou fundo. Faça!, gritou por dentro.

— Vou ajudá-la a subir. — Ela se virou. *Agora!* Mas as mãos dele pareciam feitas de chumbo.

— Vamos, Castanho.

Ele a golpeou. Sue caiu pesadamente no interior da carroça, e o único som que fez foi um miado. Ele atingiu-a novamente quando ela ia se levantar. Sue bambeou. Ele pegou uma mordaça na carroça, forçou-a em sua boca antes que ela conseguisse gritar, então amarrou rapidamente suas mãos. Ela começou a chutar quando ele segurou seus tornozelos. Ele a chutou de volta, quase deixando que a raiva o dominasse.

Ela desistiu de reagir. Ele terminou de amarrá-la, depois a instalou no assento da carroça. Na escuridão, pareciam marido e mulher cuidando de um assunto de última hora.

Ele não falou até atravessarem o Embarcadouro.

— Você deve estar imaginando o que está acontecendo, querida.

Ela grunhiu. Estava pálida e apavorada. Ele pegou seu amuleto de volta. Ao fazer isso, despojou-a de suas joias e bens.

— Sue, eu amei você. De verdade. Teria feito qualquer coisa por você. Quando você mata um amor como esse, você o transforma num grande ódio. — Pelo menos umas vinte levas em joias, avaliou ele. Quantos homens ela teria destruído? — Trabalhando desse modo para Gilbert. Tentando roubar o Lírio. Qualquer outra coisa eu poderia ter perdoado. Qualquer outra coisa.

Ele falou o caminho todo até a colina. Distraiu-a até o castelo negro assomar tão grande que não dava mais para deixar de ser visto. Então os olhos dela ficaram enormes. Começou a tremer, a feder ao perder todo o controle.

— Sim, querida — disse Barraco, a voz agradavelmente racional, em tom de conversa. — Sim, o castelo negro. Você ia me entregar à mercê de *seus* amigos. Apostou e perdeu. Agora, vou entregá-la aos *meus*. — Parou, desceu, foi até o portão, que se abriu imediatamente.

O ser alto o recebeu, torcendo suas mãos aracnídeas.

— Bom — disse ele. — Muito bom. Seu parceiro nunca trouxe caça sadia.

As entranhas de Barraco deram um nó. Ele queria mudar de ideia. Queria apenas machucar e humilhar Sue... Mas era tarde demais. Não podia voltar atrás.

— Sinto muito, Sue. Você não devia ter feito isso. Você e Gilbert. A vez dele chegará. Barraco Castanho não é o que todo mundo pensa.

Um gemido veio de trás da mordaça de Sue. Barraco se virou. Ele tinha que dar o fora. Encarou a criatura alta. Ela começou a contar as moedas colocando-as diretamente na mão dele.

Como sempre, Barraco não barganhou. Aliás, nem olhou para o dinheiro, apenas o enfiou nos bolsos. Sua atenção estava na escuridão atrás da criatura.

Havia mais de sua espécie ali atrás, silvando, se acotovelando. Barraco reconheceu o baixote com quem lidara uma vez.

O ser alto parou de contar. Distraidamente, Barraco colocou as moedas num bolso e voltou para a carroça. As coisas que estavam nas sombras avançaram rapidamente, agarraram Sue e começaram a rasgar suas roupas. Uma delas lhe arrancou a mordaça da boca. Barraco começou a se ajeitar na carroça.

— Pelo amor de Deus, Castanho. Não me abandone.

— Está feito, mulher. Está feito. — Estalou as rédeas. — Vamos dar a volta, mulas.

Ela começou a gritar enquanto ele se virava em direção ao portão. Ele não olhou. Não queria saber.

— Vamos, mulas.

— Volte logo, Barraco Castanho — gritou a criatura alta atrás dele.

Capítulo Vinte e Sete:

ZIMBRO: BANIDO

A convocação de Sussurro me pegou desprevenido. Era cedo demais para o relatório diário. Eu mal acabara de tomar o café da manhã. Eu sabia que aquilo significava problema.

Não me decepcionei.

A Tomada vagava como um animal enjaulado, irradiando tensão e fúria. Entrei mecanicamente, mantive uma perfeita posição de sentido, sem dar motivo para qualquer crítica injustificada — no caso de o motivo de sua inquietação não ser culpa minha.

Ela me ignorou por vários minutos, gastando energia. Então sentou-se, encarando as mãos pensativamente.

Ergueu o olhar. Já estava completamente sob controle. Até mesmo sorriu. Se fosse tão bonita quanto a Dama, aquele sorriso teria derretido granito. Mas ela era o que era, uma calejada veterana de campanhas, portanto o sorriso apenas melhorava a rigidez de seu rosto.

— Qual a disposição dos homens ontem à noite? — perguntou.

— Como assim? — respondi desconcertado. — Refere-se ao humor deles?

— Onde estavam posicionados?

— Ah.

Aquilo era de fato competência de Elmo, mas eu sabia muito bem que não devia argumentar isso. Os Tomados não toleram desculpas, por mais sensatas que possam ser.

— Três homens no navio para o sul com Touro, procurando aquele homem, Asa. — Preocupei-me por ela tê-los mandado. Quando não en-

169

tendo os motivos dos Tomados, fico paranoico. — Cinco lá embaixo, em Coturno, fingindo ser marinheiros estrangeiros. Mais três lá embaixo, observando pessoas que achamos particularmente interessantes. Preciso checar com Elmo para ter certeza, mas pelo menos mais quatro estão em outras partes da cidade, tentando detectar algo de interesse. O restante de nós estava aqui no castelo, de folga. Espere. Um homem deveria estar na sede da polícia secreta do Duque, e mais dois deveriam estar no Reservado, na companhia dos Custódios. Eu estive com os Inquisidores a maior parte da noite, sondando-os. No momento estamos bem mais dispersos. Ficarei contente quando o Capitão chegar. Temos muita coisa acontecendo para o efetivo disponível. O plano de ocupação está atrasado

Ela suspirou, levantou-se, voltou a caminhar.

— Suponho que sou tão culpada quanto qualquer um. — Olhou por um longo tempo pela janela. Então acenou. Juntei-me a ela.

Havia indicado o castelo negro.

— Falta muito pouco. Já estão tentando abrir caminho para o Dominador. Ainda não é o caso, mas estão se apressando. Talvez tenham sentido o nosso interesse.

Essa missão em Zimbro era como um gigantesco, tentacular monstro marinho criado a partir da mentira de um marinheiro. Não importava para onde nos virássemos ou o que fizéssemos, ficávamos cada vez mais encrencados. Trabalhando com propósitos opostos aos dos Tomados, tentando cobrir um rastro cada vez mais óbvio, estávamos complicando seus esforços para lidar com o perigo do castelo negro. Se cobríssemos bem, talvez tornássemos possível ao Dominador emergir num mundo despreparado.

Eu não queria tal horror na minha consciência.

Embora eu tema a minha tendência a não registrar isso desse modo, estávamos enredados em substanciosas incertezas morais. Não estávamos acostumados a tais problemas. O quinhão do mercenário não requer muita moralidade ou tomada de decisões morais. Essencialmente, o mercenário coloca a moral de lado, ou, no máximo, reordena as estruturas habituais para se adaptar às necessidades de seu estilo de vida. As grandes questões se resumem a se ele realiza bem seu trabalho, se executa fielmente suas incumbências, se adere bem a um padrão que exige inquestionável lealdade a seus companheiros. Ele desumaniza o mundo fora dos limites de seu grupo. Então tudo o que faz, ou presencia, torna-se de menor importância desde que seu impacto ocorra fora da Companhia.

Tínhamos sido carregados para uma armadilha na qual talvez tivéssemos de enfrentar a maior escolha da história da Companhia. Talvez tivéssemos de trair quatro séculos de mitos da Companhia em benefício de um bem maior.

Eu sabia que não podia permitir que o Dominador restaurasse a si mesmo, se isso acabasse sendo a única maneira de evitar que a Dama descobrisse sobre Lindinha e Corvo.

Contudo... A Dama não era muito melhor. Servíamos a ela e, até recentemente, fazíamos isso bem e fielmente, destruindo os rebeldes onde quer que os encontrássemos, mas não creio que muitos de nós fôssemos indiferentes ao que ela era. Ela apenas era menos malvada do que o Dominador porque era menos determinada em relação a isso, mais paciente no seu ímpeto por um controle total e absoluto.

Isso me oferecia outra incerteza. Seria eu capaz de sacrificar Lindinha para evitar a volta do Dominador? Se esse fosse o preço?

— Você parece muito pensativo — observou Sussurro.

— Hum. Há ângulos demais nesse assunto. Os Custódios. O Duque. Nós. Touro, que tem seus próprios machados para amolar. — Eu tinha lhe falado sobre a origem de Touro em Coturno, alimentando-a com informações aparentemente irrelevantes para complicar e distrair seu pensamento.

Ela voltou a apontar.

— Eu não tinha ordenado uma vigilância total naquele lugar?

— Sim, senhora. E também fizemos isso por algum tempo. Mas não aconteceu nada, então mandaram que fizéssemos outras coisas... — Interrompi-me, tremendo com uma súbita e grave suspeita.

Ela leu meu rosto.

— Sim. Ontem à noite. E essa entrega ainda estava viva.

— Puxa — murmurei. — Quem fez isso? Você sabe?

— Apenas sentimos as consequentes transformações. Eles tentaram abrir o caminho. Ainda não estavam fortes o bastante, mas chegaram bem perto.

Ela começou a rondar. Mentalmente, estava furioso com o que havia acontecido em Coturno ontem. Eu teria de fazer perguntas bem incisivas.

— Consultei a Dama diretamente. Ela está muito preocupada. Suas ordens são deixar de lado todos os assuntos secundários. Temos de evitar que mais corpos cheguem ao castelo. Sim, o resto da sua Companhia estará aqui em breve. De seis a dez dias. E há muito a ser feito para prepararmos a chegada deles. Mas, como você observou, há muitas coisas a fazer e pouca gente para fazê-las. Deixe que seu Capitão se ocupe disso quando chegar. O castelo negro precisa ser isolado.

— Por que não introduzimos alguns homens lá?

— A Dama proibiu isso.

Tentei parecer perplexo.

— Mas por quê? — Tive a suada, temerosa suspeita de que sabia.

Sussurro deu de ombros.

— Porque ela não quer que você desperdice seu tempo cumprimentando e instruindo novatos. Vá ver o que pode ser feito para isolar o castelo.

— Sim, senhora.

Parti, achando que havia sido igualmente melhor e pior do que havia imaginado. Melhor, porque ela não deu um dos seus ataques histéricos. Pior, porque, de fato, ela anunciou que nós, que estávamos aqui, já éramos suspeitos, que talvez tivéssemos sucumbido a uma contaminação moral que a Dama não queria que fosse passada a nossos irmãos.

Assustador.

— Sim — disse Elmo, quando lhe contei. Não precisou de explicações. — O que significa que temos de fazer contato com o Velho.

— Mensageiro?

— Quem mais? Quem poderíamos enviar e dar cobertura?

— Um dos homens de Coturno.

Elmo concordou com a cabeça.

— Eu cuido disso. Você vai em frente e pensa num meio de isolar o castelo com o efetivo de que dispomos.

— Por que você não vai explorar o castelo? Quero descobrir o que aqueles caras andaram fazendo ontem à noite.

— Não se trata disso ou daquilo, Chagas. Eu estou assumindo. Não estou dizendo que você fez um mau serviço, apenas que você não o fez. O que, na verdade, foi culpa minha. Eu sou o soldado.

— Ser soldado não faz diferença alguma, Elmo. Esse não é um serviço para soldado. É coisa de espião. E espiões precisam de tempo para se infiltrar no tecido de uma sociedade. Não tivemos o bastante.

— Mas o tempo se esgotou. Não foi o que disse?

— Acho que sim — admiti. — Está bem. Eu exploro o castelo. Mas você descobre o que aconteceu lá ontem à noite. Principalmente em torno daquele lugar chamado Lírio de Ferro. Ele está em todas, assim como esse tal de Asa.

O tempo todo em que estávamos conversando, Elmo trocava de roupas. Agora parecia um marinheiro sem sorte, velho demais para embarcar, mas ainda durão o bastante para fazer um trabalho sujo. Ele se adaptaria perfeitamente em Coturno. Eu lhe disse isso.

— É. Vamos nessa. E não planeje dormir muito até a chegada do Capitão.

Olhamos um para o outro, sem dizer o que realmente pensávamos. Se os Tomados não queriam que entrássemos em contato com nossos irmãos, o que fariam então quando a Companhia surgisse à vista, vinda das Montanhas Geladas?

De perto, o castelo negro era igualmente intrigante e perturbador. Peguei um cavalo, circundei o local várias vezes, até mesmo acenei alegremente na direção de um movimento que detectei no topo de suas ameias vitrificadas.

Havia um terreno difícil atrás dele — íngreme, pedregoso, coberto de irregulares arbustos espinhentos que tinham odor de salva. Ninguém transportando um cadáver chegaria à fortaleza por aquela direção. O terreno era melhor ao longo do contorno do cume para leste e oeste, mas, mesmo por ali, uma aproximação era impossível. Homens que vendiam cadáveres fariam o negócio pelo modo mais simples. Isso significava usar a estrada que ia do cais do Rio do Ancoradouro, passava pelas casas espalhadas da classe dos comerciantes na metade das encostas e seguia até o portão do castelo. Alguém devia ter seguido essa rota com frequência, pois havia profundos sulcos de rodas que iam do fim da estrada até o castelo.

Meu problema era que não havia lugar onde um pelotão pudesse esperar sem ser visto da muralha do castelo. Levei até o anoitecer para finalizar meu plano.

Encontrei uma casa abandonada um pouco abaixo na encosta e um pouco mais rio acima. Eu esconderia meu pelotão ali e colocaria sentinelas na estrada, na área povoada. Elas poderiam levar uma mensagem para o resto de nós se vissem algo suspeito. Poderíamos atravessar a encosta e interceptar os potenciais vendedores de corpos. Carroças eram lentas o suficiente para nos dar o tempo necessário.

O velho Chagas é um brilhante estrategista, sim, senhor. Por volta da meia-noite, eu já tinha meus soldados no local e tudo o mais providenciado. E tive dois alarmes falsos antes do café da manhã. Descobri, constrangido, que havia um legítimo tráfego noturno passando pelos meus postos de sentinela.

Fiquei sentado na casa velha com meu grupo, alternadamente jogando Tonk e me preocupando, e, em raras ocasiões, tirando uma soneca. E pensando muito sobre o que estava acontecendo em Coturno e do outro lado do vale, em Telhadura.

Rezei para que Elmo conseguisse manter tudo sob controle.

Capítulo Vinte e Oito

ZIMBRO: LISA

Barraco passou um dia inteiro deitado no quarto, olhando o teto, odiando a si mesmo. Ele havia afundado o máximo que um homem poderia. Para ele, não havia mais nada de imundo, e nada mais que pudesse fazer para sujar sua alma. Um milhão de levas seriam incapazes de lhe comprar uma passagem no Dia da Transposição. Seu nome tinha de estar escrito no Livro Negro junto aos dos maiores vilões.

— Sr. Barraco? — chamou Lisa da porta, na manhã seguinte, enquanto ele pretendia passar mais um dia de estudo do teto e de autopiedade. — Sr. Barraco?

— Sim?

— Bo e Lana estão aqui.

Bo e Lana, com uma filha, eram os criados da mãe dele.

— O que eles querem?

— Receber o salário do mês, creio eu.

— Ah. — Levantou-se.

Lisa o deteve no topo da escada.

— Eu estava certa sobre Sue, não estava?

— Estava.

— Sinto muito. Eu não teria dito nada se pudéssemos nos permitir isso.

— Nós? Como assim, nós? Ora, diabos. Deixe disso. Esqueça. Não quero mais ouvir falar nisso.

— Como queira. Mas vou cobrar a sua promessa.

— Que promessa?

— De me deixar gerenciar o Lírio.

— Ah. Está bem.

Naquele momento, ele não ligava. Recolheu os registros financeiros mensais dos empregados. Ele os tinha escolhido bem. Não o estavam enganando. Achava que mereciam uma pequena bonificação.

Voltou ao andar de cima para pegar o dinheiro. Lisa observou-o subir, perplexa. Ele percebeu seu erro tarde demais. Agora ela estava imaginando como ele tinha dinheiro hoje se ontem não possuía nenhum. Barraco localizou sua roupa suja, esvaziou os bolsos sobre a cama. E engoliu em seco.

— Ah, droga! Droga — murmurou. — Que diabos vou fazer com três peças de ouro?

Também havia moedas de prata, e até mesmo um punhado de cobre, mas... Era um ardil! Uma fortuna que não poderia gastar. Segundo a lei de Zimbro, era ilegal cidadãos terem ouro cunhado. Até mesmo forasteiros que chegassem à cidade tinham de trocar o seu por prata — pois a prata estrangeira era tão bem-vinda quanto a local. Felizmente, pois a cunhagem do castelo negro era decididamente estranha, embora tivesse o peso padrão.

Como poderia se livrar do ouro? Vendê-lo para o capitão de um navio de partida para o sul? Era o procedimento normal. Ele enfiou as moedas no seu esconderijo mais secreto, junto com o amuleto do castelo negro. Uma fortuna inútil. Avaliou o restante. Vinte e oito peças de prata, mais várias levas em cobre. O suficiente para cuidar de sua mãe e de Sal. Mas não o bastante para Gilbert largar do seu pé.

— Continuo na maldita armadilha do dinheiro — lamentou-se.

Lembrou-se das joias de Sue, sorriu cruelmente, murmurou: "Farei isso." Embolsou tudo, voltou ao andar de baixo, pagou os criados de sua mãe e avisou a Lisa:

— Vou dar uma saída.

Primeiro garantiu que a família de Wally fosse cuidada, depois marchou na direção do escritório de Gilbert. Não parecia haver ninguém por perto. Gilbert não era como Krage quanto a ter um exército à disposição, mas tinha seus capangas. Estavam todos fora. No entanto havia alguém no escritório de Gilbert, porque a luz de um lampião iluminava as cortinas. Ele sorriu pensativamente, depois correu de volta para o Lírio.

Foi até uma mesa na sombra, nos fundos, perto de onde Corvo costumava ficar. Uma dupla de marinheiros estrangeiros estava sentada lá. Barra pesada, pelo que podia perceber. Já andavam por ali havia algum tempo. Diziam que eles e seus amigos, que iam e vinham, perderam seu navio. Estavam à espera de outro. Barraco não se lembrava de ter ouvido o nome do porto de origem.

— Vocês gostariam de ganhar um dinheiro fácil? — perguntou.

— Quem não gostaria? — retrucou um deles.

— O que você quer? — perguntou o outro.

— Estou com um probleminha. Preciso negociar com um homem. Ele é capaz de ficar violento.

— Quer apoio, hein?

Barraco fez que sim.

O outro marinheiro olhou-o estreitando os olhos.

— Quem é ele?

— Chama-se Gilbert. Um agiota. Já ouviram falar?

— Já.

— Acabei de passar pelo escritório dele. Não parece haver mais ninguém por lá, a não ser ele.

Os homens trocaram olhares. O mais alto disse:

— O negócio é o seguinte: Vou ter que chamar um amigo nosso.

— Não posso pagar por um exército inteiro.

— Ei, tudo bem. Só vai pagar o que pagaria para nós dois; ele virá de graça. É que nos sentimos mais à vontade se ele estiver com a gente.

— Ele é durão?

Os dois homens sorriram. Um piscou para o outro.

— É. Você não faz a menor ideia.

— Então chamem.

Um dos homens saiu. Barraco fez a barganha com o outro. Lisa observava do lado oposto do salão, os olhos estreitados e severos. Barraco decidiu que ela estava se metendo demais em seus assuntos e muito rápido.

O terceiro homem era um tipo com cara de sapo e mal tinha 1,50m de altura. Barraco franziu a testa para ele. O sujeito que o tinha ido buscar lembrou-lhe:

— Ele é durão. Lembra?

— É mesmo? Está bem. Vamos.

Ele sentia-se cem por cento melhor com três homens o acompanhando, embora não tivesse garantia real de que ajudariam se Gilbert começasse alguma coisa.

Havia dois capangas na sala da frente, quando Barraco chegou. Disse-lhes:

— Quero falar com Gilbert.

— Suponha que ele não queira falar com você. — Era o jogo padrão dos que faziam a linha cara malvado.

Barraco não sabia como responder. Um dos seus acompanhantes lhe poupou o trabalho:

— Ele não tem muita escolha, tem? A não ser que toda essa gordura sejam músculos disfarçados. — Tirou uma faca e começou a limpar as unhas. Aquilo lembrou tanto Corvo que Barraco ficou assustado.

— Ele está lá no escritório. — O capanga gordo trocou um olhar com seu companheiro. Barraco imaginou que um deles iria sair para buscar ajuda.

Ele começou a se movimentar. Seu colega cara de sapo disse:

— Eu vou ficar lá fora.

Barraco entrou no escritório de Gilbert. O agiota tinha um saco de leva sobre a escrivaninha e pesava moedas, uma de cada vez, numa balança de precisão, separando aquelas que tinham sido aparadas. Ergueu a vista, furioso.

— O que diabos é isso?

— Alguns amigos queriam passar aqui comigo para ver você fazer negócios.

— Eu não gosto do que isso diz sobre nosso relacionamento, Barraco. Isso revela que não confia em mim.

Barraco deu de ombros.

— Há uns boatos chatos correndo por aí. Sobre você e Sue me explorando. Para me fazer perder o Lírio.

— Sue, hein? Onde está ela, Barraco?

— Existe uma ligação, não? — Barraco abriu jogo. — Maldito seja. Foi por isso que ela me sacaneou. Seu cretino. Agora ela não vai mais me ver.

Aquele macaco na porta vive me dizendo que ela não está. Você providenciou isso, Sr. Gilbert? Sabe, eu não gosto muito de você.

Gilbert lançou ao grupo um olhar desagradável com um olho só. Por um momento, pareceu avaliar suas chances. Então o homenzinho entrou, apoiou-se na parede, a boca larga enrugada num sorriso de escárnio.

Gilbert perguntou:

— Você veio conversar ou negociar? Se veio cuidar de negócios, vamos em frente. Quero esses mal-encarados longe daqui. Dão má fama à vizinhança.

Barraco pegou uma bolsa de couro.

— Você é quem dá má fama, Gilbert. Ouvi pessoas dizerem que não farão mais negócios com você. Acham que não é direito você tentar arrancar à força as pessoas de suas propriedades.

— Cale a boca e me dê o dinheiro, Barraco. Se quer apenas choramingar, dê o fora.

— Você fala grosso para quem está em desvantagem de quatro para um — disse um dos companheiros de Barraco. Outro o repreendeu em uma língua diferente. Gilbert olhava-os intensamente como se estivesse memorizando seus rostos. O homenzinho sorriu e gesticulou com um dedo. Gilbert decidiu que aquilo podia esperar.

Barraco contou moedas. Os olhos de Gilbert se arregalavam à medida que o monte aumentava. Barraco falou:

— Eu lhe disse que estava fazendo um negócio. — Jogou sobre a escrivaninha as joias de Sue.

Um de seus companheiros apanhou uma pulseira, examinou-a.

— Quanto você deve a esse sujeito?

Gilbert disse um número que Barraco desconfiava estar inflacionado.

— Você está se descapitalizando, Barraco — observou o marinheiro.

— Eu só quero quitar a penhora que esse chacal tem sobre minha propriedade.

Gilbert olhou para as joias, pálido, congelado. Umedeceu os lábios e apanhou um anel. Sua mão tremia.

Barraco estava igualmente temeroso e cheio de uma alegria maliciosa. Gilbert conhecia o anel. Talvez agora ele se sentisse um pouco mais nervoso ao lidar com Barraco Castanho. Ou poderia resolver cortar algumas gargantas. Gilbert tinha alguns dos mesmos problemas de egocentrismo que Krage tivera.

— Isso é mais do que suficiente para cobrir tudo, Sr. Gilbert. O principal também. Mesmos com os extras. Devolva minha promissória.

Vagarosamente, Gilbert a retirou de uma caixa em uma prateleira próxima. Seus olhos não se desviaram do anel.

Barraco destruiu imediatamente a nota promissória.

— Mas eu ainda não lhe devo uma coisinha, Sr. Gilbert? Sim, acho que sim. Bem, farei todo o possível para que receba o que merece.

Gilbert olhou furiosamente de soslaio. Barraco achou ter visto também uma insinuação de medo. Isso lhe agradou. Ninguém nunca teve medo de Barraco Castanho, exceto talvez Asa, mas este não contava.

Era melhor ir embora para não abusar da sorte.

— Obrigado, Sr. Gilbert. Nos veremos em breve.

Atravessando a sala externa, ele ficou surpreso ao descobrir os homens de Gilbert roncando. O cara de sapo sorriu. Do lado de fora, Barraco pagou seus guardiões.

— Ele não causou tanto problema quanto eu esperava.

— Porque estávamos com você — frisou o homenzinho. — Vamos à sua taverna tomar uma cerveja.

Um dos outros observou:

— Ele parecia em estado de choque.

— Afinal de contas, como conseguiu dever tanto para um agiota? — perguntou o homenzinho.

— Um rabo de saia. Achei que ia me casar com ela. Mas ela só estava arrancando meu dinheiro. Finalmente acordei.

Seus companheiros balançaram a cabeça. Um deles falou:

— Mulheres. É preciso ficar de olho nelas, amigo. Limpam você até os ossos.

— Aprendi minha lição. Ei. Bebidas por conta da casa. Tenho um vinho que guardava para um cliente especial. Ele foi embora da cidade e o vinho sobrou.

— É tão ruim assim, hein?

— Não. É bom demais. Ninguém consegue pagar.

Barraco passou a noite toda tomando vinho, mesmo após os marinheiros resolverem que tinham outros negócios a tratar. Ele abria um sorriso toda vez que se lembrava da reação de Gilbert ao ver o anel.

— Agora, tome cuidado — murmurou. — Ele é tão maluco quanto Krage.

Em pouco tempo, a sensação agradável se foi. O medo o dominou. Ele enfrentou sozinho tudo o que Gilbert fez, mas continuava sendo o mesmo velho Barraco debaixo da pátina deixada por Corvo e alguns acontecimentos desde então.

— Preciso arrastar o sacana colina acima — murmurou dentro da caneca. Depois: — Droga! Sou tão mau quanto Corvo. Pior. Corvo nunca entregou alguém vivo. O que será que aquele sacana está fazendo agora, com seu elegante navio e aquela bocetinha jovem e esperta?

Ele estava muito, muito bêbado, e muito, muito cheio de autopiedade.

O último cliente foi para seu catre. O último estranho foi para casa. Barraco continuou sentado lá, acalentando o vinho e olhando ameaçador para Lisa, com raiva dela por nenhum motivo que pudesse definir. O corpo dela, pensou. Maduro. Mas ela não ia querer. Boa demais para ele. E seu atrevimento recente. É.

Ela o estudou enquanto fazia a limpeza. Vaca eficiente. Melhor ainda do que Lindinha, que trabalhava duro, mas não tinha a economia de movimentos de Lisa. Talvez ela *merecesse* gerenciar o local. Ele não havia feito nenhum grande trabalho.

Descobriu-a sentada à sua frente. Olhou-a ameaçadoramente. Ela não recuou. Garota durona também. Não blefava. Não tinha medo. Vadia dura de Coturno. Algum dia vai causar problema.

— O que há, Sr. Barraco?

— Nada.

— Soube que pagou tudo a Gilbert. Um empréstimo que pegou dando este lugar como garantia. Como pôde usar o Lírio como garantia de um empréstimo? Ele está há eras em sua família.

— Não me venha com merda de sentimentalismo. Não acredita nisso.

— Onde conseguiu o dinheiro?

— Talvez você não devesse ser tão curiosa. Talvez curiosidade faça mal à sua saúde. — Ele estava sendo ríspido, embora não falasse sério.

— Você vem agindo de modo estranho ultimamente.

— Eu estava apaixonado.

— Não foi nada disso. Mas, afinal, o que aconteceu? Ouvi dizer que Sue desapareceu. Gilbert diz que você fez alguma coisa.

— Fiz o quê? Eu estive na casa dela hoje.

— Você a viu?

— Não. O vigia na porta disse que ela não estava em casa. O que significa que não queria me ver. Provavelmente havia mais alguém com ela lá em cima.

— Talvez ela não estivesse mesmo em casa.

Barraco bufou.

— Já lhe disse que não quero mais falar dela. Entendeu?

— Claro. Me diga onde conseguiu o dinheiro.

Barraco a olhou fixamente.

— Por quê?

— Porque se tem mais quero uma parte. Não quero passar minha vida em Coturno. Farei o que for preciso pra dar o fora.

Barraco deu um sorriso malicioso.

Ela interpretou mal.

— Este trabalho é apenas para manter corpo e alma juntos até eu encontrar alguma coisa.

— Um milhão de pessoas já pensaram nisso antes, Lisa. E elas acabaram congeladas até a morte nos becos de Coturno.

— Algumas conseguiram. Eu não pretendo falhar. Onde obteve o dinheiro, Sr. Barraco? — Ela foi buscar uma garrafa do vinho bom. Vagamente, Barraco pensou que já tinha acabado.

Ele lhe contou sobre seu sócio silencioso.

— Isso é besteira. Ando por aqui há muito tempo para saber disso.

— É melhor acreditar, garota. — Deu uma risadinha. — Se continuar forçando a barra, vai acabar conhecendo ele. Não vai gostar dele, eu lhe garanto. — Lembrou-se da criatura alta dizendo-lhe para voltar logo.

— O que aconteceu com Sue?

Barraco tentou se levantar. Seus membros estavam moles. Caiu para trás em seu assento.

— Estou bêbado. Mais bêbado do que imaginava. Estou fora de forma.

— Lisa concordou gravemente com a cabeça. — Eu a amava. Amava de verdade. Ela não devia ter feito aquilo. Eu a teria tratado como uma rainha. Teria ido ao inferno por ela. Quase fui. — Deu uma risadinha. — Ido com ela... Ops.

— Faria uma coisa por mim, Sr. Barraco?

— O quê?

— Está sempre tentando me agarrar. Quanto isso vale?

Barraco a olhou de soslaio.

— Não sei. Só posso dizer depois que experimentar.

— Você não tem nada para me dar, velho.

— Mas sei onde conseguir.

— Onde?

Barraco ficou apenas sentado ali, sorrindo, um fio de baba escorrendo do canto da boca.

— Desisto. Você venceu. Vamos. Vou lhe ajudar a subir a escada, antes de ir para casa.

A subida foi uma epopeia. Barraco estava a apenas uma dose de desmaiar. Quando chegaram ao quarto, ele simplesmente desabou na cama.

— Obrigado — resmungou. — O que está fazendo?

— Você tem que se despir.

— Acho que sim. — Não fez qualquer esforço para ajudar. — O que está fazendo agora? Por que está me agarrando assim?

— Você me quer, não é?

Um momento depois ela estava na cama com ele, roçando sua nudez na dele. Barraco estava bêbado demais para tirar qualquer proveito da situação. Ele a abraçou, ficou sentimental e despejou seus sofrimentos. Ela fez o jogo dele.

Capítulo Vinte e Nove

ZIMBRO: DIA DE PAGAMENTO

B arraco sentou-se tão repentinamente que sua cabeça girou. Alguém começou a bater tambores dentro dela. Ele rolou para a beira da cama e sentiu-se ruidosamente enjoado. Então ficou enjoado de outra maneira. De terror.

— Eu contei para ela. Contei a porra toda para ela. — Tentou pular da cama. Tinha que dar o fora de Zimbro antes que os Inquisidores viessem. Ele tinha ouro. Um capitão estrangeiro talvez o levasse para o sul. Poderia alcançar Corvo e Asa... Voltou a se deitar, miserável demais para agir. — Estou morrendo — murmurou. — Se existe um inferno, ele deve ser assim.

Teria contado para ela? Achava que sim. E em troca de nada. Ele nada recebera.

— Barraco Castanho, você nasceu para perder. Quando vai aprender?

Levantou-se mais uma vez, cautelosamente, e verificou seu esconderijo. O ouro estava lá. Talvez não tivesse contado tudo para ela. Pensou no amuleto. Lisa poderia seguir o rastro começado por Sue. Se ela ainda não tivesse contado para alguém. Mas ela seria cautelosa, não? Seria difícil apanhá-la desprevenida. Mesmo supondo que conseguisse encontrá-la.

— Minha cabeça! Pelos deuses! Não consigo pensar. — Houve uma súbita algazarra lá embaixo. — Droga — murmurou. — Ela deixou o lugar destrancado. Eles vão roubar tudo. — Lágrimas rolaram pela face. A que fim ele chegara. Talvez fosse Touro e seus comparsas destruindo tudo lá embaixo.

Era melhor enfrentar o destino. Xingando, enfiou-se nas roupas e começou a longa jornada escada abaixo.

— Bom dia, Sr. Barraco — cumprimentou Lisa, radiante. — O que vai querer no café da manhã?

Ele olhou fixamente, engoliu em seco e, finalmente, cambaleou até uma mesa, sentou-se com a cabeça entre as mãos, ignorando o olhar divertido de um de seus companheiros na aventura com Gilbert.

— Um pouco de ressaca, Sr. Barraco? — perguntou Lisa.

— Sim. — Sua própria voz soava trovejante.

— Vou fazer uma mistura que meu pai me ensinou. Ele é um bêbado de primeira, sabe.

Barraco concordou fracamente. Até mesmo aquilo era doloroso. O pai de Lisa foi um dos motivos que o levara a contratá-la. Ela precisava de toda a ajuda que pudesse conseguir. Outra de suas caridades que tinham azedado.

Ela voltou com uma coisa tão fétida que nem mesmo uma feiticeira teria tocado.

— Beba depressa. Desce mais fácil assim.

— Posso imaginar. — Meio que rezando para não estar envenenado, ele engoliu a mistura malcheirosa. Após ofegar por ar, ele murmurou: — Quando eles vêm? Quanto tempo eu tenho?

— Quem, Sr. Barraco?

— Os Inquisidores. A lei. Seja lá quem você chamou.

— Por que eles viriam?

Dolorosamente, ergueu os olhos para se encontrarem com os dela. Ela cochichou:

— Eu lhe disse que faria qualquer coisa para sair de Coturno. Esta é a chance que eu procurava. Agora somos sócios, Sr. Barraco. Meio a meio.

Barraco enterrou a cabeça nas mãos e gemeu. Aquilo não acabaria nunca. Não até devorá-lo. Rogou uma praga contra Corvo e toda a sua família.

O salão do bar estava vazio. A porta estava fechada.

— Primeiro precisamos cuidar de Gilbert — disse Lisa.

Barraco meneou a cabeça, recusando-se a olhar para cima.

— Foi burrice entregar joias que ele reconheceria. Ele o matará se não o matarmos primeiro.

Novamente, Barraco meneou a cabeça. Por que eu?, lamentou-se para si mesmo. O que fiz para merecer isso?

— E não pense que pode se livrar de mim como fez com Sue e aquele chantagista. Meu pai tem uma carta que levará a Touro se eu desaparecer.

— Você é esperta demais para seu próprio bem. — E: — Não vai demorar muito até o inverno.

— Sim. Mas não faremos isso ao modo de Corvo. É arriscado demais e muito trabalhoso. Seremos caridosos. Deixaremos que os sem-teto entrem. Um ou dois podem desaparecer cada noite.

— Está falando em assassinar?

— Quem vai se importar? Ninguém. Será melhor para eles. Chame isso de piedade.

— Como alguém tão jovem pode ser tão cruel?

— Você não prospera em Coturno se tiver coração, Sr. Barraco. Providenciaremos um lugar onde o tempo frio os conservará até conseguirmos carga para encher uma carroça. Poderemos levá-los talvez uma vez por semana.

— O inverno...

— Será a minha última estação em Coturno.

— Não vou fazer isso.

— Vai, sim. Ou receberá uma visita de Touro. Não tem escolha. Você tem uma sócia.

— Deus, livrai-me do mal.

— Você é menos malvado do que eu? Você matou cinco pessoas.

— Quatro — protestou sem força.

— Acha que Sue ainda está viva? Isso é apenas um detalhe. De qualquer ponto de vista, você é culpado de assassinato. É um criminoso tão burro em relação a dinheiro que não possui um gersh sequer. Tão burro que continua enredado com pessoas como Sue e Gilbert. Sr. Barraco, só podem executá-lo uma vez.

Como argumentar com um raciocínio sociopata? Lisa era o centro do universo de Lisa. As outras pessoas só existiam para ser exploradas.

— Tem algumas outras pessoas sobre as quais precisamos pensar depois de Gilbert. Aquele capanga de Krage que fugiu. Ele sabe que há algo estranho no fato de os corpos não terem aparecido. Ele não falou, caso contrário estariam revirando Coturno. Mas pode falar algum dia. E tem o homem que você contratou para ajudá-lo com o chantagista.

Ela parecia um general planejando uma campanha. Planejando assassinatos por atacado. Como alguém seria capaz de...?

— Não quero mais sangue em minhas mãos, Lisa.

— Que escolha você tem?

Ele não podia negar que a morte de Gilbert teria um significado na equação de sua sobrevivência. E, após Gilbert, mais uma. Antes que ela o destruísse. Em algum momento baixaria a guarda.

E a tal carta? Droga. Talvez o pai dela tivesse que ir primeiro... A armadilha era enorme e não tinha saídas aparentes.

— Esta pode ser minha única chance de dar o fora, Sr. Barraco. E é melhor acreditar que vou agarrá-la.

Barraco sacudiu sua letargia e se inclinou para a frente, olhando a lareira. Sua própria sobrevivência vinha em primeiro lugar. Gilbert tinha de morrer. Isso era definitivo.

E o castelo negro? Ele contara a ela sobre o amuleto? Não conseguia se lembrar. Teria de deixar implícita a existência de um passe especial, ou ela poderia tentar matá-lo e *vendê-lo*. Ele se tornaria um perigo para Lisa assim que implantassem o plano dela. Sim. Com certeza. Lisa tentaria se livrar dele assim que fizesse contato com as coisas do castelo. Então acrescentou outro nome à sua lista de pessoas a matar.

Droga. Corvo fizera uma coisa inteligente, a única possível. Tomara a única saída. Deixar Zimbro era a única escapatória.

— Terei de segui-lo — murmurou ele. — Não há outra opção.

— O quê?

— Estou apenas murmurando, garota. Você venceu. Vamos agir contra Gilbert.

— Ótimo. Permaneça sóbrio e levante cedo amanhã. Vai precisar tomar conta do Lírio enquanto dou uma saída para checar uma coisa.

— Está bem.

— De qualquer modo, está na hora de você fazer sua parte no trabalho novamente.

— É, talvez.

Lisa olhou-o desconfiada.

— Boa noite, Sr. Barraco.

Lisa falou para Barraco:

— Está arranjado. Ele vai se encontrar comigo, na minha casa. Sozinho. Leve sua carroça. Providenciarei para que meu pai não esteja por perto.

— Soube que agora Gilbert não vai a lugar algum sem um guarda-costas.

— Esta noite ele irá. Vai me pagar dez levas para que eu supostamente o ajude a assumir o controle do Lírio. Deixei-o pensar que também iria conseguir algo mais.

O estômago de Barraco roncou.

— E se ele perceber?

— Somos dois contra um. Como um covarde de merda conseguiu tudo que você tem?

Ele havia lidado com o medo menor. Mas manteve esse pensamento para si mesmo. Não havia sentido em dar a Lisa mais dados do que já tinha. Estava na hora de conseguir dados sobre ela.

— Você não tem medo de nada, menina?

— Da pobreza. Principalmente de ser velha e pobre. Tremo toda vez que vejo os Custódios retirarem um pobre cadáver velho de um beco.

— Sim. Isso eu consigo entender. — Barraco sorriu fracamente. Aquilo já era um começo.

Barraco parou a carroça, olhou pela janela do térreo de um apartamento de fundos. Não havia vela queimando no interior. Lisa ainda não tinha chegado. Estalou as rédeas, seguiu adiante. Gilbert devia ter enviado batedores. Ele não era burro.

Barraco parou depois de uma curva do beco, caminhou de volta, fingindo ser um bêbado. Não demorou muito e alguém acendeu uma vela no apartamento. Com o coração martelando, ele foi furtivamente até a porta dos fundos.

Estava destrancada como prometido. Talvez Gilbert fosse burro. Suavemente, deslizou para dentro. Seu estômago era uma bagunça de nós. As mãos tremiam. Um grito permanecia enroscado na garganta.

Aquele não era o Barraco Castanho que havia combatido Krage e seus capangas. Aquele Barraco tinha sido apanhado numa armadilha e lutava por sua vida. Não tivera tempo para pensar em si mesmo entrando em pânico. Este Barraco tivera. E tinha se convencido de que ia estragar tudo.

O apartamento era composto de dois aposentos minúsculos. O primeiro, atrás da porta, estava escuro e vazio. Barraco avançou cautelosamente, parando diante de uma cortina esfarrapada. Um homem murmurou mais além da entrada. Barraco deu uma olhadela.

Gilbert tinha se despido e apoiava um dos joelhos num imundo arremedo de cama. Lisa estava deitada ali, as cobertas puxadas até o pescoço, fingindo-se de arrependida. O velho corpo murcho, enrugado e cheio de veias azuis de Gilbert contrastava de forma bizarra com a juventude dela.

Gilbert estava furioso.

Barraco xingou silenciosamente. Queria que Lisa parasse com seus jogos. Ela sempre tinha de fazer mais do que ir diretamente ao objetivo. Tinha de manipular, ao longo do caminho, apenas para satisfazer algo dentro de si mesma.

Ele queria que aquilo acabasse.

Lisa fingiu se render, abrindo espaço para Gilbert a seu lado.

O plano era para Barraco atacar assim que Lisa envolvesse Gilbert com os braços e as pernas. Ele decidiu fazer seu próprio jogo. Deixou a coisa correr. Ficou parado ali, sorrindo, ao mesmo tempo que o rosto de Lisa traía seus pensamentos enquanto Gilbert sentava-se sobre ela.

Finalmente, Barraco se mexeu.

Três passos rápidos, silenciosos. Garroteou um laço em volta do macilento pescoço de Gilbert e se inclinou para trás. Lisa apertou mais ainda. Como pareceu pequeno e mortal o agiota. Que diferença do homem temido por metade de Coturno.

Gilbert se debateu, mas não conseguiu escapar.

Barraco achava que aquilo não ia acabar nunca. Não havia imaginado o quanto era demorado estrangular um homem. Finalmente recuou. Seus tremores ameaçaram dominá-lo.

— Tire ele de cima de mim! — esganiçou Lisa.

Barraco rolou o cadáver para o lado.

— Vista-se. Venha. Vamos dar o fora daqui. Pode ser que haja homens dele aqui por perto. Vou buscar a carroça. — Passou pela porta, deu uma olhada no beco. Ninguém por perto. Trouxe depressa a carroça. — Vamos logo com isso — vociferou quando voltou e encontrou Lisa ainda despida.

— Vamos tirar ele daqui.

Lisa não conseguia se mexer.

Barraco jogou as roupas no braço dela e lhe deu um tapa no traseiro nu.

— Vamos logo, porra.

Ela se vestiu lentamente. Barraco foi novamente até a porta e checou o beco. Continuava sem ninguém por perto. Correu de volta até o cadáver, empurrou-o para a carroça e o cobriu com uma lona. Engraçado como pareciam leves quando mortos.

Voltou para dentro.

— Como é, não vai? Eu arrasto você assim mesmo como está.

A ameaça não fez efeito. Barraco agarrou a mão dela e arrastou-a porta afora.

— Suba. — Empurrou-a acima, até o assento, e pulou para o dele.

Agitou as rédeas. As mulas avançaram penosamente. Assim que a carroça atravessou a ponte do Rio do Ancoradouro, elas perceberam aonde estavam indo e precisaram de pouca condução. Ociosamente, ele ficou pensando em quantas vezes elas haviam feito aquela viagem.

A carroça estava a meio caminho da colina quando Barraco conseguiu se acalmar o suficiente para observar Lisa. Ela parecia em estado de choque. De repente, assassinato não era apenas conversa. Ela ajudara a matar. Seu pescoço estava no laço da forca.

— Não foi tão fácil quanto você pensava, hein?

— Eu não sabia que seria daquele jeito. Eu o estava segurando. Senti a vida ir embora. Aquilo... Eu não esperava aquilo.

— E você queria seguir essa carreira. Vou lhe dizer uma coisa. Não vou matar meus clientes. Se quiser fazer desse modo, faça sozinha.

Ela tentou uma débil ameaça.

— Você não tem mais qualquer poder sobre mim. Procure os Inquisidores. Eles a levarão a um proclamador da verdade. Sócia.

Lisa tremeu. Barraco conteve a língua até se aproximarem do castelo negro.

— Não vamos mais recorrer a jogadas. — Ele estava pensando em vendê-la junto com Gilbert, mas concluiu que não conseguiria juntar ódio, raiva ou pura maldade para fazer isso.

Deteve as mulas.

— Você fica aqui. Em hipótese alguma saia da carroça. Entendeu?

— Sim. — A voz de Lisa era fraca e distante. Aterrorizada, pensou ele.

Bateu no portão negro, que abriu para dentro. Ele voltou para seu assento, conduziu a carroça para o interior, desceu e colocou Gilbert sobre uma placa de pedra. A criatura alta se aproximou, examinou o corpo, olhou para Lisa.

— Ela não — disse Barraco. — É uma nova sócia.

A criatura fez que sim.

— Trinta.

— Feito.

— Precisamos de mais corpos, Barraco Castanho. Muitos corpos. Nosso trabalho se aproxima da conclusão. Estamos ansiosos para terminá-lo.

Barraco se arrepiou com o tom dele.

— Haverá mais, em breve.

— Bom. Muito bom. Você será recompensado generosamente.

Barraco se arrepiou novamente e olhou em volta. A coisa perguntou:

— Procura a mulher? Ela ainda não se tornou uma com o portal. — Estalou longos dedos amarelos.

Pés se agitaram na escuridão. Sombras avançaram. Elas seguravam os braços de uma Sue nua. Barraco engoliu em seco. Ela tinha sido abusada terrivelmente. Emagrecera, e sua pele estava sem cor onde não se encontrava marcada por hematomas ou escoriações. Uma das criaturas levantou o queixo dela e fez com que olhasse para Barraco. Seus olhos eram encovados e vazios.

— Os mortos-vivos — sussurrou ele.

— A vingança é doce o bastante? — perguntou a criatura alta.

— Leve-a embora! Não quero vê-la.

O ser alto estalou os dedos. Seus semelhantes recuaram para as sombras.

— Meu dinheiro! — rugiu Barraco.

Dando risadinhas, o ser contou as moedas aos pés de Gilbert. Barraco as embolsou. O ser disse:

— Traga mais vivos, Barraco Castanho. Temos muitas utilidades para os vivos.

Um grito ecoou no meio da escuridão. Barraco pensou ter ouvido seu nome sendo chamado.

— Ela o reconheceu, amigo.

Uma lamúria se arrastou para fora da garganta de Barraco. Saltou para o assento da carroça e gritou para as mulas.

A criatura alta olhou para Lisa com uma intenção indisfarçável. Ela entendeu.

— Vamos embora daqui, Sr. Barraco. Por favor.

— Iaá, mulas.

A carroça rangeu, gemeu e pareceu levar uma eternidade para atravessar o portão. Gritos continuaram ecoando em algum lugar bem no interior do castelo.

Lá fora, Lisa olhou para Barraco com uma expressão decididamente estranha. Barraco pensou ter detectado alívio, medo e um pouco de repugnância. O alívio parecia o principal. Ela percebeu o quanto estivera vulnerável. Barraco sorriu enigmaticamente, balançou a cabeça e nada disse. Assim como Corvo, lembrou-se.

Sorriu. Como Corvo.

Que ela pense. Que ela se preocupe.

As mulas pararam.

— Hein?

Homens se materializaram na escuridão. Portavam armas desembainhadas. Armas militares.

Uma voz disse:

— Puta merda. É o taverneiro.

Capítulo Trinta

ZIMBRO: MAIS PROBLEMAS

Otto surgiu do meio da noite.

— Ei, Chagas! Temos um cliente.

Recolhi minha mão, mas não descartei as cartas.

— Tem certeza? — Eu estava cansado das porras de alarmes falsos.

Otto pareceu constrangido.

— Sim. Tenho.

Havia algo errado.

— Cadê ele? Desembuche.

— Eles estão voltando para cá.

— Eles?

— Um homem e uma mulher. Não achamos que fossem pessoas com quem devêssemos nos preocupar, até passarem pela última casa e continuarem colina acima. Aí, já era tarde demais para detê-los.

Baixei minha mão com uma batida na mesa. Fiquei puto. Seria um inferno na manhã seguinte. Sussurro já estava até o pescoço comigo. Essa poderia ser a desculpa para me estacionar nas Catacumbas. Permanentemente. Tomados não têm paciência.

— Vamos — disse no tom de voz mais calmo que consegui enquanto perfurava Otto com o olhar. Ele decidiu ficar longe o bastante. Sabia que eu não estava contente. Sabia que minha situação era péssima com os Tomados. Não queria me dar uma desculpa para eu envolver minhas mãos em seu pescoço. — Vou cortar algumas gargantas se der merda novamente.

— Pegamos nossas armas e corremos noite adentro.

Escolhemos nosso lugar entre os arbustos, 200 metros abaixo do portão do castelo. Coloquei os homens em posição no momento em que alguém começou a gritar lá dentro.

— Isso é mau — comentou um dos homens.

— Fale baixo — disparei. O frio percorreu minha espinha. Aquilo era mau mesmo.

E continuou sem parar. Então ouvi o ruído emudecido de rédeas e o ranger de rodas mal-engraxadas. A seguir, vozes de pessoas falando baixinho.

Saltamos para fora dos arbustos. Um dos homens abriu o anteparo de um lampião.

— Puta merda — exclamei. — É o taverneiro.

O homem fraquejou. A mulher nos encarou, os olhos arregalados. Então saltou para fora da carroça e correu.

— Pegue-a, Otto. E que os céus o ajudem se não conseguir. Fenda, arraste esse sacana para baixo. Olho Seco, leve a carroça para a casa. O resto de nós vai cortar por aqui.

O tal de Barraco não reagiu, então destaquei mais dois homens para ajudar Otto. Ele e a mulher correram pela mata. Ela seguiu na direção de um pequeno precipício. Seria encurralada ali.

Levamos Barraco para a casa velha. Uma vez debaixo da luz, ele se tornou mais abatido, mais resignado. Nada disse. A maioria dos presos resiste à prisão de algum modo, no mínimo negando que exista qualquer motivo para serem presos. Barraco parecia um homem que pensava estar atrasado para o pior.

— Sente-se — falei, indicando uma cadeira à mesa onde tínhamos jogado cartas. Peguei outra cadeira, virei-a e me sentei com os antebraços apoiados no encosto e o queixo apoiado neles. — Pegamos você no ato, Barraco.

Ele apenas olhou para o tampo da mesa, um homem sem esperança.

— Tem algo a dizer?

— Não tem nada a ser dito, tem?

— Ah, eu acho que tem uma porção de coisas. Claro que ferramos o seu traseiro, mas você ainda não está morto. Talvez possa sair desta, dependendo do quanto falar.

Seus olhos se arregalaram ligeiramente, então voltaram ao que eram. Ele não acreditou em mim.

— Não sou Inquisidor, Barraco.

Seus olhos pestanejaram com um brilho momentâneo.

— É verdade. Acompanhei Touro por aí porque ele conhecia Coturno. Meu trabalho tinha muito pouco a ver com o dele. Estou me lixando para o assalto às Catacumbas. Eu me importo com o castelo negro porque é um desastre sendo preparado, mas não tanto quanto me importo com você. Isso por causa de um homem chamado Corvo.

— Um dos seus homens o chamou de Chagas. Corvo morria de medo de alguém chamado Chagas que ele viu, certa noite, quando os homens do Duque agarraram alguns dos seus amigos.

Pois é. Ele tinha testemunhado nossa incursão. Maldição. Mas eu tinha me arriscado muito daquela vez.

— Eu sou esse Chagas. E quero saber tudo que você sabe sobre Corvo e Lindinha. E tudo sobre qualquer outro que saiba alguma coisa.

Uma leve insinuação de desafio percorreu seu rosto.

— Uma porção de gente está à sua procura, Barraco. Touro não é o único. Minha chefe também quer você. E ela é uma barra bem mais pesada do que ele. Você não gostaria nem um pouco dela. E ela vai pegar você se não fizer isto direito.

Eu preferia tê-lo entregado a Touro. Touro não estava interessado em nossos problemas com os Tomados. Mas ele estava fora da cidade.

— Também tem Asa. Quero saber tudo que não me contou sobre ele.

Ouvi a mulher xingar à distância, vociferando como se Otto e os rapazes estivessem tentando violentá-la. Eu duvidava muito. Eles não teriam a coragem de fazer isso depois de terem fodido as coisas uma vez naquela noite.

— Quem é a garota?

— Minha garçonete. Ela... — E a história brotou sozinha. Assim que começava, não havia como fazê-lo parar.

Eu tinha uma ideia de como me livrar de uma situação potencialmente embaraçosa.

— Cale a boca dele. — Um dos homens tapou a boca de Barraco com a mão. — Eis o que vamos fazer, Barraco. Admitindo-se que você queira sair desta com vida.

Ele esperou.

— As pessoas para quem trabalho vão saber que um corpo foi entregue esta noite. Elas vão esperar que eu pegue quem fez isso. Tenho que lhes entregar alguém. Pode ser você, a garota, ou os dois. *Você* sabe algumas coisas que eu não quero que os Tomados descubram. Um meio de evitar isso é entregar você morto. Posso tornar isso realidade se for necessário. Ou você pode fingir isso por mim. Deixar a garota vê-lo como se você tivesse se ferrado. Sacou?

Tremendo, ele respondeu:

— Acho que sim.

— Eu quero saber tudo.

— A garota...

Ergui a mão e ouvi. A algazarra se aproximava.

— Ela não voltará do encontro com as Tomadas. Não há motivos para não o soltar assim que tivermos feito o que temos de fazer.

Não acreditou em mim. Ele cometera crimes pelos quais acreditava que merecia o mais severo dos castigos, e esperava isso.

— Nós somos a Companhia Negra, Barraco. Zimbro vai saber disso muito em breve. Inclusive o fato de que cumprimos nossas promessas. Mas isso não é importante para você. No momento, você quer permanecer vivo tempo o bastante para sair desta. Isso significa que é melhor fingir que é a porra de um morto, e fazer isso melhor do que qualquer presunto que já levou colina acima.

— Está bem.

— Levem-no para perto do fogo e façam parecer que ele foi todo arrebentado.

Os homens sabiam o que fazer. Eles se espalharam em volta de Barraco, sem de fato machucá-lo. Eu joguei algumas coisas em volta para fazer parecer que houvera uma luta, e acabei bem a tempo.

A garota veio voando através da porta, impulsionada pelo punho de Otto. Ela parecia muito machucada. Assim como Otto e os homens que mandei ajudar.

— Gata selvagem, hein?

Otto tentou sorrir. Escorria sangue pelo canto de sua boca.

— Você não faz ideia, Chagas. — Deu uma rasteira na garota. — O que aconteceu com o cara?

— Bancou o valentão. Enfiei a faca nele.

— Entendo.

Olhamos para a garota. Ela olhou de volta. O fogo havia apagado. Cada vez que dirigia o olhar para Barraco, olhava de volta mais derrotada.

— Sim. Você está mergulhada em confusão, querida.

Ela veio para cima de nós com um papo furado, do mesmo tipo que eu havia esperado de Barraco. Nós ignoramos, pois sabíamos que era enrolação. Otto se ajeitou, depois amarrou as mãos e os tornozelos dela. Instalou-a numa cadeira. Providenciei para que não ficasse diante de Barraco. O pobre coitado precisava respirar.

Sentei-me diante dela e comecei a interrogá-la. Barraco dissera que tinha contado quase tudo a ela. Eu queria saber se ela conhecia algo a respeito de Corvo que poderia denunciá-lo ou nos denunciar.

Não tive chance de descobrir.

Houve uma forte golfada de ar em volta da casa. Um rugido como o de um tornado passando. Um estrondo como o de um trovão.

Otto disse tudo:

— Merda! As Tomadas.

A porta estourou para o lado de dentro. Levantei-me, o estômago dando voltas, o coração martelando. Pluma entrou com a aparência de quem acabara de sair de um prédio em chamas. Colunas de fumaça se erguiam de suas roupas chamuscadas.

— Que diabos? — perguntei.

— O castelo. Cheguei perto demais. Eles quase me derrubaram do céu. O que vocês têm?

Contei minha história rapidamente, sem omitir o fato de que tínhamos deixado um cadáver passar. Apontei para Barraco.

— Um morto ao reagir ao interrogatório. Mas esta aqui está inteira. — Indiquei a garota.

Pluma se aproximou. Ela havia levado uma verdadeira pancada lá fora. Não senti a aura de grande poder rigidamente contido que se costuma sentir na presença dos Tomados. E ela não sentiu a vida que ainda pulsava em Barraco Castanho.

— Tão jovem. — Ela ergueu o queixo da garota. — Ah. Que olhos. Fogo e aço. A Dama vai adorar esta daqui.

— Continuamos a vigília? — perguntei, supondo que ela ia confiscar a prisioneira.

— Claro. Pode haver outros. — Ela me olhou firme. — Nenhum outro deve passar. A margem está muito estreita. Sussurro vai relevar esse último. Mas o próximo será sua ruína.

— Sim, senhora. Só que é difícil agir sem atrair a atenção dos habitantes locais. Não podemos simplesmente montar um bloqueio de estrada.

— Por que não?

Expliquei. Ela já havia explorado os arredores do castelo negro e conhecia a disposição do terreno.

— Você tem razão. Por enquanto. Mas a sua Companhia chegará em breve. Então não haverá necessidade de sigilo.

— Sim, senhora.

Pluma segurou a mão da garota.

— Venha — disse ela.

Fiquei espantado com a delicadeza com que nossa gata selvagem seguiu Pluma. Fui para fora e observei o gasto tapete da Tomada se erguer e seguir apressado na direção de Telhadura. Um grito desesperado flutuou em seu rastro.

Encontrei Barraco na porta quando voltei para entrar. Queria lhe dar um soco por causa daquilo, mas me controlei.

— Quem era *aquilo*? — perguntou. — O *que* era aquilo?

— Pluma. Uma Tomada. Uma das minhas chefes.

— Feiticeira?

— Uma das maiores. Vá se sentar. Vamos conversar. Preciso saber exatamente o que aquela garota sabe sobre Corvo e Lindinha.

Um intenso interrogatório me convenceu de que Lisa não sabia o suficiente para levantar as suspeitas de Sussurro. A não ser que ligasse o nome Corvo ao homem que ajudara a capturá-la anos atrás.

Continuei interrogando Barraco até o amanhecer. Ele praticamente implorou para contar cada detalhe imundo de sua história. Tinha uma grande necessidade de confessar. Nos dias que se seguiram, quando eu descia sorrateiramente até Coturno, ele revelava todos os fatos de que se lembrava e nos quais aparecia como personagem principal. Não creio que tenha conhecido muitos homens que tenham me causado uma repugnância maior. Homens mais detestáveis, sim. Eu havia encontrado aos montes. Os grandes vilões surgem aos batalhões. A mistura de autopiedade e covardia de Barraco o reduzia dessas categorias para um nível simplesmente patético.

Pobre besta. Ele nasceu para ser usado.

E no entanto... Havia uma degradada centelha em Barraco Castanho, refletida em suas relações com a mãe, Corvo, Asa, Lisa, Sal e Lindinha, que ele notava, mas não reconhecia em si mesmo. Barraco possuía um traço oculto de caridade e decência. Foi o aumento gradual dessa centelha, com seus eventuais impactos sobre a Companhia Negra, que me fez sentir obrigado a registrar todos os perniciosos detalhes sobre aquele homenzinho assustado

Na manhã seguinte à sua captura, fui à cidade na carroça de Barraco e permiti que ele abrisse o Lírio como de costume. Durante a manhã, chamei Elmo e Duende para uma reunião. Barraco ficou inseguro quando descobriu que todos nós conhecíamos uns aos outros. Somente por pura sorte não havia sido capturado antes.

Pobre sujeito. O interrogatório nunca cessava. Pobres de nós. Ele não podia nos dizer tudo o que queríamos saber.

— O que vamos fazer a respeito do pai da garota? — quis saber Elmo.

— Se a tal carta existe, temos de pegá-la — respondi. — Não podemos ter ninguém causando mais problemas. Duende, você cuida do pai. Caso ele se mostre ao menos um pouco desconfiado, cuide para que sofra um ataque do coração.

Irritado, Duende concordou. Perguntou a Barraco o paradeiro do pai e partiu. E voltou meia hora depois.

— Uma grande tragédia. Ele não tinha carta alguma. Ela estava bletando. Mas ele sabia coisas demais que poderiam surgir num interrogatório Esse negócio está começando a me afetar. Caçar rebeldes era mais limpo Você sabia quem era quem e onde se situava.

— É melhor voltar à colina. As Tomadas podem não ser compreensivas a respeito da minha presença aqui. Elmo, é melhor deixar alguém na cola de Barraco.

— Certo. De agora em diante, Agiota vai morar aqui. Se aquele palhaço for cagar, ele vai segurar sua mão.

Duende parecia distante e pensativo.

— Corvo comprou um navio. Imaginem só. O que acham que ele ia fazer?

— Creio que ele queria ir direto para o mar aberto — falei. — Soube que há ilhas lá, bem longe. Talvez outro continente. Lá, um sujeito poderia se esconder para sempre.

Voltei colina acima e fiquei vadiando por dois dias, exceto para dar um pulo em Coturno e conseguir tudo que podia sobre Barraco. Não aconteceu porra nenhuma. Ninguém mais tentou fazer uma entrega. Acho que Barraco era o único idiota no negócio de cadáveres.

Às vezes eu olhava aquelas sombrias ameias negras e ficava imaginando. Eles tinham tentado fazer alguma coisa com Pluma. Alguém ali sabia que os Tomados significavam encrenca. Quanto tempo se passaria até que se dessem conta de que tinham sido isolados e fizessem alguma coisa para voltar a ter seu suprimento de carne?

Capítulo Trinta e Um

ZIMBRO: A VOLTA

Barraco continuava aturdido dois dias após sua captura. Todas as vezes que olhava para o salão e via um daqueles sacanas da Companhia Negra começava novamente a desmoronar. Vivia um tempo emprestado. Ele não tinha certeza de que utilidade teria para eles, mas estava certo de que, depois de ser usado, seria jogado fora com o lixo. Alguns dos homens que serviam como babás para ele claramente o viam como lixo. Em sã consciência, ele não conseguia refutar o ponto de vista deles.

Ele estava atrás do balcão, lavando canecas, quando Asa atravessou a porta. Barraco deixou cair uma caneca.

Asa fez contato visual com ele apenas por um instante, deu a volta no L do balcão e foi para cima. Barraco inspirou fundo e o seguiu. O homem chamado Agiota estava um passo atrás quando ele seguiu para a escada, movimentando-se tão silenciosamente quanto a morte. Tinha uma faca pronta para qualquer negócio.

Barraco entrou no que tinha sido o quarto de Corvo. Agiota permaneceu do lado de fora.

— O que diabos está fazendo aqui, Asa? Os Inquisidores estão atrás de você. Por causa daquela história das Catacumbas. O próprio Touro foi ao sul, à sua procura.

— Calma, Barraco. Eu sei. Ele nos alcançou. As coisas ficaram perigosas. Nós o deixamos retalhado, mas ele vai ficar bem. E voltará para pegar você. Eu vim avisá-lo. Você precisa dar o fora de Zimbro.

— Essa não — disse Barraco baixinho. Outro dente nas mandíbulas do destino. — Eu já tinha mesmo pensado nessa hipótese. — Isso não revelaria a Agiota algo que ele não pudesse perceber por si mesmo. — As coisas pioraram por aqui. Comecei a procurar um comprador. — Não era verdade, mas faria isso antes de o dia terminar.

Por algum motivo, a volta de Asa aliviou seu coração. Talvez apenas porque sentisse que tinha um aliado, alguém com quem poderia compartilhar seus problemas.

A maior parte da história foi despejada. Agiota não fez objeção. Ele não entrou.

Asa tinha mudado. Não pareceu chocado. Barraco perguntou por quê.

— Porque passei muito tempo com Corvo. Ele me contou histórias de arrepiar os cabelos. Sobre a época antes de ele ter vindo para Zimbro.

— Como ele está?

— Morto.

— Morto? — arfou Barraco.

— O quê? — Agiota disparou porta adentro. — Você disse que Corvo está morto?

Asa olhou para Agiota, para Barraco e novamente para Agiota.

— Barraco, seu miserável...

— Cale a boca, Asa — vociferou Barraco. — Você não faz a menor ideia do que aconteceu enquanto esteve fora. Agiota é um amigo. Mais ou menos.

— Agiota, hein? Da Companhia Negra?

As sobrancelhas de Agiota se ergueram.

— Corvo andou falando?

— Contou algumas histórias sobre os velhos tempos.

— Aham. Isso aí, amigo. Sou eu. Vamos voltar a isso de Corvo estar morto.

Asa olhou para Barraco, que fez que sim.

— Conte-nos.

— Certo. Não sei o que aconteceu realmente. Estávamos nos mandando após o confronto com Touro. Correndo. Os capangas contratados dele nos pegaram de surpresa. Estávamos escondidos numa mata fora da cidade quando, de repente, ele começou a gritar e pular. Não fez sentido para mim. — Asa balançou a cabeça. O rosto estava pálido e suado.

— Prossiga — insistiu Barraco delicadamente.

— Barraco, eu não sei.

— O quê? — exigiu Agiota.

— Eu não sei. Não fiquei lá.

Barraco sorriu. Aquele era o Asa que conhecia.

— Você é mesmo amigão, cara — comentou Agiota.

— Olhem...

Barraco fez um gesto, pedindo silêncio.

— Barraco — disse Asa —, você tem que ir embora de Zimbro. Depressa. Qualquer dia desses um navio pode trazer uma carta de Touro.

— Mas...

— Lá é melhor do que a gente pensava, Barraco. Você tem dinheiro; vai ficar numa boa. Eles não ligam para as Catacumbas. Pensam que é uma grande piada dos Custódios. Foi por isso que Touro nos encontrou. Todos estavam rindo do assalto às Catacumbas. Havia até mesmo uns caras falando em montar uma expedição para vir aqui limpar o resto.

— Como alguém descobriu sobre as Catacumbas, Asa? Só você e Corvo sabiam.

Asa pareceu envergonhado.

— É. Foi o que pensei. Você tinha de se gabar, não é mesmo?

Barraco estava confuso e amedrontado e começava a descontar em Asa. Não sabia o que fazer. Tinha que sair de Zimbro, como Asa disse. Mas como se livrar dos seus cães de guarda? Principalmente porque sabiam que ele tinha de tentar isso?

— Há um navio no porto de Tulwar que parte para Pradovil pela manhã, Barraco. Mandei o capitão reservar duas passagens. Devo dizer a ele que você também estará lá?

Agiota bloqueou a porta.

— Nenhum dos dois vai estar lá. Alguns amigos meus querem falar com vocês.

— Barraco, o que significa isso? — O pânico exasperou a voz de Asa.

Barraco olhou para Agiota. O mercenário concordou. Barraco despejou quase tudo. Asa não entendia. Do mesmo modo que Barraco. Como seus acompanhantes também não lhe tinham dito tudo, o quadro que ele pintou carecia de algum sentido.

Agiota estava sozinho no Lírio. Barraco sugeriu:

— Que tal eu ir chamar Duende?

Agiota sorriu.

— Que tal a gente apenas esperar?

— Mas...

— Alguém vai aparecer. Esperaremos. Vamos descer. Você — apontou sua espada para Asa —, não tente bancar o engraçadinho.

— Tome cuidado, Asa — disse Barraco. — Era desses caras que Corvo tinha medo.

— Tomarei. Ouvi o bastante de Corvo.

— Isso também é uma pena — comentou Agiota. — Chagas e Elmo não vão gostar disso. Vamos descer, pessoal. Barraco, apenas cuide de seus negócios como sempre.

— É possível que alguém reconheça Asa — alertou Barraco.

— Vamos correr o risco. Em frente.

Agiota se afastou para o lado e deixou que os dois passassem. Embaixo, instalou Asa na mesa mais escura e sentou-se junto a ele, limpando as unhas com a faca. Asa olhou fascinado. Estava vendo fantasmas, deduziu Barraco.

Barraco agora poderia fugir, se quisesse sacrificar Asa. O pessoal queria mais Asa que ele. Se saísse correndo através da cozinha, Agiota não o seguiria.

Sua cunhada saiu da cozinha, equilibrando uma travessa em cada mão.

— Quando você tiver um minuto, Sal. — E, quando ela teve esse minuto: — Será que você e as crianças poderiam cuidar do Lírio para mim por algumas semanas?

— Claro. Por quê? — Ela pareceu intrigada. Mas olhou rapidamente de relance para as sombras.

— Talvez eu tenha de ir a um lugar por algum tempo. Eu me sentiria melhor sabendo que alguém da família está cuidando dos negócios. Não confio mesmo em Lisa.

— Ainda não teve notícias dela?

— Não. Era de se pensar que ela apareceria ao saber da morte do pai, não é mesmo?

— Talvez ela esteja metida em algum lugar por aí e ainda não tenha sabido.

Sal não pareceu nada convincente. Aliás, Barraco desconfiava que ela pensasse que ele tinha algo a ver com o desaparecimento. Afinal, muita gente próxima dele já havia sumido. Barraco receava que ela somasse dois mais dois e concluísse que ele também tivera algo a ver com o desaparecimento de Wally.

— Ouvi um boato de que foi presa. Fique de olho em minha mãe. Boas pessoas estão cuidando dela, mas precisam de supervisão.

— Aonde você vai, Castanho?

— Ainda não sei.

Ele temia que pudesse ser apenas uma viagem colina acima, até o Reservado. Se não fosse isso, então certamente a algum lugar distante de tudo o que acontecera aqui. Distante daqueles homens impiedosos e de seus empregadores mais impiedosos ainda. Precisava falar com Asa sobre os Tomados. Talvez Corvo tivesse lhe dito algo.

Desejou poder ter um momento com Asa para planejar alguma coisa. Uma tentativa de fuga. Mas não no navio de Tulwar. Asa havia mencionado aquilo, droga. Algum outro navio talvez, seguindo para o sul.

O que teria acontecido com o grande novo navio de Corvo? E com Lindinha?

Foi até a mesa.

— Asa. O que aconteceu com Lindinha?

Asa enrubesceu. Olhou para as mãos cruzadas.

— Não sei, Barraco. Juro. Entrei em pânico. Simplesmente corri para o primeiro navio em direção ao norte.

Barraco se afastou, balançando a cabeça em desgosto. Deixar a menina sozinha daquele jeito. Asa não mudara muito, afinal de contas.

O tal Duende atravessou a porta. Começou a olhar fixamente para Asa antes de Agiota dizer qualquer coisa.

— Ora, ora, ora, ora, ora — disse ele. — É quem estou pensando, Agi?

— Exatamente. O infame Asa em pessoa, em casa, direto da guerra. E tem histórias para contar.

Duende sentou-se defronte a Asa. Ele ostentava um enorme sorriso de sapo.

— Por exemplo?

— Em especial, ele afirma que Corvo está morto.

O sorriso de Duende sumiu. Num piscar de olhos, tornou-se profundamente sério. Fez Asa contar novamente a história enquanto encarava o interior de uma caneca de vinho. Quando, finalmente, ergueu a vista, estava controlado.

— É melhor conversar sobre isso com Elmo e Chagas. Bom trabalho, Agiota. Eu levo ele. Fique de olho no nosso amigo Barraco.

Barraco se encolheu. No fundo da cabeça ficara a leve esperança de que ambos sairiam com Asa.

Mas ele estava decidido. Fugiria na primeira oportunidade. Iria para o sul, mudaria seu nome, usaria as peças de ouro para comprar uma taverna e se comportaria tão discretamente que ninguém jamais voltaria a notá-lo.

Asa mostrou uma centelha de rebelião.

— Quem diabos vocês pensam que são? Suponho que eu não queira ir a lugar algum?

Duende deu um sorriso desagradável e murmurou algo baixinho. Fumaça marrom-escura saiu de sua caneca, iluminada por um brilho interno cor de sangue. Duende olhou fixamente para Asa. Asa olhou fixamente para a caneca, desalentado.

A fumaça se amalgamou, tornou-se uma pequena forma como uma cabeça. Pontas começaram a sair de onde haveria olhos. Duende disse:

— Meu amiguinho *quer* que você reaja. Ele se alimenta de dor. E faz muito tempo que não come. Em Zimbro tenho de manter discrição.

Os olhos de Asa continuaram a aumentar. Assim como os de Barraco. Feitiçaria! Ele havia sentido isso na coisa chamada de Tomada, mas aquilo não o havia perturbado muito. Havia sido removido, não vivenciado. Algo que acontecera com Lisa, fora da vista. Mas isso...

Aquilo era uma pequena feitiçaria, com toda a certeza. Algum truque leve. Mas era feitiçaria numa cidade que não via nenhuma outra além da que envolveu o lento crescimento do castelo negro. As artes negras não tiveram seguidores em Zimbro.

— Está bem — concordou Asa. — Está bem. — Sua voz era grave, fina e esganiçada, e ele tentava empurrar sua cadeira para trás. Agiota o impedia.

Duende sorriu.

— Vejo que Corvo mencionou Duende. Ótimo. Você se comportará. Venha comigo.

Agiota liberou a cadeira de Asa. O homenzinho seguiu Duende docilmente.

Barraco andou de lado e olhou o interior da caneca de Duende. Nada. Franziu a testa. Agiota sorriu.

— Truque legal, não?

— É.

Barraco levou a caneca para a pia. Quando Agiota não estava olhando, deixou-a cair no lixo. Estava mais apavorado do que nunca. Como conseguiria se livrar de um feiticeiro?

Sua cabeça se encheu com as histórias que ouvira de marinheiros do sul. Feiticeiros eram um péssimo negócio.

Teve vontade de chorar.

Capítulo Trinta e Dois

ZIMBRO: VISITAS

Duende me trouxe o homem chamado Asa e insistiu para que esperássemos por Elmo antes de interrogá-lo. Ele enviara alguém para tirar Elmo de Telhadura, onde este tentava apaziguar Sussurro. A Tomada estava sendo pressionada pelos seguidores da Dama e descontava em qualquer um que estivesse à mão.

Duende ficou perturbado com o que havia descoberto. Não fez o jogo habitual de tentar fazer com que eu adivinhasse o que estava acontecendo. Despejou de uma vez:

— Asa diz que ele e Corvo tiveram um confronto com Touro. Corvo está morto. Já era. Lindinha está sozinha por lá.

Nervosismo? É melhor acreditar nisso. Eu estava pronto para interrogar o homenzinho, ali e naquele momento. Mas me controlei.

Elmo demorou um pouco para aparecer. Duende e eu ficamos à beira de um ataque de nervos antes de ele aparecer, enquanto Asa estava a ponto de ter um ataque cardíaco.

A espera se mostrou proveitosa. Elmo não veio sozinho.

A primeira dica foi um leve, porém acre odor que parecia vir da lareira onde eu acendera uma pequena fogueira. Sabe como é, por via das dúvidas. Com algumas hastes de ferro ao lado, prontas para serem aquecidas, para que Asa pudesse olhá-las, pensar e talvez se convencer de que não deveria deixar nada de fora.

— Que cheiro é esse? — perguntou alguém. — Chagas, você deixou aquele gato entrar novamente?

— Dei-lhe um chute após ele ter mijado nas minhas botas — respondi.

— Deve ter ido parar no meio da colina. Deve ter mijado na lenha, antes disso.

O odor ficou mais forte. Não era realmente detestável, apenas ligeiramente irritante. Nos revezamos no exame da lenha. Nada.

Eu estava no meio da terceira procura pela fonte quando o fogo chamou minha atenção. Por um segundo vi um rosto nas chamas.

Meu coração quase parou. Por meio minuto fiquei em pânico, tendo registrado somente a presença do rosto. Considerei cada um dos males que poderiam acontecer: Tomados vigiando, a Dama vigiando, as coisas do castelo negro, talvez o Dominador em pessoa bisbilhotando pelo fogo... Então, um pouco mais calmo, de volta aos distantes confins da mente, reiterei algo que não havia notado porque não esperava por isso. O rosto nas chamas tinha apenas um olho.

— Caolho — falei sem pensar. — O cretino maldito está em Zimbro.

Duende girou na minha direção, os olhos arregalados. Farejou o ar. Seu famoso sorriso dividiu-lhe o rosto.

— Está certo, Chagas. Absolutamente certo. Esse fedor é o próprio gambá em pessoa. Eu devia ter reconhecido de imediato.

Olhei para o fogo. O rosto não reapareceu.

Duende refletiu.

— Quais seriam as boas-vindas adequadas?

— Será que o Capitão o enviou?

— Provavelmente. Seria lógico mandar ele ou Calado na frente.

— Faça-me um favor, Duende.

— Qual?

— Não lhe dê boas-vindas especiais.

Duende pareceu frustrado. Fazia muito tempo. Ele não queria perder a oportunidade de renovar os laços de amizade com Caolho por meio de um clarão e um estouro.

— Olhe — falei. — Ele está aqui incógnito. Não vamos querer que as Tomadas saibam. Por que lhes dar algo para farejar?

Uma péssima escolha de palavras. O cheiro estava a ponto de nos expulsar para o lado de fora.

— Sim — murmurou Duende. — Gostaria que o Capitão tivesse mandado Calado. Eu estava preparado para isso. Ele teria a maior surpresa de sua vida.

— Faça isso depois. Por enquanto, que tal nos livrar desse cheiro? Por que não superamos a provocação simplesmente ignorando-a?

Ele pensou a respeito. Seus olhos brilharam.

— Sim — disse ele, e vi que havia adaptado minha sugestão ao seu próprio senso distorcido de humor.

Um punho martelou a porta. Assustou-me, embora eu o estivesse esperando. Um dos homens deixou Elmo entrar.

Caolho veio atrás de Elmo, sorrindo como um pequeno mangusto negro prestes a comer uma cobra. Não ligamos para ele, porque o Capitão veio logo atrás.

O Capitão! O último homem que eu esperava que chegasse a Zimbro antes da própria Companhia.

— Senhor? — falei sem pensar. — Que diabos está fazendo aqui?

Ele foi até o fogo e estendeu as mãos. O verão começara a esmorecer, mas não estava tão frio assim. Parecia um urso, como sempre, embora tivesse perdido peso e envelhecido. De fato, tinha sido uma marcha árdua.

— Cegonha — retrucou.

Franzi a testa, olhei para Elmo. Elmo deu de ombros e disse:

— Eu enviei Cegonha com a mensagem.

O Capitão completou:

— Cegonha não falou nada que fizesse sentido. Que história é essa sobre Corvo?

Corvo, é claro, tinha sido seu melhor amigo antes de desertar. Comecei a captar um vislumbre.

Apontei para Asa.

— Esse sujeito esteve envolvido desde o início. Foi parceiro de Corvo. Ele diz que Corvo está morto, em... Como é mesmo o nome do lugar, Asa?

Asa olhou para o Capitão e Caolho e engoliu em seco seis vezes, incapaz de dizer qualquer coisa. Falei para o Capitão:

— Corvo contou histórias sobre nós que fariam seu cabelo ficar branco.

— Vamos ouvir a história — disse o Capitão. Ele estava olhando para Asa.

Então Asa contou a história pela terceira vez enquanto Duende rondava, à espera do aparecimento de uma mentira. Ignorou Caolho na mais magistral exibição de ignorância que já vi. E tudo por nada.

O Capitão deixou Asa completamente de lado no momento em que ele terminou sua história. Uma questão de estilo, penso eu. Ele queria que a informação se impregnasse antes de sair para reexaminá-la. Ele me fez recapitular tudo o que eu havia vivenciado desde que cheguei a Zimbro. Presumi que já obtivera a história de Elmo.

Terminei. Ele observou:

— Você suspeita demais dos Tomados. O Manco tem estado o tempo todo conosco. Ele não age como se estivesse tramando algo. — Se alguém tinha alguma intenção de nos prejudicar, esse alguém era o Manco.

— Contudo — falei —, há rodas dentro de rodas dentro de rodas com a Dama e os Tomados. Talvez não digam nada a ele porque imaginaram que não conseguiria guardar segredo.

— Talvez — admitiu o Capitão. Arrastou os pés por ali, lançando de vez em quando um olhar intrigado para Asa. — De qualquer modo, não vamos deixar Sussurro imaginando mais do que já está. Jogue o jogo. Finja que não suspeita de nada. Faça seu trabalho. Caolho e seus rapazes vão estar por perto para lhe dar apoio.

Claro, pensei. Contra os Tomados?

— Se o Manco está com a Companhia, como você saiu? Se ele sabe que você sumiu, a notícia vai chegar à Dama, não vai?

— Ele não deve descobrir. Há meses que não nos falamos. Fica fechado em si mesmo. Entediado, creio eu.

— E quanto à Terra dos Túmulos?

Estava disposto a descobrir tudo o que acontecera durante a longa viagem da Companhia, pois eu nada tinha nos Anais a respeito da maioria dos meus companheiros. Mas ainda não era a ocasião para esmiuçar detalhes. Apenas queria sentir os pontos altos.

— Nunca a vimos — declarou o Capitão. — De acordo com o Manco, Jornada e a Dama estão trabalhando com essa finalidade. Podemos esperar uma jogada importante assim que tivermos Zimbro sob controle.

— Não tivemos tempo para nos preparar — admiti. — Os Tomados nos mantiveram ocupados com o castelo negro.

— Um lugar horrível, não? — Olhou para todos nós. — Acredito que vocês teriam feito mais coisas se não fossem tão paranoicos.

— Senhor?

— A maior parte das ações de vocês para cobrir seus rastros me parece desnecessária e uma perda de tempo. O problema era de Corvo, não de vocês. E ele o solucionou de modo típico. Sem ajuda. — Olhou para Asa. — Aliás, o problema parece ter sido resolvido definitivamente.

Ele não estivera aqui nem sentira as pressões, mas não mencionei esse fato. Em vez disso, perguntei:

— Duende, você acha que Asa está dizendo a verdade?

Cuidadosamente, Duende fez que sim.

— E você, Caolho? Captou alguma falsidade?

O homenzinho negro respondeu com uma cautelosa negativa.

— Asa. Corvo devia estar carregando uma porção de papéis. Alguma vez ele os mencionou?

Asa pareceu intrigado. Negou com a cabeça.

— Ele tinha um baú ou coisa parecida do qual não deixava que ninguém se aproximasse?

Asa pareceu perplexo com a direção tomada pelas minhas perguntas. Os outros também. Apenas Calado sabia dos papéis. Calado e talvez Sussurro, pois ela mesma os tinha possuído certa vez.

— Asa? Ele tratava alguma coisa de forma incomum?

Uma luz raiou na mente do homenzinho.

— Havia um caixote. Do tamanho de um caixão. Me lembro de ter feito uma piada sobre isso. Ele disse algo enigmático sobre ser a passagem de alguém para a sepultura.

Sorri. Os papéis ainda existiam.

— O que ele fez por lá com o caixote?

— Não sei.

— Asa...

— Verdade. Eu só o vi algumas vezes, no navio. Nunca pensei que fosse importante.

— Aonde quer chegar, Chagas? — perguntou o Capitão.

— Tenho uma teoria. Baseada apenas no que sei sobre Corvo e Asa.

Todos franziram a testa.

— De modo geral, o que sabemos sobre Asa sugere que ele é uma pessoa na qual Corvo não confiaria. Ele é covarde. Não confiável. Fala demais. Mas Corvo *confiou* nele. Levou-o para o sul e fez com que se tornasse parte do grupo. Por quê? Talvez isso não perturbe vocês, mas a mim perturba.

— Não entendo — disse o Capitão.

— Suponha que Corvo quisesse desaparecer para que as pessoas não se preocupassem em procurá-lo? Ele já tentou sumir uma vez, ao vir para Zimbro. Mas nós aparecemos aqui. Procurando-o, foi o que ele pensou. O que faria a seguir? Que tal morrer? Diante de uma testemunha. Ninguém caça um morto.

Elmo interrompeu.

— Está dizendo que ele encenou a própria morte e usou Asa para divulgá-la, para que ninguém fosse procurá-lo?

— Estou dizendo que devemos considerar a possibilidade.

A única reação do Capitão foi um pensativo "Hum".

— Mas Asa o viu morrer — argumentou Duende.

— Talvez. E talvez ele apenas pense que viu.

Olhamos todos para Asa. Ele se encolheu. O Capitão disse:

— Arranque novamente toda a história dele, Caolho. Nos mínimos detalhes.

Por duas horas, Caolho esvaziou várias e várias vezes o homenzinho. E não conseguimos detectar qualquer falha. Asa insistiu que tinha visto Corvo morrer, devorado por dentro por algo como uma cobra. E, quanto mais minha teoria mostrava furos, mais eu tinha certeza de que era válida.

— Minha hipótese se baseia na personalidade de Corvo — insisti quando todos se concentraram em mim. — Tem o caixão, e tem Lindinha. Ela e um navio caro pra cacete que ele, pelo amor de Deus, construiu. Ele deixou um rastro ao sair daqui e sabia disso. Por que velejar algumas centenas de quilômetros e ancorar num porto se alguém vai aparecer à sua procura? Por que deixar Barraco vivo para trás para contar que ele esteve no assalto às Catacumbas? E de modo algum ele deixaria Lindinha ao sabor do vento.

Nem por um minuto. Ele teria tomado providências com relação a ela. Vocês sabem disso. — Meus argumentos estavam começando a soar um pouco excessivos para mim também. Eu estava na posição de um sacerdote tentando vender sua religião. — Mas Asa diz que a deixaram perambulando por alguma taverna. Estou lhes dizendo, Corvo tinha um plano. Aposto que, se forem agora lá, verão que Lindinha sumiu sem deixar vestígios. E, se o navio ainda estiver lá, o caixote não estará a bordo.

— O que tem esse caixote? — perguntou Caolho. Eu o ignorei.

— Acho que tem muita imaginação, Chagas — comentou o Capitão. — Mas, por outro lado, Corvo é habilidoso o bastante para executar algo desse tipo. Assim que eu puder liberar você, vá até lá comprovar.

— Se Corvo é habilidoso o bastante, que tal os Tomados serem malvados o bastante para tentarem algo contra nós?

— Pensaremos nisso quando chegar a hora. — Ele encarou Caolho. — Quero que você e Duende poupem as brincadeiras. Entendeu? Se houver muita palhaçada os Tomados vão ficar curiosos. Chagas. Cole nesse tal de Asa. Você vai precisar que ele lhe mostre onde Corvo morreu. Vou voltar para a unidade. Elmo. Cavalgue comigo parte do caminho.

Então, um pequeno assunto particular. Aposto que teve a ver com a minha suspeita em relação aos Tomados. Após algum tempo você se acostuma tanto com algumas pessoas que é quase capaz de ler suas mentes.

Capítulo Trinta e Três

ZIMBRO: O ENCONTRO

As coisas mudaram após a visita do Capitão. Os homens ficaram mais alerta. A influência de Elmo aumentou, enquanto a minha diminuiu. Um tom menos irresoluto e mais inflexível caracterizou a atuação da Companhia. Cada homem passou a estar pronto para agir a qualquer momento.

As comunicações melhoraram espetacularmente, à medida que o tempo disponível para dormir declinou dolorosamente. Nenhum de nós jamais conseguia ficar fora do ar por mais de duas horas. E Elmo encontrava desculpas para tirar todo mundo, menos ele, de Telhadura, para que fossem a lugares onde os Tomados teriam problemas para encontrá-los. Asa ficava sob minha custódia na ladeira que levava ao castelo negro.

A tensão aumentou. Eu me sentia como membro de uma galinhada pronta para se dispersar no instante em que a raposa se abatesse sobre nós. Tentava esgotar minha instabilidade atualizando os Anais. Eu os tinha deixado de lado, raramente fazendo mais do que algumas anotações.

Quando a tensão se tornava demais para mim, caminhava colina acima para observar o castelo negro.

Era um risco intencional, como o de uma criança que engatinha pelo galho de uma árvore acima de uma queda mortal. Quanto mais me aproximava do castelo, mais reduzida se tornava minha concentração. A 200 metros, todos os outros cuidados desapareciam. Senti o temor daquele lugar nos ossos dos tornozelos e nos baixios de minha alma. A 100 metros, senti o que significava ter a sombra do Dominador pairando sobre o mundo. Senti o que a Dama sentiu quando levou em consideração a potencial ressurreição do marido. Cada emoção era aguçada por uma pontada de desespero.

De certo modo, o castelo negro era mais do que um portal através do qual o maior e mais antigo mal do mundo poderia reaparecer. Era uma concretização de conceitos metafóricos, um símbolo vivo. Fazia o mesmo que uma grande catedral. Como uma catedral, era muito mais do que um edifício.

Eu podia olhar suas paredes de obsidiana e decoração grotesca, lembrar das histórias de Barraco e nunca conseguia não mergulhar no sumidouro de minha própria alma, nunca conseguia não procurar em mim mesmo a decência essencial armazenada durante a maior parte de minha vida adulta. Aquele castelo era, se assim preferir, um marco moral. Se você tivesse cérebro. Se tivesse qualquer sensibilidade que fosse.

Houve ocasiões em que Caolho, Duende, Elmo ou outro dos homens me acompanhou. Nenhum deles voltou intocado. Podiam ficar comigo, parados ali, falando trivialidades sobre sua construção ou, gravemente, sobre seu significado no futuro da Companhia, e o tempo todo alguma coisa estaria acontecendo lá dentro.

Não acredito no mal absoluto. Já relatei especificamente essa filosofia em outro lugar dos Anais, e ela afeta todas as minhas observações em meu ofício de Analista. Acredito no nosso lado e no deles, com o bem e o mal decididos após o fato por aqueles que sobrevivem. Entre os homens, você raramente encontra o bem com um padrão e a sombra com outro. Em nossa guerra contra os rebeldes, oito ou nove anos atrás, servimos ao lado percebido como a sombra. Contudo, vimos muito mais crueldades praticadas pelos adeptos da Rosa Branca do que pelos da Dama. Os vilões da peça eram pelo menos diretos.

O mundo sabe a posição da Dama quanto a isso. São o ideal e a moral dos rebeldes que conflitam com o fato, tornando-se tão mutáveis quanto o tempo e tão flexíveis quanto uma cobra.

Mas estou divagando. O castelo negro tem esse efeito. Faz você perambular por caminhos secundários, becos sem saída e trilhas falsas que traçou durante a vida. Faz você repensar. Faz você *querer* se situar em algum lugar, mesmo que seja no lado escuro. Deixa-o impaciente com sua própria moralidade maleável.

Desconfio que é por isso que Zimbro decidiu fingir que o lugar não existia. É algo absoluto exigindo coisas absolutas num mundo que prefere o relativo.

Lindinha estava frequentemente em meus pensamentos enquanto eu permanecia mais abaixo daquelas paredes negras, lustrosas, pois ela era a antítese do castelo quando eu estava lá em cima. O polo branco e em absoluta oposição ao que o castelo negro simbolizava. Eu não estivera muitas vezes em sua presença após me dar conta do que ela era, mas também consigo me lembrar de ter sido moralmente debilitado por ela. Fico imaginando de que modo ela me afetaria agora, após ter crescido.

Pelo que Barraco disse, ela não repelia como o castelo. O principal interesse dele por ela tinha sido forçá-la escada acima. E Corvo não era impelido por motivos puritanos. No mínimo, ele se aprofundou na escuridão — ainda que pelas mais nobres razões.

Possivelmente havia uma mensagem aí. Uma observação sobre fins justificando os meios. Aqui estava Corvo, que agira com a amoralidade pragmática de um príncipe do inferno, salvando desse modo a criança que representava a maior esperança do mundo contra a Dama e o Dominador.

Ah, como seria maravilhoso se o mundo e suas questões morais fossem como o tabuleiro de um jogo, com jogadores claramente brancos e pretos e regras fixas, sem qualquer tom de cinza.

Até mesmo Asa e Barraco conseguiam sentir a aura do castelo se os levássemos lá durante o dia e os fizéssemos ficar parados ali, olhando aquelas paredes cruéis.

Principalmente Barraco.

Ele conquistara uma posição na qual poderia se permitir ter consciência e incerteza. Isto é, ele não tinha mais nenhum dos problemas financeiros que o haviam perturbado anteriormente, e nenhuma perspectiva de cavar um buraco para si mesmo conosco observando-o, de forma que podia refletir sobre seu papel naquilo tudo e ficar desgostoso consigo mesmo. Mais de uma vez eu o levei lá em cima e fiquei observando, enquanto faiscava aquela profunda centelha de decência oculta, retorcendo-o sobre uma roda de suplício de tormento interior.

Não sei como Elmo fez aquilo. Talvez tenha ficado sem dormir durante algumas semanas. Mas, quando a Companhia desceu das Montanhas Geladas, ele tinha um plano de ocupação preparado. Era tosco, certamente, porém melhor do que qualquer um de nós esperava.

Eu estava em Zimbro, no Lírio de Ferro de Barraco, quando os primeiros rumores assolaram a zona portuária e causaram um dos maiores estados de caos que eu já tinha visto. O vizinho de Barraco, o vendedor de lenha, irrompeu no Lírio e anunciou:

— Vem vindo um exército pelo desfiladeiro! Estrangeiros! São milhares! Dizem...

Durante a hora seguinte uma dúzia de clientes trouxe a notícia. Cada vez o exército era maior, e seu motivo, mais obscuro. Ninguém sabia o que a Companhia queria. Várias testemunhas apontaram motivos de acordo com os próprios temores. Poucos chegaram remotamente perto do alvo.

Embora estivessem exaustos após uma marcha tão longa, os homens se espalharam rapidamente pela cidade, as unidades maiores orientadas pelo pessoal de Elmo. Manso levou uma companhia reforçada para Coturno. A experiência nos ensinara que as piores favelas sempre são os primeiros locais de rebelião. Ocorreram poucos confrontos violentos. Os cidadãos de Zimbro foram tomados de surpresa e, de qualquer modo, não faziam a menor ideia do que combatiam. Muitos se limitaram a olhar.

Voltei ao meu pelotão. Aquela era ocasião em que os Tomados entrariam em ação. Se é que planejavam fazer algo.

Nada aconteceu. Como eu deveria ter adivinhado, sabendo que homens de nosso grupo avançado estavam orientando os recém-chegados. Aliás, ninguém entrou em contato comigo, lá em cima, por dois dias. Àquela altura, a cidade estava pacificada. Cada ponto-chave estava em nossas mãos. Cada prédio do estado, cada arsenal, cada ponto estratégico, e até mesmo o quartel-general dos Custódios no Reservado. E a vida prosseguiu como de hábito. Houve um pequeno problema quando refugiados rebeldes tentaram iniciar um levante, corretamente acusando o Duque de ter trazido a Dama para Zimbro.

O povo de Zimbro não ligou muito.

Houve, porém, problemas em Coturno. Elmo queria endireitar a favela. Alguns dos habitantes do bairro miserável não queriam ser endireitados. Ele usou a companhia de Manso para fazer pressão, esmagando as organizações dos chefões do crime. Não vi necessidade, mas cabeças mais sábias temiam que as gangues pudessem se tornar foco de futura resistência. Qualquer coisa com tal potencial tinha de ser esmagada imediatamente. Creio que também havia uma esperança de o movimento ganhar apoio popular.

Elmo levou o Tenente à minha cabana na encosta no terceiro dia após a chegada da Companhia.

— Como está indo? — perguntei. O Tenente envelhecera terrivelmente desde a última vez que o tinha visto. A passagem rumo ao oeste havia sido dura.

— A cidade está segura — respondeu ele. — Um lixão fedorento, não é mesmo?

— Se é. E de baixíssimo nível. E aí?

— Ele precisa ver o alvo — disse Elmo.

Ergui uma sobrancelha.

O Tenente explicou:

— O Manco falou que vamos tomar esse lugar. Não sei quando. E o Capitão quer que eu dê uma olhada.

— Vamos deixar o descanso para amanhã — murmurei. — Não custa nada dar uma bisbilhotada.

Peguei meu casaco. Fazia frio lá em cima. Elmo e Caolho seguiram enquanto eu conduzia o Tenente. Olhou o castelo, mergulhado em pensamentos. Finalmente, comentou:

— Não gosto disso. Nem um pouco. — Ele sentiu o frio horror do lugar.

— Tenho um homem que esteve lá dentro — falei. — Mas não deixem as Tomadas saberem. Ele supostamente está morto.

— O que diabos ele pode me contar?

— Não muito. Ele só esteve lá durante a noite, num pátio atrás do portão.

—- Hum. As Tomadas também têm uma garota lá em Telhadura. Falei com ela. Não conseguiu me contar nada. Só esteve lá uma vez, e ficou apavorada demais para olhar em volta.

— Ela ainda está viva?

— Sim. É a tal que vocês capturaram? Sim. Está viva. Aparentemente por ordem da Dama. Uma bruxinha desagradável. Bem, vamos olhar os arredores.

Fomos para a ladeira mais distante, por onde era mais difícil prosseguir, acompanhados pela constante rabugice de Caolho. O Tenente afirmou o óbvio:

— Não há como ter acesso por aqui. Não sem a ajuda das Tomadas.

— Vamos precisar de muita ajuda para ter acesso em qualquer direção.

Ele me olhou interrogativamente.

Contei-lhe sobre os problemas enfrentados por Pluma na noite em que pegamos Barraco e a garçonete.

— Alguma coisa desde então?

— Nada. Nem antes, na verdade. Meu homem que esteve lá dentro também nunca viu nada de extraordinário. Mas, droga, as coisas se conectam com a Terra dos Túmulos. Tem que ter o Dominador por trás. Você *sabe* que não vai ser moleza. Eles sabem que tem encrenca por aqui.

Caolho produziu um som agudo.

— O quê? — perguntou o Tenente.

Caolho apontou. Todos nós olhamos para o muro acima, que assomava uns bons 20 metros acima de nós. Eu não vi nada. Nem o Tenente.

— O quê? — perguntou ele novamente.

— Alguma coisa estava nos observando. Uma criatura de aparência asquerosa.

— Eu também vi — confirmou Elmo. — Um cara comprido, esquelético, amarelado, com olhos de cobra.

Olhei acima para o muro.

— Como conseguiu perceber daqui de baixo?

Elmo se arrepiou e deu de ombros.

— Eu consegui. E não gostei. Parecia que ele queria me morder. — Seguimos em frente, atravessando moitas e passando por cima de pedras, mantendo um olho no castelo, e o outro abaixo na ladeira. Elmo murmurou: — Olhos famintos. É isso o que eles eram.

Chegamos ao limite da elevação a oeste do castelo. O Tenente parou.

— O quanto é possível chegar perto?

Dei de ombros.

— Não tive colhão para descobrir.

O Tenente andou por aqui e por ali, como se estivesse vislumbrando alguma coisa.

— Vamos trazer alguns prisioneiros e descobrir.

Engoli saliva e disse:

— Você não conseguirá fazer alguém daqui chegar nem perto deste lugar.

— Acha que não? Que tal em troca de perdão? Manso já prendeu a metade dos vilões de Coturno. Ele está fazendo uma cruzada anticrime. Se recebe três reclamações sobre uma pessoa, ele a prende.

— Parece um tanto simples — comentei. Estávamos dando a volta para olhar o portão do castelo. Por simples eu quis dizer simplista, e não fácil.

O Tenente deu uma risadinha. Meses de privação não tinham eliminado seu bizarro senso de humor.

— Mentes simples reagem a respostas simples. Alguns meses da reforma de Manso e o Duque será um herói.

Entendi seu raciocínio. Zimbro era uma cidade sem lei, governada pelos homens fortes da região. Havia multidões de Barracos que viviam aterrorizadas, continuamente vitimizadas. Quem quer que diminuísse o terror ganharia o afeto delas. Adequadamente desenvolvido, esse afeto sobreviveria aos excessos posteriores.

Entretanto, fiquei imaginando, se o apoio dos fracos valia muita coisa. Ou se, após termos sucesso em contaminá-los com coragem, não estaríamos criando problemas para nós mesmos. Retire a opressão doméstica diária e eles podem imaginar uma opressão de nossa parte.

Já vi acontecer antes. Gente insignificante tem que odiar, tem que culpar alguém pelas próprias imperfeições.

Mas aquele não era o problema no momento. O momento exigia imediata, vigorosa, violenta atenção.

O portão do castelo se abriu com um estalo quando nos posicionamos diante dele. Uma meia dúzia de seres selvagens vestidos de preto avançou contra nós. Uma névoa letárgica baixou sobre mim, e descobri o medo desaparecendo assim que nasceu. No momento em que se encontravam a meio caminho de nós, tudo o que eu queria era me deitar.

A dor encheu meus membros. Minha cabeça doía. Câimbras davam nós no meu estômago. A letargia desapareceu.

Caolho estava fazendo coisas estranhas, dançando, latindo como um filhote de lobo, jogando as mãos em volta como pássaros feridos. Seu enorme e estranho chapéu saiu voando e deu cambalhotas com a brisa colina abaixo, até ficar preso numa moita. Em meio a latidos, ele vociferou:

— Façam alguma coisa, seus idiotas! Não vou conseguir detê-los para sempre.

Shang! A espada de Elmo brotou de sua bainha. A do Tenente fez o mesmo. Eu carregava apenas uma adaga comprida. Saquei-a e me juntei à investida. As criaturas do castelo ficaram paralisadas, surpresas em seus olhos ofídicos. O Tenente as alcançou primeiro, parou, girou o corpo e desferiu um golpe com ambas as mãos.

Ele levava uma lâmina que era, pelos diabos, quase a espada de um carrasco. Um golpe como aquele teria decepado o pescoço de três homens. Mas não removeu a cabeça de sua vítima, embora tivesse cortado bem fundo. O sangue espirrou em nós três.

Elmo deu uma estocada, assim como eu. A espada dele entrou uns 30 centímetros em sua vítima. A minha adaga pareceu ter encontrado uma madeira macia. Ela afundou, mas apenas uns 7 centímetros, em minha vítima. Provavelmente não foi fundo o bastante para atingir algum órgão vital.

Soltei minha lâmina com um puxão, esmiucei meus conhecimentos médicos para localizar um alvo fatal mais fácil de atingir. Elmo chutou o peito de sua vítima para libertar sua arma.

O Tenente tinha a melhor arma e método. Cortou outro pescoço enquanto embromávamos ali em volta.

Então Caolho não aguentou mais. Os olhos das criaturas do castelo ganharam vida. Puro veneno abrasador queimava ali. Eu temia que os dois que ainda não tinham sido feridos nos atacassem. Mas o Tenente deu uma violenta estocada e eles recuaram. O que eu tinha ferido saiu cambaleando atrás dos dois. Ele caiu antes de chegar ao portão e continuou rastejando. O portão se fechou na cara dele.

— Bem — observou o Tenente —, há alguns sujeitos que não vamos ter que enfrentar depois. Meus elogios, Caolho. — Ele falou muito calmamente, mas sua voz era como um guincho. As mãos tremiam. Tinha sido por pouco. Não teríamos sobrevivido se Caolho não tivesse vindo junto.

— Acho que já vimos o suficiente por hoje. Vamos andando.

Noventa por cento de mim queria correr o mais depressa possível. Dez por cento queria ação.

— Vamos arrastar um desses sacanas — saiu de uma boca seca de medo.

— Para quê, diabos? — exigiu Elmo.

— Para que eu possa abri-lo e ver o que é.

— Tá.

O Tenente se agachou e colocou um corpo debaixo do braço. A coisa se debateu debilmente. Tremendo, segurei os pés com botas e os levantei. A criatura se dobrou no meio.

— Ao diabo com isso — disse o Tenente. Largou sua extremidade e foi para perto de mim. — Você puxa essa perna. Eu puxo a outra.

Puxamos. O corpo deslizou de lado. Começamos a discutir sobre quem deveria fazer o quê.

— Vocês querem parar com essa merda? — vociferou Caolho. Apontou um enrugado dedo negro. Olhei para trás. Haviam aparecido criaturas nas ameias. Senti aumentar o medo que o castelo inspirava.

— Está acontecendo alguma coisa — alertei, e segui colina abaixo, sem largar o corpo. O Tenente veio junto. Nosso fardo recebeu uma boa surra das pedras e das moitas.

Bam! Algo atingiu a encosta como o pisotear de um pé gigante. Senti-me como uma barata fugindo de um homem que odiava baratas e de suas botas esmagadoras. Ouve outro pisão, e mais um tremor de terra.

— Merda — xingou Elmo. Ele passou por mim, braços e pernas agitados. Caolho vinha logo atrás, voando baixo, ganhando terreno. Nenhum dos dois ofereceu ajuda.

Um terceiro baque surdo, e um quarto, quase no mesmo espaço de tempo, cada um mais perto do que o anterior. O último enviou pedaços de rocha e moitas secas que traçaram um arco sobre nossas cabeças.

Cinquenta metros ladeira abaixo, Caolho parou, girou e fez um de seus truques mágicos. Uma massa de fogo azul-claro explodiu em suas mãos erguidas, subiu rugindo a colina e passou gemendo por mim a pouco mais de meio metro. O Tenente e eu ultrapassamos Caolho. Um quinto pisotear gigante golpeou nossas costas com fragmentos de pedra e arbustos.

Caolho emitiu um uivo maluco e correu novamente.

— Este é o melhor truque que eu tenho — berrou ele. — É melhor largar essa coisa e dar no pé. — Ele saiu a toda, saltando como uma lebre fugindo de cães de caça.

Um grito encheu o Vale do Ancoradouro. Um par de pontos foi arremessado da encosta sul, quase rápido demais para a vista acompanhar. Passou com um rugido alto, abafado, e estrondeou como o tambor de um deus atrás de nós. Eu não tinha certeza, mas parecia que os pontos estavam ligados.

Surgiu outro par, girando em volta de um centro comum. Consegui ver melhor. Sim, estavam ligados. Rugiu. Estrondeou. Olhei para trás. A frente do castelo negro tinha sumido atrás de um muro colorido como se tivesse sido jogada tinta contra ele, que depois escorreu para baixo, um painel de vidro ao qual ela não aderia.

— É trabalho de Tomados — ofegou o Tenente. Seus olhos eram ansiosos, mas continuava segurando seu lado de nosso fardo.

A maldita criatura se enganchou. Em pânico, cortamos sua roupa para soltá-la de um arbusto espinhento. Eu continuava olhando para cima, esperando que alguma coisa descesse e nos esmagasse na encosta.

Chegou outro par de bolas, espirrando cor. Ele não fazia qualquer mal óbvio, mas mantinha o castelo ocupado.

Largamos nosso butim e saímos correndo.

Surgiu um tipo diferente de pontos, vindo de cima. Apontei.

— Pluma e Sussurro.

As duas Tomadas mergulharam na direção do castelo negro, precedidas por um guincho agudo. O fogo envolveu a muralha do castelo. A obsidiana pareceu derreter e escorrer como cera de vela, mudando as já grotescas decorações para formas ainda mais bizarras. As Tomadas arrancaram, ganharam altitude, voltaram para outra passada. Nesse meio-tempo, outro par de pontos berrou através do Vale do Ancoradouro e pintou os planos do ar. Teria sido um grande espetáculo se eu não estivesse tão ocupado em escapar dali.

A encosta ressoou com o pisotear de um gigante invisível. Um círculo com 5 metros de diâmetro e 1,5 de profundidade surgiu acima de nós. Gravetos e pedras voaram. Erraram o alvo por apenas 4 metros. O impacto nos derrubou. Uma linha como de impressão marchou de volta encosta acima.

Embora tenha sido muito forte, o golpe foi menos intenso do que seus predecessores.

Pluma e Sussurro desceram novamente, e mais uma vez a face do castelo negro derreteu, escorreu, mudou de forma. Então um trovão rasgou o ar. *Bam! Bam!* As duas Tomadas sumiram em meio a colunas de fumaça. Oscilaram, lutando pelo controle de seus tapetes. Ambas se chamuscaram, do mesmo modo que Pluma na noite em que capturamos Barraco. Elas pelejaram por altitude.

O castelo então voltou toda a sua atenção para elas. O Tenente e eu escapamos.

Capítulo Trinta e Quatro

ZIMBRO: FUGA

O Lírio estremeceu várias vezes.

Barraco estava lavando canecas e imaginando quais dos seus clientes pertenciam à Companhia Negra. Os tremores o deixavam nervoso. Então um guincho crescente subiu, depois desceu e se afastou como se açoitado para o norte. Um momento depois a terra tremeu novamente, forte o bastante para sacudir a louça de barro. Ele correu para a rua. Uma pequena e astuta parte de Barraco continuava vigiando seus clientes, tentando determinar quem o estava vigiando. Sua chance de fuga tinha diminuído drasticamente com a chegada da Companhia. Ele não sabia mais quem era quem. Todos o conheciam.

Ao chegar à rua, um segundo guincho veio da direção do Reservado. Barraco seguiu as mãos que apontavam. Um par de bolas unidas por uma corda chicoteou em direção ao norte. Segundos depois Zimbro inteira foi iluminada por um clarão multicolorido.

— O castelo negro — disseram as pessoas. — Eles atingiram o castelo negro.

Barraco conseguia vê-lo de sua rua. O castelo desaparecera por trás de uma cortina de cor. O terror apertou seu coração. Não conseguia entender aquilo. Estava a salvo ali embaixo, não estava?

Não estava? A Companhia tinha grandes magos que a sustentavam. Eles não deixariam o castelo fazer nada... O golpe de um possante martelo enviou coisas por todo o lado norte da encosta. Ele não conseguia ver o que estava acontecendo, mas, instantaneamente, sentiu que o castelo havia atingido alguém. Possivelmente aquele tal de Chagas, que estava lá em cima mantendo o local isolado. Talvez o castelo estivesse tentando abrir a estrada. Os gritos da multidão atraíram sua atenção para dois pontos que saltavam do azul. O fogo envolveu o castelo. A obsidiana mudou de forma, contraiu-se, depois encontrou novamente seu formato normal. Os atacantes voadores se elevaram às alturas e viraram. Outro par de bolas foi arremessado, aparentemente lançado de Telhadura. E as viajantes nos tapetes desceram.

Barraco sabia quem eram e o que estava acontecendo, e ficou apavorado. Em volta dele as pessoas de Coturno, apanhadas de surpresa, ficaram furiosas.

Ele manteve presença de espírito suficiente para levar em conta sua própria posição. Aqui e ali membros da Companhia Negra corriam para postos de batalha. Pelotões se formavam às pressas. Duplas de soldados tomavam posições aparentemente já designadas para as ocasiões quando tumultos e saques eram possíveis. Em lugar algum Barraco avistou alguém que pudesse identificar como sua babá.

Deslizou de volta para o interior do Lírio, escada acima, entrou em seu quarto, cavucou seu esconderijo secreto. Enfiou o ouro e a prata nos bolsos, ficou nervoso ao segurar o amuleto, mas o pendurou no pescoço, por baixo da roupa. Deu uma última olhada em volta do quarto, sem ver nada que quisesse apanhar, então desceu correndo a escada. Não havia ninguém no salão além de Sal, que estava na porta olhando o espetáculo na encosta norte. Ele nunca a tinha visto tão caseira e calma.

— Sal?

— Barraco? Está na hora?

— Sim. Deixei vinte levas na caixa. Você estará bem enquanto os soldados continuarem vindo.

— Isso que está acontecendo é só lá em cima?

— É para onde estão indo. Provavelmente vai piorar. Eles estão aqui para destruir o castelo. Se conseguirem.

— E aonde você vai?

— Não sei. — Sinceramente, ele não sabia. — E não lhe diria, se soubesse. Eles descobririam por você.

— Quando vai voltar?

— Talvez nunca. Certamente não antes de eles terem ido embora daqui.

— Duvidava de que a Companhia algum dia fosse embora. Ou, se fosse, seria substituída. A Dama deles parecia ser do tipo que não abandonava nada.

Deu um beijo no rosto de Sal.

— Cuide-se. Não trate mal a si mesma e nem às crianças. Se Lisa aparecer, diga-lhe que está demitida. Se Wally aparecer, diga-lhe que eu o perdoo.

Seguiu para a porta dos fundos. Os clarões e os estrondos continuavam na encosta. Em determinado momento, um uivo adejou em direção a Telhadura, mas foi interrompido em algum lugar acima do Reservado. Ele baixou a cabeça, levantou o colarinho e seguiu pelos becos em direção ao cais do porto.

Encontrou patrulhas apenas duas vezes. Nenhuma delas tinha alguém que o conhecesse. A primeira o ignorou. O cabo que comandava a segunda mandou que ele tirasse o traseiro da rua e seguiu em frente.

Da Rua do Cais, através dos mastros e dos estais dos incontáveis navios, ele pôde ver mais uma vez o castelo. Este parecia ter levado o pior da troca, que havia cessado. Fumaça negra, densa, emanava da fortaleza, uma coluna oleosa com poucos graus de inclinação e erguendo-se dezenas de metros, então se espalhando numa neblina escura. Nas encostas abaixo do castelo, havia uma cintilação e uma ebulição, a sugestão de movimento tipo formigueiro. Ele supôs que a Companhia estava entrando em ação.

O cais do porto estava um caos. O canal ostentava uma dúzia de navios de partida. Todos os demais navios estrangeiros estavam se preparando para zarpar. O próprio rio parecia estranhamente perturbado e encapelado.

Barraco tentou três navios até conseguir um no qual o dinheiro falou alto o bastante para ser ouvido. Pagou dez levas para um comissário com jeito de pirata e conseguiu um lugar de onde não seria visto da praia.

Contudo, quando a tripulação estava desamarrando o barco, o homem chamado Agiota surgiu correndo ao longo do píer, com um pelotão de soldados, gritando para o dono do navio segurar as pontas.

O dono do navio fez um gesto obsceno, disse-lhes aonde deveriam ir e deixou o barco seguir com a corrente. Havia muito poucos rebocadores para o número de navios de partida.

Por causa da atitude desafiadora, o capitão recebeu uma flechada na garganta. Marinheiros e oficiais atônitos permaneceram paralisados, aterrorizados. Choveram flechas a bordo, e mataram mais de uma dúzia de homens, incluindo o imediato e o contramestre. Barraco se agachou em seu esconderijo, tomado por um terror mais intenso do que jamais havia conhecido antes.

Ele soubera que aqueles eram homens duros, homens que não brincavam em serviço. Mas não imaginara o quanto eram duros, o quanto conseguiam ser selvagens. Os homens do Duque teriam jogado as mãos para cima, em desespero, e ido embora xingando. Não massacrariam ninguém.

As flechas continuaram caindo, mais espaçadamente, até o navio ficar fora do alcance.

Só então Barraco deu uma olhadela lá fora e viu a cidade diminuir lentamente. E lentamente ela se afastou.

Para sua surpresa, nenhum dos marinheiros estava zangado com ele. Estavam zangados, é verdade, mas não tinham ligado o ataque ao passageiro de última hora.

Salvo, pensou ele, exultante. Isso durou até ele começar a pensar para onde estava indo e o que faria ao chegar lá.

Um marinheiro avisou:

— Senhor, eles estão vindo atrás de nós num barco.

O coração de Barraco afundou. Olhou e viu um pequeno navio se aproximando, tentando levantar vela. Homens da Companhia Negra maltratavam a tripulação para que ela se apressasse.

Voltou para o esconderijo. Após terem sido tão lesados, não havia dúvida de que os homens o entregariam em vez de sofrer mais. Caso se dessem conta de que era ele quem Agiota queria.

Como aquele homem teria seguido seu rastro?

Feitiçaria. Claro. Só podia ser.

Isso queria dizer que poderiam encontrá-lo aonde quer que fosse?

Capítulo Trinta e Cinco

ZIMBRO: MÁS NOTÍCIAS

O rebuliço acabara. Tinha sido uma exibição dramática enquanto durara, embora não tão impressionante quanto algumas que já vi. A batalha na Escada das Lágrimas. A luta em torno de Talismã. Isso agora foi só um espetáculo, mais extraordinário para o povo de Zimbro do que para nós ou para os cidadãos do castelo negro. Eles não nos causaram danos. O pior que sofreram foram as mortes diretas do lado de fora de seu portão. O fogo no interior não machucou ninguém. Ou assim informaram as Tomadas.

Suja de fuligem, Sussurro pousou seu tapete do lado de fora do meu quartel-general, caminhou sem pressa para o interior, parecendo machucada, mas sem ferimentos reais.

— O que provocou isso? — perguntou ela.

O Tenente explicou.

— Eles estão ficando com medo — observou ela. — Talvez desesperados. Estavam tentando amedrontar vocês ou fazê-los prisioneiros?

— Com certeza, prisioneiros — respondi. — Eles nos atingiram com uma espécie de feitiço de sono antes de se lançar contra nós. — Caolho me apoiou com um aceno de cabeça.

— Por que não tiveram sucesso?

— Caolho quebrou o feitiço. Virou-o contra eles. Nós matamos três.

— Ah! Não admira que tenham ficado transtornados. Vocês trouxeram um?

— Achei que podíamos entendê-los melhor se eu cortasse um deles para ver do que é feito.

Sussurro fez um dos seus desvanecimentos mentais, comunicando-se com a senhora de todos nós. Ela retornou.

— Uma boa ideia. Mas Pluma e eu faremos o corte. Onde está o cadáver? Vou levá-lo agora para Telhadura.

Indiquei o cadáver. Estava em plena vista. Ela mandou que dois homens o levassem até o tapete. Eu murmurei:

— Não confiam mais na gente pra porra nenhuma. — Sussurro ouviu. Não fez comentários.

Assim que o corpo foi carregado, ela disse ao Tenente:

— Inicie imediatamente seu trabalho preliminar de sítio. Uma circunvalação. Manco vai ajudá-lo. É provável que as criaturas do Dominador tentem romper o cerco ou fazer prisioneiros, talvez ambas as coisas. Impeça isso. Uma dúzia de presos permitiria que eles abrissem o caminho. Você se veria enfrentando o Dominador. Ele não seria gentil.

— É mesmo? — O Tenente é o durão dos durões quando lhe convém. Em momentos como aquele nem mesmo a Dama seria capaz de intimidá-lo. — Por que não vai embora? Cuide do seu trabalho e deixe que eu cuide do meu.

Suas observações não condiziam com o momento, mas ele andava farto dos Tomados em geral. Havia meses que vinha fazendo progressos com Manco, que se imaginava um comandante. Ele deu ao Tenente e ao Capitão mais do que podiam tolerar. E talvez essa tenha sido a origem da fricção entre a Companhia e os Tomados. O Capitão também tinha seus limites, embora fosse mais diplomático do que o Tenente. Ele ignorava ordens que não o agradavam.

Saí para ver a circunvalação do castelo negro. Correntes de operários chegaram de Coturno, pás nos ombros e terror nos olhos. Nossos homens largaram suas ferramentas e adotaram papéis de capatazes e de supervisores. Ocasionalmente, o castelo negro estrepitava, fazendo uma débil tentativa de interferir, como um vulcão murmurando para si mesmo após sua energia ter sido gasta. O pessoal local às vezes se dispersava e tinha de ser arrebanhado. Perdemos uma porção da boa vontade obtida anteriormente.

Um envergonhado, porém ainda zangado, Agiota veio à minha procura, a gravidade acentuada pela luz do sol da tarde. Afastei-me e fui ao seu encontro.

— Qual é a má notícia?

— Aquele maldito Barraco. Aproveitou a confusão para fugir.

— Confusão?

— A cidade ficou uma loucura quando as Tomadas começaram a enfrentar o castelo. Perdemos o rastro de Barraco. Quando Duende o encontrou, ele estava num navio que seguia para Pradovil. Tentei impedir que zarpassem, mas não pararam. Atirei neles, depois peguei um barco e fui atrás, mas não consegui alcançá-los.

Após xingar Agiota e conter o ímpeto de o estrangular, sentei-me para pensar.

— Qual é a dele, Agi? Do que tem medo?

— De tudo, Chagas. Da própria sombra. Creio que achava que íamos matá-lo. Duende diz que é mais do que isso, mas sabe como ele gosta de complicar as coisas.

— Como assim?

— Duende diz que ele deseja se livrar de vez do antigo Barraco. O medo de nós foi a motivação de que precisava para agir.

— Se livrar de vez?

— Sabe como é. Se livrar da culpa de tudo o que fez. E das retaliações dos Inquisidores. Touro sabe que ele participou do ataque às Catacumbas. Touro cairia em cima dele assim que voltasse.

Olhei abaixo, para o porto coberto pelas sombras. Navios continuavam partindo. O cais parecia nu. Se os forasteiros continuassem fugindo, nós nos tornaríamos muito impopulares. Zimbro dependia em grande parte do comércio.

— Procure Elmo. Conte tudo a ele. Diga que eu acho que você deve ir atrás de Barraco. Procure Cabeça e aqueles caras e os traga de volta. Enquanto faz isso, busque por Lindinha e Touro.

Ele pareceu um homem condenado, mas não protestou. Já tinha vários fracassos no currículo. Ficar separado dos companheiros era um castigo leve a ser pago.

— Certo — disse ele, e saiu apressado.

Voltei à tarefa que tinha nas mãos.

A desorganização se resolvia sozinha à medida que os soldados organizavam os habitantes locais em equipes de trabalho. A terra voava. Primeiro, uma boa e profunda trincheira, de modo que as criaturas do castelo tivessem problemas para sair; depois uma paliçada atrás dela.

Uma das Tomadas permanecia no ar, circulando lá em cima, observando o castelo.

Começaram a vir carroças da cidade, carregando madeira e entulho. Lá embaixo, outras equipes de trabalho demoliam construções para obter materiais. Embora fossem estruturas inadequadas para ocupação e devessem ter sido substituídas havia muito tempo, elas abrigavam pessoas que não iam exatamente nos amar por termos destruído seus lares.

Caolho e um sargento chamado Trêmulo se dedicaram a um enorme projeto em volta do castelo, ao pé da encosta mais íngreme, e deram início à construção de uma mina destinada a fazer desabar parte da muralha. Nem tentaram ocultar seu objetivo. Não haveria sentido em tentar. As coisas que enfrentávamos tinham o poder de penetrar como uma faca qualquer subterfúgio.

De fato, tentar romper a muralha seria uma tarefa difícil. Poderia levar semanas, mesmo com Caolho ajudando. Os mineradores teriam de cavar através de muitos metros de pedra maciça.

O projeto era uma das várias dissimulações que o Tenente empregaria, embora, do modo como ele planeja um cerco, a dissimulação de um dia possa ser a arremetida principal do dia seguinte. Ao recorrer a uma mão de obra como a de Zimbro, ele poderia executar cada opção.

Eu sentia certo orgulho ao ver o cerco tomar forma. Eu já estava havia bastante tempo com a Companhia. Nunca tínhamos sido incumbidos de um projeto tão ambicioso. Nunca nos tinham sido fornecidos tantos recursos. Perambulei por lá até encontrar o Tenente.

— Qual é o plano aqui, afinal? — Ninguém nunca me contava nada.

— Apenas prendê-los para que não consigam sair. Depois as Tomadas cairão sobre eles.

Resmunguei. Básico e simples. Esperava que fosse mais complexo. As criaturas do interior lutariam. Desconfio que o Dominador estivesse inquieto, moldando um contra-ataque.

Deve ser um inferno ser enterrado vivo, incapaz de fazer qualquer coisa exceto desejar e confiar em servos muito distantes do controle direto. Tal impotência me destruiria em questão de horas.

Contei ao Tenente sobre a fuga de Barraco. Ele não ligou muito. Barraco significava pouco para ele. Não sabia sobre Corvo e Lindinha. Para ele, Corvo era um desertor e Lindinha sua seguidora. Nada de especial. Queria que ele soubesse a respeito de Barraco para que mencionasse isso ao Capitão. O Capitão talvez quisesse realizar uma ação mais vigorosa do que minha recomendação a Elmo.

Fiquei um pouco com o Tenente, ele observando os grupos de trabalho, eu observando uma carroça subindo a colina. Ela devia estar trazendo o jantar.

— Estou farto de comida fria, porra — murmurei.

— Vou lhe dizer o que deveria fazer, Chagas. Você deveria se casar e encontrar um lugar.

— Claro — respondi, de um modo mais sarcástico do que sentia. — Logo depois de você.

— Não, de verdade. Este é o lugar perfeito para fazer isso. Abra um consultório, atenda os ricos. Digamos, a família daquele Duque. Depois, quando sua namorada chegar aqui, você faz o pedido, e está tudo resolvido.

Adagas de gelo penetraram minha alma e giraram.

— Namorada? — grasnei.

Ele sorriu.

— Claro. Ninguém lhe contou? Ela está vindo para o grande espetáculo. Vai dirigi-lo pessoalmente. Será sua grande chance.

Minha grande chance. Mas para quê?

Ele estava se referindo à Dama, é claro. Já haviam se passado anos, mas eles ainda me perseguiam por causa de algumas histórias românticas que escrevi antes de realmente conhecer a Dama. Sempre zombam de qualquer um por qualquer coisa que sabem que conseguirá irritá-lo. É tudo parte do jogo. Tudo parte da irmandade.

Aposto que o filho da mãe ficou fervilhando com a notícia desde que soube, esperando para jogá-la em cima de mim.

A Dama. Vindo a Zimbro.

Considerei de verdade desertar enquanto havia um ou dois navios restando para partir.

Capítulo Trinta e Seis

ZIMBRO: FOGOS DE ARTIFÍCIO

O castelo nos embalava. Deixava que pensássemos que podíamos arrombar a porta sem resistência. Por dois dias os grupos de operários atacaram a elevação norte, cavando uma trincheira profunda, erguendo a maior parte da estacada necessária, martelando o belo início de uma mina. Então nos deixaram ver seu aborrecimento.

Foi um tanto quanto caótico e, no todo, muito perigoso e, em retrospecto, parece que talvez não tenha começado como o que acabou se tornando.

Era uma noite sem luar, mas os grupos de trabalho funcionavam à luz de fogueiras, tochas, lampiões. O Tenente mandara construir torres de madeira a cada 30 metros onde a trincheira e a paliçada tinham sido completadas, e perto havia pequenas balistas para serem montadas em cima delas. Uma perda de tempo, pensei. Do que adiantava o equipamento de um cerco mundano contra servos do Dominador? Mas o Tenente era o nosso especialista em sítio. Estava determinado a fazer as coisas de acordo, passo a passo, mesmo se as balistas nunca fossem usadas. Elas tinham de estar disponíveis.

Membros da Companhia que tinham a visão mais aguçada estavam nas torres prestes a ficarem prontas, tentando enxergar o interior do castelo. Um deles detectou movimento no portão. Em vez de fazer um estardalhaço, enviou uma mensagem abaixo. O Tenente subiu. Ele decidiu que alguém havia deixado o castelo e saiu sorrateiramente pelo lado de Caolho. Mandou que tambores e trompas soassem e flechas de fogo fossem disparadas para o ar.

O alarme me acordou. Corri para ver o que estava acontecendo. Por um tempo, não houve nada para se ver.

Na encosta mais distante, Caolho e Trêmulo estavam de arma em punho. Os operários entraram em pânico. Muitos foram mortos ou ficaram aleijados na tentativa de fugir pela íngreme encosta cheia de mata e pedras. Uma minoria teve bom senso suficiente para ficar onde estava.

O pessoal do castelo quis fazer um ataque rápido e pegar alguns dos operários de Caolho, arrastá-los para dentro e completar quaisquer que fossem os rituais necessários para trazer o Dominador de volta. Assim que foram descobertos, sua estratégia mudou. Os homens nas torres gritaram que mais deles estavam saindo. O Tenente ordenou que fossem acossados com disparos. Ele tinha duas pequenas balestras que lançavam bolas de moita incandescente para a área perto do portão. E mandou que homens procurassem Duende e Calado, imaginando que poderiam fazer mais do que fornecer a iluminação necessária.

Duende estava em Coturno. Ele levaria uma hora para responder. Eu não fazia ideia de onde Calado podia estar. Não o tinha visto, embora já fizesse uma semana que ele estava em Zimbro.

O Tenente mandou acender fogueiras sinalizadoras para alertar observadores nas muralhas de Telhadura que tínhamos um problema.

O Tomado acima finalmente desceu para investigar. Revelou-se ser o Manco. Seu primeiro ato foi pegar um punhado de dardos, fazer algo com eles, depois lançá-los lá de cima na terra. Eles se tornaram colunas de luz verde amarelada entre a trincheira e o castelo.

Na encosta mais distante, Caolho forneceu sua própria iluminação, tecendo teias de aranha violáceas e pendurando seus cantos na brisa. Elas rapidamente denunciaram a aproximação de meia dúzia de formas vestidas de preto. Flechas e dardos voaram.

As criaturas sofreram várias baixas antes de protestar. A luz resplandeceu, depois enfraqueceu até se tornar um bruxuleio que cercou cada um. Elas atacaram.

Outras formas surgiram no topo da muralha do castelo. Elas lançaram objetos encosta abaixo. Do tamanho da cabeça de um homem, estes seguiram na direção da boca da mina. Caolho fez alguma coisa para alterar seu curso. Apenas um lhe escapou, deixando uma trilha de soldados e operários inconscientes.

As criaturas do castelo tinham, evidentemente, se planejado para cada possibilidade, menos para Caolho. Eram capazes de infernizar o Manco, mas nada conseguiam contra Caolho.

Ele protegeu seus homens e os fez lutarem cerrando fileiras quando as criaturas do castelo se aproximavam. A maioria foi morta, mas eles liquidaram seus atacantes.

Àquela altura, as criaturas do castelo estavam preparando uma surtida contra a trincheira e a paliçada, bem na direção de onde eu estava observando. Lembro-me de ter ficado mais intrigado do que temeroso.

Quantos daqueles seres havia? Barraco tinha dado a impressão de que o castelo era praticamente inabitado. Mas uns bons 25 deles, atacando com o apoio da feitiçaria, fizeram com que a trincheira e a paliçada quase perdessem seu sentido.

Eles saíram pelo portão. E alguma coisa passou por cima da muralha do castelo, enorme e lembrando um balão. Atingiu o solo, quicou duas vezes, estatelou-se na trincheira e na paliçada, derrubando uma e enchendo a outra. A surtida se moveu rapidamente para a abertura. Aquelas criaturas podiam se *mexer*.

O Manco desceu da noite, guinchando com a fúria da sua descida, brilhando ainda mais intensamente à medida que caía. O brilho se desprendia em flocos do tamanho de sâmaras, que flutuavam em seu rastro, girando e serpeando em direção à terra, devorando tudo que tocasse. Quatro ou cinco atacantes foram derrubados.

O Tenente desferiu um apressado contra-ataque, que resultou em vários feridos, e logo teve de recuar. Várias das criaturas arrastaram soldados caídos na direção do castelo. As outras avançaram.

Sem um só osso heroico no corpo, dei no pé e atravessei a encosta. O que se provou ser um movimento sensato.

O ar estalou, cintilou e se abriu como uma janela. Alguma coisa escorreu por ali, vinda de outro lugar. A encosta gelou tanto e tão depressa que o próprio ar virou gelo. O ar ao meu redor correu para a área afetada e também se congelou. O frio afetou a maior parte das criaturas do castelo, envolvendo-as em gelo. Um dardo lançado ao acaso atingiu uma delas. A criatura se despedaçou, transformando-se em pó e pequenos fragmentos. Homens lançavam quaisquer projéteis que estivessem disponíveis, destruindo as outras.

A abertura se fechou após apenas alguns segundos. O calor relativo do mundo consumiu o frio implacável. Névoas fervilharam, escondendo a área por vários minutos. Quando se dissiparam, não havia qualquer vestígio das criaturas.

Enquanto isso, três criaturas intocadas correram estrada abaixo em direção a Zimbro. Elmo e um pelotão inteiro saíram em enfurecida perseguição. Acima, o Manco atingiu o ponto mais alto de uma subida e desceu para um ataque à fortaleza. Ao mesmo tempo, saiu outro grupo de criaturas.

Elas pegaram os corpos que conseguiram e correram de volta. Manco retificou sua descida e as atingiu. Metade foi abatida. As outras arrastaram pelo menos uma dúzia de mortos para dentro.

Um par daquelas bolas voadoras surgiu guinchando de Telhadura e se chocou com a muralha do castelo, lançando acima um escudo colorido. Outro tapete desceu por trás de Manco, soltando algo que mergulhou no castelo negro. Houve um clarão tão brilhante que ofuscou as pessoas por quilômetros em volta. Naquele momento, eu estava olhando para o outro lado, mas, mesmo assim, passaram-se 15 segundos antes que minha visão se recuperasse o suficiente para me mostrar a fortaleza em chamas.

Aquele não era o fogo mutante que tínhamos visto antes. Parecia mais uma conflagração consumindo o material da própria fortaleza. Vieram gritos estranhos de seu interior, que fizeram um frio correr pela minha espinha. Não eram gritos de dor, mas de raiva. Apareceram criaturas nas ameias, agitando o que pareciam ser chicotes de nove caudas, extinguindo as chamas. Onde antes houvera chamas, a fortaleza tinha sido visivelmente diminuída.

Um constante fluxo de pares de bolas zuniu através do vale. Não vi de que forma contribuíram, mas tenho certeza de que houve um propósito por trás delas.

Um terceiro tapete desceu enquanto Manco e os outros estavam subindo, arrastando uma nuvem de poeira. Onde quer que a poeira tocasse, causava o efeito das sâmaras de Manco, só que generalizado. Criaturas do castelo expostas soltaram gritos agudos em agonia. Várias pareceram derreter. As outras abandonaram as muralhas.

Os acontecimentos continuaram se sucedendo desse modo por algum tempo, com o castelo negro parecendo levar a pior. Mas tinham carregado aqueles corpos lá para dentro, e eu desconfiava que aquilo significava problema.

Em algum momento, durante tudo isso, Asa fugiu. Não me dei conta. Como todo mundo, até horas depois, quando Agiota o avistou entrando no Lírio de Ferro. Mas Agiota estava a uma grande distância, e o Lírio estava abarrotado, apesar da hora, com todo mundo reunido para beber enquanto assistia à fúria no cume ao norte. Agiota o perdeu na multidão. Acredito que Asa tenha falado com a cunhada de Barraco e descoberto que ele, também, havia escapado. Nunca tivemos tempo de interrogá-la.

Enquanto isso, o Tenente estava conseguindo manter as coisas sob controle. Havia mandado retirar as baixas da parte rompida da circunvalação. Colocou as balestras em posição para disparar contra qualquer nova tentativa de rompimento. Ordenou que cavassem buracos como armadilhas. Mandou que operários substituíssem os homens que Caolho havia perdido.

Os Tomados continuaram seu assédio ao castelo, embora de um modo mais pausado. Já haviam feito seus melhores disparos.

Os ocasionais pares de bolas zuniam de Telhadura. Soube depois que Calado as estava lançando, após ter sido instruído pelos Tomados.

O pior parecia ter passado. Exceto pelos três fugitivos que Elmo estava caçando, tínhamos contido a coisa. O Manco se preparou para se juntar à caçada do trio. Sussurro voltou a Telhadura para reabastecer seu suprimento de truques sórdidos. Pluma patrulhava acima do castelo, descendo de vez em quando, nas ocasiões em que as criaturas saíam para combater as últimas chamas devoradoras. Uma paz relativa havia retornado.

Porém ninguém descansou. Corpos haviam sido carregados para dentro. Ficamos todos imaginando se eles tinham juntado um número suficiente para trazer de volta o Dominador.

Mas eles estavam tramando uma coisa lá dentro.

Um grupo de criaturas apareceu na muralha e montou um dispositivo que apontava ladeira abaixo. Pluma mergulhou.

Bam! Fumaça fervilhou em volta dela, iluminada por dentro. Ela bamboleou. *Bam!* Outro *bam!* E por mais três vezes. E, após a última vez, ela não conseguiu mais se segurar. Estava em chamas, um cometa fazendo um arco acima, para fora, para longe, descendo sobre a cidade. Ocorreu uma violenta explosão onde ela se chocou. Em pouco tempo, uma selvagem conflagração assolou o cais do porto. O fogo se espalhou rapidamente por entre os edifícios comprimidos.

Sussurro estava do lado de fora de Telhadura e atingiu o castelo negro em minutos, com o terrível pó que derretia e o fogo que queimava o material da fortaleza. Havia certa intensidade em seu voo que denunciava a raiva que sentira pela queda de Pluma.

O Manco, enquanto isso, interrompeu a caçada aos fugitivos e ajudou a combater o incêndio em Coturno. Com sua ajuda, o fogo foi controlado em algumas horas. Sem ele, o distrito inteiro teria sido consumido.

Elmo pegou dois dos fugitivos. O terceiro sumiu por completo. Quando a caçada foi reiniciada com a ajuda dos Tomados, nenhum vestígio dele foi encontrado.

Sussurro manteve o ataque até esgotar seus recursos. Isso foi muito depois do amanhecer. A fortaleza parecia mais um gigantesco pedaço de lava do que um castelo, mas ela não a havia dominado. Caolho, depois de fazer uma inspeção pelos arredores à procura de mais ferramentas, me disse que havia bastante atividade no interior do castelo.

Capítulo Trinta e Sete

ZIMBRO: A CALMA

Tirei uma soneca de duas horas. O Tenente permitiu a mesma coisa a metade dos soldados e operários, depois à outra metade. Quando acordei, encontrei poucas mudanças, exceto que o Capitão mandara Algiba montar um hospital de campanha. Algiba tinha estado em Coturno, tentando fazer amigos através de cuidados médicos gratuitos. Olhei lá dentro e encontrei apenas um punhado de pacientes e a situação sob controle, então fui checar o trabalho do cerco.

O Tenente havia consertado a abertura entre a paliçada e a trincheira. Havia ampliado ambas, com a pretensão de fazer com que dessem a volta completa, apesar da dificuldade da encosta mais baixa. Novas armas de projéteis mais pesados estavam em construção.

Ele não estava satisfeito em contar com os Tomados para reduzir o local. Não confiava neles para fazer o necessário.

Em algum momento durante meu breve sono, chegaram contingentes de prisioneiros de Manso. Mas o Tenente não permitiu que os civis fossem embora. Ele os colocou para juntar terra enquanto escolhia um lugar para construir uma rampa.

— É melhor você dormir — sugeri.

— Preciso orientar o rebanho — retrucou ele.

Ele tinha visão. Seu talento ficara sem uso durante anos. Ele queria aquilo. Eu desconfiava que ele achasse os Tomados uma chateação, a despeito da formidável natureza do castelo negro.

— O espetáculo é seu — falei. — Mas não terá muita utilidade se eles reagirem e você estiver cansado demais para pensar direito.

Estávamos nos comunicando num nível além dos limites das palavras. A exaustão deixara todos nós fragmentados e agitados, sem que pensamentos, ações e fala se movimentassem logicamente ou linearmente. Ele balançou a cabeça brevemente.

— Você tem razão. — Inspecionou a encosta. — Parece que tudo está funcionando. Vou para o hospital. Mande alguém me chamar se acontecer alguma coisa.

A tenda do hospital era o local mais próximo abrigado do sol. Fazia um dia intenso, claro, luminoso, prometendo ser quente, contrariando a estação. Eu o antecipava com ansiedade. Estava cansado de tremer de frio.

— Pode deixar.

Ele estava certo sobre as coisas estarem correndo bem. Elas normalmente correm bem quando os homens sabem o que tem de ser feito.

Do ponto de vista do Manco, que novamente fazia a patrulha aérea, a encosta devia estar parecendo um formigueiro de cabeça para baixo. Seiscentos soldados da Companhia supervisionavam o trabalho de dez vezes mais esse número de homens da cidade. A estrada colina acima, por suportar tanto tráfego, estava sendo destruída. Apesar da agitação da noite e da falta de sono, achei os soldados com excelente ânimo.

Eles tinham passado tanto tempo marchando, sem fazer outra coisa, que desenvolveram uma enorme reserva de energia violenta, que agora estava sendo extravasada. Eles trabalhavam com uma ânsia que contaminava os habitantes locais, que pareciam felizes em participar de uma tarefa que requeria os esforços concentrados de milhares. Alguns dos mais atentos mencionaram que, por gerações, Zimbro nunca havia reunido qualquer esforço comunal. Um homem sugeriu que era por isso que a cidade tinha se desmantelado. Ele acreditava que a Companhia Negra e o ataque ao castelo negro seriam um grande remédio para um corpo político moribundo.

Isso, contudo, não era um consenso. Os prisioneiros de Manso, em especial, se ressentiam de serem usados como força de trabalho. Eles representavam um forte potencial de problemas.

Disseram-me para sempre procurar o lado vulnerável do amanhã. Talvez. Assim, a decepção é menos provável.

A agitação que eu esperava não se materializou durante dias. As criaturas do castelo pareciam ter fechado seu buraco atrás delas. Diminuímos ligeiramente a velocidade e deixamos de trabalhar como se tudo tivesse de ser feito antes de amanhã.

O Tenente completou a circunvalação, incluindo a encosta traseira, contornando a escavação de Caolho. Então rompeu a paliçada dianteira e começou a construir sua rampa. Não usou muitos manteletes, pois ele a havia planejado para que fornecesse sua própria proteção. A rampa se erguia íngreme em nossa extremidade, com degraus feitos com pedras de prédios demolidos. Os grupos de trabalho na cidade estavam agora pondo abaixo estruturas arruinadas no incêndio que se seguiu à queda de Pluma. Havia mais material do que conseguia ser usado no cerco. A equipe de Manso recuperava o que havia de melhor para ser usado nas novas moradias planejadas para os locais que foram limpos.

A rampa se ergueria até superar a altura do castelo em 6 metros, então desceria para a muralha. O trabalho seguiu mais rápido do que eu esperava. Do mesmo modo funcionou com o projeto de Caolho. Ele encontrou uma combinação de feitiços que deixavam a pedra mole o bastante para ser trabalhada com facilidade. Não demorou para atingir um ponto embaixo do castelo.

Então topou com um material que parecia obsidiana e não conseguiu ir mais adiante. E começou a se espalhar para os lados.

O próprio Capitão veio ver. Estive imaginando o que ele andava fazendo. Perguntei.

— Procurando meios de manter as pessoas ocupadas — respondeu. Saiu caminhando erraticamente. Se não tivéssemos prestado atenção, teríamos ficado perdidos após ele fazer uma curva súbita para inspecionar uma coisa aparentemente trivial. — A maldita Sussurro está me transformando num governador militar.

— Hum?

— O que foi, Chagas?

— Eu sou o Analista, lembra-se? Tenho de registrar isso em algum lugar.

Ele franziu a testa, olhou um barril de água reservado para os animais. A água era um problema. Grande parte tinha de ser puxada para aumentar o pouco que captávamos durante a chuva ocasional.

— Ela me faz dirigir a cidade. Fazer o que o Duque e os senhores da cidade deveriam fazer. — Ele chutou uma pedra e não disse mais nada até ela parar de rolar. — Acho que estou conseguindo. Não tem ninguém na cidade que não esteja trabalhando. Não estão recebendo nada além do sustento, mas estão trabalhando. Tenho até gente com projetos que eles querem executar enquanto mantemos as pessoas trabalhando. Os Custódios estão me deixando louco. Não posso lhes dizer que todas as suas faxinas talvez sejam inúteis.

Captei um tom estranho naquilo. Ressaltava uma sensação que eu já tivera, de que ele estava deprimido com o que estava acontecendo.

— Por que isso?

Ele olhou em volta. Não havia qualquer nativo ao alcance da voz.

— Apenas um palpite. Ninguém coloca isso em palavras. Mas acho que a Dama planeja saquear as Catacumbas.

— As pessoas não vão gostar disso.

— Eu sei. Você sabe; eu sei; até mesmo Sussurro e Manco sabem. Mas não damos as ordens. Há uma conversa de que a Dama está curta de grana.

Em todos os anos que estivemos a serviço dela, nunca um dia de pagamento passou em branco. A Dama agia com justiça. Os soldados eram pagos, fossem mercenários ou regulares. Suponho que as várias unidades conseguiriam tolerar alguns atrasos. É quase uma tradição os comandantes sacanearem seus soldados de vez em quando.

Em todo o caso, a maioria de nós não ligava muito para dinheiro. Nossa tendência era para gostos baratos e limitados. Entretanto, desconfio que as atitudes mudariam se tivéssemos que passar sem ele.

— Há muitos homens de armas em muitas fronteiras — refletiu o Capitão. — Muita expansão rápida demais e por muito tempo. O império não aguenta o esforço. O empenho na Terra dos Túmulos devorou as reservas dela. E continua devorando. Se ela derrotar o Dominador, verá como as coisas vão mudar.

— Talvez tenhamos cometido um erro, hein?

— Cometemos um monte. De qual você está falando?

— De vir para o norte, pelo Mar das Tormentas.

— Sim. Sei disso há anos.

— E?

— E não podemos sair. Ainda não. Algum dia, talvez, quando nossas ordens nos levarem de volta às Cidades Preciosas, ou a algum lugar onde possamos sair do império e ainda nos encontrarmos num país civilizado. — Havia quase um anseio insondável em sua voz. — Quanto mais passo meu tempo no norte, menos quero terminar meus dias aqui, Chagas. Ponha isso nos seus Anais.

Eu o fizera falar, uma rara ocorrência. Eu apenas resmungava, na esperança de que ele continuasse preenchendo o silêncio. Assim o fez.

— Estamos correndo com as trevas, Chagas. Sei que isso realmente não importa, claro. Somos a Companhia Negra. Não somos bons nem maus. Somos apenas soldados com a espada à venda. Mas estou cansado de ter o nosso trabalho desviado para fins escusos. Se esse saque acontecer, eu posso ter que me afastar. Corvo teve a ideia certa em Talismã. Ele deu no pé.

Então eu trouxe à tona uma ideia que tinha ficado no fundo da mente durante anos. Uma ideia que nunca havia levado a sério, por saber que era muito romântica.

— Isso não ajuda em nada, Capitão. Nós também temos a opção de seguir no outro sentido.

— Hein? — Ele retornou de qualquer que fosse o lugar distante em que se encontrava e me olhou fixamente. — Não seja tolo, Chagas. Esse é um jogo idiota. A Dama esmaga quem tentar. — Pressionou o calcanhar na terra. — Como um inseto.

— Sim.

Era *mesmo* uma ideia tola, por vários ângulos, e um deles era de que o outro lado poderia não nos aceitar. De qualquer forma, eu não conseguia nos imaginar no papel de rebeldes. A maioria dos rebeldes era idiota, tola ou formada por ambiciosos esperando agarrar um pedaço do que a Dama tinha. Lindinha era a notável exceção, e ela era mais símbolo que substância, e um símbolo secreto.

— Oito anos desde que o cometa esteve no céu — disse o Capitão. — Você conhece as lendas. Ela não cairá até o Grande Cometa estar lá em cima. Você quer tentar sobreviver 29 anos fugindo dos Tomados? Não, Chagas. Ainda que nossos corações estejam com a Rosa Branca, não podemos fazer essa escolha. É suicídio. O único jeito é sair do império.

— Ela iria atrás de nós.

— Por quê? Por que ela não se satisfaria com o que conseguiu de nós durante esses dez anos? Não somos uma ameaça para ela.

Mas éramos. E uma significativa, no mínimo porque sabíamos da existência da reencarnação da Rosa Branca. E eu tinha certeza de que, assim que deixássemos o império, Calado ou eu revelaríamos esse segredo.

Claro, a Dama não sabia que sabíamos.

— Essa conversa é um exercício de futilidade — comentou o Capitão. — Prefiro não falar sobre isso.

— Como quiser. Diga-me o que vamos fazer aqui.

— A Dama está vindo esta noite. Sussurro diz que começaremos o ataque tão logo os augúrios estiverem corretos.

Olhei para o castelo negro.

— Não — disse ele. — Não será fácil. Talvez não seja possível, mesmo com a Dama ajudando.

— Se ela perguntar por mim, diga que morri. Ou coisa semelhante... — falei.

Isso mereceu um sorriso.

— Mas, Chagas, ela é sua...

— Corvo — exclamei. — Sei coisas sobre ele que levariam todos nós à morte. Calado também. Tire-o de Telhadura antes de ela chegar aqui. Nenhum de nós ousa encarar o Olho.

— Nem eu ousaria. Porque sei que você sabe alguma coisa. Vamos ter que arriscar, Chagas.

— Tudo bem. Mas não ponha ideias na cabeça dela.

— Imagino que ela há muito já tenha esquecido você, Chagas. Você é apenas mais um soldado.

Capítulo Trinta e Oito

ZIMBRO: A TEMPESTADE

A Dama não tinha me esquecido. Nem mesmo um pouco. Logo após a meia-noite, um sombrio Elmo me despertou.

— Sussurro está aqui. Quer você, Chagas.

— Hein? — Eu não fizera nada para despertar sua ira. Havia semanas que não.

— Querem você em Telhadura. *Ela* quer você. Sussurro está aqui para levá-lo.

Já viram homem feito desmaiar? Eu nunca vi. Mas cheguei perto. Posso, também, ter chegado perto de um derrame. Minha pressão arterial deve ter ido às alturas. Por dois minutos senti uma vertigem e fiquei incapaz de pensar. Meu coração disparou. Minhas entranhas doeram de medo. Eu *sabia* que ela ia me arrastar para uma sessão com o Olho, que enxerga cada segredo enterrado na mente de um homem. E, no entanto, eu nada poderia fazer para escapar. Era tarde demais para fugir. Meu desejo era estar a bordo do navio para Pradovil com Agiota.

Como um homem indo para a forca, subi no tapete de Sussurro, instalei-me atrás dela e desapareci em meus pensamentos enquanto levantávamos e corríamos através da noite gelada em direção a Telhadura.

Ao passarmos pelo Ancoradouro, Sussurro gritou:

— Você deve ter causado uma impressão e tanto no passado, médico. Foi a primeira pessoa por quem ela perguntou, ao chegar.

Consegui ter presença de espírito suficiente para perguntar:

— Por quê?

— Creio que é porque ela quer que sua história seja registrada novamente. Como aconteceu durante a batalha em Talismã.

Ergui a vista de minhas mãos, surpreso. Como ela soubera disso? Sempre imaginei os Tomados e a Dama incomunicáveis entre si.

O que Sussurro disse era verdade. Durante a batalha em Talismã, a Dama me arrastara junto para que os acontecimentos do dia fossem registrados como haviam acontecido. E ela não exigiu tratamento especial. Aliás, insistiu para que eu escrevesse as coisas como as via. Havia apenas o leve sopro de uma insinuação de que ela esperava ser derrubada em algum momento e, assim que isso acontecesse, imaginava que seria maltratada pelos historiadores. Ela queria que existisse um registro neutro. Eu já não pensava nisso havia anos. Era uma das anomalias mais curiosas que eu notara nela. A Dama não ligava para o que as pessoas pensavam dela, mas temia que o registro fosse adulterado para satisfazer as necessidades de mais alguém.

A mais minúscula centelha de esperança surgiu disso. Talvez ela quisesse *mesmo* que fosse feito um registro. Talvez eu *pudesse* me safar daquela. Se conseguisse permanecer ágil o suficiente para evitar o Olho.

O Capitão veio ao nosso encontro quando pousamos na muralha setentrional de Telhadura. Uma rápida olhada nos tapetes ali me revelou que todos os Tomados estavam por perto. Até mesmo Jornada, que eu esperava que permanecesse na Terra dos Túmulos. Mas Jornada tinha um ressentimento a aplacar. Pluma era sua esposa.

Uma segunda espiada me disse que o Capitão estava silenciosamente cheio de desculpas sobre minha situação, que havia coisas que ele queria dizer, mas não ousava. Dediquei-lhe um leve dar de ombros, na esperança de que teríamos um momento depois. Não tivemos. Sussurro me conduziu da muralha diretamente à presença da Dama.

Ela não mudara nem um pouquinho desde a última vez que eu a vira. O resto de nós envelhecera terrivelmente, mas ela permanecia para sempre com 20 anos, radiosamente deslumbrante, com impressionantes cabelos negros e olhos nos quais um homem seria capaz de cair e morrer. Ela era, como sempre, tal centro de fascínio que não poderia ser descrita fisicamente. Uma descrição detalhada, de qualquer modo, seria fora de propósito, pois o que eu via não era a verdadeira Dama. A Dama que tinha aquela aparência não existia havia mais de quatro séculos, no mínimo.

Ela se levantou e veio me cumprimentar, a mão estendida. Não consegui afastar meus olhos. Ela me recompensou com um ligeiro sorriso zombeteiro, do qual eu me lembrava muito bem, como se compartilhássemos um segredo. Toquei levemente sua mão, e fiquei surpreso de senti-la cálida. Longe dela, quando sumia da minha mente exceto como um distante objeto de temor, assim como um terremoto, só conseguia pensar na Dama como fria, morta e mortífera. Mais como um zumbi letal do que uma pessoa viva, respirando, até mesmo possivelmente vulnerável.

Ela sorriu uma segunda vez e me mandou sentar. Sentei-me, sentindo-me grotescamente deslocado em uma companhia que incluía todos os grandes males do mundo, com exceção de apenas um. E o Dominador estava presente em espírito, projetando sua sombra fria.

Eu não estava lá para colaborar, o que se tornou óbvio. O Capitão e o Tenente falaram pela Companhia. O Duque e o Custódio Hargadon também estavam lá, mas colaboraram pouco mais do que eu. Os Tomados conduziram a discussão, questionando o Capitão e o Tenente. Apenas uma vez se dirigiram a mim, e foi o Capitão que me inquiriu sobre minha capacidade de cuidar das baixas do combate.

Pelo que me dizia respeito, a reunião teve apenas um ponto. O ataque foi marcado para o amanhecer do dia após o seguinte. E prosseguiria até o castelo negro ser destruído ou perdermos nossa capacidade de atacar.

— O lugar é um buraco no fundo do navio do império — disse a Dama.
— Precisa ser tapado ou nos afogaremos todos.

Ela não acolheu os protestos do Duque ou de Hargadon, que estavam arrependidos de ter pedido sua ajuda. O Duque agora se encontrava impotente dentro de seus próprios domínios, e Hargadon pouco melhor. O Custódio desconfiava que ficaria completamente sem trabalho assim que a ameaça do castelo acabasse. Poucos da Companhia e nenhum dos Tomados tinham se dado ao trabalho de ocultar seu desdém pela estranha religião de Zimbro. Tendo passado muito tempo entre as pessoas de lá, eu podia dizer que elas só a levavam a sério porque os Inquisidores, os Custódios e uns poucos fanáticos faziam com que fosse assim.

Entretanto, eu esperava que ela fosse devagar se pretendesse fazer mudanças. Tão devagar que a Companhia pudesse seguir para outro lugar antes de ela começar. Mexer com a religião das pessoas é o mesmo que mexer com fogo. Mesmo de pessoas que estão se lixando. A religião é algo que martela bem cedo e nunca vai embora de verdade. E tem poderes de mobilização que vão além de qualquer coisa racional.

Manhã após o dia seguinte. Guerra total. Esforço completo para erradicar o castelo negro. Todos os recursos da Dama, dos Tomados, da Companhia e de Zimbro direcionados para esse fim, por mais que demore.

Manhã após o dia seguinte. Mas não funcionou assim. Ninguém disse ao Dominador que ele deveria esperar.

Ele lançou o primeiro ataque seis horas antes do momento previsto, quando a maioria dos soldados e todos os operários civis estavam dormindo. O único Tomado que patrulhava era Jornada, o menos importante dos servos da Dama.

Começou quando uma daquelas coisas parecidas com balões quicou na muralha e encheu o restante da abertura na rampa do Tenente. Pelo menos uma centena de criaturas irrompeu do castelo e a atravessou.

Jornada estava alerta. Ele sentira uma estranheza no castelo e estava à espera de problema. Baixou rapidamente e ensopou os atacantes com o pó que derretia.

Bam! Bam-bam-bam! O castelo o atingiu do mesmo modo que atingira sua antiga esposa. Ele ziguezagueou pelo ar, evitando o pior, mas foi atingido pela extremidade de cada explosão e caiu em chamas, o tapete destruído.

O estrondo me acordou. Acordou o acampamento inteiro, pois começou no mesmo instante dos alarmes e os abafou totalmente.

Saí correndo do hospital e vi as criaturas do castelo fervilhando nos degraus da rampa do Tenente. Jornada não havia detido mais do que um punhado. Elas foram envolvidas por aquele brilho protetor com o qual Caolho já havia visto uma vez. Elas se dispersaram, correndo a toda em meio a uma tempestade de projéteis disparados pelos soldados que montavam guarda. Mais algumas caíram, porém não muitas. Começaram a apagar as luzes porque, suponho, os olhos delas eram mais adaptados à escuridão do que os nossos.

Soldados corriam por todos os lados, arrastando as roupas, enquanto iam na direção do inimigo ou se afastavam dele. Os operários entraram em pânico e dificultaram em grande parte a reação da Companhia. Muitos foram mortos pelos nossos homens, irritados por encontrá-los no caminho. O Tenente atacou através do caos, berrando ordens. Primeiro fez com que suas baterias de armas pesadas fossem equipadas e apontadas para os degraus. Enviou mensageiros para todos os cantos, ordenando que cada balista, catapulta, manganela e trabuco fosse colocado em uma posição na qual pudesse disparar contra a rampa. Isso me intrigou somente até que a primeira criatura do castelo voltou para casa com um corpo debaixo de cada braço. Uma tempestade de projéteis a atingiu, despedaçou os corpos, transformou-a numa polpa e quase a enterrou.

O Tenente mandou que trabucos lançassem vasilhas com óleo que se espatifavam nos degraus e pegavam fogo quando bolas de fogo eram jogadas sobre eles em seguida. Ele manteve o óleo e o fogo voando. As criaturas do castelo não atravessavam as chamas.

Bem-feito por eu ter pensado que o Tenente estava perdendo tempo construindo máquinas inúteis.

O homem conhecia seu trabalho. Ele era bom. Seus preparativos e reação rápida foram mais valiosos do que qualquer coisa feita pela Dama ou pelos Tomados naquela noite. Ele manteve a linha nos minutos críticos.

Uma batalha louca se iniciou no momento em que as criaturas perceberam que estavam impedidas de voltar. Elas prontamente atacaram, tentando alcançar as máquinas. O Tenente fez sinais para seus suboficiais e trouxe para ser usada o grosso de sua força de trabalho disponível. Ele teve de fazer isso. Aquelas criaturas eram mais do que páreo para quaisquer dois soldados, e, além disso, se beneficiavam também do brilho protetor.

Aqui e ali, um bravo cidadão de Zimbro apanhava uma arma caída e entrava na luta. A maioria pagou o preço mais alto, mas seu sacrifício ajudou a manter o inimigo longe das máquinas.

Era óbvio para todos que, se as criaturas escapassem com muitos corpos, nossa causa estava perdida. Em pouco tempo estaríamos cara a cara com o próprio amo delas.

Os pares de bolas começaram a vir de Telhadura, manchando a noite com uma cor terrível. Então os Tomados desceram, Manco e Sussurro depositaram, cada um deles, um ovo que eclodiu no fogo que se alimentava do castelo. Manco se esquivou de vários ataques da construção, mergulhou e levou seu tapete para o chão perto do meu hospital, onde já estávamos inundados de pacientes. Eu tinha recuado até ali a fim de fazer o trabalho para o qual era pago. Mantive as abas da tenda abertas para que eu pudesse ver a cena.

Manco deixou seu corcel aéreo, seguindo colina acima com uma longa espada negra que reluzia maldosamente à luz da fortaleza em chamas. Ele irradiava um brilho idêntico ao que protegia as criaturas do castelo. O dele, contudo, era muito mais pujante do que o delas, como ficou óbvio quando forçou um ataque contra elas. Suas armas não conseguiam alcançá-lo. Ele saiu cortando-as como se fossem feitas de banha.

As criaturas, àquela altura, já tinham massacrado pelo menos quinhentos homens. A maioria operários, mas a Companhia também havia sofrido uma surra terrível. E essa surra continuou mesmo após o Manco ter virado a maré, pois só conseguia se encarregar de uma criatura de cada vez. Nosso pessoal se esforçava para manter os inimigos contidos até o Manco poder cuidar deles.

As criaturas respondiam tentando subjugar Manco, o que conseguiam com algum sucesso, com 15 ou vinte empilhando-se sobre ele e contendo-o com o simples peso corporal. O Tenente desviou temporariamente o fogo de suas máquinas, atacando aquela pilha agitada até ela se romper e o Manco conseguir se pôr de pé.

Com o fracasso dessa manobra, um grupo de criaturas se juntou e tentou abrir uma brecha pelo oeste. Não sei se planejavam escapar totalmente ou se pretendiam dar a volta e atacar por trás. A dúzia que conseguiu encontrou Sussurro e uma pesada chuva do pó que fazia derreter. O pó matou meia dúzia de operários para cada criatura do castelo, mas deteve o ataque. Apenas cinco criaturas sobreviveram a ele.

Essas cinco imediatamente depararam com o portal de outro lugar, que expelia o bafo frio do infinito. Todas morreram.

Sussurro, enquanto isso, pelejava por altitude. Uma procissão retumbante de *bangs* a perseguiu no céu. Ela voava melhor do que Jornada, mas, mesmo assim, não conseguiu escapar de uma avaria. Desceu, pousando finalmente mais além da fortaleza.

No interior do próprio castelo, criaturas haviam saído com chicotes de nove caudas, extinguindo as chamas provocadas por Sussurro e Manco. A estrutura começara a parecer patética, de tanto que sua substância fora consumida. A escura e tenebrosa graça das semanas anteriores se fora. Era agora um enorme, negro grumo vitrificado, e parecia impossível que criaturas conseguissem sobreviver em seu interior. Contudo, elas conseguiam e continuavam a lutar. Um punhado saiu para a rampa e fez algo que consumiu nacos negros do incêndio do Tenente. Todas as criaturas na encosta correram para casa, sem que nenhuma se esquecesse de levar pelo menos um corpo.

A porta gelada se abriu novamente, e seu bafo desceu sobre os degraus. As chamas morreram instantaneamente. Umas vinte criaturas também morreram, marteladas até virarem pó pelos projéteis do Tenente.

As coisas no interior tomaram um rumo que eu temerosamente antecipara desde que vira a queda de Pluma. Elas lançaram seu estrondeante feitiço na encosta.

Se não era a coisa que perseguira o Tenente, Elmo, Caolho e a mim naquele dia, era um primo próximo. Não houve muito clarão ou fumaça quando a usaram na encosta, mas surgiram grandes buracos, geralmente com uma pasta sangrenta no fundo deles.

Tudo isso aconteceu tão depressa, tão dramaticamente, que ninguém teve realmente tempo para pensar. Não duvido que até mesmo a Companhia sairia correndo se os acontecimentos tivessem se prolongado o suficiente para permitir tempo para pensar. Desse modo, em sua confusão, os homens tiveram uma chance apenas de representar os papéis para os quais haviam se preparado desde sua chegada a Zimbro. Resistiram ao ataque e, em geral, morreram.

O Manco disparou pela encosta como uma galinha louca, cacarejando e caçando criaturas que não tinham morrido nos degraus. Havia umas vinte, a maioria cercada por soldados enfurecidos. Algumas das criaturas foram mortas pelo seu próprio lado, pois aqueles aglomerados eram alvos tentadores para o feitiço estrondeante.

Grupos de criaturas apareceram nas ameias, montando dispositivos iguais àqueles que tentaram usar antes. Dessa vez não havia um Tomado acima para cair sobre elas e mandá-las para o inferno.

Não até o idiota do Jornada passar correndo pelo hospital, parecendo horrivelmente machucado, e roubar o tapete do Manco.

Eu sempre achara que um Tomado não podia usar o veículo de outro. Aparentemente, não era assim, pois Jornada botou a coisa para voar e mergulhou novamente sobre o castelo, jogando pó e outro ovo de fogo. O castelo derrubou-o de novo e, apesar do tumulto, ouvi o Manco grunhir e o xingar por causa disso.

Já viram como uma criança traça uma linha reta? Nunca é bem reta. Algo tão trêmulo quanto a mão de uma criança rabiscou uma linha bamboleante de Telhadura ao castelo negro. Ela ficou suspensa na noite como um improvável varal, serpeando, de cor indeterminada, iridescente. Sua ponta produzia centelhas no material de obsidiana, como o encontro de pederneira e aço aumentado 10 mil vezes, gerando um clarão actínico intenso demais para se olhar diretamente. A encosta toda estava banhada em frenética luz azulada.

Coloquei de lado meus instrumentos e saí para observar melhor, pois nas minhas entranhas eu sabia que a Dama ancorava a outra extremidade daquele rabisco, entrando no confronto pela primeira vez. Ela era a maioral, a mais poderosa e, se o castelo podia ser reduzido, era dela o poder que faria isso.

O Tenente devia estar distraído. Pois, por alguns segundos, seus fogos minguaram. Uma meia dúzia de criaturas do castelo subiu os degraus, cada uma arrastando dois ou três cadáveres. Uma onda de seus compatriotas investiu para cuidar de Manco, que vinha agitadamente em perseguição. Meu palpite é que tinham 12 corpos lá dentro. Alguns talvez ainda nem tivessem perdido inteiramente a centelha de vida.

Voavam pedaços do castelo onde a linha da Dama tocava, cada um incandescente com aquela luz brilhante. Surgiram pequenas fendas encarnadas contra o negro, espalhando-se lentamente. As criaturas que montavam os dispositivos se retiraram, sendo substituídas por outras que tentavam diminuir os efeitos do ataque da Dama. Não tiveram sorte. Várias foram derrubadas pelos projéteis das baterias do Tenente.

O Manco chegou ao topo dos degraus e se deteve, destacado contra a incandescência de uma parte do castelo ainda em chamas. Um anão gigantesco, se me perdoam a contradição. Era uma coisa pequenina, mas se engrandecia naquele momento. Ele berrou "Sigam-me!", e atacou rampa abaixo.

Para minha eterna surpresa, os homens o seguiram. Centenas deles. Vi Elmo e o resto de sua companhia avançar rugindo, atravessar, e desaparecer. Até mesmo dezenas de cidadãos ousados decidiram participar.

Parte da história de Barraco Castanho viera à tona recentemente, sem nomes ou coisa parecida, mas com forte ênfase na grande fortuna que ele e Corvo haviam juntado. Obviamente, a história havia sido plantada pensando aquele momento, quando uma tempestade de força humana seria necessária para conquistar o castelo. Nos minutos que se seguiram, o atrativo da riqueza impulsionou muitos homens de Coturno por aqueles degraus.

Lá embaixo, do outro lado do castelo, Sussurro alcançou o acampamento de Caolho. Ele e seus homens, é claro, estavam de armas em punho, mas ainda não tinham tomado parte em nada. Sua operação mineradora havia sido interrompida assim que ficou evidente que não havia como dar a volta ou romper a matéria do castelo.

Sussurro trouxe um daqueles ovos de fogo e o plantou na obsidiana exposta pela mina de Caolho. Acionou-o e deixou que ele corroesse a parte inferior da fortaleza.

Isso, como eu soube posteriormente, fora planejado por algum tempo. Ela havia realizado alguns voos extravagantes para baixar seu tapete avariado perto de Caolho a fim de executar o plano.

Vendo os homens invadindo o castelo, a muralha abandonada e rompida pela Dama, os incêndios não serem combatidos, decidi que a batalha era nossa e que tudo estava acabado, exceto a gritaria. Voltei para o hospital e retomei o trabalho de corte e costura, limitando-me a simplesmente balançar a cabeça a respeito de homens pelos quais não havia nada que eu pudesse fazer. Desejei que Caolho não estivesse do outro lado do cume. Ele sempre fora meu principal assistente, e sentia sua falta. Embora não pudesse negar a habilidade de Algiba, ele não tinha o talento de Caolho. Frequentemente havia um homem para além da minha ajuda, mas que poderia ser salvo com um pouco de mágica.

Um pio e um uivo me disseram que Jornada estava de volta, em casa depois de sua última queda e, mais uma vez, assolando seus inimigos. E não muito atrás dele vinham aqueles elementos da Companhia que estiveram posicionados em Coturno. O Tenente foi ao encontro de Manso e o impediu de se lançar contra a rampa. Em vez disso, tomou conta do perímetro e começou a reunir os operários que conseguia encontrar próximos à ação. Ele começou a colocar novamente as coisas no lugar.

A arma do *bam!* continuara a atacar o tempo todo. Agora começou a vacilar. Ruidosamente, o Tenente praguejou contra o fato de que não havia tapetes para se jogar ovos de fogo.

Havia *um*. O da Dama. E eu tinha certeza de que ela estava a par da situação. Mas ela não abandonou sua corda de luz iridescente. Deve ter julgado que era mais importante.

Lá embaixo, na mina, o fogo consumiu o fundo da fortaleza. Um buraco se expandiu lentamente. Caolho diz que há muito pouco calor associado àquelas chamas. No momento em que Sussurro considerou oportuno, ela conduziu a tropa dele para o interior da fortaleza.

Caolho disse que realmente pensou em ir, mas teve um mau pressentimento a respeito disso. Observou a multidão atacar, operários e tudo o mais, depois deu a volta para o nosso lado. Juntou-se a mim no hospital e me colocou a par enquanto trabalhava.

Momentos após ter chegado, a parte de trás do castelo desabou. A terra toda retumbou. Um demorado rugido percorreu abaixo os 300 metros da encosta traseira. Muita dramaticidade, mas pouco efeito. As criaturas do castelo nem ligaram para aquilo.

Partes da muralha da frente também estavam desabando, destruídas pelo incessante ataque da Dama.

Membros da Companhia continuavam chegando, acompanhados por amedrontadas formações de homens do Duque e até mesmo de Custódios vestidos como soldados. O Tenente os incorporou em suas linhas. Não permitiu que ninguém entrasse no castelo.

Luzes e fogos estranhos, uivos e ruídos desumanos, e terríveis, terríveis odores surgiram daquele lugar. Não sei o que aconteceu lá. Talvez nunca saiba. E acho que quase ninguém voltou de lá.

Iniciou-se um gemido gutural quase inaudível. Causou-me arrepios antes que o percebesse conscientemente. Aumentava em grau com extrema ponderação e muito mais rapidamente em volume. Em pouco tempo, sacudiu todo o cume. Veio de todas as partes ao mesmo tempo. Após algum tempo, pareceu fazer sentido, como um discurso com a velocidade incrivelmente reduzida. Consegui detectar um ritmo, como palavras esticadas ao longo de minutos.

Um pensamento. Um único pensamento. O Dominador. Ele estava vindo.

Por um instante, achei que conseguia interpretar as palavras. "Ardath, sua vadia." Mas foram embora, perseguidas pelo medo.

Duende apareceu no hospital, olhou-nos e pareceu aliviado por encontrar Caolho lá. Ele nada disse, e não tive chance de perguntar o que ele andara fazendo recentemente. Voltou para a noite, partindo com um aceno.

Calado apareceu poucos minutos depois, com a aparência sombria. Calado, meu parceiro de conhecimento culpado, a quem eu não via fazia mais de um ano e de quem eu sentira falta durante minha visita a Telhadura. Ele parecia mais alto, mais magro e mais desanimado do que nunca. Acenou e começamos a conversar rapidamente na língua dos surdos.

— Há um navio no cais ostentando uma bandeira vermelha. Vá até lá imediatamente.

— O quê?

— Vá imediatamente ao navio com a bandeira vermelha. Pare apenas para informar aos outros da antiga Companhia. Essas são ordens do Capitão. Não devem ser desobedecidas.

— Caolho...

— Eu captei, Chagas — disse ele. — Que diabos, hein, Calado?

Calado sinalizou:

— Haverá problemas com os Tomados. Esse navio zarpará para Pradovil, onde pontas soltas precisam ser aparadas. Aqueles que sabem demais precisam desaparecer. Venha. Precisamos juntar os velhos irmãos e partir.

Não havia muitos velhos irmãos por perto. Caolho e eu nos apressamos em falar para todos que conseguimos encontrar e, em 15 minutos, um grupo nosso seguia em direção à ponte do Rio do Embarcadouro, um mais perplexo do que o outro. Eu andava olhando para trás. Elmo estava no interior do castelo. Elmo, o meu melhor amigo. Elmo, que poderia ser pego pelos Tomados...

Capítulo Trinta e Nove

EM FUGA

Noventa e seis homens apareceram a bordo, conforme fora ordenado. Uma dúzia era de homens para quem as ordens não tinham sido dirigidas, mas que não podiam ser mandados embora. Faltava uma centena de irmãos dos velhos tempos, de antes de termos atravessado o Mar das Tormentas. Alguns haviam morrido nas encostas. Alguns estavam no interior do castelo. Alguns não conseguimos encontrar. Mas nenhum dos que faltavam eram homens que possuíam conhecimentos perigosos, exceto Elmo e o Capitão.

Eu estava lá. Calado, Caolho e Duende estavam lá. O Tenente estava lá, mais perplexo do que qualquer outro. Manso, Otto, Hagop... A lista prosseguia. Estavam todos lá.

Mas Elmo não, e o velho não, então houve uma ameaça de motim quando Calado deu a ordem de partir sem eles. "Ordens", foi tudo o que ele disse, na linguagem dos dedos que muitos homens não conseguiam entender, embora nós a estivéssemos usando havia anos. Foi um legado que Lindinha tinha deixado na Companhia, um meio de comunicação útil na caça ou no campo de batalha.

No momento em que o navio partiu, Calado puxou uma carta lacrada com o selo do Capitão. Ele reuniu todos os oficiais presentes na cabine do mestre do navio. Pediu que eu lesse a mensagem em voz alta.

— Você estava certo sobre os Tomados, Chagas — li. — Eles desconfiam e pretendem agir contra a Companhia. Tenho feito o que posso para iludi-los, alugando um barco para levar em segurança meus irmãos que mais corriam perigo. Não poderei me juntar a vocês, pois minha ausência alertaria os Tomados. Não percam tempo. Não acho que vá demorar muito até que descubram sua deserção. Como você e Duende podem atestar, ninguém consegue se esconder do Olho da Dama.

"Não sei se essa fuga representará muita esperança. Eles caçarão vocês, pois arrancarão coisas de mim, a menos que eu consiga correr. Sei muita coisa para fazer com que saiam no meu rastro..."

O Tenente interrompeu:

— O que diabos está acontecendo? — Ele sabia que havia segredos que alguns de nós compartilhavam, segredos dos quais ele não estava inteirado. — Eu diria que já chega de jogar os nossos jogos e de esconder coisas uns dos outros.

Olhei para Calado e disse:

— Acho que devemos contar a todos, para que haja uma chance de o conhecimento não morrer.

Calado fez que sim com a cabeça.

— Tenente, Lindinha é a Rosa Branca.

— O quê? Mas...

— Sim. Calado e eu sabemos desde a batalha de Talismã. Corvo percebeu isso primeiro. Foi por isso que desertou. Ele queria mantê-la o mais longe possível da Dama. Sabe o quanto ele a amava. Acho que alguns outros também adivinharam.

O anúncio não causou grande comoção. Apenas o Tenente se surpreendeu. Os demais já suspeitavam.

A carta do Capitão não tinha muito mais a dizer. Despedidas. A sugestão de que elegêssemos Tenente para substituí-lo. E uma palavra final, particular, para mim.

— As circunstâncias parecem ter ditado uma mudança na opção que você mencionou, Chagas. A não ser que consiga superar os Tomados de volta ao sul. — Pude ouvir a risadinha sarcástica que veio com o comentário.

Caolho queria saber o que havia acontecido com o baú do tesouro da Companhia. Muito, muito tempo antes de nossos serviços prestados à Dama, tínhamos nos apossado de uma fortuna de moedas e pedras preciosas. Ela havia viajado conosco ao longo dos anos, através dos tempos bons e dos maus... O nosso seguro final, secreto, contra o amanhã.

Calado nos disse que estava lá em cima, em Telhadura, com o velho. Não tinha havido uma chance de tirá-lo de lá.

Caolho se abateu e chorou. Aquele baú significava mais para ele do que todas as vicissitudes passadas, presentes ou prometidas.

Duende caiu sobre ele. Voaram faíscas. O Tenente estava prestes a participar, quando alguém entrou pela porta.

— É melhor vocês irem lá em cima ver isso. — Ele sumiu antes que conseguíssemos descobrir o que quis dizer com aquilo.

Corremos acima para o convés principal.

O navio já estava a uns bons 3 quilômetros do Ancoradouro, arrastado pela corrente e pela maré. Mas o brilho do castelo negro iluminava tanto a nós quanto a Zimbro como se fosse um reluzente dia nublado.

O castelo formava a base de um chafariz de fogo que se elevava quilômetros no céu. Uma enorme figura se contorcia nas chamas. Seus lábios se mexiam. Longas e lentas palavras ecoavam pelo Ancoradouro.

— Ardath. Sua vadia.

Eu estava certo.

A mão da figura se ergueu lentamente, preguiçosamente, e apontou na direção de Telhadura.

— Eles têm corpos suficientes lá dentro — guinchou Duende. — O velho desgraçado está vindo.

Os homens observavam num terror embevecido. E eu também, capaz apenas de pensar que tivemos sorte de escapar a tempo. No momento, não sentia nada pelos homens que deixáramos para trás. Conseguia apenas pensar em mim mesmo.

— Ali — disse alguém baixinho. — Ah, olhem ali.

Uma bola de luz se formou na muralha de Telhadura. Ela inchou rapidamente, emitindo muitas cores. Era magnífica, como uma lua gigantesca de vitral girando lentamente. Tinha pelo menos 200 metros de diâmetro quando se separou de Telhadura e voou na direção do castelo negro. A figura que estava lá estendeu a mão para agarrar o globo, mas não conseguiu.

Dei uma risadinha.

— O que tem de engraçado nisso, porra? — exigiu o Tenente.

— Estou pensando como as pessoas em Zimbro devem se sentir, olhando para aquilo. Elas nunca viram feitiçaria.

A bola de vitral rolou e rolou. Por um momento, exibiu um lado que eu ainda não havia notado. Um lado que era um rosto. O rosto da Dama. Aqueles enormes olhos apáticos olhavam diretamente para mim, machucando. Sem pensar, falei:

— Eu não traí você. Você me traiu.

Juro pelos deuses que houve alguma forma de comunicação. Algo nos olhos disse que *ela* tinha ouvido, e ficara magoada com a acusação. Então o rosto rolou para o outro lado e não o vi novamente.

O globo flutuou até o chafariz de fogo. Sumiu ali. Pensei ter ouvido a demorada, lenta voz dizer:

— Eu tenho você, Ardath.

— Lá. Olhem lá — disse o mesmo homem, e nos viramos para Telhadura.

Sobre a muralha, onde a Dama tinha começado a se mover na direção do seu marido, surgiu outra luz. Por um instante não consegui entender o que estava acontecendo. Vinha na nossa direção, vacilando, erguendo-se, caindo.

— O tapete da Dama — sinalizou Calado. — Eu já o tinha visto.

— Mas quem...? — Não restava ninguém capaz de fazer um tapete voar. Os Tomados estavam todos no castelo negro.

A coisa começou a se movimentar com mais velocidade, transformando um frouxo sobe e desce numa velocidade cada vez maior. Veio na nossa direção, mais e mais veloz, descendo cada vez mais e mais.

— É alguém que não sabe o que está fazendo — opinou Caolho. — Alguém que vai se matar, se...

A coisa vinha direto para nós, agora um pouco mais de 15 metros acima da água. O navio iniciara a longa curva que o faria contornar o último promontório para o mar aberto. Eu supus:

— Talvez tenha sido enviado para nos atingir. Como um projétil. Para evitar nossa fuga.

— Não — disse Caolho. — Tapetes são preciosos demais. Difíceis de serem criados e mantidos. E o da Dama é o único que restou. Se for destruído, até mesmo ela terá de voltar a pé para casa.

O tapete baixou para 10 metros, aumentando rapidamente, enviando adiante um murmúrio audível. Devia estar viajando a 250 quilômetros por hora.

Então estava sobre nós, rasgando o cordame, roçando um mastro, rodopiando com o impacto e afastando-se ruidosamente 1 quilômetro. A água espirrou acima. O tapete quicou como uma pedra achatada, caiu novamente, quicou mais uma vez e se despedaçou na face de um rochedo. As energias do feitiço que governava o tapete degeneraram num clarão violeta.

E nenhuma palavra foi dita por qualquer membro da Companhia. Pois, quando o tapete se rasgara através do cordame, nós tínhamos visto de relance o rosto de seu condutor.

O Capitão.

Quem sabe o que ele estava fazendo? Tentando se juntar a nós? Provavelmente. Desconfio que foi à muralha com o objetivo de incapacitar o tapete para que não pudesse ser usado para nos perseguir. Talvez tenha planejado se jogar da muralha depois, para evitar ser interrogado mais tarde. E talvez tenha visto o tapete em ação muitas vezes para ser tentado pela ideia de usá-lo ele mesmo.

Não importa. Ele havia conseguido. O tapete não seria usado para nos perseguir. O Capitão não seria exposto ao Olho.

Mas fracassara em seu objetivo pessoal. Ele tinha morrido no norte.

Seu voo e sua morte nos distraíram enquanto o navio seguia pelo canal até que tanto Zimbro quanto o cume norte ficaram atrás do promontório. O fogo no castelo negro continuava, suas terríveis chamas extinguindo as estrelas, mas diminuía lentamente. A proximidade da alvorada reduzia seu brilho. E, quando um forte grito agudo percorreu o mundo, anunciando a derrota de alguém, fomos incapazes de determinar quem havia vencido.

Para nós, a resposta não interessava. Seríamos caçados tanto pela Dama quanto por seu marido, enterrado há muito tempo.

Alcançamos o mar e viramos para o sul, com os marinheiros ainda praguejando enquanto substituíam os cabos rompidos pela passagem do

Capitão. Nós, da Companhia, permanecíamos muito calados, espalhados pelo convés, sozinhos com nossos pensamentos. E só então comecei a me preocupar com os companheiros deixados para trás.

Realizamos um serviço religioso dois dias depois. Pranteamos cada um dos deixados para trás, em especial o Capitão. Cada sobrevivente dedicou um momento para louvá-lo. Ele fora chefe de família, patriarca, pai de todos nós.

Capítulo Quarenta

PRADOVIL: DESBRAVANDO

Tempo bom e ventos abundantes nos levaram a Pradovil sem demora. O capitão do navio ficou contente. Ele fora bem pago antecipadamente pelo incômodo, mas não perdeu tempo em extravasar uma manifestação sobre o nosso temperamento desprezível. Não tínhamos sido os melhores passageiros. Caolho, uma grande vítima de enjoos, se apavorou com o mar, e insistia para que todos os demais ficassem tão apavorados e enjoados quanto ele. Ele e Duende nunca deixavam de sacanear um ao outro, apesar de o Tenente ameaçar jogar a dupla para os tubarões. O Tenente estava com o humor tão ruim que eles o levavam mais ou menos a sério.

De acordo com o desejo do Capitão, elegemos o Tenente nosso Comandante e Manso se tornou seu imediato. Esse posto deveria ser de Elmo... Nós não chamávamos o Tenente de Capitão. Parecia bobagem, com o efetivo tão reduzido. Não restara o suficiente de nós para organizar uma boa gangue de rua.

A última das Companhias Livres de Khatovar. Quatro séculos de irmandade e tradição reduzidos a isso. Um bando em fuga. Não fazia sentido. Não parecia direito. Os grandes feitos de nossa irmandade passada mereciam coisa melhor de seus sucessores.

A arca do tesouro estava perdida, mas os próprios Anais tinham, de alguma forma, encontrado seu caminho para bordo. Acho que Calado os trouxe. Para ele, eram quase tão importantes quanto para mim. Na noite anterior à nossa entrada no porto de Pradovil, li para os soldados um trecho do Livro de Woeg, que narrava a história da Companhia após sua derrota e quase destruição ao longo do Forno, em Norssele. Somente 104 homens sobreviveram naquela ocasião, e a Companhia teve de regressar.

Eles não estavam prontos para isso. A dor ainda estava muito recente. Desisti em meio à leitura.

Fresca. Pradovil era refrescante. Uma cidade de verdade, e não um burgo descolorido como Zimbro. Deixamos o navio com pouco mais do que nossos braços e a riqueza que carregávamos em Zimbro. As pessoas nos olhavam temerosas, e também não havia pouco medo de nossa parte, pois não seríamos fortes o bastante para reagir se o príncipe local fizesse objeções à nossa presença. Os três magos eram nosso maior trunfo. O Tenente e Manso tinham esperanças de usá-los para conseguir algo que fornecesse meios para irmos em frente, a bordo de outro navio, com mais esperanças de retornar a terras que conhecíamos na costa sul do Mar das Tormentas. Isso, porém, significava uma eventual viagem por terra, pelo menos em parte, por áreas pertencentes à Dama. Eu achava que seria mais sensato descer pela costa, disfarçar nossa trilha e se juntar com alguém por lá, pelo menos até os exércitos da Dama se retirarem. Como fariam algum dia.

A Dama. Eu continuava pensando na Dama. Era bem provável que agora seus exércitos devessem aliança ao Dominador.

Localizamos tanto Agiota quanto Cabeça, poucas horas após termos desembarcado. Agiota havia chegado apenas dois dias antes de nós, tendo enfrentado mares e ventos desfavoráveis durante a viagem. O Tenente confrontou Cabeça imediatamente.

— Onde diabos você estava, rapaz? — Era óbvio que Cabeça havia transformado sua missão em férias prolongadas. Ele era desse tipo. — Você deveria ter voltado quando...

— Não pude, senhor. Somos testemunhas de um caso de assassinato. Não podemos deixar a cidade antes do julgamento.

— Caso de assassinato?

— Sim. Da morte de Corvo. Agi disse que você sabe disso. Bem, armamos para que Touro leve a culpa. Mas temos que ficar por aqui para que ele seja enforcado.

— Onde ele está? — perguntei.

— Na cadeia.

O Tenente lhe deu uma tremenda bronca, xingando e fazendo o maior estardalhaço enquanto os transeuntes observavam nervosamente uns caras durões xingando uns aos outros numa variedade de línguas misteriosas.

— Devemos sair da rua — sugeri. — Evitar chamar a atenção. Tenente, se não se importa, eu gostaria de conversar com Cabeça. Talvez esses outros caras possam lhe mostrar lugares onde se esconder. Cabeça, venha comigo. Vocês também. — Apontei para Calado, Duende e Caolho.

— Aonde vamos? — indagou Cabeça.

— Você escolhe. Algum lugar onde possamos conversar. A sério.

— Certo. — Ele mostrou o caminho, estabelecendo um passo rápido, querendo se distanciar do Tenente. — Aquilo é mesmo verdade? O que aconteceu lá em cima? O Capitão morreu e tudo o mais?

— É terrivelmente verdade.

Ele balançou a cabeça, admirado com a ideia de a Companhia ter sido destruída. Finalmente, perguntou:

— O que você quer saber, Chagas?

— Simplesmente tudo que você descobriu desde que chegou aqui. Principalmente sobre Corvo. Mas também sobre aquele sujeito, Asa. E o taverneiro.

— Barraco? Eu o vi outro dia. Pelo menos acho que vi. Só depois me dei conta de que era ele. Estava vestido diferente. Sim. Agi me contou que ele fugiu. Esse tal de Asa também. Ele eu acho que sei onde encontrar. Mas o tal de Barraco... Bem, se quer mesmo esse cara, vai ter de começar a procurar onde pensei tê-lo visto.

— Ele viu você?

A ideia pegou Cabeça de surpresa. Aparentemente isso não lhe tinha ocorrido. Às vezes ele não é um cara brilhante.

— Acho que não.

Fomos a uma taverna, a favorita dos marinheiros estrangeiros. Os clientes eram um bando de poliglotas tão esfarrapados quanto nós. Eles falavam uma dúzia de línguas. Nos instalamos numa mesa, usando a língua das Cidades Preciosas. Cabeça não a falava bem, mas a entendia. Eu duvidada de que mais alguém fosse capaz de acompanhar nossa conversa.

— Corvo — falei. — É sobre ele que quero saber, Cabeça.

Ele nos contou uma história que era quase exatamente a mesma que a de Asa, os contornos um pouco desiguais, como se poderia esperar de alguém que não foi uma testemunha ocular.

— Você continua achando que ele forjou tudo? — perguntou Caolho.

— Sim. É meio que um palpite, mas acho que forjou. Talvez, quando formos examinar o local, eu mude de ideia. Há algum meio de vocês saberem se ele está na cidade?

Eles botaram as cabeças para pensar em conjunto e chegaram a uma opinião negativa.

— Não sem possuirmos, para começar, algo que lhe pertenceu — opinou Duende. — Não temos isso.

— Cabeça, e Lindinha? E o navio de Corvo?

— Hã?

— O que aconteceu com Lindinha após a suposta morte de Corvo? O que aconteceu com seu navio?

— Não sei sobre Lindinha. O navio está ancorado em sua doca.

Trocamos olhares em volta da mesa. Eu falei:

— Esse navio tem que ser visitado, mesmo que tenhamos de lutar para subir a bordo. Os papéis de que lhes falei. Asa não tinha conhecimento deles. Quero que apareçam. São a única coisa que temos para conseguir tirar a Dama do nosso encalço.

— Se ainda houver uma Dama — comentou Caolho. — Não deve ter sobrado muita coisa dela se o Dominador escapou.

— Nem pense nisso. — Sem um motivo racional, eu tinha me convencido de que a Dama havia vencido. Em grande parte, tenho certeza, era um desejo. — Cabeça, vamos visitar o navio esta noite. E Lindinha?

— Eu já disse. Não sei.

— Você deveria ter procurado por ela.

— É. Mas ela meio que desapareceu.

— Desapareceu? Como?

— Não como, Chagas — observou Caolho, em resposta a uma vigorosa sinalização por parte de Calado. — O como agora é irrelevante. Quando.

— Está bem. Quando, Cabeça?

— Não sei. Ninguém a viu mais desde a noite anterior à morte de Corvo.

— Na mosca — disse Duende numa voz suave, amedrontada. — Malditos sejam seus olhos, Chagas, seu instinto estava certo.

— O quê? — perguntou Cabeça.

— Ela não teria desaparecido antecipadamente, a não ser que soubesse que alguma coisa iria acontecer.

— Cabeça, você deu uma olhada no local onde eles estavam alojados? Isto é, dentro dele? — perguntei.

— Dei sim. Alguém chegou lá antes de mim.

— O quê?

— Limparam o lugar. Perguntei ao estalajadeiro. Ele disse que não se mudaram. O quarto estava pago por mais um mês. Me pareceu que alguém soube que Corvo foi morto e decidiu fazer uma limpeza no lugar. Imaginei que tivesse sido o tal de Asa. Ele desapareceu logo depois.

— O que você fez então?

— O quê? Imaginei que vocês não queriam Touro de volta a Zimbro, então nós o acusamos da morte de Corvo. Havia muitas testemunhas, além de nós, que os viram brigando. O suficiente talvez para convencer um tribunal de que vimos realmente o que afirmamos.

— Você fez alguma coisa para localizar Lindinha?

Cabeça nada tinha a dizer. Olhou para suas mãos. O resto de nós trocou olhares irritados. Duende murmurou:

— Eu disse a Elmo que seria burrice mandá-lo.

Acho que foi. Em minutos, havíamos deparado com várias questões pendentes negligenciadas por Cabeça.

— Afinal, por que você está tão preocupado com essa porra, Chagas? — retrucou Cabeça. — Isto é, tudo está me parecendo um grande "e daí?".

— Olha, Cabeça. Goste ou não, quando os Tomados se voltaram contra nós, fomos empurrados para o outro lado. Agora somos Rosa Branca. Quer nós gostemos disso ou não. Eles virão atrás de nós. A única coisa que os rebeldes têm agora é a Rosa Branca. Certo?

— Se é que existe uma Rosa Branca.

— Existe, sim. Lindinha é a Rosa Branca.

— Sem essa, Chagas. Ela é surda e muda.

— Ela também é um ponto mágico negativo — observou Caolho.

— Hein?

— Mágica não funciona em volta dela. Notamos isso claramente em Talismã. E, se seguir o que é certo para ela, a nulidade se tornará mais forte à medida que for ficando mais velha.

Eu me lembro de ter notado coisas esquisitas com relação a Lindinha durante a batalha de Talismã, mas, na ocasião, não tirei qualquer conclusão.

— Do que você está falando?

— Eu lhe disse. Algumas pessoas são negativas. Em vez de terem talento para a feitiçaria, elas vão pelo caminho oposto. Mágica não funciona em volta delas. E, quando se pensa nisso, essa é a única maneira de a Rosa Branca fazer sentido. Como uma menina surda e muda conseguiria crescer para desafiar a Dama ou o Dominador em seu próprio terreno? Aposto que a Rosa Branca original não conseguiu.

Eu não sabia dizer. Não houvera nada nas histórias sobre seus poderes ou sobre a notável ausência deles.

— Isso torna mais importante a questão de encontrá-la.

Caolho concordou.

Cabeça pareceu desconcertado. Era fácil deixá-lo aturdido, concluí. Expliquei:

— Se mágica não funciona em volta dela, temos de encontrá-la e ficar perto dela. Então os Tomados não poderão nos afetar.

— Não esqueçam que eles têm exércitos inteiros que podem mandar contra nós — disse Caolho.

— Se eles nos quiserem tanto assim... Ah, meu Deus.

— O que foi?

— Elmo. Se ele não foi morto. Ele sabe o suficiente para pôr o império inteiro no nosso rastro. Talvez até na esperança de que a gente os leve a Lindinha.

— O que vamos fazer?

— Por que está olhando para mim?

— Você é o único que parece saber o que está acontecendo, Chagas.

— Está bem. Acho. Primeiro, vamos descobrir sobre Corvo e Lindinha. Especialmente Lindinha. E precisamos agarrar Barraco e Asa novamente, para o caso de saberem alguma coisa útil. Temos de agir depressa e dar o fora da cidade antes que o império caia sobre nós. Sem perturbar os habitantes locais. É melhor termos uma conversa com o Tenente. Botar tudo na mesa para todo mundo, então decidir exatamente o que fazer.

Capítulo Quarenta e Um

PRADOVIL: O NAVIO

O nosso navio, aparentemente, foi o último a deixar Zimbro. Ficamos à espera de que um barco posterior trouxesse notícias. Não veio nenhum. A tripulação do nosso barco também não nos fez qualquer favor. Eles ficaram se queixando para a cidade toda. Fomos soterrados por curiosos habitantes locais, por gente preocupada com parentes em Zimbro e pelo governo da cidade, aflito com a possibilidade de um grupo de refugiados barra pesada causar problemas. Manso e o Tenente lidavam com tudo isso. A luta pela sobrevivência foi transferida para o restante de nós.

Os três magos, Otto, Cabeça, Agiota e eu andamos furtivamente pela sombria zona do porto de Pradovil após a meia-noite. Havia fortes patrulhas policiais para despistar. Nós nos livramos delas com a ajuda de Caolho, Duende e Calado. Duende foi especialmente útil. Possuía um encanto capaz de colocar homens para dormir.

— Lá está ele — sussurrou Cabeça, indicando o navio de Corvo. Mais cedo, tentei descobrir se as taxas portuárias estavam sendo pagas. Não tive sorte.

Era um navio grande, excelente, com uma aparência de novo que a escuridão não era capaz de ocultar. Apenas as luzes normais queimavam a bordo: proa, topo de mastro de popa, bombordo, estibordo e uma na parte superior do passadiço, onde um solitário marinheiro entediado montava guarda.

— Caolho?

Ele balançou a cabeça.

— Não sei dizer.

Sondei os outros. Nem Calado nem Duende detectaram qualquer coisa fora do comum.

— Muito bem, Duende. Faça sua jogada. Esse será o teste definitivo, não?

Ele confirmou com a cabeça. Se Lindinha estivesse a bordo, seu feitiço não afetaria o vigia.

Agora que todos haviam aceitado minha suspeita de que Corvo estava vivo, eu começara a questioná-la. Não via sentido no fato de ele ainda não ter fugido, levando seu dispendioso navio para muito longe. Talvez para as ilhas.

Aquelas ilhas me intrigavam. Eu achava que devíamos pegar um navio e seguir para lá. Mas era preciso levar alguém que conhecesse o caminho. As ilhas ficavam muito distantes e não havia qualquer comércio regular com elas. Não havia como chegar lá por adivinhação.

— Pronto — avisou Duende. — Ele apagou.

O marinheiro no tombadilho superior tinha afundado em seu banquinho. Os braços estavam cruzados sobre a amurada e a testa sobre os braços.

— Nada de Lindinha — falei.

— Nada de Lindinha.

— Há mais alguém aqui por perto?

— Não.

— Então vamos. Sejamos discretos, rápidos, essas coisas.

Atravessamos o píer e subimos o passadiço. O marinheiro se agitou. Duende o tocou e ele ficou como morto. Em seguida, Duende se apressou adiante, depois para ré, até os homens que estavam junto às rateiras. Ele voltou balançando a cabeça.

— Mais oito homens lá embaixo, todos dormindo. Vou cuidar deles. Vão em frente.

Começamos na cabine maior, supondo ser a do dono. Era. Ela ficava na popa, onde costumava ficar a cabine do mestre, e estava dividida em seções. Em uma delas, encontrei coisas que indicavam que havia sido ocupada por Lindinha. Do lado de Corvo, encontramos roupas sujas descartadas havia algum tempo. Tinha bastante poeira, indicando que fazia semanas que ninguém visitava a cabine.

Não encontramos os papéis que eu procurava.

Achamos dinheiro. Uma quantia substancial. Estava habilidosamente escondido, mas o sentido de Caolho para essas coisas é infalível. Ali estava um baú transbordando de prata.

— Não creio que Corvo vá precisar disso, se está morto — comentou Caolho. — E, se não estiver... Bem, que pena. Seus velhos amigos estão necessitados.

As moedas eram estranhas. Após analisá-las, reconheci qual era a estranheza. Eram iguais às moedas que Barraco recebera no castelo negro.

— Fareje estas coisas — pedi a Caolho. — São do castelo negro. Veja se há algo de errado com elas.

— Negativo. Boas como ouro. — Deu uma risadinha.

— Hum. — Não senti qualquer escrúpulo em me apoderar do dinheiro. Corvo o obteve por meios escusos. Por isso, era de quem pegasse. Não tinha procedência, como diziam em Zimbro. — Cheguem mais perto. Tive uma ideia. — Recuei para as luzes de popa, onde conseguia observar as docas através da vidraça.

Eles se acotovelaram em torno de mim e do baú.

— Como é que é? — questionou Duende.

— Por que nos conformarmos só com o dinheiro? Por que não tomamos a porra do navio? Se Corvo está morto, ou fingindo que está, o que vai dizer sobre isso? Poderemos torná-lo nosso quartel-general.

Duende gostou da ideia. Mas Caolho não. Principalmente porque navios tinham a ver com água.

— E a tripulação? — perguntou. — E a capitania do porto? Vão jogar a lei em cima da gente.

— Talvez. Mas acho que podemos cuidar disso. Nos mudamos para cá e trancamos a tripulação, então não haverá ninguém para reclamar. Sem ninguém para reclamar, por que a capitania se interessaria?

— A tripulação inteira não está a bordo. Alguns homens estão na cidade.

— Vamos agarrá-los quando voltarem. Que diabos, cara, que modo melhor de estar pronto para se mandar depressa? E que lugar melhor para esperar Corvo aparecer?

Caolho desistiu de se opor. Ele é essencialmente preguiçoso. Houve, também, um brilho em seus olhos que revelou que estava pensando à frente dos planos.

— É melhor falar com o Tenente — argumentou. — Ele conhece navios. Duende conhecia Caolho muito bem.

— Não conte comigo, se está pensando em nos tornar piratas. Já tive toda a aventura que desejava. Quero ir para casa.

A discussão começou, as vozes ficaram altas, e tive de mandá-los se calar.

— Vamos nos preocupar em como seguir em frente nos próximos dias — rugi. — Vamos nos preocupar depois com o que faremos depois. Olhem. Temos roupas que pertenceram a Lindinha e Corvo. Vocês agora conseguem encontrá-los?

Juntaram as cabeças. Após alguma discussão, Duende anunciou:

— Calado acha que consegue. O problema é que ele tem que fazer isso como um cachorro. Encontrar um rastro e segui-lo por todos os lugares onde Corvo esteve. Até o ponto onde ele morreu. Ou não. Se não morreu, até onde está agora.

— Mas isso... Droga. Vai localizá-lo onde esteve uns dois meses atrás.

— As pessoas passam muito tempo num mesmo lugar, Chagas. Calado poderia pular essa parte.

— Mesmo assim, parece demorado.

— É o melhor que você pode ter. A não ser que ele venha a nós. O que talvez não possa fazer.

— Está bem. Está bem. E quanto ao navio?

— Pergunte ao Tenente. Vejamos se conseguimos encontrar os seus malditos papéis.

Não havia papéis. Caolho não conseguiu detectar nada escondido em lugar algum. Se eu quisesse rastrear os papéis teria de começar com a tripulação. Alguém deve ter ajudado Corvo a transportá-los.

Deixamos o navio. Duende e Agiota encontraram um ótimo lugar do qual poderiam vigiá-lo. Calado e Otto foram seguir o rastro de Corvo. O resto de nós voltou e acordou o Tenente. Ele achou que a tomada do navio era uma boa ideia.

Jamais gostara muito de Corvo. Acho que ele foi motivado por mais do que considerações práticas.

Capítulo Quarenta e Dois

PRADOVIL: O REFUGIADO

Os boatos e as histórias inacreditáveis varreram rapidamente Pradovil. Barraco soube do navio vindo de Zimbro poucas horas após sua chegada. Ficou aturdido. A Companhia Negra em fuga? Esmagada por seus amos? Não fazia sentido. O que diabos estava acontecendo lá em cima?

Sua mãe. Sal. Seus amigos. O que acontecera com eles? Se metade das histórias fosse verdadeira, Zimbro era devastação pura. A luta contra o castelo negro consumira a cidade.

Ele queria desesperadamente encontrar alguém, perguntar sobre sua gente. Conteve o ímpeto. Tinha de esquecer sua terra natal. Conhecendo o tal de Chagas e sua turma, a coisa toda podia ser um truque para fazê-lo aparecer.

Permaneceu escondido durante um dia, em seu quarto alugado, deliberando, até se convencer de que não deveria fazer nada. Se estava em fuga, a Companhia partiria novamente. Em breve. Seus antigos amos deviam estar à sua procura.

Os Tomados viriam atrás dele também? Não. Não tinham qualquer rixa com ele. Não se importavam com seus crimes. Apenas os Custódios o queriam... Ficou pensando em Touro apodrecendo na prisão, acusado do assassinato de Corvo. Ele não entendia aquilo, de modo algum, mas estava nervoso demais para investigar. A resposta não era significativa na equação da sobrevivência de Barraco Castanho.

Após um dia de isolamento, decidiu retomar sua busca por um lugar de negócios. Procurava uma sociedade numa taverna, tendo decidido se manter num ramo que conhecia.

Tinha de ser um lugar melhor. Um lugar que não o levasse a dificuldades financeiras, como acontecera com o Lírio. Cada vez que se lembrava de lá, sofria momentos de saudade e nostalgia, de profunda solidão. Ele fora um solitário por toda a vida, mas nunca ficara sozinho. O exílio era repleto de dor.

Caminhava por uma rua estreita, sombreada, indo penosamente colina acima através da lama deixada pela chuva da noite, quando algo no canto de seu olho causou calafrios nas profundezas de sua alma. Ele parou e girou tão depressa que derrubou outro pedestre. Ao ajudar o homem a se levantar, desculpando-se profusamente, olhou para as sombras de um beco.

— É a consciência me pregando peças, eu acho — murmurou após se afastar de sua vítima. Mas sabia que não era isso. Ele tinha visto aquilo. Ouvira seu nome ser chamado baixinho. A criatura tinha ido para a brecha entre dois prédios, sem esperar por ele.

Um quarteirão adiante, ele riu nervosamente, tentando se convencer de que, afinal de contas, fora um truque da imaginação. Que diabos criaturas do castelo estariam fazendo em Pradovil? Elas tinham sido dizimadas... Mas os caras da Companhia que haviam fugido pra cá não tinham certeza disso, não é mesmo? Eles tinham fugido antes de a luta terminar. Apenas esperavam que seus chefes tivessem vencido, porque o outro lado era ainda pior do que o deles.

Estava sendo tolo. De que modo a criatura teria chegado aqui? Nenhum capitão de navio venderia passagem para uma coisa como aquela.

— Barraco, você está se preocupando à toa.

Entrou numa taverna chamada O Copo de Rubi, gerenciada por um homem chamado Selkirk. O senhorio de Barraco havia recomendado ambos.

As discussões foram frutíferas. Barraco concordou em voltar na tarde seguinte.

Barraco compartilhava uma cerveja com seu provável sócio. Sua proposta parecia boa, pois Selkirk havia ficado satisfeito com ele, pessoalmente, e agora fazia propaganda da taverna.

— Os negócios à noite vão melhorar novamente, assim que o medo passar.

— Medo?

— Sim. Algumas pessoas têm desaparecido nesta vizinhança. Cinco ou seis na semana passada. Após o anoitecer. Não do tipo que normalmente é sequestrado para trabalhar em navios. Por causa disso, as pessoas têm ficado em casa. Não estamos tendo o mesmo movimento normal das noites.

A temperatura pareceu cair cinco graus. Barraco permanecia sentado duro como uma tábua, os olhos vazios, o antigo temor deslizando através dele como cobras penetrando-o. Seus dedos se ergueram para a forma do amuleto escondido embaixo da camisa.

— Ei, Barraco, o que foi?

— Foi assim que começou em Zimbro — disse ele, sem perceber que estava falando. — Só que eram apenas os mortos. Mas eles queriam vivos. Se eles conseguiram isso, eu tenho de ir embora.

— Barraco? O que diabos há de errado?

Ele saiu momentaneamente do transe.

— Ah. Sinto muito, Selkirk. Sim. Estou de acordo. Mas tem uma coisa que preciso fazer antes. Uma coisa que preciso checar.

— O quê?

— Não tem nada a ver com você. Conosco. Está tudo certo. Vou trazer minhas coisas amanhã, e poderemos nos reunir com as pessoas necessárias para fecharmos legalmente o negócio. Apenas preciso fazer outra coisa agora.

Ele saiu do local praticamente correndo, sem saber ao certo o que poderia fazer ou por onde poderia começar, nem mesmo se sua hipótese era racional. Mas tinha certeza de que o que acontecera em Zimbro voltaria a acontecer em Pradovil. E muito mais depressa se as criaturas estivessem fazendo sua própria coleta.

Tocou novamente no amuleto, imaginando o quanto de proteção ele proporcionava. Era poderoso? Ou apenas uma promessa?

Correu para a casa de cômodos, onde as pessoas foram pacientes com suas perguntas, sabendo que ele era forasteiro. Perguntou por Corvo. O assassinato fora assunto da cidade, pois um policial estrangeiro fora acusado pelos seus próprios homens. Mas ninguém sabia de nada. Não houve qualquer testemunha ocular da morte de Corvo, exceto Asa. E Asa estava em Zimbro. Provavelmente morto. A Companhia Negra não iria querer que ele se tornasse testemunha contra ela.

Conteve um impulso de entrar em contato com os sobreviventes. Talvez também o quisessem fora do caminho.

Estava por conta própria em relação a isso.

O local onde Corvo morrera parecia um lugar provável para começar. Quem sabia onde ficava? Asa. Asa não estava disponível. Quem mais? Que tal Touro?

Suas entranhas deram um nó. Touro representava tudo o que ele temia em casa. Estava numa cela, mas continuava sendo um símbolo. Conseguiria Barraco enfrentar o homem?

O homem lhe diria alguma coisa?

Encontrar Touro não era problema. A cadeia principal não saiu do lugar. Conseguir coragem para enfrentá-lo, mesmo por trás das grades, era outra questão. Mas aquela cidade inteira estava debaixo de sombras.

O tormento abalava Barraco. A culpa o partia ao meio. Ele fizera coisas que o deixaram incapaz de conviver consigo mesmo. Cometera crimes pelos quais não havia uma retribuição possível. E, no entanto, ali havia alguma coisa...

— Você é um idiota, Barraco Castanho — disse a si mesmo. — Não se preocupe com isso. Pradovil pode cuidar de si mesma. Simplesmente se mude para outra cidade.

Algo, porém, mais profundo do que a covardia, disse-lhe que não podia fugir. E não apenas de si mesmo. Uma criatura do castelo negro aparecera em Pradovil. Dois homens com quem ele fizera negócios envolvendo o castelo tinham vindo para cá. Não podia ser coincidência. E se ele se mudasse? O que impediria as criaturas de aparecerem novamente aonde quer que fosse?

Ele fizera um acordo com um demônio. Em um nível visceral, sentia que a rede na qual fora envolvido teria de se desfiar, fio por fio.

Afastou o eternamente covarde Barraco e o substituiu pelo Barraco que havia caçado com Krage e finalmente matara seu atormentador.

Não se lembrava do papo furado que teve de usar para passar pelos guardas, mas traçou seu caminho de mentiras para ir ver Touro.

O Inquisidor não perdera nada de seu espírito. Veio até as barras cuspindo, xingando e prometendo uma morte excruciante para Barraco.

Barraco contra-atacou:

— Você não vai matar ninguém, a não ser uma barata aí dentro. Cale a boca e escute. Esqueça quem você era, lembre-se de onde está. Eu sou sua única esperança de sair daqui. — Barraco ficou espantado. Teria conseguido apenas metade daquela firmeza sem as barras?

O rosto de Touro ficou branco.

— Vá em frente. Fale.

— Não sei o quanto você ouviu aqui. Provavelmente nada. Vou colocá-lo a par. Após você ter deixado Zimbro, o restante da Companhia Negra apareceu. Tomou conta de tudo. A Dama deles e não sei o que mais foram para a cidade. Atacaram o castelo negro. Não sei qual o resultado dessa ação. Pelas notícias que chegaram até aqui, aparentemente a cidade foi arrasada. Durante a luta, alguns caras da Companhia tomaram um navio e deram o fora porque seus amos iriam se voltar contra eles. O porquê, eu não sei.

Touro o encarou, pensativo.

— Isso é verdade?

— Pelo que ouvi, de segunda mão.

— Foram esses sacanas da Companhia Negra que me ferraram aqui. Me acusaram falsamente. Eu só tive uma briga com Corvo. Porra, ele quase *me* matou.

— Ele agora está morto. — Barraco descreveu o que Asa tinha visto. — Tenho uma ideia do que o matou e por quê. O que preciso saber é onde isso aconteceu. Para ter certeza. Me diga isso e tentarei tirar você daqui.

— Sei apenas aproximadamente. Sei onde topei com Corvo e que caminho ele e Asa tomaram quando foram embora. Isso levará você bem perto. Por que quer saber?

— Acho que as criaturas do castelo plantaram alguma coisa em Corvo. Como uma semente. Acho que foi por isso que ele morreu. Como o homem que levou a semente original a Zimbro.

Touro franziu a testa.

— Sim. Parece exagerado. Mas ouça. Dia desses, vi uma das criaturas perto de onde eu estava. Me observando. Espere! Eu sei como se parecem. Eu estive com elas. Além disso, pessoas estão desaparecendo. Não muitas ainda. Não o suficiente para causar uma grande agitação. Mas o suficiente para assustar as pessoas.

Touro foi para o fundo da cela e sentou-se no chão com as costas apoiadas na parede. Ficou calado por mais de um minuto. Barraco esperou nervosamente.

— Qual é o seu interesse, taverneiro?

— Pagar uma dívida. Touro, a Companhia Negra me manteve prisioneiro por algum tempo. Aprendi bastante sobre aquele castelo. Era mais horrível do que se imaginava. Era uma espécie de porta, através da qual uma criatura chamada de o Dominador tentava entrar no mundo. Eu contribuí para o crescimento dessa coisa. Ajudei a atingir o ponto que atraiu a Companhia Negra e seus amigos feiticeiros. Se Zimbro foi destruída, a culpa foi mais minha do que de qualquer outra pessoa. Agora o mesmo destino ameaça Pradovil. Posso fazer algo para evitar isso. Se conseguir encontrar essa coisa.

Touro começou a rir em silêncio. Mas logo se tornou uma risadinha. A risadinha virou gargalhada.

— Então apodreça aqui! — berrou Barraco, e começou a ir embora.

— Espere!

Barraco se virou.

Touro conteve suas gargalhadas.

— Desculpe. É tão incongruente. Você, tão íntegro. Isto é, eu realmente acredito que fala sério. Está bem, Barraco Castanho. Tente. E, se conseguir me tirar daqui, pode ser que eu não o arraste de volta para Zimbro.

— Não existe Zimbro para onde me arrastar, Touro. Os boatos dizem que a Dama planeja saquear as Catacumbas após terminar com o castelo negro. Sabe o que isso significa. Rebelião total.

O humor de Touro desapareceu.

— Siga direto pela Via Torta e passe o marco de 30 quilômetros. À esquerda, no acesso à primeira fazenda, sob um carvalho morto. Siga pelo menos uns 10 quilômetros por ali. Bem depois das fazendas. É uma região agreste. É melhor ir armado.

— Armado? — Barraco abriu um largo sorriso constrangido. — Barraco Castanho nunca teve peito de aprender a usar uma arma. Obrigado.

— Não me esqueça, Barraco. Meu julgamento será na primeira semana do próximo mês.

— Certo.

Barraco desmontou e passou a conduzir a mula alugada ao chegar a um ponto que calculou ser 10 quilômetros após a Via Torta. Caminhou quase por mais 1 quilômetro. O caminho era pouco mais do que uma trilha de caça, serpeando através do terreno irregular densamente coberto de pés de madeiras duras. Não viu vestígios de que alguém já tivesse viajado por aquelas bandas. Estranho. O que Corvo e Asa estavam fazendo ali? Não imaginou qualquer motivo que fizesse sentido. E Asa havia alegado que eles estavam fugindo de Touro. Se fosse o caso, por que não continuaram seguindo pela Via Torta?

Seus nervos se retesaram. Tocou o amuleto, a faca escondida na manga. Ele havia esbanjado e comprado duas boas armas curtas, uma para o cinturão e outra para a manga.

Elas faziam muito pouco para aumentar sua confiança.

A trilha passou a descer a colina, em direção a um riacho, seguiu a seu lado por uns 100 metros e saiu numa larga clareira. Barraco quase entrou ali. Ele era uma pessoa urbana. Nunca havia estado em uma região mais agreste do que o Reservado.

Um senso inato de cautela o deteve à beira da clareira. Apoiou-se em um dos joelhos, afastou a vegetação rasteira e xingou baixinho quando a mula o cutucou com o focinho.

Sua suspeita se confirmou.

Um grande montículo negro se erguia lá. Já estava do tamanho de uma casa. Barraco olhou para rostos congelados em gritos de terror e agonia.

Um lugar perfeito para aquilo. Crescendo àquela velocidade, ficaria completo antes que alguém descobrisse. A não ser por acidente. E o descobridor acidental se tornaria parte dele.

O coração de Barraco disparou. Só queria voltar correndo para Pradovil e gritar pelas ruas que a cidade corria perigo. Já vira o bastante. Sabia o que viera averiguar. Hora de se mandar.

Foi adiante, lentamente. Largou as rédeas da mula, mas ela continuou indo em frente, interessada no capim alto. Barraco aproximou cautelosamente da massa disforme negra, alguns passos de cada vez. Nada aconteceu. Deu a volta naquilo.

A forma da coisa começava a ficar mais evidente. Seria idêntica à fortaleza que assomava Zimbro, exceto pelo modo como suas fundações se amoldavam à terra. O portão ficaria voltado para o sul. Um caminho de terra bem batida levava a um buraco mais abaixo ali. Nova confirmação de suas suspeitas.

De onde tinham vindo as criaturas? Elas perambulavam à vontade pelo mundo, escondidas na beira da noite, vistas apenas por aqueles que comerciavam com elas?

Retornando para o lado do qual havia se aproximado, tropeçou em algo.

Ossos. Ossos humanos. Um esqueleto — cabeça, braços, pernas, parte do peito sumida. Ainda vestido com as roupas em farrapos que ele vira Corvo usar centenas de vezes. Ajoelhou-se.

— Corvo. Eu odiava você. Mas também o amava. Você foi o pior vilão que já conheci. E o melhor amigo que já tive. Você me fez começar a pensar como homem. — Lágrimas inundaram seus olhos.

Buscou nas memórias infantis e, finalmente, encontrou a oração para a passagem da morte. Começou a cantar numa voz que não tinha noção de como entoar uma melodia.

O capim assobiou apenas uma vez, no limite da audição. A mão pousou em seu ombro. Uma voz falou:

— Barraco Castanho.

Barraco deu um grito agudo e sacou a faca do cinturão.

Capítulo Quarenta e Três

PRADOVIL: RASTRO FRESCO

Não tive uma boa noite de sonho após visitar o navio de Corvo. Foi uma noite cheia de sonhos. De pesadelos, se desejar. De terrores que não ousei mencionar quando acordei, pois os outros já tinham problemas e temores suficientes.

Ela veio a mim em meu sono, como nunca viera desde nossa horrível retirada quando os rebeldes se aproximavam de Talismã, muito tempo atrás. Ela veio, um brilho dourado que poderia não ser um sonho, pois parecia estar ali no aposento que eu dividia com outros cinco homens, iluminando-os e ao quarto, enquanto eu permanecia deitado, o coração martelando, olhando incrédulo. Os outros não reagiram e, depois, não tive certeza se imaginara ou não a coisa toda. Tinha sido como as visitas de antigamente.

— Por que me abandonou, médico? Eu o tratei menos do que bem?

Aturdido, confuso, grasnei:

— Era fugir ou ser morto. Não teríamos fugido se houvesse outra opção. Nós a servimos fielmente, através de perigos e horrores maiores do que quaisquer outros na história da Companhia. Marchamos aos confins da terra por você, sem reclamar. E, quando chegamos à cidade de Zimbro e gastamos metade de nossas forças atacando o castelo negro, soubemos que seríamos recompensados sendo destruídos.

Aquele maravilhoso rosto formado na nuvem dourada. Aquele maravilhoso rosto torcido de tristeza.

— Sussurro planejou aquilo. Sussurro e Pluma. Por motivos próprios. Mas Pluma sumiu e Sussurro foi disciplinada. Em todo o caso, não teria permitido tal crime. Vocês eram meus instrumentos escolhidos. Não permitiria maquinações dos Tomados para machucar vocês. Voltem.

— É tarde demais, Dama. A sorte está lançada. Muitos homens bons foram perdidos. Nosso ânimo se foi. Envelhecemos. Nosso único desejo é voltar para o sul, para descansar debaixo do sol quente e esquecer.

— Voltem. Há muita coisa a ser feita. Vocês são meus instrumentos escolhidos. Eu os recompensarei como soldado algum jamais foi recompensado.

Não consegui detectar uma insinuação de traição. Mas o que significava aquilo? Ela era antiga. Tinha enganado o marido, que era muito mais difícil de ser passado para trás do que eu.

— É tarde demais, Dama.

— Volte, médico. Pelo menos você. Preciso de sua pena de escrever.

Não sei por que falei o que disse a seguir. Não foi a coisa mais sensata se ela estava sentindo o mínimo de benevolência em relação a nós ou pouco disposta a vir uivando em nosso encalço.

— Faremos mais uma coisa por você. Porque estamos velhos, cansados e queremos ficar fora de guerras. Não ficaremos contra você. Se não ficar contra nós.

A tristeza irradiou do brilho.

— Lamento. Lamento sinceramente. Você foi um dos meus favoritos. Um efêmero que me intrigou. Não, médico. Isso não é possível. Você não consegue ficar neutro. Nunca conseguiu. Tem de ficar do meu lado ou contra mim. Não há meio termo.

E com isso a nuvem dourada se desfez, e mergulhei num sono profundo — se é que estivera acordado.

Acordei me sentindo descansado, mas preocupado, de início incapaz de me lembrar da visita. Então ela voltou com um estrondo à consciência. Vesti-me apressadamente e corri para o Tenente.

— Tenente, temos de nos movimentar depressa. Ela venceu. Está vindo atrás de nós.

Ele pareceu aturdido. Contei-lhe sobre a visão noturna. Aceitou isso com ressalvas até que lhe disse que ela já havia feito isso, durante a longa retirada e a série de contatos que levaram as forças principais dos rebeldes aos portões de Talismã. Ele não queria acreditar em mim, mas não ousaria fazer o contrário.

— Então saia daqui e encontre o tal de Asa — disse ele. — Manso, vamos nos mudar para aquele navio esta noite. Chagas, espalhe a notícia. Partiremos dentro de quatro dias, quer encontrem Corvo ou não.

Grasnei um protesto. A questão crítica agora era encontrar Lindinha. Ela era a nossa esperança. Perguntei:

— Por que quatro dias?

— Levamos quatro dias para velejar de Zimbro para cá. O tempo todo com vento bom e mar tranquilo. Se a Dama partiu quando você a rejeitou, ela não conseguirá chegar aqui mais depressa. Por isso eu lhe darei esse tempo. Depois nos lançaremos ao mar. Mesmo que tenhamos que abrir caminho lutando.

— Está bem. — Não gostei, mas ele era o homem que tomava as decisões. Nós o tínhamos elegido para aquilo. — Hagop, encontre Cabeça. Vamos procurar Asa.

Hagop saiu correndo como se seu rabo estivesse em chamas. Trouxe Cabeça de volta em minutos. Ele estava reclamando porque ainda não tinha comido nem tirado suas oito horas de sono.

— Cale-se, Cabeça. Estamos ferrados — expliquei, embora não fosse necessário. — Pegue alguma coisa fria e coma no caminho. Temos que encontrar Asa.

Hagop, Cabeça, Caolho e eu saímos para a rua. Como sempre, atraímos muita atenção dos feirantes matutinos, não apenas porque tínhamos vindo de Zimbro, mas porque Caolho era uma excentricidade. Eles nunca tinham visto um negro em Pradovil. A maioria das pessoas nunca tinha ouvido falar em negros.

Cabeça nos conduziu por cerca de 1,5 quilômetro através de ruas sinuosas.

— Acho que Asa está entocado na mesma área de antes. Ele a conhece. E também não é muito inteligente, portanto não lhe ocorreria se mudar de lá só porque viemos para a cidade. Provavelmente planeja se manter na moita até a gente ir embora. Ele deve ter imaginado que temos de nos manter em movimento.

Seu raciocínio pareceu lógico. E provou ser. Interrogou algumas pessoas com quem se encontrara durante uma bisbilhotada anterior e rapidamente descobriu que Asa, de fato, estava escondido na área. Mas ninguém tinha certeza de onde.

— Cuidaremos disso rapidinho — anunciou Caolho.

Parou num vão de porta e executou uns truques mágicos baratos que eram apenas estardalhaço. Isso atraiu a atenção dos pivetes mais próximos. As ruas de Pradovil estavam o tempo todo apinhadas de crianças.

— Vamos sumir — falei para os outros. Devíamos ser intimidadores para aqueles olhinhos. Subimos a rua e deixamos Caolho atrair a multidão.

Ele recompensou justamente as crianças. É claro. Quinze minutos depois voltou para junto de nós, seguido de uma comitiva de meninos de rua.

— Consegui — avisou. — Meus amiguinhos nos mostrarão onde.

Às vezes ele me espanta. Eu teria apostado que odiava crianças. Isto é, quando ele as menciona, o que acontece cerca de uma vez por ano, é para dizer se são mais saborosas assadas ou cozidas.

Asa estava entocado numa casa de cômodos típica de favelas do mundo inteiro. Uma verdadeira ratoeira/armadilha de fogo. Creio que ganhar dinheiro não mudou seus hábitos. Ao contrário do velho Barraco, que pirou quando conseguiu grana para gastar.

Só havia uma saída, o caminho pelo qual entramos. As crianças nos seguiram. Não gostei daquilo, mas o que poderia fazer?

Invadimos o quarto que Asa chamava de lar. Ele estava deitado num catre num dos cantos. Outro homem, fedendo a vinho, estava caído ali perto, numa poça de vômito. Asa estava enroscado, o corpo formando uma bola, roncando.

— Hora de acordar, meu bem. — Sacudi-o delicadamente.

Ele ficou tenso ao toque de minha mão. Seus olhos se abriram de repente e se encheram de terror. Empurrei-o para baixo quando ele tentou se levantar de um pulo.

— Peguei você novamente — falei.

Ele engoliu em seco. Não saiu qualquer palavra.

— Calma, Asa. Ninguém vai machucar você. Só queremos que nos mostre onde Corvo caiu. — Recolhi a mão.

Ele rolou de lado lentamente, olhou-nos como um gato encurralado por cães.

— Vocês estão sempre dizendo que querem apenas uma coisa.

— Seja legal, Asa. Não queremos engrossar. Mas faremos isso, se for preciso. Temos quatro dias até a Dama chegar aqui. Vamos encontrar Lindinha antes disso. Você vai nos ajudar. O que fizer depois é problema seu.

Caolho bufou baixinho. Ele tinha visões de Asa com a garganta cortada. Imaginou que o homenzinho não merecia nada melhor.

— Desçam a Via Torta. Virem à esquerda no acesso à primeira fazenda depois do marco de 30 quilômetros. Continuem seguindo em direção a leste até chegarem ao local. São cerca de 10 quilômetros. A estrada se torna uma trilha. Não se preocupem com isso. Continuem seguindo e chegarão lá. — Fechou os olhos, rolou de volta e fingiu roncar.

Sinalizei para Hagop e Cabeça.

— Levantem ele.

— Ei — berrou Asa. — Eu já lhes disse. O que mais querem?

— Quero que você venha junto. Por via das dúvidas.

— Por quê?

— Para o caso de você estar mentindo e eu poder botar depressa as mãos em você.

— Não acreditamos que Corvo morreu — acrescentou Caolho.

— Eu *vi* ele morrer.

— Você viu alguma coisa — argumentei. — Não creio que tenha sido Corvo. Vamos.

Agarramos seus braços. Falei para Hagop conseguir cavalos e provisões. Mandei Cabeça dizer ao Tenente que só voltaríamos no dia seguinte. Dei a Hagop um punhado de moedas de prata do baú de Corvo. Os olhos de Asa se arregalaram ligeiramente. Ele reconheceu a cunhagem, se não a sua fonte imediata.

— Vocês não podem me forçar — protestou ele. — Vocês, aqui, não são mais do que eu. Se formos para a rua, tudo o que tenho a fazer é gritar e...

— E se arrepender de ter gritado — disse Caolho.

Ele fez algo com as mãos. Um suave brilho violeta formou uma teia entre seus dedos, coagulou-se formando algo parecido com uma serpente que deslizou por cima e por baixo dos dedos.

— Este amiguinho aqui pode rastejar para o interior do seu ouvido e comer seus olhos por dentro. Não vai conseguir gritar alto ou depressa o bastante para evitar que eu o atice contra você.

Asa engoliu em seco e se tornou mais dócil.

— Tudo o que quero é que você me mostre o lugar — insisti. — E depressa. Não tenho muito tempo.

Asa se rendeu. Ele esperava o pior de nós, é claro. Passara muito tempo na companhia de vilões terríveis.

Hagop trouxe os cavalos meia hora depois. Cabeça levou outra meia hora para se juntar a nós. Era Cabeça, então o sujeito se retardou e, quando apareceu, Caolho lhe lançou um olhar que o fez empalidecer e meio que sacar a espada.

— Vamos embora — grunhi.

Não gostava do modo como a Companhia estava se enroscando sobre si mesma, como um animal ferido tentando morder o próprio flanco. Estabeleci um ritmo veloz, na esperança de manter todo mundo cansado e ocupado demais para se queixar.

As indicações de Asa se mostraram corretas e fáceis de seguir. Fiquei contente e, quando ele percebeu isso, pediu permissão para voltar.

— Por que está tão ansioso para ficar longe desse lugar? O que tem lá que o deixa amedrontado?

Foi necessário um pouco de pressão, com Caolho conjurando novamente sua cobra violeta, para soltar a língua de Asa.

— Eu vim aqui logo depois de voltar de Zimbro. Porque vocês não acreditaram em mim quanto ao Corvo. Pensei que vocês talvez estivessem certos e que ele teria de algum modo me enganado. Então quis ver como ele poderia ter feito isso. E...

— E?

Ele checou um por um, avaliando nosso humor.

— Há outro daqueles *lugares* aqui. Não estava lá quando ele morreu. Mas está agora.

— Lugares? — indaguei. — Que tipo de lugares?

— Tipo o castelo negro. Tem um exatamente onde ele morreu. Bem no meio da clareira.

— Cara esperto — rosnou Caolho. — Tentando nos mandar para lá. Vou cortar esse cara, Chagas.

— Não, não vai. Deixe-o em paz. — Durante o quilômetro seguinte, interroguei Asa mais atentamente. Ele não disse mais nada de importante.

Hagop cavalgava adiante, pois era excelente batedor. Jogou a mão para o alto. Fui até ele. Apontou para cocôs de cavalo na trilha.

— Estamos seguindo alguém. Não muito atrás. — Desmontou, cutucou as fezes com uma vara, percorreu meio que agachado um pouco mais a trilha. — Está montando algo grande. Mula ou cavalo de arado.

— Asa!

— Hein? — guinchou o homenzinho.

— O que há adiante? Aonde esse sujeito está indo?

— Não há nada lá em cima. Disso eu sei. Talvez seja um caçador. Eles vendem muitas caças nas feiras.

— Talvez.

— Claro — disse Caolho sarcasticamente, brincando com a cobra violeta.

— Que tal silenciar um pouco a situação, Caolho? Não! Isto é, para ninguém nos ouvir chegando. Asa. Quanto falta?

— Uns quilômetros, de qualquer forma. Por que não me deixam voltar agora? Ainda poderia chegar à cidade antes de escurecer.

— Não. Você irá aonde vamos. — Olhei de relance para Caolho. Ele fazia o que eu tinha pedido. Conseguiríamos ouvir um ao outro. Isso era tudo.

— Monte, Hagop. É apenas um sujeito.

— Mas que sujeito, hein, Chagas? Suponha que seja uma daquelas coisas arrepiantes? Isto é, se aquele lugar em Zimbro tinha um batalhão inteiro que surgia do nada, por que esse lugar não teria algumas?

Asa emitia sons que indicavam que tinha pensamentos semelhantes. O que explicava por que estava ansioso para voltar para a cidade.

— Você viu alguma coisa quando esteve aqui, Asa?

— Não. Mas vi onde o capim foi pisoteado, como se alguma coisa estivesse indo e vindo.

— Preste atenção quando chegarmos lá, Caolho. Não quero surpresas.

Vinte minutos depois, Asa me disse:

— Estamos quase chegando. Talvez mais uns 200 metros até o riacho. Posso ficar aqui?

— Pare de fazer perguntas idiotas. — Olhei para Hagop, que apontava para os rastros. Alguém continuava à nossa frente. — Desmontem. E chega de papo. De agora em diante conversa só por gestos. Você, Asa, não abra a boca de maneira alguma. Entendeu?

Desmontamos, sacamos nossas armas e fomos em frente sob a proteção do feitiço de Caolho. Hagop e eu fomos os primeiros a chegar na clareira. Sorri, sinalizei para Caolho avançar e apontei. Ele sorriu também. Esperei uns dois minutos pela ocasião certa, então fomos em frente, paramos atrás do homem e agarrei seu ombro.

— Barraco Castanho.

Ele guinchou e tentou sacar a faca, ao mesmo tempo tentando fugir. Cabeça e Hagop foram atrás dele e o trouxeram de volta. Àquela altura, eu estava ajoelhado onde ele estivera, examinando os ossos dispersos.

Capítulo Quarenta e Quatro

PRADOVIL: A CLAREIRA

Ergui a vista para Barraco. Ele parecia resignado.

— Apanhado antes do que pensava, hein?

Ele balbuciou. Não consegui entender o que dizia, pois falava várias coisas ao mesmo tempo. Corvo. Criaturas do castelo negro. Sua chance de iniciar uma nova vida. E não sei mais o quê.

— Acalme-se e cale-se, Barraco. Estamos do seu lado. — Expliquei a situação, contando-lhe que tínhamos quatro dias para encontrar Lindinha. Ele achou difícil acreditar que a garota que havia trabalhado no Lírio de Ferro pudesse ser a Rosa Branca dos rebeldes. Não discuti, apenas lhe apresentei os fatos. — Quatro dias, Barraco. Então a Dama e os Tomados poderão estar aqui. E lhe garanto que ela também estará à sua procura. A esta altura já sabem que forjamos sua morte. A esta altura, já devem ter interrogado bastante gente para fazer uma ideia do que aconteceu. Estamos lutando por nossas vidas, Barraco. — Olhei para a grande massa negra e falei para ninguém em particular: — E aquela coisa não ajuda em porra nenhuma.

Olhei novamente para os ossos.

— Hagop, veja o que consegue fazer com isso. Caolho, você e Asa vão repassar exatamente o que ele viu naquele dia. Passo a passo. Cabeça, você faz de conta para eles que é Corvo. Barraco, venha aqui comigo.

Eu fiquei contente. Tanto Asa quanto Barraco fizeram o que lhes foi mandado. Barraco, embora abalado pela nossa volta àquela etapa de sua vida, não parecia prestes a entrar em pânico. Observei-o enquanto Hagop examinava o chão, centímetro por centímetro. Barraco parecia ter amadurecido, ter encontrado algo em si mesmo que não tivera chance de germinar no solo estéril de Zimbro.

— Escute, Chagas — sussurrou ele. — Não sei sobre esses lances de a Dama estar vindo e de como vocês vão achar Lindinha. Estou me lixando. — E apontou para o montículo preto. — O que vão fazer a respeito daquilo?

— Boa pergunta. — Ele não precisou explicar o que significava aquilo. Significava que o Dominador não enfrentara a derrota final em Zimbro. Ele ampliara sua aposta com antecedência. Tinha outro portal aqui, e crescendo depressa. Asa tinha razão de temer as criaturas do castelo. O Dominador sabia que tinha de se apressar, embora eu duvidasse de que ele esperasse ser encontrado tão cedo assim. — Não há muito que *possamos* fazer, quando se pensa bem nisso.

— Vocês têm que fazer alguma coisa. Olhe, eu sei. Eu lidei com essas coisas. O que elas fizeram comigo, com Corvo e Zimbro... Porra, Chagas, não pode deixar que isso aconteça novamente aqui.

— Eu não disse que não queria fazer alguma coisa. Eu disse que não posso. Não se pede a um homem com um canivete que derrube uma floresta e construa uma cidade. Ele não possui as ferramentas.

— Quem possui?

— A Dama.

— Então...

— Tenho meus limites, amigo. Não vou morrer por Pradovil. Não vou deixar que meu efetivo seja varrido por causa de pessoas que não conheço. Talvez tenhamos uma dívida moral. Mas não creio que seja assim tão grande.

Ele bufou, entendendo sem aceitar. Fiquei surpreso. Sem que Barraco tivesse falado muito, senti que ele havia começado uma cruzada. Um supremo vilão tentando comprar a redenção. Não o invejava nem um pouco. Mas ele não podia fazer isso sem a Companhia e sem mim.

Observei Caolho e Asa conduzirem Cabeça através de tudo o que Corvo fizera no dia em que morreu. Do meu ponto de vista, não conseguia ver qualquer falha na história de Asa. Esperava que Caolho tivesse uma visão melhor. Ele, mais do que ninguém, conseguiria encontrar o ângulo certo. Caolho era tão bom em magia encenada quanto em magia verdadeira.

Lembrei-me de que Corvo tinha sido muito bom em truques. O maior era fazer facas surgirem em pleno ar. Mas tivera outros truques com os quais havia entretido Lindinha.

— Olhe aqui, Chagas — disse Hagop.

Olhei. Não vi nada de anormal.

— O quê?

— Indo através do capim, na direção do montículo. Agora está quase sumida, mas está lá. Como uma trilha. — Ergueu folhas de grama partidas.

Levei algum tempo para ver. Apenas a mais leve insinuação de um brilho, como o velho rastro da passagem de uma lesma. Uma análise mais próxima mostrou que aquilo devia ter começado mais ou menos onde estaria o coração do cadáver. Era preciso um pouco de trabalho para perceber, porque carniceiros haviam destroçado os restos.

Examinei a mão descarnada. Anéis continuavam nos dedos. Vários adornos de metal e várias facas também se encontravam por ali.

Caolho, além de Cabeça, examinou os ossos.

— E então? — perguntei.

— É possível. Com um pouco de despistamento e mágica encenada. Não sei lhe dizer como ele fez. Se é que fez.

— Nós temos um corpo — falei, apontando para os ossos.

— É ele — insistiu Asa. — Olhem. Ainda usa seus anéis. E é dele a fivela de cinto com espada e facas. — Mas uma sombra de dúvida se demorou em sua voz. Ele estava aderindo ao meu ponto de vista.

E eu ainda me perguntava por que um navio tão legal não havia sido reclamado.

— Hagop. Cace por aí sinais de que alguém saiu em outra direção. Asa. Você disse que se mandou assim que viu o que estava acontecendo?

— Sim.

— Certo. Vamos parar de nos preocupar com isso e tentar compreender o que aconteceu aqui. Apenas veja isso, este morto tinha alguma coisa que se tornou aquilo.

Apontei para o montículo. Estava surpreso que tivesse tão pouco problema para ignorá-lo. Acho que a gente se acostuma a qualquer coisa. Eu tinha andado em volta do grandão, em Zimbro, até perder aquele temor frio que havia mexido comigo por algum tempo. Isto é, se homens conseguem se acostumar com massacres, ou ao meu ofício — soldado *ou* cirurgião —, eles são capazes de se acostumar com qualquer coisa.

— Asa, você andou com Corvo. Barraco, ele viveu na sua taverna por dois anos e foi sócio dele. O que ele trouxe de Zimbro que poderia ter ganhado vida e se tornado aquilo?

Eles balançaram a cabeça e olharam para os ossos. Disse-lhes:

— Pensem bem. Barraco, tem que haver alguma coisa que ele tinha quando você o conheceu. Ele deixou de subir a colina muito tempo antes de seguir para o sul.

Um ou dois minutos se passaram. Hagop havia começado a seguir seu caminho ao longo da beira da clareira. Eu tinha poucas esperanças de que ele encontrasse vestígios tanto tempo assim após o fato. Eu não era um homem do mato, mas conhecia Corvo.

De repente, Asa arfou.

— O que foi? — rosnei.

— Está tudo aqui. Sabe, todo o metal. Até mesmo seus botões e essas coisas. Menos uma coisa.

— O quê?

— O colar que ele usava. Eu só o vi umas duas vezes... O que foi, Barraco?

Virei-me. Barraco apertava o peito acima do coração. Seu rosto estava como mármore branco. Ele gorgolejava atrás de palavras que não vinham. Começou a tentar rasgar a camisa.

Pensei que estava tendo um ataque. Mas, ao me aproximar para ajudá-lo, ele abriu a camisa e agarrou algo que usava no pescoço. Algo numa corrente. Tentou arrancá-lo com toda a força. A corrente não cedeu.

Forcei-o a tirá-lo por cima da cabeça, arranquei-o de seus dedos rígidos e o estendi para Asa.

Asa parecia um pouco pálido.

— Sim. É isso.

— Prata — disse Caolho, olhando significativamente para Hagop.

Ele era da mesma opinião. E podia estar certo.

— Hagop! Venha cá.

Caolho pegou a coisa e a levou para a luz.

— Belo trabalho de artesanato — refletiu. Então jogou-o no chão e pulou como uma rã saindo de sua ninfeia. Ao descrever um arco no espaço, ele latiu como um chacal.

Um clarão de luz. Virei-me. Duas criaturas do castelo estavam ao lado da massa preta, imobilizadas no meio de um movimento, no ato de cair sobre nós. Barraco praguejou. Asa deu um grito agudo. Cabeça passou correndo por mim e enfiou fundo sua espada num peito. Fiz o mesmo, tão aturdido que não me lembrei da dificuldade que tivera durante nosso encontro anterior.

Ambos atacamos a mesma criatura. Ambos puxamos nossas armas.

— O pescoço — arfei. — Acerte a veia do pescoço.

Caolho estava novamente de pé, pronto para ação. Disse-me depois que vira de relance, com o canto do olho, alguma coisa se mexer, e que pulou bem a tempo de se livrar de algo que fora lançado. Eles sabiam quem atacar primeiro. Quem era mais forte.

Hagop veio por trás quando as coisas começaram a se mexer, e acrescentou sua espada ao combate. O mesmo fez Barraco, para minha surpresa. Saltou à frente com uma faca medindo cerca de 30 centímetros e se agachou, tentando acertar um tendão.

Foi breve. Caolho nos dera o momento de que precisávamos. Eles foram muitos teimosos, mas morreram. O último a ir olhou para Barraco, sorriu e disse:

— Barraco Castanho. Você será lembrado.

Barraco começou a tremer.

— Ele conhecia você, Barraco — observou Asa.

— Era o tal para quem entreguei os corpos. Todas as vezes, menos uma.

— Espere aí — retruquei. — Apenas uma criatura escapou de Zimbro. Não me parece provável que tenha sido a que o conhecia...

Parei. Eu notara algo perturbador. As duas criaturas eram idênticas. Tinham até mesmo uma cicatriz no peito, que notei quando removi a roupa preta delas. A criatura que o Tenente e eu havíamos jogado colina abaixo, após tê-la matado diante do portão do castelo, também tinha a tal cicatriz.

Enquanto todos sofriam de tremores pós-combate, Caolho perguntou a Hagop:

— Você viu algo prateado em volta do Osso Velho? Quando o checou pela primeira vez?

— Hum...

Caolho mostrou o colar de Barraco.

— Poderia ser algo parecido com isto. Foi o que o matou.

Hagop engoliu em seco e meteu a mão no bolso. Tirou um colar idêntico ao de Barraco, exceto que as serpentes não tinham olhos.

— Sim — disse Caolho, e levou novamente o colar de Barraco para a luz. — Sim. Foram os olhos. No momento certo. Momento e lugar.

Eu estava mais interessado no que poderia sair do montículo. Puxei Hagop de lado e encontrei a entrada. Parecia a abertura de uma cabana de pau a pique. Supus que não se tornaria um portão de verdade até o lugar crescer. Indiquei os rastros.

— O que eles lhe dizem?

— Eles me dizem que há muito movimento e que devemos dar o fora. Há muitos mais deles.

— Sim.

Fomos para perto dos outros. Caolho estava embrulhando o colar de Barraco num pedaço de pano.

— Vamos voltar para a cidade. Vou lacrar isto em algo feito de aço e afundar no porto.

— Destrua-o, Caolho. O mal sempre dá um jeito de voltar. O Dominador é um exemplo perfeito.

— Sim. Tudo bem. Se eu puder.

A arremetida de Elmo no castelo negro me veio à mente enquanto eu organizava todos para sairmos dali. Eu mudara minha ideia sobre pernoitar. Conseguiríamos percorrer mais da metade do caminho de volta antes do anoitecer. Pradovil, como Zimbro, não tinha muralhas ou portões. Não ficaríamos presos do lado de fora.

Deixei Elmo descansar no fundo da minha mente, até o pensamento amadurecer. Quando isso aconteceu, fiquei horrorizado.

Uma árvore garante a reprodução espalhando um milhão de sementes. Uma, certamente, sobreviverá, e uma nova crescerá. Imaginei uma horda de combatentes irrompendo nas entranhas do castelo negro e encontran-do amuletos de prata em todos os lugares. Imaginei-os enchendo os bolsos.

Tinha de ser. Aquele lugar estava condenado. O Dominador devia ter sabido disso antes da Dama.

Meu respeito pelo velho demônio cresceu. Que cretino astuto.

Só após voltarmos à Via Torta pensei em perguntar a Hagop se ele ti-nha encontrado alguma prova de que alguém havia deixado a clareira por outro caminho.

— Não — disse ele. — Mas isso não significa nada.

— Não vamos perder muito tempo com conversa fiada — comentou Caolho. — Barraco, não consegue fazer essa maldita mula ir mais rápido?

Ele estava com medo. E, se ele estava, eu estava ainda mais.

Capítulo Quarenta e Cinco

PRADOVIL: RASTRO QUENTE

Chegamos à cidade. Mas juro que pude sentir algo farejando o tempo inteiro durante nosso caminho de volta antes de chegarmos à segurança das luzes. Retornamos aos nossos alojamentos e descobrimos que a maioria dos homens não estava lá. Aonde tinham ido? Soube que haviam saído para tomar posse do navio de Corvo.

Eu tinha me esquecido disso. Sim. O navio de Corvo... E Calado seguia o rastro de Corvo. Onde estava agora? Droga! Mais cedo ou mais tarde Corvo o conduziria à clareira... Uma maneira de descobrir se Corvo a havia abandonado, com certeza. Também um modo de perder Calado.

— Caolho. Consegue localizar Calado?

Ele me lançou um olhar estranho. Estava cansado e queria dormir.

— Olhe, se ele seguir cada movimento de Corvo, vai acabar naquela clareira.

Caolho gemeu e passou a fazer vários gestos dramáticos de desgosto. Então enfiou a mão em seu saco mágico e tirou algo que parecia um dedo dissecado. Levou-o a um canto e teve uma conversa íntima com ele, então voltou e disse:

— Estabeleci uma linha direta com ele. Vou encontrá-lo.

— Obrigado.

— É. Seu sacana. Eu devia fazer você vir comigo.

Instalei-me perto do fogo com uma grande cerveja e me perdi em pensamentos. Após um tempo, falei para Barraco:

— Temos que voltar lá.

— Hein?

— Com Calado.

— Quem é Calado?

— Outro cara da Companhia. Um feiticeiro. Tipo Caolho e Duende. Ele está na pista de Corvo, seguindo cada movimento que fez desde o minuto em que chegou. Ele acha que pode localizá-lo, ou pelo menos dizer, pelos seus movimentos, se planejava enganar Asa.

Barraco deu de ombros.

— Se temos que ir, vamos.

— Hum. Você me surpreende, Barraco. Você mudou.

— Não sei. Talvez o tempo todo eu pudesse fazer isso. Só sei que essa coisa não pode acontecer novamente, com mais ninguém.

— Sim.

Não mencionei minhas visões de centenas de homens saqueando amuletos da fortaleza de Zimbro. Ele não precisava disso. Tinha uma missão. Eu não podia fazer com que ela parecesse inútil.

Desci e pedi mais cerveja ao estalajadeiro. Cerveja me deixava sonolento. Eu tinha uma ideia. Uma possibilidade. Não a compartilhei com ninguém. Os outros podiam não ficar contentes.

Após uma hora, dei uma mijada e me arrastei para o meu quarto, mais intimidado pela ideia de voltar àquela clareira do que pelo que esperava conseguir agora.

O sono demorou a vir, com ou sem cerveja. Não conseguia relaxar. Continuava tentando estender a mão e trazê-la para mim. O que, em absoluto, não significava nada.

Era a frágil esperança de um tolo que ela voltasse logo. Eu a tinha descartado. Por que ela voltaria? Por que não me esqueceria até seus asseclas conseguirem me pegar e me levarem acorrentado até ela?

Talvez *haja* uma ligação num nível que não entendo. Pois acordei de um cochilo, achando que precisava visitá-la novamente, e encontrei aquele brilho dourado pendendo sobre mim. Ou talvez não tivesse acordado, mas apenas sonhado que sim. Não sei direito. Isso, em retrospectiva, sempre parece um sonho.

Não esperei que ela começasse. Comecei a falar. Falei depressa e lhe disse tudo o que ela precisava saber sobre o montículo em Pradovil e sobre a possibilidade de os homens terem carregado centenas de sementes para fora do castelo negro.

— Você me diz isso quando está determinado a ser meu inimigo, médico?

— Não quero ser seu inimigo. Só serei seu inimigo se você não deixar opção. — Abandonei a discussão. — Nós não conseguimos cuidar disso. E isso tem que ser cuidado. Tudo isso precisa ser cuidado. Já existe maldade demais no mundo. — Contei-lhe que encontramos um amuleto num cidadão de Zimbro. Não citei o nome dele. Disse-lhe que deixaríamos o objeto onde ela o encontraria facilmente, ao chegar aqui.

— Chegar aí?

— Não está a caminho?

Um leve sorriso, reticente, perfeitamente ciente de que eu estava jogando um verde. Nenhuma resposta. Apenas uma pergunta.

— Onde você estará?

— Vou sumir. Sumir para muito longe daqui.

— Talvez. Veremos. — O brilho dourado sumiu.

Ainda havia coisas que eu queria dizer, mas não tinham a ver com o problema em questão. Perguntas que eu queria fazer e não fiz.

A última partícula dourada me deixou com um sussurro:

— Eu lhe devo uma, médico.

Caolho perambulou pelo local, logo após o nascer do sol, parecendo muito pior do que de costume. Calado veio logo atrás dele, com a aparência de estar também bastante esgotado. Estivera seguindo sem parar o rastro de Corvo. Caolho disse:

— Eu o alcancei bem a tempo. Mais uma hora, e ele teria saído. Eu o convenci a esperar até o amanhecer.

— Sim. Você quer acordar os soldados? Vamos começar mais cedo hoje, para podermos voltar antes de escurecer.

— O quê?

— Pensei que tivesse sido bastante claro. Temos que voltar lá. Agora. Já usamos um dos nossos dias.

— Ei, cara, estou bêbado de sono. Vou morrer se você me fizer...

— Durma sobre a sela. Esse sempre foi um dos seus grandes talentos. Dorme em qualquer lugar, a qualquer momento.

— Ai, meu traseiro dolorido.

Uma hora depois, eu seguia novamente pela Via Torta, com Calado e Otto tendo se juntado à turma. Barraco insistiu em nos acompanhar, embora eu estivesse disposto a dispensá-lo. Asa decidiu que queria ir também. Talvez porque pensasse que Barraco fosse lhe abrir um guarda-chuva de proteção. Começara a falar em ter uma missão, assim como Barraco, mas até um surdo conseguiria notar seu tom falso.

Dessa vez fomos mais depressa, forçando a marcha, e Barraco estava num cavalo de verdade. Chegamos à clareira por volta do meio-dia. Enquanto Calado farejava por ali, fui adiante e dei uma boa olhada na massa amorfa.

Nenhuma mudança. Exceto que as duas criaturas mortas tinham sumido. Não precisei dos olhos de Hagop para ver que tinham sido arrastadas através do buraco de entrada.

Calado caminhou em volta da clareira até um ponto quase idêntico àquele por onde o rastro das criaturas entrava na floresta. Então ergueu um braço, sinalizando. Corri para lá, sem precisar ler a dança de seus dedos para saber o que havia encontrado. Seu rosto revelava a resposta.

— Encontrou, não? — perguntei com mais entusiasmo do que sentia. Eu começara a aceitar que Corvo estava morto. Não gostava do que o esqueleto significava.

Calado fez que sim.

— Ei! — chamei. — Encontramos. Vamos. Tragam os cavalos.

Os outros se juntaram. Asa parecia um pouco macilento. Perguntou:

— Como ele fez isso?

Ninguém tinha uma resposta. Vários de nós ficamos imaginando de quem era o esqueleto caído na clareira e como veio a usar o colar de Corvo. Fiquei imaginando como o plano de Corvo de desaparecer combinara tão bem com o do Dominador de semear um novo castelo negro.

Apenas Caolho parecia disposto a falar, mas só para reclamar.

— Seguimos até aqui e não vamos conseguir voltar à cidade antes do escurecer — disse ele. E disse muito mais, principalmente sobre como estava cansado. Ninguém prestou atenção. Mesmo aqueles de nós que haviam descansado estavam cansados.

— Mostre o caminho, Calado — pedi. — Otto, quer tomar conta do cavalo dele? Caolho, cuide da retaguarda para que não tenhamos surpresas.

A trilha nem bem era uma trilha por algum tempo, mas sim uma linha reta através do mato. Estávamos sem fôlego quando ela interceptou uma trilha de caça. Corvo, também, devia estar exausto, pois havia virado naquela trilha e seguido por ela colina acima ao longo de um riacho e subido outra colina. Em seguida, virara num caminho menos usado que seguia ao longo de um cume, em direção à Via Torta. Durante as duas horas seguintes, encontramos várias dessas encruzilhadas. A cada vez, Corvo seguira por aquela que se dirigia mais diretamente em direção oeste.

— O desgraçado seguiu de volta à estrada principal — comentou Caolho. — Poderíamos ter sacado isso, seguido pelo outro caminho, e poupado toda essa marcha pesada pelo mato.

Os homens grunhiram na direção dele. Suas queixas eram desagradáveis. Até mesmo Asa lançou um olhar maldoso por cima do ombro.

Corvo tinha tomado o caminho mais longo, não havia dúvida. Acho que percorremos pelo menos uns 15 quilômetros antes de chegar a um cume e avistar terra roçada que descia para a estrada principal. Havia certo número de fazendas à nossa direita. Adiante, à distância, ficava a bruma azul do mar. A zona rural estava quase toda marrom, pois o outono chegara a Pradovil. As folhas estavam mudando. Asa apontou para uma fileira de bordos e disse que, dali a uma semana, eles ficariam muito bonitos. Estranho. Não seria de se imaginar que caras como ele possuíssem um senso estético.

— Ali embaixo. — Otto indicou um conjunto de construções a 1 quilômetro ao sul. Não parecia uma fazenda. — Aposto que é uma estalagem de beira de estrada — disse ele. — Querem apostar quanto que foi para lá que ele se dirigiu?

— Calado?

Ele concordou, mas evitou se comprometer. Queria se manter na pista para ter certeza. Montamos, deixando que ele percorresse a pé o que faltava. Eu, por minha parte, já estava farto de perambular.

— Que tal pernoitarmos lá? — perguntou Caolho.

Chequei o sol.

— Estou pensando. Acha que ficaríamos em segurança?

Ele deu de ombros.

— Há fumaça saindo de lá. Não parece que tenham tido algum problema ainda.

Leitor de mentes. Eu andei examinando terrenos de fazenda enquanto passávamos, procurando indícios de que as criaturas do montículo haviam feito incursões pelas redondezas. As fazendas pareciam tranquilas e ativas. Supus que as criaturas estivessem limitando suas predações à cidade, onde podiam causar menos agitação.

O rastro de Corvo chegava à Via Torta menos de 1 quilômetro acima das edificações que Otto pensava que fossem uma estalagem. Chequei os marcos, pois não conseguia saber o quanto ao sul nós estávamos dos 20 quilômetros. Calado fez um gesto e apontou. Corvo havia, de fato, virado para o sul. Fomos em frente e, em pouco tempo, passamos pelo marco de 25 quilômetros.

— Até que distância você vai segui-lo, Chagas? — quis saber Caolho.

— Aposto com você que ele encontrou Lindinha por aqui e simplesmente continuou andando.

— Desconfio que sim. Qual a distância para a Torta? Alguém sabe?

— São 395 quilômetros — respondeu Cabeça.

— Terreno difícil? Com possibilidades de problemas no caminho? Bandidos e coisas assim?

— Não que eu saiba — respondeu Cabeça. — Mas há montanhas. Algumas bem difíceis. Demora-se muito para atravessá-las.

Fiz alguns cálculos. Digamos três semanas para percorrer aquela distância, sem forçar. Corvo não forçaria, pois estaria com Lindinha e os papéis.

— Uma carroça. Ele tinha que ter uma carroça.

Calado, agora, também estava montado. Chegamos rapidamente às edificações. Otto tinha razão. Certamente era uma estalagem. Uma garota saiu quando desmontamos, olhou-nos com olhos arregalados e correu de volta para dentro. Acho que parecíamos um bando de mal-encarados. Os que não tinham aparência de durão eram repelentes.

Um preocupado homem gordo saiu, estrangulando um avental. Seu rosto não conseguia se decidir se queria permanecer vermelho ou se tornar pálido.

— Boa tarde — falei. — Podemos conseguir uma refeição e forragem para os animais?

— Vinho — exclamou Caolho, afrouxando sua cilha. — Preciso mergulhar num barril de vinho. E de uma cama de plumas.

— Suponho... — disse o homem. Sua fala era difícil de compreender. A língua de Pradovil é uma variante da que é falada em Zimbro. Na cidade não era difícil de se virar por causa do constante intercâmbio ente Pradovil e Zimbro. Mas aquele sujeito falava um dialeto do campo com um ritmo alterado. — ... que podem pagar.

Peguei duas moedas de prata de Corvo e as entreguei a ele.

— Me avise quando passarmos desse limite. — Joguei as rédeas por cima da trave de amarração, subi os degraus e dei um tapinha em seu braço, ao passar. — Não se preocupe. Não somos bandidos. Somos soldados. Seguindo alguém que passou por aqui há pouco tempo.

Ele me recompensou com um franzido de testa de desconfiança. Era óbvio que não servíamos ao príncipe de Pradovil.

A estalagem era agradável e, apesar de o gordo ter várias filhas, todas se mantinham na linha. Após termos comido e a maioria ter se recolhido para descansar, o estalajadeiro começou a relaxar.

— Pode me responder algumas perguntas? — indaguei. Coloquei uma moeda de prata sobre a mesa. — Talvez valha a pena.

Ele sentou-se diante de mim, encarando-me com olhos bem apertados por cima de uma gigantesca caneca de cerveja. Ele havia esvaziado aquela coisa pelo menos umas seis vezes desde a nossa chegada, o que explicava sua circunferência.

— O que deseja saber?

— O homem alto, que não fala. Ele está procurando a filha.

— Hein?

Indiquei Calado, que estava se sentindo em casa, perto do fogo, sentado no chão, curvado para a frente e dormindo.

— Uma garota surda e muda que passou por aqui faz algum tempo. Provavelmente conduzindo uma carroça. Talvez tenha encontrado um sujeito aqui. — Descrevi Corvo.

Seu rosto ficou branco. Lembrou-se de Corvo. E não queria falar a respeito.

— Calado!

Ele acordou como se tivesse levado uma ferroada. Enviei uma mensagem com sinais dos dedos. Ele deu um sorriso desagradável. Falei para o estalajadeiro:

— Não parece, mas ele é um feiticeiro. A questão é a seguinte: o homem que esteve aqui talvez tenha lhe dito que voltaria e cortaria sua garganta se você falasse alguma coisa. Esse é um risco remoto. Por outro lado, o Calado ali pode lançar alguns feitiços e fazer suas vacas secarem, seus campos ficarem improdutivos e seu vinho azedar.

Calado fez um daqueles pequenos truques bobos que divertiam a ele, Caolho e Duende. Uma bola de luz vagou pelo salão como um curioso filhote de cachorro, cutucando as coisas.

O estalajadeiro acreditou em mim o bastante para não querer pagar para ver.

— Está bem. Eles estiveram aqui. Como você disse. Recebo muita gente no verão, portanto não teria notado, a não ser, como você disse, que a garota era surda e o cara durão. Ela chegou de manhã, como se tivesse viajado a noite toda. Numa carroça. Ele chegou de noite, a pé. Ficaram num canto. Partiram na manhã seguinte. — Olhou para a minha moeda. — Pensando bem, ele pagou com uma dessas moedas esquisitas.

— É.

— Vieram de longe, não?

— Sim. Aonde foram?

— Para o sul. Desceram a estrada. Pelas perguntas que ouvi o sujeito fazer, creio que seguiram para Chaminé.

Ergui uma sobrancelha. Nunca tinha ouvido falar num lugar chamado Chaminé.

— Costa abaixo. Passando a Torta. Peguem a Estrada da Agulha, ao sair da Torta. Da Agulha, sigam pela Via do Bordão. Em algum lugar ao sul de Bordão há uma encruzilhada onde devem seguir para oeste. Chaminé fica na Península da Salada. Não sei exatamente. É só o que ouvi falar por viajantes.

— Hum. Um estirão. Que distância, você diria?

— Vejamos. São uns 360 quilômetros para Torta. Cerca de mais 300 para Agulha. Bordão fica a uns 290 de Agulha, acho eu. Ou talvez 390. Não me lembro direito. A tal encruzilhada deve ficar a mais uns 150 de Bordão, e logo se chega a Chaminé. Não sei a que distância fica. Pelo menos mais 200. Talvez 300, 400. Certa vez um sujeito me mostrou um mapa. A Península se destaca como um polegar.

Calado se juntou a nós. Tirou um pedaço de papel e uma pequena pena de escrever com ponta de aço. Mandou que o estalajadeiro repetisse tudo. Desenhou um mapa tosco, o qual foi adaptando de acordo com o que o gordo dizia que se parecia ou não com o que ele tinha visto. Ao mesmo tempo, ele manipulava uma coluna com cifras. Chegou a um total, por alto, de 1.500 quilômetros de Pradovil. Riscou o último dígito e escreveu a palavra *dias* e um sinal de mais. Fiz que sim.

— Provavelmente uma viagem de, no mínimo, cinco meses — calculei. — Mais demorada ainda se gastaram muito tempo descansando em alguma dessas cidades.

Calado traçou uma reta de Pradovil até a ponta da Península de Salada, e escreveu: + *ou - 970 quilômetros a 6 nós = 160 horas.*

— Sim — concordei. — Sim. Foi por isso que o navio não partiu. Tinha que lhe dar uma dianteira. Acho que devemos conversar com a tripulação amanhã. Obrigado, estalajadeiro. — Empurrei a moeda adiante. — Aconteceu alguma coisa estranha por aqui recentemente?

Um leve sorriso estendeu seus lábios.

— Não até hoje.

— Certo. Me refiro ao desaparecimento de algum vizinho ou coisa assim.

Ele balançou a cabeça.

— Não. A não ser que se leve em conta Toupeira. Não o vejo faz um tempão. Mas isso não é de se preocupar.

— Toupeira?

— Caçador. Trabalha do lado leste da floresta. Principalmente atrás de peles e couros, mas me traz alguma caça quando precisa de sal ou algo assim. Não aparece com regularidade, mas acho que está demorando. Geralmente vem no outono, para pegar artigos de primeira necessidade para o inverno. Pensei até que fosse ele, quando seu amigo surgiu na porta.

— Hein? Que amigo?

— O que estão caçando. O que carregou a filha desse outro.

Calado e eu trocamos olhares. Eu falei:

— É melhor você não contar com o aparecimento de Toupeira. Acho que ele está morto.

— Por que diz isso?

Contei-lhe um pouco sobre Corvo ter forjado a própria morte e deixado um corpo que fora confundido com o dele.

— Que coisa ruim. Sim. Muito ruim fazer isso. Espero que peguem ele. — Seus olhos se estreitaram ligeira e astutamente. — Vocês não fazem parte daquela turma que veio de Zimbro, não? Todo mundo que segue para o sul fala sobre como... — O brilho de Calado o fez parar de falar.

— Vou dormir um pouco — avisei. — Se nenhum dos meus homens tiver levantado, me acorde assim que amanhecer.

— Sim, senhor — disse o estalajadeiro. — E um excelente café da manhã estará à espera, senhor.

Capítulo Quarenta e Seis

PRADOVIL: PROBLEMA

E tomamos um excelente café da manhã. Dei mais uma moeda de prata para o estalajadeiro de gorjeta. Ele deve ter pensado que eu era louco.

Um quilômetro de estrada depois, Caolho fez sinal para pararmos.

— Vai deixar assim mesmo? — perguntou.

— O quê?

— Aquelas pessoas. O primeiro Tomado que passar por aqui vai descobrir tudo que fizemos.

Meu coração deu cambalhotas. Eu sabia aonde ele queria chegar. Eu tinha pensado nisso mais cedo. Mas não consegui dar a ordem.

— Não vai adiantar — aleguei. — Todo mundo em Pradovil nos viu sair.

— Todo mundo em Pradovil não sabe aonde vamos. Gosto da ideia tanto quanto você, Chagas. Mas temos de cortar nosso rastro em algum lugar. Corvo não fez isso e estamos atrás dele.

— Sim. Eu sei. — Olhei para Asa e Barraco. Não estavam vendo aquilo com bons olhos. Asa pelo menos, pois achava que seria o próximo.

— Não podemos levá-los com a gente, Chagas.

— Eu sei.

Ele virou e começou a voltar. Sozinho. Nem mesmo Otto o acompanhou, e Otto tem muito pouca consciência.

— O que ele vai fazer? — perguntou Asa.

— Usar sua mágica para fazê-los esquecer — menti. — Vamos em frente. Ele nos alcança depois.

Barraco continuava a me lançar olhares. Olhares do mesmo tipo que devia ter dado para Corvo quando descobriu que ele estava no negócio de cadáveres. Barraco nada disse.

Caolho nos alcançou uma hora depois. Caiu na gargalhada.

— Eles sumiram — disse. — Toda aquela bendita gente, com todos os cachorros e o gado. Foram para o mato. Malditos camponeses. — Riu novamente, quase que histericamente. Achei que estava aliviado.

— Já perdemos um pouco mais de dois dias — observei. — Vamos nos apressar. Quanto maior a nossa dianteira, melhor.

Chegamos aos arredores de Pradovil cinco horas depois, sem termos nos apressado tanto quanto eu queria. Ao entrarmos na cidade, nosso passo ficou mais lento. Acho que todos sentimos isso. Por fim, parei.

— Cabeça, você e Asa deem uma volta para ver o que descobrem. Vamos esperar naquela fonte ali. — Não havia crianças nas ruas. Os adultos que vi pareciam atordoados. Quem passava por nós se afastava o máximo que podia.

Cabeça voltou em dois minutos. Foi direto ao assunto.

— Um problemão, Chagas. Os Tomados chegaram esta manhã. Uma explosão no porto.

Olhei naquela direção. Uma coluna de fumaça se elevava de lá, como se marcasse o resultado de um grande incêndio. O céu do oeste, na direção onde o vento estava soprando, tinha a aparência de sujo.

Asa voltou um minuto depois, com a mesma notícia e mais alguma coisa.

— Eles se meteram numa grande briga com o príncipe. Alguns dizem que ainda não acabou.

— Não deve ter sido uma briga tão grande assim — comentou Caolho.

— Não sei não — rebati. — Nem mesmo a Dama é capaz de estar em todos os lugares ao mesmo tempo. Como diabos conseguiram chegar aqui tão depressa? Eles não têm tapetes.

— Por terra — disse Barraco.

— Por terra? Mas...

— É mais rápido do que uma viagem por mar. Há estradas cortando caminho. Se você cavalgar bastante, dia e noite, pode fazer a viagem em dois dias. Quando eu era criança costumavam fazer corridas. Pararam com isso quando o novo Duque subiu ao poder.

— Acho que isso não importa. Bem. E agora?

— Preciso descobrir o que aconteceu — disse Caolho. E murmurou: — Se o maldito do Duende se deixou ser morto, eu torço o pescoço dele.

— Certo. Mas como faremos isso? Os Tomados nos conhecem.

— Eu vou — ofereceu-se Barraco.

Não se consegue imaginar piores olhares do que aqueles que lançamos a Barraco Castanho. Ele se retraiu por um momento.

— Não deixarei que me peguem — disse ele. — De qualquer modo, por que eles iriam se importar comigo? Eles não me conhecem.

— Está bem — concordei. — Vá em frente.

— Chagas...

— Temos de confiar nele, Caolho. A não ser que você queira ir.

— Não. Barraco, se sacanear a gente, eu pego você nem que tenha que voltar do túmulo.

Barraco deu um leve sorriso e nos deixou. A pé. Não havia muita gente que cavalgasse pelas ruas de Pradovil. Encontramos uma taverna e nos instalamos lá, com dois homens permanecendo na rua para vigiar. O sol já se punha antes de Barraco voltar.

— Então? — perguntei, ao mesmo tempo que sinalizava pedindo outra jarra de cerveja.

— Não é uma boa notícia. Vocês estão presos aqui. O Tenente de vocês saiu no navio. Vinte, vinte e cinco de vocês foram mortos. O resto partiu no navio. O príncipe perdeu...

— Nem todos partiram — disse Caolho, e apontou um dedo por cima de sua caneca. — Alguém seguiu você até aqui, Barraco.

Barraco se virou, aterrorizado.

Duende e Agiota estavam na porta. Agi estava meio machucado. Mancou um pouco e desabou numa cadeira. Chequei seus ferimentos. Duende e Caolho trocaram olhares que talvez significassem algo, mas provavelmente queriam dizer que estavam contentes em ver um ao outro.

Os outros clientes da taverna começaram a desaparecer. A notícia de quem éramos havia se espalhado. Sabiam que gente malvada estava nos caçando.

310

— Sente-se, Duende — ordenei. — Cabeça, você e Otto consigam cavalos descansados. — Dei-lhes a maior parte do dinheiro que tinha. — E também todos os suprimentos que dê para comprar. Creio que temos uma longa cavalgada pela frente. Não é mesmo, Duende?

Ele confirmou com a cabeça.

— Vamos ouvir a história.

— Sussurro e Manco apareceram esta manhã. Vieram com cinquenta homens. Soldados da Companhia. Procurando por nós. Fizeram estardalhaço suficiente para ouvirmos sua chegada. O Tenente enviou um aviso para todos em terra firme. Alguns não embarcaram a tempo. Sussurro seguiu para o navio. O Tenente teve que partir. Deixamos 19 homens para trás.

— O que você está fazendo aqui?

— Eu me ofereci como voluntário. Saltei pela amurada, mais além do cabo, nadei até a praia, voltei para esperar vocês. Precisava lhes dizer onde encontrar o navio. Esbarrei com Agi por acaso. Eu estava cuidando dele quando avistei Barraco bisbilhotando por aí. Nós o seguimos até aqui.

Suspirei.

— Eles seguiram para Chaminé, certo?

Ele ficou surpreso.

— Sim. Como soube disso?

Expliquei brevemente.

— Agi, é melhor você contar o que sabe — disse ele. — Agi ficou em terra firme. Foi o único sobrevivente que consegui encontrar.

— Essa é uma aventura particular dos Tomados — observou Agi. — Eles vieram para cá escondidos. Deviam estar indo para outro lugar. Podia ser uma tentativa de desforra, acho eu, agora que não estamos na lista de favoritos da Dama.

— Ela não sabe que eles estão aqui?

— Não.

Dei uma risadinha. Apesar da gravidade da situação, não pude me conter.

— Então terão uma surpresa. A própria vaca velha vai aparecer. Temos outro castelo negro crescendo aqui.

Vários deles me olharam desconfiados, imaginando como eu sabia o que a Dama estava fazendo. Não tinha contado meu sonho para ninguém além do Tenente. Terminei de cuidar de Agiota.

— Vai conseguir viajar, mas tome cuidado. Como descobriu isso?

— Trêmulo. Conversamos um pouco antes de ele tentar me matar.

— Trêmulo! — rosnou Caolho. — Mas que inferno?

— Não sei o que os Tomados disseram para aqueles caras, mas eles estavam animados. Queriam muito nos ferrar. Otários. Quase todos foram mortos por causa disso.

— Foram mortos?

— O príncipe sei lá o quê ficou chocado porque os Tomados entraram aqui como se fossem donos do pedaço. Houve uma briga grande com o Manco e os nossos rapazes. O nosso pessoal foi praticamente dizimado. Talvez tivessem se saído melhor se tivessem podido descansar antes.

Engraçado. A gente falava como se aqueles homens e nós não tivéssemos de algum modo nos tornado inimigos mortais, compadecendo-nos. E, no meu caso, ainda me sentia amargurado em relação aos Tomados por ter me virado contra eles, desbaratando-os.

— Trêmulo disse alguma coisa sobre Zimbro?

— Disse. Eles fizeram um verdadeiro banho de sangue à moda antiga lá. Não sobrou muita coisa. Contando com a gente, a Companhia tinha seiscentos caras quando a Dama acabou com o castelo. Outros mais foram mortos nos distúrbios que vieram depois, quando ela limpou as Catacumbas. A porra da cidade inteira enlouqueceu, com o tal de Hargadon liderando a rebelião. Nossos homens se viram presos em Telhadura. Então a Dama perdeu a cabeça. Destruiu o que sobrou da cidade.

Balancei a cabeça.

— O Capitão adivinhou o que ia acontecer com as Catacumbas.

— Jornada assumiu o que restou da Companhia — avisou Duende. — Eles devem ter dado o fora com o saque assim que juntaram tudo. A cidade estava tão destruída que não fazia sentido ficar por lá.

Olhei para Barraco. Não se poderia imaginar um rosto mais desanimado. Dor e perguntas se retorciam dentro dele. Queria saber sobre o seu pessoal. Não queria falar por medo de que alguém o acusasse.

— Não foi culpa sua, cara — disse-lhe. — O Duque chamou a Dama antes que você se envolvesse. Teria acontecido independentemente do que você fez.

— Como as pessoas podem fazer coisas assim?

Asa lhe lançou um olhar estranho.

— Barraco, que besteira. Como você pôde fazer todas as coisas que fez? Por desespero, só isso. Todo mundo se desespera. E faz coisas malucas.

Caolho me lançou um olhar do tipo "ora, vejam só". Até mesmo Asa às vezes podia pensar.

— Agi, Trêmulo disse alguma coisa sobre Elmo? — Elmo continuava sendo meu principal arrependimento.

— Não. Não perguntei. Não tivemos muito tempo.

— Qual é o plano? — perguntou Duende.

— Vamos seguir para o sul, quando Cabeça e Otto chegarem aqui com os cavalos e os suprimentos. — Um suspiro. — Vão ser tempos difíceis. Tenho talvez duas levas. Vocês têm quanto?

Somamos nossos recursos. Falei:

— Estamos enrascados.

— O Tenente mandou isto.

Duende pousou um pequeno saco sobre a mesa. Continha cinquenta moedas de prata do castelo, do butim de Corvo.

— Isso vai ajudar. Mas temos que continuar rezando.

— Tenho algum dinheiro — ofereceu Barraco. — Bastante. Está lá onde eu ficava.

Encarei-o.

— Você não precisa ir. Não faz parte disto.

— Sim, faço.

— Desde que o conheço, você tem tentado fugir...

— Agora tenho algo pelo que lutar, Chagas. O que eles fizeram com Zimbro... Não posso deixar que isso continue.

— Eu também — disse Asa. — Ainda tenho a maior parte do dinheiro que Corvo me deu após assaltarmos as Catacumbas.

Consultei os outros silenciosamente. Eles não reagiram. Cabia a mim.

— Está bem. Podem vir. Mas não percam tempo. Quero partir o quanto antes.

— Posso alcançá-los na estrada — sugeriu Barraco. — Não vejo por que Asa não possa ir também. — Ele se levantou. Timidamente estendeu a mão. Hesitei apenas um momento.

— Bem-vindo à Companhia Negra, Barraco.

Asa não fez a mesma oferta.

— Acha que vão voltar? — perguntou Caolho após os dois terem saído.

— O que você acha?

— Não. Espero que você saiba o que está fazendo, Chagas. Se forem capturados, eles poderão botar os Tomados atrás da gente.

— Sim. Poderão. — Aliás, eu estava contando com essa. Tivera uma ideia cruel. — Vamos pedir outra rodada. Será a nossa última por muito tempo.

Capítulo Quarenta e Sete

A ESTALAGEM: EM FUGA

Muito para meu espanto, Barraco nos alcançou 15 quilômetros ao sul de Pradovil. E não estava sozinho.

— Puta merda! — ouvi Caolho gritar da traseira. — Chagas, venha ver isso.

Virei-me. E lá estava Barraco. Com um imundo Touro.

— Prometi tirá-lo da cadeia, se pudesse — disse Barraco. — Tive que subornar algumas pessoas, mas não foi tão difícil assim. Por lá, agora, é cada um por si.

Olhei para Touro. Ele olhou para mim.

— E então? — falei.

— Barraco me contou tudo. Estou com vocês. Se me aceitarem. Não tenho mais para onde ir.

— Droga. Se Asa aparecer, perderei minha fé na natureza humana. Também irá pelos ares uma ideia que tenho. Tudo bem, Touro. Que se dane. Lembre-se apenas de que não estamos em Zimbro. Nenhum de nós. Estamos fugindo dos Tomados. E não temos tempo para nos ocupar com ninharias do tipo quem fez o quê para quem. Se está a fim de brigar, guarde isso para eles.

— Você é o chefe. Apenas me dê uma chance quando ela surgir. — Ele me seguiu quando voltei para a frente da coluna. — Não há muita diferença entre essa sua Dama e alguém como Krage, há?

— É uma questão de proporção — observei. — Talvez você tenha a sua chance mais cedo do que pensa.

* * *

Calado e Otto surgiram trotando do meio da escuridão.

— Vocês se saíram bem — falei. — Os cães não latiram. — Eu tinha mandado Calado porque ele lidava bem com animais.

— Todos já voltaram do meio do mato e se enfiaram em suas camas — relatou Otto.

— Ótimo. Vamos avançar. Em silêncio. E não quero que ninguém se machuque. Entenderam? Caolho?

— Eu ouvi.

— Duende. Agiota. Barraco. Vocês vigiam os cavalos. Eu sinalizarei com uma lanterna.

Ocupar a estalagem foi mais fácil do que planejar a ocupação. Pegamos todos dormindo porque Calado havia aturdido os cachorros. O estalajadeiro acordou bufando, resfolegando e aterrorizado. Eu o conduzi ao andar de baixo enquanto Caolho vigiava todo os outros, inclusive alguns viajantes rumo ao norte que poderiam ser uma complicação, mas que não causaram problema.

— Sente-se — ordenei ao gordo. — Você toma chá ou cerveja de manhã?

— Chá — coaxou.

— Já está saindo. Bem. Voltamos. Não esperávamos voltar, mas as circunstâncias impuseram uma viagem por terra. Quero usar seu local por uns dois dias. Você e eu precisamos entrar num acordo.

Hagop trouxe um chá tão forte que recendia. O gordo esvaziou uma caneca do tamanho da que usava para beber cerveja.

— Não quero machucar ninguém — continuei, após eu mesmo tomar um gole. — E pagarei à minha maneira. Mas, se você quiser que as coisas sigam assim, terá que cooperar.

Ele grunhiu.

— Não quero que ninguém saiba que estamos aqui. Isso significa que nenhum cliente vai sair. As pessoas que vierem terão que ver tudo como se estivesse normal. Entendeu?

Ele era mais esperto do que parecia.

— Você está esperando alguém. — Acho que nenhum dos homens tinha imaginado aquilo.

— Sim. Pessoas que farão com você o que você espera que eu faça, somente por estar aqui. A não ser que minha emboscada funcione. — Tive uma ideia maluca. Ela fracassaria se Asa aparecesse.

Acho que ele acreditou em mim quando afirmei que não planejávamos nada cruel para sua família. Agora. Ele perguntou:

— As mesmas pessoas que causaram toda aquela confusão ontem na cidade?

— Notícias correm rápido.

— As más notícias correm.

— Sim. As mesmas. Elas mataram cerca de vinte dos meus homens. Também arrasaram grande parte da cidade.

— Eu soube. Como disse, as más notícias correm rápido. Meu irmão foi um dos que eles mataram. Ele era da guarda do príncipe. Sargento. O único de nós que conseguiu alguma coisa na vida. Ouvi que foi morto por algo que o devorou. O feiticeiro atiçou a coisa contra ele.

— É. Ele é mau. Pior do que meu amigo que não pode falar.

Eu não sabia quem viria atrás de nós. Estava contando que alguém o faria, com Asa apontando o caminho. Também imaginei a perseguição que se desenvolveria rapidamente. Asa lhes diria que a Dama estava a caminho de Pradovil.

O gordo me olhou cautelosamente. O ódio queimava por trás de seus olhos. Tentei direcioná-lo.

— Eu vou matá-lo.

— Está bem. Lentamente? Como meu irmão?

— Creio que não. Se não for rápido e sorrateiro, ele vencerá. Ou ela. Na verdade, são dois. Não sei qual deles virá.

Imaginava que poderíamos ganhar muito tempo se conseguíssemos eliminar um dos Tomados. A Dama ficaria por algum tempo terrivelmente ocupada com os castelos negros, com apenas dois pares de mãos para ajudá-la. Eu também tinha uma dívida emocional para pagar e uma mensagem para tornar clara.

— Deixe-me mandar minha mulher e as crianças para longe — pediu ele. — Eu ficarei com você.

Deixei meu olhar se mover até Calado. Ele concordou ligeiramente.

— Está bem. E os hóspedes?

— Eu os conheço. Eles ficarão quietos.

— Ótimo. Vá cuidar da sua parte.

Ele se foi. Então tive que lidar com Calado e os outros. Eu não havia sido eleito para comandar. Estava sendo levado no impulso por ser o oficial mais graduado presente. As coisas ficaram conturbadas por um tempo. Mas meu ponto de vista prevaleceu.

O medo é um motivador maravilhoso. Ele estimulou Duende e Caolho de uma maneira que eu nunca tinha visto. Estimulou os homens também. Eles prepararam todas as engenhocas que conseguiram imaginar. Armadilhas. Prepararam esconderijos dos quais poderiam ser feitos ataques, cada qual dissimulado com feitiços de ocultação. Armas foram feitas com fanática atenção.

Os Tomados não são invulneráveis. São apenas difíceis de serem alcançados, e muito mais quando estão preparados para enfrentar problemas. Sejam quais forem.

Calado foi ao mato com a família do gordo. Voltou com um falcão, que ele treinou em tempo recorde, e o enviou para o alto a fim de patrulhar a estrada entre Pradovil e a estalagem. Seríamos avisados com antecedência.

O estalajadeiro preparou pratos com veneno, apesar de eu lhe ter avisado que os Tomados raramente comiam. Pediu conselho a Calado em relação aos seus cachorros. Ele tinha uma matilha de mastins selvagens e queria que participassem da ação. Calado achou uma função para eles no plano. Fizemos tudo que podíamos, então nos acomodamos para esperar. Ao fim do meu turno, aproveitei para dormir um pouco.

Ela veio. Aparentemente quase no momento em que meus olhos se fecharam. Fiquei em pânico por um momento, tentando banir minha localização e o plano da minha mente. Mas do que adiantaria? Ela já havia me encontrado. O que eu precisava esconder era a emboscada.

— Já reconsiderou? — perguntou ela. — Não consegue escapar de mim. Eu quero você, médico.

— Foi por isso que enviou Sussurro e o Manco? Para nos levar de volta ao curral? Eles mataram metade dos nossos homens, perderam a maioria dos deles, destruíram a cidade e não fizeram um amigo sequer. É assim que quer nos ganhar de volta?

Ela não tomara parte naquilo, é claro. Agiota dissera que os Tomados estavam agindo por conta própria. Eu a queria irritada e distraída. Queria ver sua reação.

— Eles deveriam ter voltado para a Terra dos Túmulos — disse ela.

— Claro que sim. Só que eles simplesmente saem por conta própria, quando estão a fim, para saldar contas de dez anos atrás.

— Eles sabem onde vocês estão?

— Ainda não. — Tive então a sensação de que ela não conseguia me localizar com exatidão. — Estou fora da cidade, escondido.

— Onde?

Deixei uma imagem vazar.

— Perto do local onde está crescendo o novo castelo. Foi o mais próximo que conseguimos arranjar. — Achei que era necessário um forte fio de verdade. De qualquer modo, queria que ela achasse o presente que eu pretendia deixar.

— Fique onde está. Não atraia atenção. Estarei aí em breve.

— Foi o que imaginei.

— Não teste minha paciência, médico. Você me diverte, mas não é invulnerável. Atualmente, meu pavio anda curto. Sussurro e Manco abusaram demais da sorte.

A porta do quarto se abriu e Caolho perguntou:

— Com quem você está falando, Chagas?

Tremi. Ele estava do outro lado do brilho, sem vê-lo. Eu estava acordado. Respondi:

— Com minha namorada. — E dei uma risadinha.

Um instante depois sofri um momento de intensa vertigem. Algo saiu de dentro de mim, deixando um gosto tanto de diversão quanto de irritação. Recuperei-me e encontrei Caolho ajoelhado, a testa franzida.

— O que aconteceu? — indagou.

Balancei a cabeça.

— Sinto como se minha cabeça estivesse para trás. Terá sido aquela cerveja? O que foi?

Ele fez uma carranca desconfiada.

— O falcão de Calado voltou. Eles estão vindo. Desça. Precisamos refazer o plano.

— Eles?

— O Manco e nove homens. É por isso que precisamos refazer. No momento eles parecem ter uma vantagem boa demais.

— Sim.

Aqueles deviam ser homens da Companhia. A estalagem não os enganaria. Estalagens eram o eixo da vida do interior. O Capitão as usava com frequência para atrair os rebeldes.

Calado não teve muita coisa a acrescentar, exceto que só tínhamos o tempo que os nossos perseguidores levariam para percorrer 10 quilômetros.

— Ei! — A velha ideia raiou. De repente, eu *soube* por que os Tomados tinham vindo a Pradovil. — Você tem uma carroça e uma parelha? — perguntei ao estalajadeiro. Ainda não sabia seu nome.

— Tenho. Uso para apanhar suprimentos em Pradovil, do moinho, do cervejeiro. Por quê?

— Porque os Tomados estão procurando aqueles papéis sobre os quais falei. — Tive que revelar sua procedência.

— Os mesmos que desenterramos na Floresta da Nuvem? — perguntou Caolho.

— Sim. Escute. O Apanhador de Almas me disse que neles está o nome verdadeiro do Manco. Também incluem os documentos secretos do mago Bomanz, onde o nome verdadeiro da Dama está supostamente codificado.

— Uau! — fez Duende.

— Exato.

Caolho quis saber:

— O que isso tem a ver com a gente?

— O Manco quer o nome dele de volta. Suponha que ele veja uma porção de gente e uma carroça dando o fora daqui? O que vai pensar? Asa lhe deu uma informação falsa dizendo que os papéis estavam com Corvo. Asa não sabe tudo que andamos fazendo.

Calado me interrompeu com um sinal.

— Asa está com o Manco.

— Ótimo. Ele fez o que eu queria. Muito bem. O Manco vai imaginar que somos nós fugindo com os papéis. Principalmente se deixarmos algumas folhas saírem flutuando.

— Entendi — disse Caolho. — Só que não temos gente suficiente para executar isso. Apenas Touro e o estalajadeiro, que Asa não conhece.

— Acho melhor você parar de falar e começar a fazer — falou Duende. — Eles estão se aproximando.

Chamei o gordo.

— Seus amigos do sul têm que nos fazer um favor. Diga-lhes que é a única chance de saírem vivos daqui.

Capítulo Quarenta e Oito

A ESTALAGEM: A EMBOSCADA

Os quatro sulistas tremiam e suavam. Não sabiam o que estava acontecendo, nem gostavam do que viam. Mas tinham se convencido de que a cooperação era a única esperança.

— Duende! — gritei para o andar de cima. — Já consegue vê-los?

— Está quase na hora. Conte até cinquenta, então os solte.

Contei. Lentamente, me forçando a manter um ritmo reduzido. Estava tão apavorado quanto os sulistas.

— Já!

Duende desceu a escada, agitado. Todos fomos urrando para o estábulo, onde os animais e a carroça esperavam, e de lá saímos na maior confusão, disparamos para a estrada e seguimos uivando para o sul como oito homens muito perto de serem surpreendidos. Atrás de nós, o grupo do Manco parou momentaneamente, discutiu e então nos seguiu. Notei que o Tomado estabelecia o passo. Ótimo. Seus homens não estavam ansiosos para enfrentar os antigos colegas.

Eu mantinha a retaguarda, atrás de Duende e Caolho e a carroça. Caolho dirigia. Duende mantinha sua montaria bem ao lado da carroça.

Avançamos apressados por uma curva ascendente onde a estrada começava a subir uma colina arborizada ao sul da estalagem. O estalajadeiro disse que a floresta continuava por quilômetros. Ele tinha ido adiante com Calado, Touro e os soldados que os homens do sul fingiam ser.

— Ei! — gritou alguém para trás. Um trapo de pano vermelho foi agitado. Caolho se ergueu na carroça, segurando-se fixamente às marcas enquanto se preparava. Duende bamboleou para mais perto. Caolho saltou.

Por um momento, não achei que ele iria conseguir. Duende quase errou. Os pés de Caolho se arrastaram na poeira. Então ele subiu com esforço, deitado de barriga atrás do amigo. Olhou para trás, para mim, desafiando-me a sorrir.

Sorri mesmo assim.

A carroça bateu na viga que havia sido preparada, saltou acima dela, girou. Os cavalos relincharam, lutaram, mas não conseguiram segurá-la. Carroça e parelha saíram violentamente da estrada, colidindo com as árvores, os animais gritando de dor e terror ao mesmo tempo que o veículo se desintegrava. Os homens que haviam capotado a carroça sumiram imediatamente.

Esporeei minha montaria para que avançasse, passei por Duende, Caolho e Agiota, gritei para os sulistas e sinalizei para que fossem em frente, continuei cavalgando, saindo dali a toda.

Meio quilômetro adiante, virei para a pista da qual o gordo havia me falado, desci e adentrei no mato o bastante para não ser visto, fiquei parado por tempo suficiente para que Caolho se sentasse. Em seguida, fomos a toda a velocidade em direção à estalagem.

Acima de nós, Manco e sua turma chegaram ruidosamente onde estavam os destroços da carroça, os animais ainda urrando aflitos.

Começou.

Gritos. Guinchos. Homens morrendo. Silvos e uivos de feitiços. Não acreditava que Calado tivesse alguma chance, mas ele tinha se oferecido. A carroça, supostamente, era para distrair o Manco por tempo suficiente para que o ataque em massa o alcançasse.

O clangor ainda continuava, abrandado pela distância, quando chegamos a terreno a céu aberto.

— Não deve ter dado tudo errado — gritei. — Ainda tem coisa acontecendo.

Não me sentia tão otimista quanto fingia estar. Não queria que a coisa continuasse. Queria que eles fossem rápidos, atingissem o Manco e sumissem, causando danos o bastante para fazer com que ele recuasse até a estalagem, para lamber suas feridas.

Conduzimos os animais para o interior do estábulo e seguimos para os nossos esconderijos. Murmurei:

— Sabe, não estaríamos nesta enrascada se Corvo o tivesse matado quando pôde.

Muito tempo atrás, quando eu ajudara a capturar Sussurro, enquanto ela tentava levar Manco para seu lado, Corvo tivera uma oportunidade fantástica de acabar com ele. Não foi capaz, embora tivesse mágoas contra os Tomados. Sua compaixão voltou para assombrar todos nós.

Agiota foi até o chiqueiro, onde havia instalado uma tosca e leve balista, que fora construída como parte do plano anterior. Duende lançou um fraco feitiço que o fez parecer um porco. Eu queria que, se possível, ele ficasse longe daquilo. Duvidava que a balista pudesse ser usada.

Duende e eu corremos para o andar de cima para observar a estrada e o cume a leste. Assim que aparecesse, coisa que não fez quando deveria, Calado fingiria seguir na direção tomada pelos sulistas, recuaria através do mato até aquele cume e observaria os desdobramentos na estalagem. Minha esperança era que alguns dos homens de Manco tivessem se mantido atrás dos sulistas. Eu não tinha dito isso àqueles sujeitos. Mas esperava que tivessem bom senso suficiente para continuar correndo.

— Opa! — exclamou Duende. — Calado vem aí. Ele conseguiu.

Os homens apareceram brevemente. Eu não soube dizer quem era quem.

— Apenas três deles — murmurei. Significava que quatro não tinham conseguido. — Maldição!

— Deve ter funcionado — observou Duende. — Ou eles não estariam ali.

Não me senti tranquilizado. Não tivera muitas chances em comando de campo. Não aprendera a lidar com os sentimentos que surgem quando você sabe que homens foram mortos tentando cumprir suas ordens.

— Aí vêm eles.

Cavaleiros saíram do mato e subiram a Via Torta em meio a sombras cada vez maiores.

— Contei seis homens — falei. — Não. Sete. Não devem ter ido atrás daqueles caras.

— Parece que estão todos feridos.

— O elemento surpresa. O Manco estava com eles? Sabe dizer?

— Não. Aquele... Aquele é Asa. Diabos, é o velho Barraco no terceiro cavalo, e o estalajadeiro é o penúltimo.

Então foi ligeiramente positivo. Eles tinham metade da força que tinham antes. Eu havia perdido apenas dois dos sete envolvidos.

— O que faremos se o Manco não estiver com eles? — perguntou Duende.

— Aceite o que vier. — Calado tinha desaparecido no cume do outro lado.

— Ali está ele, Chagas. Na frente do estalajadeiro. Parece que está inconsciente.

Era esperança demais. Mesmo assim, parecia que o Tomado estava apagado.

— Vamos lá pra baixo.

Observei através de uma persiana rachada quando eles entraram no pátio. O único membro ileso do grupo era Asa. Suas mãos estavam amarradas à sela, e os pés aos estribos. Um dos homens feridos desmontou, soltou Asa e o manteve sob a mira de uma faca, enquanto ajudava os outros. Uma variedade de ferimentos era evidente. Barraco parecia não estar vivo. O estalajadeiro estava em melhores condições. Parecia apenas que tinha sido nocauteado várias vezes.

Fizeram Asa e o gordo tirarem o Manco de cima do animal. Eu quase me denunciei nesse momento. Faltava quase todo o braço direito do Tomado. Ele tinha vários ferimentos adicionais. Mas, é claro, ele iria se recuperar se permanecesse protegido pelos seus aliados. Os Tomados eram durões.

Asa e o gordo se dirigiram à porta. Manco pendia entre eles como uma corda molhada. O homem que vigiava Asa abriu a porta.

O Manco despertou.

— Não! — guinchou. — Armadilha!

Asa e o estalajadeiro o deixaram cair. Asa começou a pisoteá-lo, os olhos fechados. O estalajadeiro soltou um assobio penetrante. Seus cães saíram enfurecidos do estábulo.

Duende e Caolho correram. Eu saltei para fora e alcancei Manco no momento em que ele tentava se pôr de pé.

Minha lâmina mordeu o ombro de Manco acima do toco do seu braço direito. O punho que lhe restava subiu e me atingiu na barriga.

325

O ar explodiu para fora de mim. Quase desmaiei. Acomodei-me no chão, sentindo como se minhas entranhas fossem sair pela boca, vagamente ciente do meu entorno.

Os cães investiram contra os homens de Manco, dilacerando-os com selvageria. Vários atacaram o Tomado. Ele os martelou com o punho, cada soco deixando um animal morto.

Duende e Caolho avançaram, golpeando-o com tudo o que tinham. Ele despejou seus feitiços como chuva, socou Caolho e se virou para Duende.

Duende correu. O Manco girou para ir atrás dele, cambaleando, os mastins sobreviventes mordendo suas costas.

Duende correu em direção ao chiqueiro. Estatelou-se no chão antes de alcançá-lo, contorcendo-se na lama. Manco chegou por trás dele, o punho erguido para matar.

A flecha de Agiota rompeu seu esterno e saiu uns 30 centímetros pelas costas. Ele permaneceu ali, bamboleante, um homenzinho andrajoso vestido de marrom segurando a seta. Toda a sua vontade parecia concentrada naquilo. Duende torceu o corpo, afastando-se. No chiqueiro, Agi armou novamente a balista e colocou outro dardo na ranhura.

Vump! Esse atravessou totalmente Manco. Derrubou-o. Os cães avançaram para sua garganta.

Recuperei o fôlego. Procurei minha espada. Vagamente, fiquei consciente dos gritos aterrorizados vindos de um bando de amoreiras ao longo de uma vala a uns 50 metros ao norte. Um cachorro solitário corria de um lado a outro, rosnando. Asa. Ele havia mergulhado no único lugar protegido disponível.

Coloquei-me de pé. O gordo ajudou Caolho a se levantar, em seguida apanhou uma arma caída. Nós três nos aproximamos do Manco. Ele estava caído na lama, ligeiramente torcido para o lado. Sua máscara havia escorregado, de modo que conseguimos ver o rosto arruinado que escondia. Ele não conseguia acreditar no que estava acontecendo. Fracamente, acenou para os cães.

— Tudo para nada — disse-lhe. — Os papéis não estavam aqui havia meses.

E o gordo:

— Isto é pelo meu irmão. — Enfiou sua arma. Ele estava tão machucado e tão rígido que não conseguiu muita coisa com aquilo.

O Manco tentou reagir. Não lhe restava mais nada. Chegou à conclusão de que ia morrer. Após todos aqueles séculos. Após ter sobrevivido às Rosas Brancas e à ira da Dama, após tê-la traído na batalha de Rosas e na Floresta da Nuvem.

Seus olhos reviraram e ele apagou, e eu soube que estava suplicando pela ajuda da mamãe.

— Mate-o, depressa — falei. — Ele está chamando a Dama.

Cortamos, perfuramos e retalhamos. Os cachorros rosnaram e morderam um pouco. Ele não ia morrer. Mesmo quando nossa energia acabou, restava uma centelha de vida.

— Vamos arrastá-lo lá para a frente.

Fizemos isso. E vi Barraco caído no chão com homens que haviam sido irmãos da Companhia Negra. Olhei acima para a luz minguante, e vi Calado se aproximando, seguido por Hagop e Otto. Senti um prazer amortecido porque os dois tinham sobrevivido. Eram grandes amigos desde quando consigo me lembrar. Não podia imaginar um sobrevivendo sem o outro.

— Touro se ferrou, hein?

— Sim — respondeu o gordo. — Ele e o tal de Barraco. Devia tê-los visto. Pularam para a estrada e arrancaram o feiticeiro do seu cavalo. Touro cortou o braço dele. Os dois mataram uns quatro homens.

— Touro?

— Alguém abriu a cabeça dele. Como um melão aberto por um cutelo.

— Cabeça?

— Foi pisoteado até a morte. Mas deu umas porradas.

Abaixei-me ao lado de Barraco. Caolho fez o mesmo.

— Como eles pegaram você? — perguntei ao estalajadeiro.

— Sou gordo demais para correr depressa. — Ele conseguiu dar um sorriso amarelo. — Nunca pretendi ser soldado.

Sorri.

— O que acha, Caolho? — Um olhar me disse que não havia nada que pudesse fazer por Barraco.

327

Caolho balançou a cabeça.

— Dois desses caras ainda estão vivos, Chagas — falou Duende. — O que quer que a gente faça?

— Levem-nos para dentro. Vou ajeitá-los.

Eles eram irmãos. O fato de os Tomados terem virado a cabeça deles e os tornado inimigos não os fazia menos merecedores de minha ajuda.

Calado se aproximou, assomando alto no lusco-fusco. Sinalizou:

— Uma manobra digna do Capitão, Chagas.

— Certo. — Olhei para Barraco, mais comovido do que pensei que ficaria.

Um homem caído diante de mim. Ele havia afundado mais baixo do que qualquer um que já conheci. Então fez o caminho de volta, lutando, voltou e se tornou digno. Um homem muito melhor do que eu, pois havia localizado sua estrela guia moral e determinado seu curso através dela, embora isso lhe tivesse custado a vida. Talvez, apenas um pouco, ele tivesse pagado sua dívida.

Ele fez mais, ao ser morto numa briga que eu não considerava sua. Tornou-se uma espécie de santo padroeiro meu, um exemplo para dias que virão. Estabeleceu um alto padrão em seus últimos dias.

Ele abriu os olhos antes do fim. Sorriu.

— Conseguimos? — perguntou.

— Conseguimos, Barraco. Graças a você e a Touro.

— Ótimo. — Ainda sorrindo, fechou os olhos.

— Ei, Chagas — berrou Hagop. — O que quer que faça com esse escroto do Asa?

Asa ainda estava nas amoras, gritando por ajuda. Os cães tinham cercado os arbustos.

— Lance alguns dardos nele — murmurou Caolho.

— Não — protestou Barraco com um fraco sussurro. — Deixem ele em paz. Foi meu amigo. Tentou voltar, mas eles o apanharam. Deixem ele ir embora.

— Está bem, Barraco. Hagop! Tirem-no de lá e soltem-no.

— O quê?

— Você me ouviu. — Olhei de volta para Barraco. — Tudo bem, Barraco?

Ele nada disse. Não podia. Mas estava sorrindo.

Levantei-me e comentei:

— Pelo menos alguém morreu do jeito que queria. Otto. Pegue a merda de uma pá.

— Ora, Chagas...

— Pegue uma pá e cave, porra. Calado, Caolho, Duende, entrem. Temos planos a fazer.

A luz estava quase acabando. Pela estimativa do Tenente, faltavam poucas horas para a Dama chegar a Pradovil.

Capítulo Quarenta e Nove

EM MOVIMENTO

Precisamos descansar — protestou Caolho

— — Só haverá descanso quando estivermos mortos — retruquei. — Nós agora estamos do outro lado, Caolho. Fizemos o que os rebeldes não conseguiram. Fizemos com o Manco, o último dos Tomados originais. E ela virá com tudo em cima de nós assim que limpar os resíduos do castelo negro. Ela precisa fazer isso. Se não nos pegar logo, cada rebelde num raio de 10 mil quilômetros vai querer tentar alguma coisa. Só restam dois Tomados, e apenas Sussurro vale alguma coisa.

— Sim, eu sei. Foi apenas um desejo inútil. Não pode impedir um homem de sonhar, Chagas.

Olhei para o colar que Barraco tinha usado. Tinha que deixá-lo para a Dama, embora a prata pudesse se tornar um quebra-galho na longa estrada que teríamos de percorrer. Instiguei minha coragem e comecei a arrancar os olhos.

— O que diabos está fazendo?

— Vou deixá-los com o Manco. Para se alimentarem dele. Creio que vão chocar.

— Rá! — fez Duende. — Irônico. Adequado.

— Pensei numa interessante reviravolta da justiça. Entregá-lo de volta ao Dominador.

— E a Dama terá que destruí-lo. Gostei.

De má vontade, Caolho concordou.

— Achei que vocês gostariam. Vão ver se já enterraram todos.

— Só se passaram dez minutos desde que eles voltaram com os corpos.

— Está bem. Vão ajudar.

Levantei-me e fui checar os homens que eu havia cuidado. Não sei se todos que Hagop e Otto trouxeram do local da emboscada estavam mortos quando eles chegaram lá. Certamente estavam agora. Cabeça estava morto fazia bastante tempo, embora o tivessem trazido para que eu o examinasse.

Meus pacientes estavam se saindo bem. Um deles estava suficientemente consciente para ficar apavorado. Dei um tapinha em seu braço e saí coxeando.

Eles tinham enterrado Cabeça agora, além de Barraco e Touro, e o garoto do Manco havia sido enterrado mais cedo. Apenas dois corpos ainda não tinham sido enterrados. Asa estava fazendo poeira voar. Todos os demais estavam parados, olhando. Até me verem indignado.

— Que tal o saque? — perguntei ao gordo. Eu o mandara tirar dos mortos tudo que era de valor.

— Não muito. — Mostrou-me um chapéu repleto de bugigangas.

— Pegue o que precisar para cobrir os danos.

— Vocês vão precisar mais do que eu.

— Você está sem uma carroça e uma parelha, sem falar nos cães. Pegue o que precisar. Eu sempre posso assaltar alguém de quem não gosto. — Ninguém sabia que eu surrupiara a bolsa de Barraco. Seu peso me surpreendera. Seria a minha reserva secreta. — Pegue também dois cavalos.

Ele balançou a cabeça.

— Não vou querer ser apanhado com animais de outra pessoa após a poeira assentar e o príncipe começar a procurar bodes expiatórios. — Escolheu algumas moedas de prata. — Já tenho o que quero.

— Tudo bem. É melhor você se esconder no mato por algum tempo. A Dama virá aqui. Ela é pior do que o Manco.

— Vou sim.

— Hagop. Se não vai cavar, prepare os animais. Mexa-se! — Fiz um sinal para Calado. Ele e eu arrastamos o Manco até a sombra de uma árvore em frente. Calado jogou uma corda por cima de um galho. Forcei os olhos da serpente goela abaixo do Tomado. Nós o içamos. Ele girou lentamente sob o gélido luar. Esfreguei as mãos e fiquei observando-o.

— Levou algum tempo, rapaz, mas alguém finalmente pegou você. — Por dez anos eu quis vê-lo derrotado. Ele fora o mais cruel dos Tomados.

Asa veio até mim.

— Todos enterrados, Chagas.

— Ótimo. Obrigado pela ajuda. — Dirigi-me ao estábulo.

— Posso ir com vocês?

Dei uma risada.

— Por favor, Chagas. Não me deixe aqui onde...

— Estou me lixando, Asa. Não espere que eu cuide de você. E não tente nenhum truque escroto. Eu mataria você imediatamente.

— Obrigado, Chagas. — Ele correu adiante e rapidamente selou outro cavalo. Caolho olhou para mim e balançou a cabeça.

— Montem, homens. Vamos procurar Corvo.

Embora tivéssemos forçado a marcha, não estávamos a mais de 30 quilômetros ao sul da estalagem quando algo atingiu minha mente como o punho de um lutador. Uma nuvem dourada materializou-se, irradiando raiva.

— Você esgotou a minha paciência, Chagas.

— Você esgotou a minha já faz muito tempo.

— Vai se arrepender desse assassinato.

— Vou me regozijar por ele. É a primeira coisa decente que já fiz deste lado do Mar das Tormentas. Vá procurar seus ovos de castelo. Deixe-me em paz. Estamos quites.

— Ah, não. Ainda terá notícias de mim. Assim que eu fechar a última porta sobre meu marido.

— Não force sua sorte, bruxa velha. Estou pronto para tirá-la do jogo. Force a barra e aprenderei a falar TelleKurre.

Isso a pegou desprevenida.

— Pergunte a Sussurro o que ela perdeu na Floresta da Nuvem e espera recuperar em Pradovil. Depois pense no que um irado Chagas poderia fazer com isso se soubesse onde achá-lo.

Seguiu-se um momento vertiginoso quando ela se recolheu.

Descobri meus amigos olhando-me de modo estranho.

— Estava apenas me despedindo da minha namorada — disse-lhes.

* * *

Perdemos Asa na Torta. Tiramos um dia de folga ali, para nos preparar para o trecho seguinte e, quando chegou a hora de partir, Asa não estava à vista. Ninguém se preocupou em procurar por ele. Em nome de Barraco, desejei-lhe sorte. A julgar pelo passado, ele provavelmente a tivera, mas sempre má.

Meu adeus à Dama não valeu. Três meses após o dia seguinte da queda do Manco, enquanto descansávamos antes de enfrentarmos a última cadeia de montanhas entre nós e Chaminé, a nuvem dourada me visitou novamente. Dessa vez, a Dama estava menos beligerante. Aliás, parecia ligeiramente bem-humorada.

— Saudações, médico. Achei que gostaria de saber, por causa de seus Anais, que a ameaça do castelo negro não existe mais. Cada semente foi localizada e destruída. — Mais bom humor. — Não há hipótese de o meu marido poder se levantar, a não ser pela exumação. Ele está isolado, totalmente incapaz de se comunicar com seus simpatizantes. Um exército permanente ocupa a Terra dos Túmulos.

Não consegui pensar em algo para dizer. Não era menos do que eu tinha esperado e torcido para que a Dama conseguisse, pois ela era o mal menor e, eu suspeitava, continuava possuindo uma centelha que não se comprometera com as trevas. Em algumas ocasiões ela mostrara controle em vez de favorecer sua crueldade. Talvez, caso se sentisse incontestada, ela fosse levada na direção da luz em vez de mais além na sombra.

— Interroguei Sussurro. Com o Olho. Fique longe, Chagas.

Nunca antes ela havia me chamado pelo nome. Sentei-me e observei. Ela já não parecia divertida.

— Ficar longe?

— Daqueles papéis. Da garota.

— Garota? Que garota?

— Não banque o inocente. Eu sei. Você deixou uma pista maior do que imagina. E até mesmo mortos respondem perguntas de alguém que sabe como fazê-las. Como o resto da sua Companhia, quando voltei para

Zimbro. Contaram-me a maior parte da história. Se deseja viver seus dias em paz, mate-a. Se não a matar, eu matarei. Juntamente com qualquer um que estiver perto dela.

— Não sei do que está falando.

De bom humor novamente, mas dura. Maligna.

— Continue com seus Anais, médico. Manterei contato. Manterei você a par do avanço do império.

Intrigado, perguntei:

— Por quê?

— Porque me diverte. Comporte-se. — Desapareceu.

Chegamos a Chaminé, homens cansados, quase mortos. Encontramos o Tenente, o navio e — viva! — Lindinha, que estava vivendo a bordo com a Companhia. O Tenente havia se empregado na polícia particular de um agente mercantil. Acrescentou nossos nomes à lista tão logo nos recuperamos.

Não encontramos Corvo. Ele havia se esquivado de a reconciliação ou do confronto com seus antigos colegas, enganando-os sobre seu paradeiro.

O destino é uma puta volúvel que é louca por ironias. Depois de tudo pelo que ele passou, de tudo que fez, de tudo que sobreviveu, na própria manhã em que o Tenente chegou, Corvo escorregou num trampolim de mármore molhado num banho público, rachou a cabeça, caiu na água e se afogou.

Recusei-me a acreditar. Não podia ser verdade após o que ele havia feito no norte. Investiguei. Escarafunchei. Espreitei. Mas havia dezenas de pessoas que tinham visto o corpo. A testemunha mais confiável de todas, Lindinha, estava absolutamente convencida. No final, tive que ceder. Dessa vez ninguém ouviria minhas dúvidas.

O próprio Tenente afirmou ter visto e reconhecido o cadáver enquanto as chamas de uma pira funerária se erguiam em volta, na manhã de sua chegada. Foi ali que havia encontrado Lindinha e a levara de volta para a guarda da Companhia Negra.

O que eu podia dizer? Se Lindinha acreditava, devia ser verdade. Corvo nunca mentiu para ela.

Após 19 dias de nossa chegada a Chaminé, houve outra chegada, o que explicou a nebulosa afirmação da Dama sobre ter interrogado apenas aqueles que conseguiu encontrar quando voltou a Zimbro.

Elmo entrou na cidade cavalgando com setenta homens, muitos irmãos dos velhos tempos, a quem havia tirado na encolha de Zimbro enquanto todos os Tomados, menos Jornada, estavam ausentes, e Jornada estava tão confuso por causa das ordens conflitantes da Dama, que deixou escapulir o verdadeiro estado das coisas em Pradovil. Ele me seguiu costa abaixo.

Assim, em dois anos, a Companhia Negra havia atravessado a extensão do mundo, desde o mais baixo leste ao mais remoto oeste, cerca de 6 mil quilômetros, e, no processo, quase chegara à destruição, mas encontrara um novo propósito, uma nova vida. Somos agora os paladinos da Rosa Branca, a dilapidada piada de um núcleo da força lendária destinada a derrotar a Dama.

Não acreditava numa palavra disso. Mas Corvo dissera a Lindinha o que ela era, e ela, pelo menos, estava pronta para interpretar seu papel.

Poderíamos tentar.

Ergui uma taça de vinho na cabine do capitão. Elmo, Calado, Caolho, Duende, o Tenente e Lindinha ergueram as suas. Acima, os homens se preparavam para zarpar. Elmo trouxera o baú do tesouro da Companhia. Não tínhamos necessidade de trabalhar. Propus um brinde:

— Aos 29 anos.

Vinte e nove anos. De acordo com a lenda, se passaria todo esse tempo até o Grande Cometa regressar e a sorte sorrir para a Rosa Branca.

— Aos 29 anos — responderam eles.

Achei ter detectado uma leve insinuação de dourado com o canto do olho, e senti uma leve pontada de divertimento.

Este livro foi composto na tipologia ITC Stone Serif ,
em corpo 9,5/16 e impresso em papel off-white no
Sistema Cameron da Divisão Gráfica da Distribuidora Record.